스킨

SKIN

Skin

스킨

E. M. 리피 장편소설

송예슬 옮김

나의 할머니들에게

| 차례 |

1장	황혼의 아이	9
2장	시선이 아래로	61
3장	제발	97
4장	분명하게	126
5장	자전거 여행 가이드	152
6장	나비 수집가	192
7장	마사지	215
8장	빨래	237
9장	아버지와 아들	258
10장	다리	280
11장	스킨	307
12장	마흔한 명	352
감사의 말		377

일러두기

본문의 각주는 모두 옮긴이의 것입니다.

황혼의 아이

습한 열기가 몸을 뒤덮는다. 꽉 막힌 도로는 으르렁대는 늑대의 에너지를 품고 있다. 오토바이 운전자들이 속력을 높이면 지나간 자리에 뿌옇게 매연이 인다. 요란한 배기관 소음에 온몸이 떨린다. 차라리 귀에서 피가 났으면. 그래도 계속 걷는다.

"아가씨, 안녕. 아가씨, 아가씨, 아가씨. 마사지? 댄스? 택시? 레스토랑?"

"아뇨, 아니에요. 됐어요."

나는 웃으며 그들을 뿌리쳐보지만 실은 못 본 척할 때가 더 많다.

비쩍 마른 개들이 떼 지어 다니면서 길가에 나뒹구는 쓰레기봉투와 상자 더미를 들쑤신다. 나는 뚜껑 열린 하수구 악취가 싫어 입으로 겨우 숨을 쉰다. 햇볕이 무자비하게 내리쬔다.

"원해요?" 붉은 바틱 천으로 반다나를 두른 식당 직원 하나가 환히 웃는 얼굴로 메뉴판을 들이민다. 그가 내 몸을 훑으며 눈썹을 씰룩인다. "응, 아가씨, 원해요?"

"아뇨."

길이 울퉁불퉁하다. 나는 기운 없이 시장 거리를 지난다. 사람들이 목청껏 떠들고 장난을 친다. 벌어진 입들과 부러진 하얀 치아들. 팔뚝에 닭살이 돋는다.

가판대에 쌓인 더러운 과일들이 햇빛에 썩어간다. 망고. 파인애플. 오렌지. 리치. 바나나. 살락. 코끝을 찌르는 두리안까지. 파리들이 그 위에서 윙윙댄다.

한쪽에서는 계란판을 산처럼 쌓아 둔 채 팔고 있다. 닭장에 갇힌 닭들. 얼음덩어리 위에서 활어가 펄떡이고 게와 가재가 집게발을 딱딱거린다. 살짝 경멸하는 듯한 외발 놀림에 나는 그만 평정심을 잃는다. 발부리에 파란색 양동이가 차인다. 비릿한 핏물이 엎질러지면서 머리가 잘린 뱀장어들이 마구 엉켜 쏟아진다.

"미안해요." 내가 말한다.

나, 방금 양동이한테 사과한 거지.

다른 가판대의 플라스틱 대야에는 동전 모양의 검고 노란 알들이 기묘하게 떠 있다. 그 형체가 눈길을 사로잡는다. 나는 실눈으로 그것들을 자세히 살핀다.

가판대 주인이 나무 의자에서 일어나 대야를 가리킨다. "생선 눈. 아가씨 몸에 좋아. 먹어봐요."

"어머, 이런. 됐어요. 싫어요."

"에이, 아가씨 뭐 원해? 원하는 거 뭐예요?"

그걸 내가 알았다면 여기서 이러고 있진 않겠지.

쌀을 포대째 파는 사람들. 화산 모양 자석. 사원 무용수들이 그려진 부채. 물놀이용 튜브. 코끼리 머리에 팔이 여러 개 달린 가네샤 신의 초상화. 주렁주렁 널린 비치 타월을 걷어내며 나는 계속 걷는다. 타월의 현란한 색감이 햇빛을 받아 더욱 도드라진다. 아찔한 파란색. 쨍한 분홍색. 눈부신 노란색.

정확히 어디인지는 알 수 없으나 사방에서 음악 소리가 진동한다. 가믈란 장단에 맞춰 공gong•이 울린다. 연주곡은 '강남 스타일'.

몸이 움츠러든다.

무언가가 지글지글 구워지고 있다. 도살된 닭. 노란 두 발이 그릴에 축 늘어졌다. 검게 타들어가는 몸통에서 연기가 피어난다.

나는 목에 손을 가져다 댄다. 걸음을 멈춰 얼굴을 닦으려는데 곧장 앞으로 떠밀린다. 비켜요, 사람들이 보챈다. 비키라고. 살갗을 타고 땀이 흐른다. 나의 땀과 그들의 땀이.

더는 참기 힘들다. 온통 고약하고 소란스럽고 바글대는 것뿐이야. 구석에 보이는 채식 식당으로 얼른 몸을 피한다. 에어컨 바람이 나오고 티크 원목 테이블이 놓인 그곳에서, 나는 가장 가까이 보이는 자리에 가 앉는다. 갈비뼈에 손을 얹고 숨을 고른다.

이게 잠시나마 공황 상태에서 벗어나는 방법이다.

게스트하우스 마당, 접의식 의자에 앉은 옅은 금발의 여자가 데

• 인도네시아 전통 음악인 가믈란을 연주할 때 쓰는 징 모양의 금속 타악기.

이지 꽃송이처럼 태양을 향해 고개를 쳐들고 있다. 그녀는 내가 묵는 객실 바로 맞은편 방의 투숙객인데, 매일 아침 식사 시간 즈음에 과하게 큰 선글라스를 끼고 등장해서는 바나나 팬케이크를 마다하고 다른 투숙객들을 피해 지친 걸음으로 비틀거리며 자기 방으로 들어가고는 한다.

"안녕하세요." 인기척을 느낀 그녀가 고개를 움직이지도 않고 내게 인사를 건넨다. 그녀의 까무잡잡한 피부가 빛난다.

나는 입 모양으로만 인사한 뒤 얼른 내 방으로 향한다. 그런데 분명 가방에 있어야 할 열쇠가 보이지 않는다. 젠장. 가방을 뒤지니 막대 껌과 영수증이 우수수 떨어진다.

힐끔 올려다보니 앞방 여자가 나를 보고 있다.

"돌겠네." 낮게 한숨을 쉬며 방문 밖의 하얀 플라스틱 의자에다 가방 내용물을 싹 다 비운다. 샅샅이 뒤져도 열쇠는 없다. 몸을 더듬어도 본다. 배와 옆구리를 만지니 기분이 울적해진다. 조금 전 빵빵하게 배를 채워 살을 찌웠다는 생각 때문이다. 그러나 지금은 그런 걸 따질 때가 아니다. 고개를 저으며 식당에서 포장해 온 음식 용기까지 들여다본다.

열쇠는 없다.

"열쇠가 없어요?" 앞방 여자가 큰소리로 묻는다.

내가 고개를 끄덕인다.

"별일 아니니까 걱정하지 말아요. 게스트하우스에 여분 열쇠가 있어요. 나는 열쇠를 벌써 두 번이나 잃어버렸는데 그때마다 새로 받았어요. 저기 할머니한테 가봐요." 여자는 마당 반대편에 있는 게

스트하우스 주인의 모친을 가리킨다. 할머니는 조각상들 앞에서 공물을 올리고 있다. "그런데 좀 기다려야겠네."

할머니는 기도문을 읊고 향을 피우면서 시멘트로 만들어진 신들에게 작은 간식과 알록달록한 꽃들을 바친다.

나는 물건들을 도로 집어넣고 가방으로 배를 가리고서 기다린다.

할머니의 경건한 기도 의식은 끝날 줄을 모른다. 피어오르는 연기를 따라 할머니의 손이 움직인다. 프란지파니 꽃향기가 은은하게 퍼진다.

"거기 멀뚱히 있지 말고 여기 와요." 앞방 여자가 말한다. "이름이 뭐예요?"

"나탈리요."

"혼자 여행 중이죠, 나탈리? 나돈데. 마리아라고 해요." 여자는 또다시 손짓으로 나를 부른다.

나는 잠시 고민하며 머뭇거린다. 저 여자를 봐. 완벽하잖아. 옆에서 비교당하고 싶지 않아. 하지만 가지 않을 수 없다. 거절해서 뭘 어쩔 건데? 여기 문 앞에 앉아서 쳐다보기나 하게?

그건 더 뻘쭘할 거야.

결국 나는 의자를 끌고 가 마리아 옆에 앉는다. 푹푹 찌는 날이다.

마리아가 SPF 10짜리 선크림을 건넨다. 나는 손바닥에다 코코넛 향의 선크림을 찍 짜서 햇볕에 익은 얼굴과 팔뚝에 펴 바른다.

초록색 밴듀 비키니 상의에 검은색 하이 웨이스트 반바지를 입은 마리아는 몸매가 탄탄하고 자신감이 넘친다. 단추를 잠그지 않아 벌어진 앞섶 사이로 상의와 똑같은 초록색 비키니 하의가 살짝 보인다. 마리아의 몸은 앉아서도 복근이 선명하고 선과 굴곡이 무너지지 않는다.

회색 브이넥 티셔츠에다 무명천으로 만든 롱스커트 차림의 나는 그와 달리 칙칙하고 답답해 보인다.

"안 더워요?" 내 속내를 꿰뚫듯 마리아가 묻는다.

"돌아다닐 때 튀는 게 싫어서요." 나는 대답하자마자 속으로 후회한다.

"이런 데서 당신이 안 튀겠어요? 우리는 눈에 띌 수밖에 없어요. 여기서는 뭘 해도 돈 많은 백인 여자로 보인다고."

선크림을 바른 볼이 화끈해진다.

"오래 머무르나요?" 마리아가 또 묻는다.

"곧 떠나요. 다윈•에 있는 친척 집에 조금 있다가 뉴질랜드로 워킹 홀리데이를 가요."

"여기가 마음에는 들고?"

나는 티 나지 않을 정도로 살짝 어깨를 으쓱한다.

마리아가 눈썹을 치켜뜬다. "아니, 왜? 여긴 천국인데."

나는 목을 한차례 가다듬고 목덜미를 긁적이며 입을 연다. "해외여행이 처음이라 무지 기대했거든요. 자랑도 많이 했고. 그런데 이런 곳일 줄은 몰랐어요. 이곳은 너무……."

"난 인도에 있다가 비자 런•으로 이곳에 왔어요. 이곳이 너무 그

- 호주 북부에 있는 도시.
- 외국에 머무는 기간을 연장하기 위해 법적 체류 기간이 끝나기 전에 가까운 주변국으로 출국했다가 재입국하는 것.

렇다는 건……" 마리아는 방금 나처럼 말끝을 흐린다. "인도를 못 봐서 하는 소리예요. 그냥 받아들여요."

"무슨 말이에요?"

"한껏 기대하고 왔는데 현실은 홍보 책자와 딴판이라 마음이 복잡한 거잖아요. 제삼 세계를 처음 만난 서양 사람이 흔히 겪는 일이죠."

"그치만 난 공황 발작에 시달리기까지 해요. 모기들은 또 어떻고. 진짜 돌겠어요."

"얼굴만 봐도 알 것 같아요."

"스프레이를 뿌려도 죽기는커녕 더 물어뜯어요."

마리아가 딱하다는 듯 고개를 끄덕인다.

이곳에 도착한 첫날 밤, 나는 모기장을 열어둔 채 잠들고 말았다. 후텁지근한 덴파사르에 도착했을 때 더블린의 차가운 비는 잊은 지 오래였고 그저 여행길에 지칠 대로 지친 상태였다. 나는 공항 근처 호스텔에 들어가 바로 곯아떨어졌다. 모기 한 마리가 윙윙대며 잠을 깨웠고, 나는 잠결에 모기를 손으로 잡으려다 이내 다시 잠들었다.

망할 놈의 모기.

그 모기는 게걸스럽게도 내 피를 빨았다. 그날 나는 얼굴에만 열여덟 방을 물렸다.

게스트하우스 할머니가 신들에게 올리는 노래를 가만히 흥얼거리며 우리 쪽으로 온다.

마리아는 집게손가락으로 아랫입술을 톡톡 두드린다. 그러다 손가락을 내리고 묻는다. "남편이나 남자 친구나, 뭐 그런 건?"

"없어요. 없이 지낸 지 꽤 됐어요."

"잘됐다. 나 마리아가 오늘 저녁에 당신 친구가 되어주겠어요. 같이 나가서 노을도 보고 맥주도 마셔요. 재밌잖아요. 긴장 좀 풀어요. 이 모든 게," 마리아는 말을 멈춘 뒤 앞에 보이는 경치를 손으로 훑는다. "당신 거니까."

내가 말을 걸자 당황한 할머니는 빠진 치아를 다 드러내며 일단 웃고 본다.

"문 열어주세요." 내가 청한다. "문이요."

역시 아무것도 이해 못 한 할머니는 그저 웃는다.

"영어를 아예 못하세요?"

이제 어쩌나. 영원히 밖에 있어야 하나? 배 속에는 오늘 저녁을 넘길 만큼의 음식이 차 있다. 어쩌면 며칠을, 잘하면 한 달을 버틸 수 있을지도 몰라. 그렇게 몇 계절이, 몇 년이 지나, 가죽만 남은 몸이 태양 빛에 말라가고 결국 뼈만 남아 죽게 되겠지. 무덥고 기나긴 굶주림 끝에. 독수리 떼가 내려와 바짝 마른 내 살가죽을 쪼아댈 거야.

나는 숨을 한 번 크게 들이마신 다음 열쇠를 꽂아 문을 열어 문지방을 밟고 들어가는 시늉을 한다.

그러자 할머니가 손목을 비트는 동작을 따라 한다.

"네. 그거요. 열쇠가 필요해요."

"아하." 할머니는 인도네시아어로 뭐라 하더니 혼자 웃음을 터트린다. 나는 손짓하는 할머니를 뒤따라 풍경이 달린 처마를, 무성한 난초 뜰을, 분홍색과 하얀색 히비스커스가 심긴 행잉 화분들을, 연노랑 줄기가 솟은 바나나 나무들을 지나 걷는다.

건물 뒤편으로 가니 초가 오두막 한 채가 나온다. 게스트하우스 주인의 아내가 아기에게 젖을 물리며 야자나무 잎을 땋고 있다. 앞에 놓인 텔레비전에서 요란스러운 토크 쇼가 방영 중이다. 할머니가 안쪽 방으로 사라진다. 아기 엄마는 기계적으로 야자나무 잎을 여러 개 엮어 작은 상자를 뚝딱 만들어 낸다. 젖을 빠는 아기를 들어 올릴 때만 이따금 하던 일을 멈춘다.

나는 그 야무진 손재주에 넋이 나간다. 내가 할머니를 기다리는 동안 아기 엄마는 상자를 네 개나 완성해 착착 쌓아 올린다. 그러면서 꼭 올빼미처럼, 품 안의 자식과 티브이, 야자나무 상자와, 어쩔 줄 몰라 엉거주춤 서 있는 커다란 백인 관광객을 번갈아 가며 본다.

할머니가 방에서 나온다. 나는 눈을 크게 뜨고 환히 웃으며 엄지 손가락을 치켜세우는 것으로 할머니에게 고마움을 표한다. 할머니는 야자나무 잎을 몇 장 집어 천천히 상자 만드는 법을 알려준다. 따라 해보지만 내 손은 너무 서툴다. 할머니는 참을성 있게 기다린다. 나는 다시 시도해본다. 헐겁지만 대충 봐줄 만한 상자가 만들어진다.

할머니는 한 손에 든 열쇠를 짤랑이며 다른 손바닥을 쭉 펼친다.

"아, 네. 물론 드려야죠. 여기 5달러요." 나는 다시 쨍한 빛을 받으며 돌아간다.

방에 들어와 선풍기 두 대를 내 쪽으로 튼다. 잠자는 용도의 싱글 침대에 걸터앉는다. 맞은편 더블 침대는 옷장 용도다. 배낭 짐들은 다 거기 꺼내져 있다. 포장해 온 음식, 큼직한 다크 초콜릿 그리고

마늘 롤빵이 든 봉지를 열었다가 바로 닫는다. 오늘 밤에는 할 일이 있으니까.

전신 거울 앞에서 몸을 살핀다. 모기 자국 때문에 꼭 수두에 걸린 사람 같네. 얼룩덜룩 탄 피부가 불그스름해. 햇볕에 노출되지 않은 피부는 반대로 너무 희멀겋고.

화장실 벽에 설치된 샤워기 아래서 샤워를 한다. 차가운 물을 맞으니 정신이 좀 든다. 한동안 그렇게 서 있다가 밖으로 나오자마자 습한 기운에 다시 땀이 축축하게 배어난다.

검은 타일이 깔린 화장실 바닥은 물로 흥건하다. 콸콸 내려가는 물줄기에 배수구가 헐떡인다.

나는 이 옷 저 옷을 걸치다 얇은 연하늘색 원피스를 입기로 한다. 작은 손거울 앞에서 눈을 검게 칠하고 코랄 핑크색 립스틱을 바른다. 그리고 전신 거울 앞에서 내 모습을 평가한다. 그럭저럭 괜찮다는 생각이 들다가도 다 무슨 소용인가 싶다. 어차피 밖에 나가면 더위에 번지고 말 것을. 남들 눈에는 모기 물린 자국과 통통한 살만 눈에 들어올 텐데.

복숭아향 향수를 머리 위로 한 바퀴 뿌려 향수 액이 가라앉기를 기다린다.

방문을 닫고 가방 앞쪽 주머니에다 열쇠를 넣는다. 지퍼를 잠금과 동시에 다시 열어 열쇠가 제대로 들어갔나 한 번 더 확인한다. 뜰을 건너 마리아 방으로 가는데 속이 울렁인다.

방 안에서 음악 소리가 흘러나온다. 조니 미첼의 노래. 방문을 두드린 뒤 기다린다. 다시 두드린 뒤 또 기다린다. 그냥 갈까. 해가 뉘

엿뉘엿 지는 일몰의 풍경은 유혹적이다.

안에서 음악이 꺼지더니 마리아가 의아한 표정으로 나온다. 방 안은 여기저기 널린 옷들로 너저분하고 술 냄새로 퀴퀴하다.

"깜빡했네." 그녀는 이렇게 말하며 몸을 숙여 비치백을 집는다. 검은색의 롱 원피스와 밝은 금발이 한껏 대조를 이룬다. "같이 나가려고요?"

나는 소심하게 고개를 끄덕인다. "그래도 괜찮죠?"

"어디 한번 러키 러키한 저녁을 보내 볼까요?"

"네?"

마리아가 웃으며 팔짱을 낀다. 시큼한 냄새가 난다. "이곳 노을은 매일 봐도 안 질려요. 참 마법 같은 곳이야. 난 잉글랜드 중부 출신이라 콘크리트 정글에 살았거든요. 나무 한 그루만 봐도 감지덕지한 그런 곳. 당신이 살던 데는 어때요?"

"그게 좀 애매해요."

"떠돌이 같지는 않은데. 떠돌이들이 세상 물정에 얼마나 밝다고요."

나는 주저하며 내 이야기를 털어놓는다. "얼마 전까지 더블린에 살았지만 고향은 시골이에요. 지금은 집도 일자리도 없이 여행 중이지만요. 하우스메이트였던 킴과 걔 남자 친구는 둘이 아파트를 구해 이사했으니, 뭐 다 잘된 거죠. 적어도 걔네한테는요. 집이 어딘지 이젠 나도 모르겠어요."

"원래 하던 일은?"

"교사였다가 다른 일을 좀 했어요."

마리아가 이마에 손을 가져다 댄다. "난 애들이랑 안 맞더라. 챙겨줘야 하고 아주 귀찮아 죽겠어. 맨날 뭘 그렇게 흘리는지. 콧물이며 오줌이며 침이며, 또 막 아무거나 엎지르고. 왜 그러는 걸까요? 어디 구멍이라도 났나. 어휴."

"애들이 싫지는 않았어요. 내가 교사 일을 관둔 건……" 말을 멈춘 뒤 길게 한숨을 쉰다. "처음에는 옳은 일을 한다고 생각했어요. 해야 할 일을 하는 거라고. 시험을 잘 쳐서 대학에 가고, 교사 자격증을 따서 취직하고, 그렇게 6년 정도 일하고 나니, 뭐랄까, 스스로가 외계인처럼 느껴졌어요. 매일 유체 이탈을 하는 것 같았고요. 단절감이란 거 느낀 적 있어요?"

"선생들도 애들만큼 골 때리긴 하죠." 마리아가 시선을 멀리 던지며 말한다. "자기들이 뭐라도 되는 줄 아는 꼰대들."

마리아는 게스트하우스 대문을 열고 다시 닫을 생각을 않는다. 망설이던 내가 서둘러 돌아가 문을 닫는다.

번화가로 나가는 길목에 상인 하나가 가판대를 벌여 거리 음식을 팔고 있다. 정체 모를 튀김 음식. 마리아가 그를 보고 반갑게 웃으며 손을 흔든다. 그러자 상인이 피망과 허연 고기를 꿴 꼬치를 하나 내민다. 나는 망설인다. 마리아가 대신 받아주면 좋겠는데.

"됐어요." 마리아가 말한다. "파티에 가는 길이라. 배를 채우고 가면 반칙이지."

상인은 웃으며 고개를 절레절레 흔든다.

나는 하던 말을 계속한다. "교사 일을 관두고 도시로 가서 돈을 벌려고 별별 일을 다 했어요. 비정규직과 일용직도 마다하지 않았죠. 그렇게 하면 인생의 목표를 찾을 줄 알았는데, 아니더라고요. 단절감은 여전했어요."

입에서 말들이 쏟아진다. 이곳에 온 후로 누군가에게 제대로 된 문장을 두세 마디 이상 내뱉은 것은 처음이다. 필요 이상으로 떠들고 있다는 걸 알면서도 멈출 수 없다.

"다들 뭣 같은 고민을 안고 살잖아요. 그런 게 없는 사람도 아직 이루지 못한 목표나 해치우지 못한 문제가 하나쯤은 있을 거고. 그런데 난 갈피조차 못 잡겠어요. 하나둘 결혼하고 애도 낳는데, 나는 딱히 그래야 할 필요도 못 느껴요."

마리아는 코를 한 번 훌쩍인다. "난 원래 그런 거 신경도 안 쓰는데."

시내 중심가에 들어선 후로도 마리아는 손짓이나 눈길 한 번으로 상인들을 가볍게 뿌리친다.

"엄마가 되는 게 무서워 이러는 걸까요? 아니면 누군가의 아내가 되는 게 싫은 건가? 지금까지는 그렇다고 사람들에게 말해왔거든요. 어쩌면, 집을 장만하고, 성대하게 결혼식을 치르고, 교외로 나가 살고, 해마다 자가용을 바꾸고, 그렇게 순서대로 살 수도 있었을 텐데. 언제부턴가 갇힌 기분이 들면서 숨이 막히더라고요. 남자 친구랑 산다던 옛 하우스메이트 킴 말로는, 여행하면 머리를 비울 수 있댔어요. 자기도 여행하면서 인생을 달리 보게 됐다나. 그 말을 들으니 나도 여행을 떠나야겠더라고요. 그래서 여기 온 거예요. 그런데 솔직히 말하면, 이곳이 싫어요. 나랑 너무 안 맞아."

"그만." 마리아가 양손을 들며 내 쪽으로 몸을 돌린다. "작작 좀 해요. 내가 무슨 오프라 윈프리야? 사원에 가서 기도해줄 수는 있어도 문제 해결은 못 해줘요. 그래도 같이 재밌게 놀아줄 수는 있어요. 그쪽으로는 뭘 모르는 것 같으니."

나는 받아치려 입을 열지만 그만 말문이 막혀 얼음 위에서 죽기만을 기다리던 노점 생선처럼 뻐끔하고 만다. 결국에는 살짝 눈을 흘기는 것으로 대답을 대신하고, 그런 날 보며 마리아는 깔깔거리며 장난스럽게 내 옆구리를 찌른다. 이후로는 말없이 함께 길을 걷는다.

해변에 도착하니 하늘은 이미 붉게 물들어 있다.

"오늘은 어디가 좋을까나?" 마리아가 두리번댄다. "저기가 좋겠네." 그녀가 가리킨 곳 바로 옆에서 현지 남자들이 발리볼을 하고 있다.

나는 그녀를 뒤따른다. 마리아가 가방에서 군청색 사롱•을 꺼내 백사장에 펼친다.

"자, 느긋하게 경치를 즐기자고요."

남자들은 하나같이 호리호리한 근육질에 갈색 피부가 매끈하다. 몇몇은 검은 장발을 틀어 묶었고 몇몇은 등 뒤로 치렁하게 풀어 놓았다. 다들 화려한 수영복 바지 차림이다.

주위를 둘러보니 우리 또래 여자가 꽤 많다. 백인 여자들. 술을 마시고, 살갗을 태우고, 책을 읽는 여자들. 혼자이거나 짝꿍과 함께인 여자들.

호루라기 소리와 함께 발리볼 무리 쪽에서 왁자지껄 소란이 인다. 남자들은 자기들끼리 하이파이브를 한 뒤 해변을 살핀다. 그리

• 인도네시아 등지에서 남녀 구분 없이 허리에 두르는 옷.

고 출동.

남자 하나가 우리 쪽으로 온다. "마리아, 우리 인다indah•. 오늘 기분 어때요?" 남자가 마리아 볼에 입을 맞춘다.

"아주 좋아요, 잰더. 이쪽은 나탈리라고, 게스트하우스에서 만난 친구."

남자가 나를 훑는다. "나탈리, 예쁜 아가씨. 발리 맘에 들어요?"

난 건성으로 웃어 보인다.

"내 친구 제이콥을 만나봐요. 제이콥," 잰더가 뒤를 돌아 친구를 부른다.

제이콥이 건너온다. 가슴팍에 맺힌 땀방울이 반짝인다. 그가 거칠게 숨을 몰아쉰다. "헤이, 브로" 두 남자가 악수한다.

"마리아 친구래. 좋은 사람." 잰더의 입꼬리가 올라간다. "빅 걸. 빅 러브."

나는 영문도 모른 채 분위기를 파악하느라 바쁘다. 모든 게 정신없이 벌어지고 있다. "안녕하세요." 뭐라 할 새도 없이 제이콥이 내 볼에 입을 맞춘다. 땀 냄새와 함께 머리칼에서 체리 향 같은 것이 풍긴다.

"맥주?" 마리아가 묻는다.

"우리 아가씨. 똑똑해요." 잰더가 얼른 맞장구친다. "없는 게 없어요."

"그쪽은," 마리아가 웃음기 어린 표정으로 잰더를 본다. "숲에서

• 인도네시아어로 '아름답다'는 뜻.

물고기도 낚을 매력쟁이면서. 나탈리, 같이 술 사러 가요."

나는 얼떨떨하게 마리아를 뒤따른다. 푸르렀던 하늘이 짙은 주황빛과 불타는 붉은빛으로 뒤덮이고 있다. 쫓겨나 심통이 난 것처럼 기운 달이 어렴풋이 떠오른다.

술집에서 익숙한 서양 팝 음악이 흘러나온다.

마리아가 쩌렁쩌렁하게 묻는다. "재밌죠?"

나는 대꾸하지 않는다.

"더 센 거로 시킬까요?" 마리아가 또 묻는다.

"아뇨. 맥주면 충분해요."

마리아는 아라크주를 그 자리에서 비운 뒤 맥주 네 병을 사서 두 병을 내게 건넨다. 병 표면에 차가운 물방울이 맺혀 떨어진다.

열기가 남은 저녁의 해변을 터덜터덜 걷는다. 샌들에 자꾸만 모래가 들어와 탈탈 털어낸다. 저무는 태양이 강렬한 주황빛과 붉은빛으로 하늘을 물들이고, 구름 조각들이 불길한 그림자를 드리운다. 들러붙는 모기를 쫓고 싶은데, 그럴 손이 없네.

잰더가 우쿨렐레를 연주하고 있다. 제이콥이 악기를 낚아채더니 음을 맞춘다. 그들 옆에 웬 여자가 호텔 수건을 깔고 앉아 있다. 50대 후반, 어쩌면 60대에 접어든 듯한 그녀는 연한 살집의 팔뚝을 내놓고서 사람 좋아 보이는 웃음을 짓고 있다. 머리칼은 구리색에 가까운 갈색이다.

"안녕들 하세요, 베브라고 해요." 우리가 돌아오자 그녀가 명랑하게 인사를 건넨다.

"이미 본 사이면서 무슨 인사야." 마리아가 구시렁댄다. 그리고는 내게 슬쩍 눈짓을 보낸다.

나는 베브를 보며 미소 짓지만, 마리아는 도끼눈이 되어 그녀를 본다. 잰더가 베브에게 선물하겠다며 댓잎으로 메뚜기인지 뭔지 모를 작은 곤충 모형을 만든다. 그리곤 그녀의 머리칼에 꽂는다.

베브가 환히 웃는다.

다시 보니 그건 곤충이 아니라 꽃송이다.

제이콥이 우쿨렐레를 내려놓고 맥주병을 든다. 건배를 외친 뒤 내 병에도 짠, 하고 병을 부딪친다. "잉글랜드에서 왔어요?"

"아일랜드요."

"어디요?" 그가 어리둥절한 표정으로 씩 웃으며 되묻는다. 새하얀 치아가 훤히 드러난다.

"잉글랜드 옆에 있어요." 나는 오른손을 펼쳐 설명한다. "잉글랜드가 여기면 아일랜드는 이쯤." 손바닥을 지도 삼아 아일랜드 위치를 대강 가리킨다.

제이콥은 그저 웃는다. "당신 정말 아름다워요."

얼굴이 확 붉어진다.

"부끄러워요? 당신 부끄러워요?"

나는 고개를 숙이고 맥주를 벌컥 들이켠다.

베브가 잰더에게 노래를 청한다. "자기 목소리가 참 좋더라. 발리의 조니 캐시•라니까."

그러자 마리아가 맞받아친다. "맞아요. 어젯밤에 날 위해 노래해

• 미국의 전설적인 컨트리 가수.

줬어요."

베브는 윗입술이 안 보일 정도로 입에 꽉 힘을 주어 억지로 미소 짓는다.

잰더가 우쿨렐레를 들더니 가만히 연주를 시작한다. 흥얼거리는 노래의 선율과 가사가 어딘지 귀에 익지만 제목이 기억나지 않는다.

제이콥이 집게손가락으로 내 손등을 쓸어내린다. 화들짝 놀라는 나를 보며 그가 웃는다. "괜찮아요." 나를 다독인다.

마음을 느긋하게 먹고 그의 손길을 받아들인다. 새빨간 태양이 바다 저편으로 삼켜진다.

사롱에 몸을 대고 눕는다. 제이콥이 내 손가락을 가만히 만지다 내 손에 자기 손을 포갠다. 머리 위로 새 한 마리가 자식을 잃어버린 어미처럼 들뜨게 울며 지나간다. 술기운에 머리가 지끈거린다. 잰더는 감미롭게 계속 흥얼거린다. 근처 여자들이 저마다 자신들을 유혹하는 남자들과 시시덕거린다.

제이콥은 나보다 열 살은 어려 보인다. 아마 열여덟, 아니면 열아홉쯤 됐을 거다. 설마 더 많으려나? 이곳 사람들 나이는 통 가늠이 안 된다. 제이콥은 몸이 우람하다. 작고 하얀 상처가 가슴 위쪽과 팔뚝 곳곳에 나 있다. 무슨 일이 있었던 걸까. 이 사람은 어떤 삶을 사는 거지.

마침내 태양이 모습을 감춘다.

마리아, 잰더, 그리고 제이콥이 맥주를 더 사오겠다며 일어선다. 베브와 나만 남아 기다린다.

"난 여기가 참 좋아요." 베브가 입을 연다. "회춘하는 것 같거든."

"나도 이제 좋아해 볼까 봐요." 내가 맞장구친다. 오늘 저녁은 꽤 근사했어요."

"와얀이랑 밤을 보낼 거죠?"

"누구요?"

"와얀이요. 아니, 제이콥. 이제는 그 이름을 쓰지, 참."

"모르겠어요." 갑자기 속이 뜨거워진다. "아마도요. 좋은 사람 같던데."

"괜찮은 친구예요. 아내가 둘째를 가져서 돈벌이가 필요하대요. 가족을 두고 이러는 게 웃기긴 해요. 그래도 저 애들한테는 괜찮은 돈벌이 아니겠어요?"

"방금 뭐라고, 하셨어요?" 갑자기 꿈에서 깬 기분이다.

"꼭 돈을 줘야 하는 건 아니지만 예의상 조금이라도 챙겨줘요. 먹여 살릴 가족이 있다잖아요."

"이해가 안 가요."

베브가 딱하게 나를 본다. "세상 참 넓죠? 난 애리조나에서 웨이트리스로 일해요. 1년간 모은 팁으로 한 달간 여기 있는 거예요. 미국에서는 다들 날 무시해요. 나이 많고 자식도 없는 이혼녀가 손님 시중이나 들고 있으니까. 이 나이에 남자를 만나기도, 새 기술을 배우기도 늦었다 이거지. 그런데 여기서 나는 부자에다 매력적인 여자가 돼요." 베브가 어둑한 하늘로 손을 뻗는다. "정말 천국이라니까."

어젯밤부터 지금까지 모기에 물린 곳들을 하도 긁었더니 피부에 생채기가 나버렸다. 시야가 뿌예져 눈꺼풀을 지그시 누른다.

자리에서 일어나 종아리에 묻은 모래알들을 턴다.

"가볼게요, 베브. 모기 때문에 안 되겠어요. 피 나기 전에 로션이라도 바를래요."

마리아, 잰더, 그리고 제이콥이 저쪽에서 맥주병을 들고 웃으며 오고 있다. 난 급히 손을 흔들어 인사한 뒤 백사장을 가로질러 빠져나간다.

시내 중심가 상인들이 고래고래 소리를 지른다.

"아가씨." 웨이터가 내 앞을 가로막고 메뉴판을 들이민다. "응?"

참아, 나탈리. 게스트하우스에 저녁거리 있잖아.

"먹고 싶어요?" 웨이터의 눈썹이 반들거린다.

"괜찮아요."

"에이, 아가씨. 원해요?"

"별로……."

"맛있을 거야, 아가씨." 웨이터가 천천히, 또박또박 나를 설득한다.

"딱히……."

"아가씨, 들어가요. 좋아할 거야."

결국 소심하게 고개를 끄덕이며 그를 따라 식당으로 들어간다.

5시에 퍼뜩 눈이 떠진다. 이마와 목덜미를 슬슬 문지른다. 배가 더부룩하다. 콱 막힌 느낌. 가스로 가득하다. 맘 같아서는 얇고 날카로운 무언가로 배를 찔러 가스를 빼내고 싶다. 그럴 순 없어 손가락으로 배를 꾹꾹 찌른다.

그리 멀지 않은 곳에서 수탉들이 운다. 목청의 힘으로 보아 대충 얼마나 떨어진 곳에 있을까 가늠해본다. 밖은 아직도 컴컴하다. 치미는 짜증을 억누르며 수탉들이 몇 마리인지 세어 본다. 그러나 한 마리인지 두 마리인지 긴가민가해 열한 마리까지 세고는 포기한다.

배를 마사지하며 베브와 마리아, 잰더, 제이콥을, 그리고 해변에서 있었던 일을 떠올린다. 머릿속에서 그 일을 재연하며 혹시 내가 뭔가를 오해한 건가 되짚어 본다.

식당에서 한바탕 먹은 기억에 속이 메스껍다.

입에서 앓는 소리가 난다.

과식한 나를 과식으로 벌하고 싶다.

밖이 환해지고, 나는 성긴 커튼을 젖혀 마리아 방을 확인한다. 혹시 돌아왔나, 누구와 함께 있나 싶어서. 어젯밤 내가 봤을 때와 달라진 건 없는 듯하다. 뜰을 내다본다. 할머니가 가족 객실 근처에서 빨래를 짜고 있다. 손을 흔들어 인사하지만 할머니는 나를 보지 못한다.

봉지에서 마늘빵과 초콜릿을 꺼내 깨작인다. 마리아 얼굴을 어떻게 본담. 그렇게 도망치다니 쪽팔려. 애초에 따라가는 게 아니었어.

정신을 차리고 보니 내가 허공에 손가락을 털고 있다. 바닥에 남은 건 녹은 초콜릿 부스러기뿐.

마리아와 마주칠까 봐 아침 먹으러 나가기가 꺼려진다. 이 동네 어디에 영미 서적을 파는 책방이 있다던데 아직 발견하지 못했다. 오늘은 기필코 가리라 다짐한다. 현지인에게 길을 물어서라도 꼭 찾아낼 거다.

시내 중심가는 북적인다. 이 시간에 더블린이었으면 출근하는 차량과 직장인 정도만 돌아다닐 텐데 이곳은 벌써 점심시간처럼 활기를 뗀다. 날 꾀려는 상인들을 전부 무시한 채 지도와 책방 이름만 믿고 계속 걷는다. 짧은 청바지를 입은 탓에 걸을 때마다 맨 허벅지가 쓸린다. 나는 외국인 무리 속에서 최대한 침착하게 호흡한다. 사실 이곳에서 외국인은 나뿐이다.

어느 건물 출입구 근처에서 걸음을 멈추고 지도를 꺼낸다. 행여 누가 날 보고 있진 않을까 주위를 살핀다. 언제 어디서 강도가 튀어나와 총이나 칼을 겨눌지 모르니 약간의 돈도 가지고 있다. 전부 환전하면 30달러는 될 거다.

내 위치가 어딘지, 방향은 옳은지 지도를 돌려가며 확인한다. 왼쪽에서 세 번째로 보이는 골목으로 꺾으면 도착. 책방 옆에는 서핑용품점. 그런데 이 거리에 책방같이 생긴 가게는 전혀 없다. 여러 번 오가도 마찬가지다. 걸음을 멈추고 생각한다. 그게 문제였어. 아일랜드에 있을 법한 책방을 찾으려 하니 없지. 이곳 책방은 다르게 생겼을 거야. 다시 거리를 걷는다. 어느새 하늘 높이 뜬 태양이 하품하며 기지개를 켜듯 하얀 빛살을 고요한 푸른 하늘에 뻗친다.

집중력을 발휘해 책방 건물을 찾아낸다. 발코니 화분에 프랜지파니와 다육 식물이 나란히 심겨 있다. 찾고 보니 간판부터 대놓고 책방이다. 붉은 배경에 깔끔한 노란색 글씨로 '책방'이라고 쓰여 있지 않은가. 이걸 왜 놓쳤지? 창문 안쪽으로 책꽂이 두 개와 각종 기념품, 그림, 카드를 진열한 장이 보인다. 다른 쪽 창문 너머에는 발리 전통 그림을 짜 넣은 형형색색의 태피스트리와 작은 목공예품이 있다. 이곳의 다른 기념품 가게와 크게 다르지 않다.

앞문은 잠겨 있다. 12개국 언어로 출간된 새 책과 헌책을 판다는 알림 글이 덧문 옆 표지판에 영어로 쓰여 있다. 다른 언어로도 뭐라 쓰여 있는데 아마 인도네시아어인 듯하다. 밑에는 운영 시간도 적혀 있다. 15분만 더 기다리면 된다. 나는 그늘진 벽에 기대고 서서 주위를 둘러본다. 아직 더위는 견딜만하고 쨍한 햇빛 덕에 모든 것의 색감과 분위기가 한층 더 유쾌하게 변한다. 이곳 사람들은 서로에게 참 다정하다. 웃는 걸 좀 봐. 세상에, 언제 봐도 늘 웃고 있어.

건너편 거리에서 나이가 지긋한 백인 남자가 새하얀 셔츠와 검은 바지 차림으로 걸어와 책방 앞에 멈춘다.

"아직 안 열었어요?" 그가 날 보며 묻는다. 말씨로 보아 프랑스 사람이다.

"5분 더 기다려야 해요." 나는 휴대폰으로 시간을 확인한 뒤 대답한다.

남자가 휘파람을 분다. "발리 시간은 서양과 참 달라."

남자는 뿔테 안경을 꼈다. 셔츠로 가려진 배가 살짝 불룩하다. 금줄 목걸이가 햇빛에 반사되어 반짝인다. 그의 웃음에 나도 웃음으로 답한다.

"책 읽는 걸 좋아하나 보죠?" 그가 말을 건넨다.

"챙겨 온 책을 두 번이나 완독했어요. 새 책이 필요해요. 진심으로요." 나는 그에게 내가 가진 책을 내민다.

그가 책을 받아 든다. 다듬어진 손톱이 깔끔하다. 그는 책을 이리저리 살피더니 첫 장을 펼치고 곧바로 마지막 장을 눈으로 읽는다.

"재밌어 보이네요." 그가 말한다.

"나쁘지 않아요." 내가 대답한다.

"어떤 장르를 좋아해요?" 그가 가까이 다가선다. 갓 자른 듯한 시트러스 향수 내음이 훅 풍긴다.

"글쎄요. 졸업하고는 책을 통 안 읽어서. 그 책도 그냥 공항 서점에서 베스트셀러 매대에 있길래 산 거예요. 작가 이름을 들어 본 것도 같길래."

"로맨스 소설이죠?"

"맞아요."

"로맨스에 관심 없어요?"

놀리는 건가 싶어 유심히 살피지만 그런 기미는 보이지 않는다.

"관심 있죠. 글쎄요, 그냥 잘 모르겠어요. 근데 그 책은 좀 어이없더라고요. 비현실적이랄까. 등장인물들이, 진짜 사람 같지 않아요."

남자가 픽 웃는다. "왜냐면 등장인물이니까요. 당연히 진짜 사람이 아니죠."

"그건 그렇네요." 내가 말한다. "하지만 이야기 자체도 시시했어요. 누군가 그 책 인물들처럼 행동하면 바로 무시당하거나 경찰에 신고당할걸요. 로맨스 소설이지 진짜 사랑 이야기는 아니었어요. 진짜 현실적인 사랑이라기엔 영."

"그게 대체 뭔데요? 진짜 현실적인 사랑이란 게?" 남자가 코를 찡긋하며 묻는다.

말을 주고받다 보니 조금씩 경계심이 풀어진다. "그런 게 우리 존재를 충만하게 하지 않나요? 자기 본 모습대로 살아가게 하고요. 있는 모습 그대로 매력적이고 괜찮다는 믿음을 심어 주죠."

"우리 아가씨는 그렇지 않나 봐요?" 남자가 턱을 비뚜름하게 하고서는 앞으로 한 발자국 더 다가온다.

"네?" 나는 뒷걸음질 친다.

"혼자서는 그런 느낌을 못 받나요?"

나는 고개를 저으며 그가 다음에 무슨 말을 꺼낼지 불안해져 몸을 돌린다.

"혼자 못 느끼는 걸 어떻게 남이 해줄 수 있겠어요?" 그가 대뜸 손을 내민다. "장 루크라고 해요."

그때 젊은 발리 여자가 빙긋 웃으며 우리 앞에 나타난다. "실례합니다." 그리고는 덧문 빗장을 연다.

책방은 천장이 높고 자연광이 쏟아져 쾌적하지만 통로마다 책더미와 각종 악기가 쌓여 있어 비좁은 느낌도 있다. 장 루크가 이리저리 돌아다니다 책을 몇 권 집어 내가 있는 쪽으로 온다. "맘에 들 거예요."

나는 책들 겉면에 쓰인 홍보문구를 읽다가 결국 내 책을 팔고 유치한 로맨스 소설을 한 권 더 산다.

"이번엔 진짜 현실적인 사랑 이야기인가요?" 장 루크가 눈을 반짝이며 묻는다.

나는 피식 웃으며 머리를 쓸어 넘긴다. "놀리지 말아요. 책을 읽을 땐 영어와 프랑스어, 둘 중 뭐로 읽으세요?"

"어휴." 그가 손을 내젓는다. "당연히 프랑스어죠. 영어를 그렇게 잘하진 못해요."

"잘하시는데요."

"이런, 무슨 소리. 그래도 칭찬은 고맙게 받아들이죠."

우리는 각자 책방 구경을 마치고도 문 앞을 좀 더 서성인다. 나는 그를 더 붙잡아 두고 싶은 마음에 조금 전 그가 추천한 책들의 작가에 관해 질문한다.

"나도 우리 아가씨와 이대로 헤어지기는 아쉬운데, 허기가 지네요. 아침 먹었어요?" 그가 묻는다.

나오기 전 초콜릿과 마늘빵을 마구 먹은 기억이 떠올라 얼굴이 화끈거린다.

"아뇨."

"근처에 아주 괜찮은 곳이 있는데, 가서 브런치를 함께 먹겠어요? 내 단골집이에요."

"좋아요." 내가 웃으며 대답한다.

구불구불한 갓길을 따라 걸으면서 곁눈질로 장 루크를 관찰한다. 은발 사이사이에 검은 머리카락이 아직 남아 있네. 지금보다 스무 살 젊은 그는 어떤 모습일까.

식당 안은 사람들로 가득하다. 주방 직원들이 커다랗고 까만 팬에다 레몬그라스를 넣어 볶고 있다. 주방을 지나 뒤뜰로 나가자 현지 웨이트리스들이 장 루크의 양 볼에 입을 맞추며 그를 반긴다.

그중 하나가 나를 힐끔 본다.

"새로 사귄 친구, 나탈리랍니다." 장 루크가 날 소개한다.

웨이트리스가 손으로 입을 가리고 킬킬거리더니 미소를 머금은 얼굴로 돌아선다. 그리고 메뉴판 두 개를 장 루크에게 준다.

나는 괜히 살갗에서 보푸라기를 떼어내는 척한다.

장 루크가 메뉴판 하나를 내게 건넨다. 댓잎을 엮어 만든 메뉴판에는 영어, 독일어, 일본어로 메뉴가 적혀 있다. 테이블 매트도 접시도 댓잎으로 만들어졌다. 메뉴는 발리 현지 음식인데 가격만큼은 서양 못지않다.

"가장 좋아하는 자리를 소개할게요." 장 루크가 그늘진 구석의 작은 테이블로 나를 안내한다. 그 자리에서는 차분한 분위기의 분수대가 정면으로 보인다. 물에 수련 잎이 떠 있고 정중앙에는 콘크리트 불상이 설치되었다. 가장자리에 놓인 공물들이 햇볕에 시들어간다.

장 루크 맞은편에 앉은 나는 자세를 바로잡는다. "파리에서 배우로 활동하신다고요? 정말요?"

그의 얼굴에 웃음이 번진다. "연극배우요. 그렇게 안 믿겨요?"

"배우를 처음 만나봐서요. 영화에도 출연했어요?"

"무슨 말씀. 영화는 상업이고 연극은 예술이지."

다른 옷을 입고 올 걸 그랬다. 하필 가슴골이 다 드러나고 몸에 딱 달라붙는 민소매 상의를 입고 오다니. 또 청바지는 너무 짧다. 가죽 샌들 바깥으로 튀어나온 발톱은 길이도 들쭉날쭉하고 먼지투성이다. 고상한 배우 앞에서 이렇게나 촌스러운 꼴을 보이다니. 동굴에 사는 미개인이 된 기분이다.

"아가씨는? 무슨 일을 해요? 여기는 어쩌다 왔어요?" 그의 물음에 나는 입술을 깨물고 대화 주제를 바꾼다.

그가 추천한 대로 아보카도 달걀 요리를 시켜 버섯, 페타 치즈, 레몬 양파 마멀레이드를 곁들여 먹는다. 그는 내게 옛 발리 이야기를 들려준다. 관광객이 늘면서 이곳도 몰라보게 달라졌단다.

"쿠타에서 광란의 해변 파티가 열리는데, 가봤어요?" 그가 이쑤시개로 이를 쑤시며 묻는다. 진짜 치아이려나. 오른쪽 앞니 옆으로 틈이 있는 거로 보아 진짜 그의 것인 듯하다. 가짜라면 결함이 있을 리 없어.

나는 고개를 젓는다. "아뇨. 실은 이 동네를 떠나 사원에 갈까 해요. 한적한 곳으로요."

"나도 그럴 생각이에요." 그가 말한다. "한창때 놀던 실력이 어디 가진 않았지만, 이제는 특별한 날에만 맘먹고 노는 편이죠. 후식은 뭐 먹을래요? 시간이 좀 이르긴 한데 여기 바닐라 치즈 케이크가……" 그가 주먹 쥔 손을 입술에 가져가 집게손가락에 입을 맞춘 후 손가락을 확 펼친다. "끝내주거든요."

"배불러요." 나는 불룩한 배를 쓰다듬는다. 일단은 체면상 거절해야겠지.

"그럼 하나 시켜서 나눠 먹을까요?"

장 루크가 메뉴판을 살핀다. 그리고 아까 날 보며 킬킬대던 웨이트리스를 손짓으로 부른다. 둘은 인도네시아어로 대화한다. 책방 직원과 이야기할 때나 조금 전 다른 웨이트리스에게 주문할 때는 왜 현지어를 쓰지 않았던 걸까.

앳된 웨이트리스는 장 루크와 유쾌하게 대화하며 연신 깔깔댄다. 그가 손을 흔들고, 웃고, 무언가를 말하고, 웨이트리스는 웃으며 쓰던 펜을 집어넣는다. 왠지 내 모기 자국을 보는 것 같은데. 나도 모르게 못생기게 부은 모기 자국을 벅벅 긁고 만다.

“호랑이 연고, 알아요?” 웨이트리스가 날 보며 말한다. “바르세요.”

나는 얼굴을 붉히며 고맙다는 말을 대충 중얼거린다.

장 루크는 다시 연극 이야기로 돌아가 런던과 뉴욕에서, 또 몬트리올에서 무대에 올랐던 일을 들려준다. 또 나와 동갑이라는 아들 클레망 이야기를 꺼낸다.

“결혼하셨어요?” 내가 묻는다.

“아뇨.” 그가 고개를 젓는다. “아내는 14년 전에 세상을 떠났어요.” 그는 그러면서 목걸이를 만지작거린다.

“죄송해요.” 내가 사과한다.

그는 한동안 말이 없다. 나는 아들에 대해 더 듣고 싶다고 청한다.

클레망은 사이렌 소리, 충돌음, 경적 같은 것이 뒤섞인 음악을 듣는단다. “그냥 소음이죠.” 장 루크는 믿을 수 없다는 투다. “내 귀에는 거슬리기만 해요. 일부러 충격을 주는 음악을 골라 듣는가 본데, 솔직히 이해 안 가요. 나도 이제 늙은 건지.”

“늙기는요.” 나는 얼굴 뒤로 머리칼을 쓸어 넘긴다.

“중년 아저씨가 맞죠.” 그가 대꾸한다. “행복한 중년 아저씨.”

그가 앞으로 몸을 내밀더니 내 머리칼 한 올을 끌어내린다. “이렇게 하는 게 훨씬 예뻐요.”

우리는 누구 하나 시선을 피하지 않은 채 잠시 서로를 바라본다.

장 루크가 깊게 숨을 들이마신다. “오늘 저녁에는 뭐 해요?”

잠시 주저한다. “책을 읽지 않을까요? 오늘은 모기한테 몇 방이

나 물렸나 세면서?"

그가 소리 내어 웃는다. "피부 하얀 사람들은 여기 와서 다들 뜯기고 가요."

"가려움의 화신이 된 기분이에요."

"별로 티 안 나요. 나탈리, 이따 저녁도 같이 먹을까요? 식사 후에 공연을 봐도 좋고."

심장이 빠르게 뛰기 시작한다. "그럴까요?"

"위Oui. 그럼 7시 반에 만날까요?"

게스트하우스에 도착해 대문을 닫는데 누군가 "어이" 하고 부르는 소리가 들린다.

주변을 살핀다.

"어이, 선생 친구." 마리아는 앞뜰의 식사 테이블에 아이패드를 놓고 앉아 있다. "어젯밤에는 왜 내뺐어요? 친구한테 말도 없이 가버리다니 실망이에요."

"베브한테 말했는데." 괜히 고개가 숙여진다.

"베브는 어제 내 남자를 탐내느라 정신이 없었거든요."

"아."

"그 여자는 진짜 수준 이하야." 마리아는 이렇게 말하며 손을 닦는다.

"잰더하고는 좋은 시간 보냈어요? 설마 베브한테 뺏긴 거예요?"

"당신이 제이콥을 물 먹였잖아요. 솔직히 둘이 무지 잘 어울리던데. 아무튼 그 덕에 베브가 제이콥과 춤을 추러 갔나 그래요. 나는 잰더랑 클럽에 갔다가 조용한 해변에 다녀왔죠." 마리아 입가가 씩 올라간다.

"베브가 그러는데, 제이콥 유부남이래요."

"그래서요?"

"임신한 아내도 있다던데."

마리아가 시선을 피한다.

긴 침묵이 흐른다.

"좀 아니지 않아요?"

"삐딱하게 굴 것 없어요." 마리아가 한 마리 말처럼 콧김을 뿜으며 고개를 젓는다. "여기서는 다들 이러고 놀아요. 그렇다고 우리가 무슨 섹스 관광객인 건 아니죠. 특별히 요구하지 않는 이상 잠자리로 이어지지는 않으니까. 그냥 재미만 보는 거예요. 좀 껴안고, 칭찬도 듣고. 서양 남자들이 곧 죽어도 하기 싫어하는 걸 여기 남자들은 해준다고요."

"어제는 머리가 복잡해서 일찍 나왔어요." 나는 무심결에 또 모기 자국을 긁는다.

"원래 좀 그런 스타일인가?"

나는 억지로 웃음을 짓는다. "사실, 아까 프랑스 남자를 만났는데, 나한테 작업을 걸었어요."

"그래요?"

"네. 파리에서 배우였대요. 재밌고 매력적인 사람이에요. 같이 저녁 먹기로 했어요."

"땡잡으셨네. 오늘도 놀러 나가자고 꼬실 참이었는데." 마리아가 한숨을 푹 쉰다. "잰더를 만나려면 베브를 또 봐야 해요. 잰더는 오늘도 제이콥이랑 함께 나올 텐데, 베브가 제이콥을 고르면 난 꼼짝없이 그 여자랑 다녀야 한단 소리죠. 보기만 해도 토 쏠려. 아주 꼴불견이라니까. 그 여자를 다시 볼 바에야 오늘은 딴 남자랑 놀고 말지."

온종일 속이 꾸르륵댄다. 자꾸 휴대폰으로 눈이 간다. 시간이 유독 굼뜨게 흐른다. 나는 샤워를 하고 나와 머리를 땋으려 끙끙대다 결국 포기하고 한 갈래로 높이 묶는다.

창밖을 보니 마리아가 해변 쪽으로 어슬렁어슬렁 걸어가고 있다.

미리 식당이 있는 동네로 가서 여유 있는 모습으로 장 루크를 만나야지. 근처 가게를 구경하며 약속 때까지 시간을 때우자.

날이 저무니 아침과는 분위기가 또 다르다. 식당에 들어가 뒤뜰로 가려는데 못 보던 웨이트리스가 나를 불러 세운다.

"실례합니다. 예약하셨나요?" 웨이트리스가 묻는다.

나는 시간을 확인한다. "아마도요?"

"성함요."

나는 주저한다. "장 루크. 그 프랑스 손님 이름으로 되었을 텐데." 얼굴이 빳빳하게 굳으며 달아오른다. "성은 몰라요."

"장 루크요?" 웨이트리스가 웃음을 참는 목소리로 되묻는다.

"네. 여기 매일 온다던데요?"

웨이트리스가 눈을 크게 뜨며 나를 똑바로 본다. 그러고는 킬킬 웃는다. "알았습니다. 장 루크 씨 테이블로 안내할게요." 그녀는 밖으로 따라 나오라고 손짓한다.

나뭇가지에 커다란 주황빛 전등이 달려 있다. 몇 안 되는 테이블 주위에 잘 빼입은 손님들이 둘러앉아 있다. 분수대 물이 터지기 일보 직전의 오줌보처럼 요란하고 끈질기게 쏟아진다.

나는 애꿎은 팔을 문지르며 휴대폰으로 재차 시간을 확인한다. 7시 43분. 7시 반에 만나자고 하지 않았나? 9시 반이었던가? 내가 착각한 거야? 털끝이라도 보일까 싶어 계속 뜰 입구를 살핀다. 의자에 앉아 몸을 들썩인다. 이대로 나가면 너무 쪽팔린데. 먼저 식사하면서 기다리다 보면 한 시간 45분 후에 그가 나타날 수도 있어. 약속 시간이 7시 반이 아니라 9시 반이 맞다면.

나는 테이블 양초를 가지고 놀다 실수로 뜨거운 촛농에 손가락을 덴다. 이제 정말 가야겠다고 생각할 즈음에 그의 목소리가 들려온다.

"여기 있었군요." 장 루크가 두 팔을 벌리며 다가온다.

그는 하얀 긴소매 셔츠에 갈색과 노란색이 섞인 크라바트•를 목에 둘렀다.

"우리 예쁜 아가씨를 놓칠 뻔했어."

자리에서 일어나는데 안도감에 힘이 풀려 휘청거린다. 그가 내 볼에 입을 맞춘다.

"괜찮아요?"

"세상에, 미안해요. 난 내가 시간을 착각한 줄 알았어요." 나는 나

• 넥타이처럼 목에 두르는 턱받이 모양의 스카프.

를 붙드는 그의 손을 뿌리치지 않는다.

그가 시계를 힐끔 본다. "이쯤 보기로 한 게 맞아요. 자, 앉아요. 잘 있었어요?"

"네, 잘 있었죠. 당신은요?"

"뭐 그럭저럭. 아침에 만난 매력적인 아가씨에 비하면 죄다 시시했지만. 다시 만나 기쁘군요."

다가와 메뉴판을 건네는 웨이트리스는 여전히 히죽대고 있다. 내가 예민한 거야?

장 루크가 말한다. "뭘 먹을래요? 향신료가 많이 들어간 요리도 괜찮아요?"

나는 메뉴판을 훑는다. "사실은 뭐가 뭔지 잘 모르겠어요."

"그럼 똥생 깜빙을 먹어봐요. 맛있어요."

"여기 이거요?" 내가 메뉴판에 적힌 요리 이름을 하나 가리킨다. "양고기네요. 별로예요. 고기 냄새가 너무 강해서."

"나탈리, 이참에 도전해봐요. 양고기라도 인도네시아 향신료와 섞이면 맛이 달라져요. 아주 대단하죠."

코코넛 밀크에 끓인 야채 스튜와 밥도 썩 나쁘지 않을 것 같은데.

장 루크가 메뉴판을 덮자 웨이트리스가 건너온다. 주문은 내 몫까지 장 루크가 대신한다. 함께 시킨 화이트 와인은 웨이트리스가 곧바로 가져다준다.

"드라이 화이트 와인으로 시켰어요. 벨기에산. 참고로 이 섬 북부에도 포도밭이 많답니다. 프랑스산에는 당연히 못 미치지만 평균 이상은 되더군요." 그는 이렇게 말하며 내 잔에 와인을 따른다.

한 모금 마시자 새큼한 맛에 오른쪽 얼굴이 찡그려지면서 자연스레 오른쪽 눈이 감긴다.

장 루크가 그걸 보고 웃는다. "원래 끝맛이 좀 셔요."

주문한 요리가 나온다. 뼈에 달라붙은 양고기 살덩이가 눈에 띈다. 속이 울렁인다. 다른 음식은 잘만 먹으면서 왜 붉은 고기는 보기만 해도 힘든 건지.

나는 와인을 한 모금 크게 마신 뒤 식사에 도전하기로 한다. 스튜 국물에까지 진한 양고기 맛이 배어난다. 억지로 삼켜 본다. 다시 와인을 벌컥 마신다.

"진짜 맛있죠?"

나는 고개를 끄덕이며 걸쭉해진 침을 삼킨다.

"좋아할 줄 알았어요."

애를 썼는데도 결국 3분의 1도 못 먹고 남긴다. 장 루크가 디저트로 아이스크림을 하나 시켜 나눠 먹자고 제안한다. 그리고 어느 사원 행사에 가면 좋을지 이야기한다. "마술 쇼를 보러 가도 좋겠군요. 의상이 기가 막히고 마술도 얼마나 신기한지 몰라요."

나는 웃어 보인다. "재밌겠네요." 헐거워진 머리 고무줄을 꽉 조인다.

그러자 장 루크가 앞으로 몸을 쓱 내민다. "이렇게 하는 게 예쁘다고 말하지 않았나." 그가 내 머리칼 한 올을 끌어내린다.

나는 그가 끄집어낸 머리칼 뿌리를 손가락으로 더듬으며 눈을 살짝 찌푸린다.

"미안해요." 그러나 결국 얼굴을 가리는 머리칼을 내버려 둔다.

화장실에 가겠다며 일어난 장 루크가 입구 쪽 테이블에 앉은 백인 남자를 알은체한다. 농담을 건네 남자를 박장대소하게 만든 뒤 장 루크는 유유히 시야에서 사라진다.

웨이트리스가 아이스크림을 들고 다가온다. 큼지막한 그릇에 주황색 플라스틱 숟가락이 안테나처럼 양쪽에 꽂혀 있다.

나는 별생각 없이 휴대폰으로 소셜 미디어 앱을 연다.

아이스크림이 걸리게 셀카를 찍고 태그를 걸어 계정에 올린다.

#맛있어 #여기가천국 #맛집

스크린을 물끄러미 보다 문득 옛 직장 동료들이 내 사진을 보면 뭐라고 생각할까 궁금해진다. 외국에 나가 이국적인 경험을 하고 재밌게 사는 내 삶을 본다면. 이런 삶이 그들 삶보다 나을까? 별로일까? 아니면 거기서 거기이려나? 나는 사진을 삭제하고 휴대폰을 멀찍이 치운다.

화장실에서 나온 장 루크가 또 한 번 백인 남자 테이블에 들러 내가 있는 곳에서는 들리지 않게 뭐라 말하고는 한바탕 들썩이며 웃는다. 젊은 현지 여성이 그들 곁에 다가가 장 루크와 포옹하고는 자리에 앉는다.

인기가 좋네. 다들 저 사람을 좋아하고 있어.

그가 테이블로 돌아온다. 아이스크림은 벌써 녹고 있다. 그는 손뼉을 한 번 치고는 손바닥을 세게 비비며 말한다. "좋은 생각이 떠올랐어요, 나탈리. 같이 자동차 여행을 갑시다. 마침 2주간 타고 다닐 차를 빌렸거든요. 어때요? 함께 다닐 사람이 있으면 좋을 것 같아요. 당신도 그럴 것 같은데."

갑자기 한밤중이 된 것처럼 주변이 어두워진다. 아니, 어쩌면 이제야 어둠을 알아차린 건지도.

"근사한 사원을 실컷 보고, 진기한 음식을 맛보고, 노을 풍경도 함께 보면 좋겠어요."

회오리바람이 인 것처럼 머릿속 생각들이 두둥실 떠올라 어지럽게 돈다. 향. 거대한 황금 조각상. 안경을 닦는 장 루크. 그가 챙겨 먹는 약봉지. 수치심. 차창으로 들어오는 햇살. 바깥에 펼쳐진 논밭. 오르가슴. 섹스가 끝나고 몸을 가리는 나. 쭈글쭈글하고 축 처진 그의 피부. 아빠와 여행을 다니냐는 질문들. 사랑에 빠지고. 사랑에서 깨어나고. 그리고 이별.

나는 그 소용돌이에서 빠져나와 깊이 한숨을 쉰다.

"뭐 어때요, 즐기며 사는 거죠." 그가 말한다.

나는 가슴 앞쪽을 긁적이며 얼버무린다. "안 지 얼마나 됐다고……."

"복잡하게 생각 마요. 그게 모든 문제의 원인이거든. 그냥 알았다고 해요. 젊어서 뭘 모르나 본데, 우리 같은 사람들은 본능적으로 서로에게 끌려요. 또 서로를 믿죠. 이 계획은 하늘이 내려 준 거예요." 그는 위에서 정말 뭐가 떨어지기라도 한 것처럼 손을 펼치더니 허공을 와락 움켜쥔다. "선물이랄까."

나는 침묵한다.

그가 머리칼을 한 번 쓸어 넘긴다. "나탈리, 여기서 당신은 외국 여성이에요. 혼자 돌아다니면 위험해요."

나는 대답 대신 혀로 앞니를 훑는다.

"서로의 고독을 함께 나눕시다."

내가 소심하게 대꾸한다. "장 루크 씨, 좋은 생각인지 잘 모르겠어요."

"아직 어려서 그래. 인생을 좀 재밌게 살아봐요."

"나이 때문은 아니에요." 내가 달랜답시고 급히 말을 덧붙인다.

"그거 때문이구먼." 그의 말투가 차가워진다. "이제 알겠어. 나이 차이가 너무 난다는 거지."

"아뇨. 그런 뜻이 아니에요. 그냥, 잘 아는 사이가 아니니까……."

"백인들은 그놈의 망할 조건을 너무 따져."

"난 그렇게 말한 적 없어요."

"그렇게 생각하고 있는데, 뭘."

나는 투항하는 사람처럼 두 손을 들어 올리며 고개를 젓는다. 목이 따끔해진다. "미안해요, 장 루크 씨."

나는 게걸스럽게 아이스크림을 크게 한 숟갈 뜬다. 노란색 크림에 망고 조각이 점점이 박혀 있다. 불쾌하리만치 달콤하다.

젊은 현지 웨이트리스가 접시를 치우러 온다. 장 루크는 날 없는 사람 취급하며 그녀와 대화한다. 내가 밥값을 따로 계산하겠다고 하자 그는 됐다고 손을 젓고는 다시 나를 무시한다.

"지인들과 볼 일이 있어 이만. 오랜만에 만나는 자리라서." 한참 만에 입을 연 장 루크가 팔꿈치로 건너편 테이블을 대충 가리킨다.

"네." 나는 일어나 식당을 나선다. 작별 인사는 하지 않는다.

혼란스러운 마음을 안고 거리로 나온다.

이렇게 순식간에 일을 망치다니? 정처 없이 떠돌다가 길을 잃은 줄 알았는데 어느새 해변으로 가는 길목이다.

마리아가 있을지 몰라. 쿵쾅거리며 들이닥친 외로움을 안고 홀로 게스트하우스로 돌아가기는 싫어 길을 따라 걷는다.

해변은 왁자지껄 놀고먹는 사람들로 가득하다. 마리아는 보이지 않는다. 타월을 깔고 앉은 백인 여자들과 일본 여자들이 저마다 현지 남성을 옆에 끼고 있다. 발리볼 네트를 찾는다. 저 아래 보인다. 그곳에 푸른 사롱을 깔고 앉은 마리아도 있다.

잰더가 기타를 연주하며 노래를 부르고 있다. 제이콥은 베브의 허리를 마사지 중이다. 그러다 날 발견하고는 멈칫한다.

마리아가 꺅 소리를 지른다. "이게 누구야?"

그녀는 벌떡 일어나 날 껴안은 뒤 무리가 있는 곳에 날 앉힌다.

제이콥이 인사를 하고 나도 인사를 한다. 베브도 인사를 건네지만 뚱한 목소리다.

"안녕하세요, 베브."

베브는 고개를 틀어 제이콥의 얼굴을 확인한다. 제이콥의 시선은 날 향해 있다. 그는 사롱에 앉은 내 곁으로 냉큼 온다.

베브가 바에 다녀오겠다며 호텔 수건을 챙겨 일어나 다리에 묻은 모래를 턴다. "제이콥, 맥주를 날라야 하니 나랑 같이 가."

제이콥이 베브를 보고, 나를 보고, 다시 베브를 본다. 그러자 베브가 핸드백을 두 번 두드린다. 아마 둘만 아는 신호인 듯하다.

"얼른 갔다 올게요, 나탈리." 제이콥이 낮은 음성으로 속삭인 뒤 자리를 뜬다.

"미스터 실버 폭스와 데이트는 잘 되셨나?" 마리아가 페페 르 퓨• 의 목소리를 흉내 내며 묻는다.

"잘 모르겠어요." 나는 그가 약속에 늦은 것과 형편없던 음식 이야기부터 꺼낸다. "그러더니 대뜸 렌터카를 타고 같이 여행하자는 거예요."

"유후." 마리아가 짓궂게 어깨를 들썩인다.

"그런 거 아니었어요. 아니, 정말 그런 거였나."

"내숭 떨지 말고 얼른 다 말해요."

한숨이 먼저 나온다. "2주간 함께 여행하자고 했어요. 순간 혹하더라고요. 하지만, 처음 보는 사람한테 그런 제안을 하는 게 좀 수상하지 않아요? 대체 뭔 생각으로? 냉큼 같이 가겠다고 하는 것도 이상하지 않나요?"

"내가 같이 여행하자고 한다면요?" 마리아가 묻는다.

"뭐," 나는 망설이지 않고 대답한다. "당연히 같이 가죠."

"내가 어떤 사람이고 무슨 짓을 저지를지도 모르면서."

"그 사람이 나와 로맨틱한 관계를 바랐던 건지 헷갈려요."

"비밀 애인이 되는 건가?" 마리아가 씩 웃는다. "나는 앞뒤 안 가리고 무조건 해요. 그 사람, 돈은 많대요?"

"여기서는 누구나 돈이 많지 않나요?"

"발리 기준 말고, 유럽 기준으로는?"

"하고 다니는 걸 보면 그런 것 같아요. 직업이 배우이니 연기하는

• 인기 애니메이션 시리즈 〈루니 툰즈〉에 등장하는 프랑스 스컹크 캐릭터.

걸 수도 있지만, 그래도 꽤 고상해 보이고 밥값도 다 자기가 냈어요."

"그래서 같이 가기로 했어요?"

"아뇨. 거절했어요."

"왜?"

"어떻게 그래요. 그 사람이 뭘 요구할지 알고."

"그런 기회를 놓치다니 이런 못난이를 봤나."

나는 눈썹을 긁적인다. "그렇게 생각해요?"

"당연하죠. 나였으면 바로 수락했어요. 귀여운 남자면 더 좋고."

"잘생기긴 했어요. 솔직히 좀 끌렸어요. 그 사람도 내게 관심을 보였고."

마리아가 혀를 끌끌 찬다. "못났다, 못났어."

나는 발가락과 손가락을 오므라트린다. "정말 그런가?"

마리아의 시선이 광활한 바다로 향한다. "나탈리, 솔직히 말해도 돼요? 오늘 밤에도 베브랑 있다가는 진짜 토할지 몰라요. 그 사람이 돌아오면 당신이랑 나, 잰더랑 제이콥, 우리 넷만 다른 곳으로 가요. 저기 감시탑 근처에 노래방이 있는데 거기 물이 좋아요."

"음, 글쎄요. 노래에는 자신도 없고, 베브만 따돌리는 건 좀 못된 짓 아니에요?"

"못된 짓?" 마리아가 웃음을 터트린다. "못된 건 그 여자죠. 제이콥이 당신에게 관심을 보이는데도 계속 제이콥에게 추근대잖아요. 제이콥이 좋아하는 건 당신인데."

"제이콥은 유부남이에요. 난 같이 안 갈래요."

"일단 맥주가 오면 마시고 베브를 다시 바에 보낸 다음 우리끼리

자리를 옮겨요."

"마리아, 그건 왕따 짓이죠."

"왕따? 베브는 나이를 먹을 만큼 먹은 여자예요. 그런데 뭔 왕따?" 마리아가 또다시 웃음을 터트린다. "선생 티를 아직도 못 벗었네."

"오늘 저녁은 좀 힘들어요." 나는 고개를 젓는다. "이곳과 안 맞나 봐요. 입에서 양고기 맛이 나는 것도 싫고."

"좋아요. 그럼 뭘 할까요? 어쨌거나 난 그 할망구랑은 더 못 있어." 마리아가 자기 손톱을 살핀다.

"나는 게스트하우스로 갈래요. 책을 새로 한 권 샀어요. 그거나 읽으려고요."

마리아가 가짜 하품을 한다. "맘 바뀌면 노래방으로 와요."

"바뀔 것 같지 않지만, 알았어요. 나중에 봐요, 마리아." 내가 자리에서 일어난다.

"나탈리." 멀어지는 날 향해 마리아가 소리친다. "좀 즐기며 살자고요."

게스트하우스로 돌아와 책을 펼치지만 글자가 눈에 들어오지 않는다. 습한 벽에 핀 곰팡이 자국을 멍하게 바라본다. 한쪽 구석에 작은 얼룩 도마뱀 한 마리가 숨을 죽이고 붙어 있다. 페이지 귀퉁이를 접어 책을 바닥에 내려놓는다.

갓을 씌우지 않은 전구를 끄고 잠을 청하지만 머릿속이 어지럽다. 난 너무 생각이 많아. 그 점은 장 루크가 옳았어. 그 사람과 여행을 떠나도 괜찮지 않았을까? 내 인생에 다시 안 올 기회였다면?

"나도 즐길 줄 알아." 난 혼자 이렇게 중얼거리며 앞으로 뭘 할지 다짐한다.

그러다 깜빡 잠이 든다.

다음 날 아침 칠부바지와 보라색 브이넥 티를 골라 입는다. 여전히 관광객 티가 나기는 해도 이제 제법 자연스럽다.

그가 오늘도 브런치를 먹으러 올까? 내게 했던 제안이 여전히 유효할까? 변덕스럽다면서 어이없어하진 않을까? 아니야, 이런 게 인생인데 뭘. 옛날의 나탈리는 벗어버리고 용감하고 쿨한 새사람이 되는 거야. 프랑스 배우와 모험을 떠나는, 명랑하고 세련된 나탈리로.

번화가를 따라 걸으며 책방으로 가는 길을 되짚어간다. 잠시 헤맨 끝에 어제 갔던 식당에 도착한다. 햇살은 따사롭고 더위도 심하지 않다. 안으로 들어가 그를 기다린다. 놓치면 안 되는데. 그가 좋아한다는 구석 자리에 앉아 콜라를 한 잔 주문한다. 금세 잔을 비워 추가로 시킨 녹차를 천천히 홀짝인다.

대나무 메뉴판을 살피는데 누군가 뜰로 들어오는 소리가 들린다. 웨이트리스가 반갑게 그를 맞이한다. 그의 악센트와 굵은 목소리 톤에 감각이 짜릿해진다. 고개를 들어 손을 흔들려는 순간, 내 눈에 들어오는 건 활짝 열린 셔츠 사이로 드러난 그의 불룩한 배와 털이 수북한 가슴이다. 그는 곧바로 몸을 돌려 내 자리에서 보이지 않는 누군가와 이야기를 나눈다. 그러더니 몸을 내밀어 상대를 끌어당기듯 꽉 껴안는다. 시야에 들어온 사람은 체구가 작은 현지 여성으로 검은 생머리를 엉덩이까지 치렁하게 늘어뜨리고 있다. 검은 민소매에 핑크색 미니스커트를 받쳐 입었는데 몸에 딱 달라붙어 가냘픈 몸매가 더욱 돋보인다. 장 루크가 그녀 머리와 볼에 입을 맞추고 양손으로 그녀 얼굴을 감싸며 키스한다. 나는 메뉴판 뒤로 황급히 고개를 파묻는다. 장 루크와 현지 여성은 뜰 반대편 테이블로 간다. 둘 다 즐겁고 활기차게 웨이트리스와 수다를 떤다. 내가 알아들을 수 없는 인도네시아어로.

심장이 쿵쾅거린다. 메뉴판을 내려놓고 일어난다. 들키기 전에 나가자. 하지만 저들이 앉은 테이블을 지나치지 않고서는 나갈 방법이 없다. 어디 샛길 없나? 뜰의 맨 구석으로 가니 식당 건물과 옆 건물의 시멘트벽 사이로 좁게 길이 나 있다. 늘어진 케이블 선을 넘고 질퍽한 오물 웅덩이를 피해 길을 따라간다. 끄트머리에 커다란 철제 쓰레기통이 하나 놓여 있다. 막다른 길이다. 당황해 한숨이 절로 나온다. 갑자기 더워지면서 갇힌 듯한 느낌에 숨이 가빠진다. 이대로 돌아가면 계산도 안 하고 도망치려던 먹튀 손님 같겠지. 하지만 돌아간다 해도 눈에 띄지 않고 식당을 나갈 방법은 없다.

시발. 시발. 시발.

쓰레기통을 밟고 벽을 넘을까? 담벼락을 잡으려 팔을 허우적댄다. 쓰레기통은 악취로 진동한다. 정체불명의 물컹거리는 갈색 이물질 위로 손이 미끄러진다. 나는 황급히 손에 묻은 기름기를 닦는다. 쓰레기통이 제발 내 무게를 지탱해주기를 바라며 그 위를 밟는다. 담벼락 끝을 와락 붙든다. 욕을 하고 낑낑대며 간신히 담벼락에 오른다. 팔꿈치와 팔뚝이 짓이겨진다.

반대편의 텅 빈 거리로 착지하려면 2미터가 넘는 높이에서 뛰어

내려야 한다. 나는 최대한 안전하게 미끄러지고 싶지만, 팔이 버티지 못해 그냥 손을 놔버린다. 두 발로 땅을 밟으니 찌릿한 통증이 전신에 퍼진다.

방향 감각이 흐트러져 어느 길목으로 나온 건지 알 수 없고, 자칫 잘못 갔다가 식당 정문이 나올까 봐 겁이 난다. 일단 이곳과 멀어지기 위해 왼쪽으로 직진한다.

넋이 나간 상태로 돌아다닌다. 마리아 말이 맞았어. 정말 못났다. 또 이렇게 길을 잃다니 참 나다워. 여긴 정말 미로 같구나.

햇볕이 내리쬐는 어느 골목으로 무작정 몸을 튼다. 덥다. 땀이 비 오듯 쏟아져 너덜너덜해진 바지까지 땀에 푹 젖는다.

차량 소리가 희미하게 들리는 것으로 보아 대로가 멀지 않았다는 생각에 숨이 가빠진다. 내가 제대로 들은 것이기를 바라며 급히 발걸음을 옮긴다.

금방이라도 쓰러질 것처럼 다리가 비틀거린다.

진정해, 나탈리. 얼른 배를 채우자.

환한 거리 어딘가에서 목소리가 들려온다. “아가씨, 안녕. 아가씨, 아가씨, 아가씨.”

또 시달리겠군. 이번에는 누가 뭘 파려고. 여기 사람들은 죄다 장사꾼들이야.

햇빛에 눈을 찡그리며 고개를 돌리니 웬 꼬마 아이가 서 있다. 당연히 “택시, 마사지, 레스토랑, 그림?” 하고 권하는 상인인가 했는데.

아이는 칙칙한 단층집 앞에 나와 있다.

눈이 부셔 형체가 제대로 보이지 않는다.

아이가 또 나를 부른다. "아가씨, 아가씨, 아가씨."

난 느리게 계속 걷는다. 아이가 움직이고 있다. 뭔가 움직이고 있어. 어리둥절해진다. 뭔가 이상한데. 하지만 눈이 부셔 보이지 않는다. 손으로 차양을 만들어 아이를 똑바로 본다.

아이는 활짝 웃고 있다. 팔이 움직인다. 내 시선이 아래로 향한다. 아이의 손. 위아래로. 까딱까딱. 손이 감싼 갈색의 기다란 것. 규칙적인 속도로. 까딱까딱.

"아가씨, 안녕. 아가씨, 아가씨, 아가씨."

숨이 턱 막힌다. 몽치를 세게 얻어맞은 것 같다. 팔다리에 힘이 풀린다. 아이 같은 얼굴인데 다 큰 남자의 몸이다. 생각보다 나이가 많나 봐. 분명해. 젊은 남자야.

"아가씨, 원해요?"

태양이 작열한다. 나는 뒤돌아보지 않고 황급히 번화가로 향한다. 모퉁이를 돌아 잠시 벽에 몸을 기댄다. 숨을 고른다. 옆구리가 당긴다.

구역질이 난다.

그의 성기. 아이 같던 얼굴. 그리고 그 손. 왜 나를 불렀을까? 내가 뭘 했길래? 내가 그럴 만한 짓을 한 거야?

욕지기가 올라온다. 똑바로 서 있기도 힘들다. 끈적한 침을 뱉는다. 새하얀 피부에 멋진 양산을 쓴 일본 여자들이 우아한 자태로 지나간다. 무슨 말을 하는지 알아들을 순 없지만 날 보며 하는 말은 아마도 '돼지', '쓰레기' 같은 거겠지. 차들이 내뿜는 시꺼먼 매연이 숨통을 더욱 조인다. 머리가 띵해지면서 핑핑 돈다. 지저분한 개가 내

다리에 축축한 코를 들이민다.

메뉴판을 뚫어지게 쳐다보고 있으니 팔뚝에 솟은 닭살이 차츰 잦아든다.

웨이트리스를 불러 음식을 주문한다. 음료는 감귤 주스. 애피타이저는 가스파초와 스프링롤. 메인은 나시고랭. 디저트는 코코넛 크림 파이.

이걸로 부족하다. 돌아서려는 웨이트리스를 불러 세워 튀김 요리 라지 사이즈와 병아리콩 현미 카레밥을 추가로 시킨다.

웨이트리스가 맞은편 빈자리를 보며 묻는다. "일행분 요리인가요?"

"내가 먹을 거예요. 메인 메뉴랑 같이요. 혼자서."

"전부 다요?"

나는 고개를 끄덕인다.

웨이트리스가 난감하게 미소 짓는다. "네, 알겠습니다."

음식이 차려지기 무섭게 허겁지겁 먹어 치운다. 웨이트리스와 다른 사람의 시선 따위는 신경 쓰지 않는다. 무엇 하나 음미하지도 못하면서 무작정 입으로 쑤셔 넣는다.

배가 부른데도 두 번째 디저트로 캐슈 아이스크림과 로컬 커피를 주문하고 나자 죄책감이 온몸을 갉아먹기 시작한다. 장 루크에 대해, 또 내 앞에서 자위하던 남자애에 대해 생각하고 또 생각한다.

웨이트리스가 내 앞에 커피잔을 내려놓는 순간에야 정신이 든다.

한 모금을 삼키자마자 너무 쓰고 뜨거워 몸이 움츠러든다. 혀와 입천장을 전부 덴다.

커피와 아이스크림까지 모두 해치운 나는 이제 아무 감각이 없다.

한동안 멍하게 앉아만 있다.

나가는 길에 식당에 딸린 식료품점에 들러 구운 땅콩 한 봉지와 치즈, 향신료를 넣은 바게트를 산다.

진열장의 티라미수를 손짓으로 가리킨다.

"한 조각 잘라 드릴까요?" 카운터 직원이 묻는다.

"아뇨. 통째로 주세요."

환한 밖으로 나오자 포장 음식이 내 숨통을 틀어막는 것만 같다.

게스트하우스를 향해 쭉 걷는다. 포장도로에 파인 홈에 발이 걸려 삐끗한다. 뒤쪽에서 비웃는 소리가 들린다. 배가 터질 것 같다. 당장 손으로 티라미수를 퍼먹고 싶다. 겨우 참는다.

멍하게 뜰로 들어서는데 마리아가 방문을 잠그고 있다.

"무슨 일 있어요?" 마리아가 크게 외친다. "평소보다 더 예민해 보이네."

"괜찮아요." 내가 힘없이 대꾸한다.

"나탈리, 정말 괜찮아요? 얼굴이 해쓱한데."

"괜찮아요."

"나 나갈 건데 같이 해변 갈래요?"

"아뇨."

"왜 그래요. 좀 즐기라니까."

"가기 싫어요."

"나탈리, 좀 느긋해져 봐요. 그렇게 살다가는—"

"시발, 안 가고 싶다고요" 나는 이를 꽉 깨물며 뭔가를 분지른 사람처럼 손을 떤다. "몇 번을 더 말해야 알아먹을래요?"

마리아 눈이 휘둥그레진다. "딴 데서 당해 놓고 왜 나한테 난리야?"

방 안에 열기가 그대로 갇혀 있다. 누워 잠을 청해본다. 잠들 수 없다. 몸을 뒤척여 시원한 매트 쪽으로 움직인다. 이불을 끌어 내린 다음 선풍기를 침대 방향으로 고정한다. 다시 아까 있던 쪽으로 몸을 굴린다. 도로 이불을 덮는다. 이제는 선풍기를 천장 쪽으로 돌린다. 이불을 바닥에 내던진 후 일어나 창밖을 본다. 커튼을 젖힌다. 날이 저물고 있다.

지평선 위 하늘이 붉게 타오른다. 지금쯤 마리아는 해변에 가 있을 거다.

숨 쉴 틈도 없이 땅콩과 빵을 입에 쑤셔 넣는다. 티라미수가 든 봉지로 손을 뻗는다. 그 안에 파리 몇 마리가 있다. 깜짝 놀라 손을 저어도 파리들은 윙윙대다 도로 케이크 위에 앉는다.

그 남자애는 그러고 나서 뭘 했을까. 휴지로 정리한 다음 집 안으로 들어가 오렌지를 까서 먹었을까. 거실 텔레비전을 켜고 소파에 털썩 앉았을까. 그 애 할머니는 게으름만 피우지 말고 얼른 취직해 일하라고 잔소리했겠지. 그러면 그 애는 눈을 굴리며 보란 듯 텔레비전 소리를 높였을 거다. 담배를 뻑뻑 피우면서.

케이크를 못 먹을 이유는 없다. 파리가 그 위에 알을 깠더라도 뭐 상관없어.

그 애는 샤워 후 제일 아끼는 청바지와 가장 깔끔한 리넨 셔츠를 꺼내 입을 것이다. 짝퉁 CK 원 향수를 양 볼에, 목에, 겨드랑이에 뿌린다. 땅거미가 지고 네온사인이 하나둘 켜지면서 거리는 차츰 활기를 띤다. 그 애는 돌멩이 하나를 드리블하듯 몰고 가다 백사장 근처에서부터는 그 짓을 관둔다.

차갑고 묘한 표정으로 해변의 여성들을 훑는다. 그리고 간택되기를 기다린다.

케이크 가장자리에 녹았다가 다시 굳은 마스카르포네 크림이 노랗게 덩어리져 있다. 파리들이 바쁘게 앞다리를 비빈다.

베브를 떼어 놓고 잰더의 질투심을 유발하고 싶은 마리아가 손가락을 까딱해 남자애에게 신호를 보낸다. 느리게 춤을 추고, 야릇한 농담을 주고받고, 해변 오두막에서 그 애와 빈땅• 맥주를 마신다. 마침내 밤이 태양을 완전히 집어삼킨다.

나는 될 수 있는 대로 빨리 케이크를 입에 욱여넣는다. 공허함, 아픔, 두려움을 아주 잠시라도 느낄 자신이 없다.

음식을 죄다 해치우니 숨쉬기가 힘들어 바닥에 누운 채로 낑낑대며 식은땀을 흘린다. 끔찍하지만, 믿기지 않지만, 이렇게 최악이었던 적은 없다.

몸을 웅크린다.

• 인도네시아의 대표 맥주.

곧바로 몸이 갈라진다.

내가 두둥실 떠올라 몸 위로 올라간다. 그렇게, 천장에서 내려다보는 내 몸은 퉁퉁하다. 죄책감에 어쩔 줄 모르는 몸뚱어리. 무력한 나를 내가 지켜본다. 자기혐오와 설탕 덩어리로 가득 찬 공이 되어, 내가 저 바닥에 굴러다니고 있다.

그냥 존재가 몽땅 사라졌으면.

다시 아래로 내려와 몸과 하나가 된 나는 가쁜 숨을 몰아쉬며 천장을 올려다본다. 정말 좆같네. 현실이 맞나? 발가락을 꼼지락거려 본다. 연신 꾸르륵대며 터질 것 같은 배를 꽉 움켜쥔다.

오랜만에, 정말 오랜만에, 눈물이 난다.

어두운 저녁, 문밖으로 나가 하얀 플라스틱 의자에 가만히 앉는다. 고요하다. 말 그대로 아예 단절되어 생경하던 내 몸이 다시 내 것처럼 느껴진다. 이런 감각이 얼마 만인지 기억조차 흐릿하다.

할머니가 내 앞을 지난다. 그러다 우뚝 멈추고는 나를 본다.

내가 고개를 끄덕이자 할머니는 따뜻하고 환한 웃음을 지은 뒤 멀어져 간다.

나는 멍하게 있지만 모든 것을 느낀다. 개구리들의 울음소리, 날벌레들의 날갯짓, 멀리 있는 아이들의 웃음소리. 밤에 피어난 재스민과 인동 꽃송이들이 공기를 향기롭게 물들인다. 뜰의 풀잎들이 살랑살랑 흔들리면서 잔잔한 파도 소리를 일으킨다. 나는 방으로 들어가 깊고 달콤한 잠에 빠진다.

아침이 되어 요란하게 스트레칭을 하니 몸에 피가 도는 게 느껴진다. 날이 개어 맑은 햇살이 비춘다.

방문을 열어 신선한 공기를 안으로 들인다. 문간에는 서툰 솜씨로 만든 야자나무 상자가 놓여 있다. 그 안에 있는 건, 쌀알과 프란지파니 꽃잎 조금, 크래커 하나와 연기 나는 향 막대 하나.

시선이 아래로

샤워하고 나오니 맞은편 벽이 햇빛을 한 몸에 받고 있다. 욕실 에어컨이 고장 나 꼭 사우나에 갇힌 것 같다. 거울에 수증기가 잔뜩 껴 수건으로 머리를 말리는 내 모습을 볼 수 없어 차라리 다행이다. 튼 살 자국과 둥근 몸의 굴곡을 따라 시어버터를 철썩 펴 바른다. 살이 거추장스럽다.

돌로레스 이모의 예순 살 생일을 축하하는 깜짝 파티가 오늘 밤 열린다. 발리를 떠나 이곳 다윈에 왔을 때 이미 예정된 행사였다. 브루스는 나더러 절대 티 내지 말라고 몇 번을 당부했다.

"깜짝 파티가 뭔지는 나도 알아요." 난 그를 안심시켰다.

벗은 몸을 수건으로 칭칭 감싼 채로 지붕창이 난 침실에서 파티 의상을 고른다. 뱃살이 가려지게 신축성 좋은 꽃무늬 원피스와 앞이 트인 핑크색 구두를 고른다. 방문에 원피스를 걸어 놓고 머리를 빗질한다. 빗이 머리 중간에 엉킨다. 힘을 주어 겨우 빼내자 머리칼 한 뭉텅이가 빠진다.

잠시 두피를 마사지하고 아르간 오일을 발라 엉킨 부분을 푼 다음 다시 빗질을 시작한다. 손가락이 기름기로 번들거린다.

아래층에서 초인종이 울린다. 급히 손을 닦고 옷장을 뒤적거리지만 기름이 고스란히 묻어난다. 초인종 소리를 무시하고 수건 위에 걸칠 티셔츠를 열심히 찾는다.

초인종이 다시 울린다.

한숨이 나온다.

세 번, 네 번 울린다. 이제는 끊어지지 않고 계속 울린다.

"알았다고요." 혼잣말한다.

아래층에 깔린 고급 크림색 카펫에 쿵 하고 발을 디디자 축축하게 발자국이 파인다. 문에 난 작은 구멍으로 밖을 내다보니 브루스의 풍성한 은발이 보인다. 할 말을 미리 연습하는 건지 혼자 뭔가를 중얼대고 있다. 나는 수건을 단단히 조여 맨 뒤 잠금장치를 연다. 비싼 기계에 기름이 묻어 고장 나는 일이 없기를 바라며. 문이 자동으로 열리고, 나는 현관에서 브루스를 맞이한다.

"돌로레스 여기 있나?" 아침 공기가 집 안으로 밀려 들어온다.

"아뇨. 요가 하러 갔어요."

"여기 있을 줄 알았는데. 그건 그렇고," 브루스가 손뼉을 친 뒤 양손을 마주 잡는다. "파티 준비는 문제없는 거지?"

"넵." 내가 대답한다.

그가 집 안으로 들어오고 싶어 하는 눈치를 주지만 나는 비켜서

지 않는다. 선명하게 푸른 하늘에 커다란 흰 구름 조각들이 떠 있다. 이제 곧 우기가 시작된다. 돌로레스 이모의 표현을 빌리자면, '녹색의 계절'이.

"가족이 보낸 영상은 다 모았어요. USB에 옮겨 담기만 하면 돼요. 옷 먼저 입고요." 내가 말한다.

브루스가 수건으로 감싼 내 몸을 힐끔 본다.

불편한 침묵이 흐른다.

"이모는 아무것도 몰라요. 조카랑 단둘이 생일 기념 식사를 하는 줄로만 알아요."

그가 다시 한번 손뼉을 친다. "키노 쪽 손님들은? 아주 아일랜드 사절단을 꾸릴 태세던데."

"난 그 키노란 사람을 아직 만나지도 못했어요. 들어본 적도 없고. 누구길래 그래요?"

브루스가 혀를 쯧 차더니 두 손에 힘을 꽉 준다. "그 애송이가 파티를 준비한답시고 나대서 혈압 올라 죽겠어."

"괜찮을 거예요, 브루스." 난 키노란 사람의 편을 든다. 이모에게서 그 사람 칭찬을 많이 들었던 터라 왠지 믿음이 간다. "실망시키지 않겠죠. 파티에는 몇 명이나 와요?"

"못해도 서른 명쯤."

"서른 명요?"

"왜? 그 표정은 뭐야?"

"대부분 모르는 사람들이겠네요. 그런 자리는 불편한데."

불안한 한편, 음식 생각에 마음이 들뜬다. 브루스가 뷔페를 준비했다고 했다. 못 참고 무식하게 음식을 퍼먹게 되면 어쩌지?

브루스가 눈을 천천히 깜빡인다. "오늘 파티는 네 이모를 위한 자리인 걸 기억해라, 나탈리."

그 말에 나의 경계 태세가 무너진다. 뒷걸음질 치는 바람에 문이 활짝 열린다.

브루스가 나를 위아래로 훑는다. "얼른 옷 갈아입고." 그의 시선이 수건으로 감싼 내 몸에 오래 머문다. 내 얼굴이 느리게 붉어진다.

아차 싶었는지 그가 갑자기 고개를 젓는다. "그럼 가든스에서 7시에 보자고. 케이크는 내가 챙겨 가지."

그리고는 도로 맞은편 자기 집으로 성큼성큼 돌아간다.

"그러자고." 나는 혼잣말로 그의 말투를 흉내 낸 뒤 문을 닫는다.

소파에 앉아 노트북을 열고 아일랜드 이모들이 찍어 보낸 영상을 본다. 하나같이 뽀글뽀글 파마머리에 편한 옷차림이라 한껏 촌스러운 이모들은 여기가 아프다 저기가 쑤시다 하소연하는 통에 더욱더 나이 들어 보인다.

돌로레스 이모는 다르다. 이모는 인생의 절반 이상을 호주에서 보냈다. 지금은 어느 기업에서 지속 가능성 컨설턴트로 일하고 있다. 프랑스어를 유창하게 할 줄 알고 요즘은 중국어까지 배우고 있다.

커피 테이블에 놓인 노트를 집어 든다. 거기 적힌 문자들을 들여다보며 무슨 뜻인지 혼자 해석해본다. 안 그래도 이모가 몇 번 보여준 적이 있다. 잘 보이지도 않는 작은 사각형 안에 획을 여섯 번 긋는 법도 알려줬었다. 이리저리 획을 뻗치면 그게 하늘, 하루, 천국 같은 의미가 된단다. 이모 말로는 중국어가 영어와 어순이 가장 비슷하다. 복잡해 보이지만 별거 아니라고, 일단 시도해보고 실수를 통해 배우고 다시 연습하면 된다고 했다. 몸에 익을 때까지 반복할 것. 그러다 보면 두뇌가 그 언어를 학습해 자연스럽게 구사할 수 있게 된다는 거다.

나는 영상들을 USB에 담은 뒤 인터넷 창을 켜서 뷔페에서 폭식하지 않는 방법을 검색한다.

1. 멀찍이 앉을 것

식당 바깥의 버스 정류장 정도면 충분할까?

2. 되도록 작은 식기를 쓸 것

손만 더 뚱뚱해 보일 것 같은데.

3. 음식을 스무 번씩 씹어 삼킬 것

턱이 마비되어서 아무것도 못 먹게 될 거다.

4. 씹는 동안은 나이프와 포크를 내려놓을 것

아주 그냥 조깅을 하라 그러지?

노트북을 닫고 텔레비전을 켠다. 연예 오락 채널이 방영되고 있다. 연예인들이 화려한 행사장에 어떤 옷을 입고 나왔는지가 차례로 소개된다.

밖에서 잠금장치 버튼을 누르는 소리에 얼른 허리를 세운다. USB는 주머니에 집어넣는다. 문이 열리고 돌로레스 이모가 쾌활하게 들어온다. 가끔은 이모를 따라 요가를 다녀도 좋겠다는 생각이 든다. 사람이 저렇게 반짝일 수 있다는 건 어떤 느낌일까. 일단 나는 살을 몇 킬로그램 빼는 게 먼저일 것 같지만.

한 손으로 남색 요가 매트를 안고 채소 잎이 삐죽 튀어나온 장바구니를 한쪽 어깨에 둘러멘 이모가 나를 보며 싱긋 웃는다.

"좋은 아침. 별일 없지?" 이모는 늘 단정한 일자 단발을 유지하는데 운동 후라 머리끝이 밖으로 뻗쳐 있고 앞머리는 이마에 딱 달라붙어 있다.

나는 고개를 끄덕인다.

이모는 계단 아래 벽장에 매트를 집어넣은 뒤 낮게 흥얼거리며 자동 응답기를 틀어 부재중 메시지를 확인한다. 그리고 주방에 들어가 장바구니를 비운다. 녹색 채소를 꺼내고 꿀, 잼, 피클이 담긴 유리병과 온갖 식재료를 검은 대리석 조리대에 늘어놓는다.

"목요일 아침마다 요가 스튜디오 근처에서 농산물 시장이 열리는데, 참 좋더라." 이모가 유리병 하나를 따며 말한다. 그리고 내게 다가와 마늘 향이 나는 오일에 버무린 올리브를 권한다.

나는 됐다고 말한 뒤 다시 텔레비전을 본다.

"옷이 왜 저래." 내가 혼잣말한다. 화면 속 영화배우는 은빛 머메이드 드레스를 차려입었다. "은박지에 싸여서 오븐에 들어갈 연어처럼 생겼네."

"왜 그런 쓸데없는 걸 보니?"

대답하기가 난감하다. "시작한 지 10분밖에 안 됐어요."

"뭘 보고 즐길지 고를 안목을 길러야지." 텔레비전 화면을 보는 이모의 표정이 엄하다.

패널들이 또 다른 연예인을 소개한다. 그 연예인은 몸에 딱 달라붙는 점프 슈트에 끈이 달린 하이힐을 신었다. 머리는 높이 틀어 올렸다.

"진짜 예쁘다! 저렇게 생기면 소원이 없겠네." 감탄이 절로 난다.

"저 사람 인생이 어떤지는 모르잖니."

"저렇게 날씬하고 예쁘면 그런 건 상관없어요."

돌로레스 이모가 내 어깨에 손을 올린다. "아름다움은 남이 정해주는 게 아니란다. 커피 마실래?"

이모를 따라 주방 조리대 앞에 선다. 이모가 원두를 갈아 커피머신을 작동시킨 후 추출구 아래에 커피잔을 받친다. 뒤이어 냉장고 문을 열고 안을 뒤적이느라 내 눈에 보이는 건 검은 요가 레깅스를 입은 이모의 뒤태뿐이다. 분명 날씬한 몸은 아닌데, 이상하게 내 안에서 질투심 같은 게 울컥한다.

"좋아 보여요, 이모."

이모가 코코넛 워터를 한 병 꺼내며 몸을 돌린다. "그게 무슨 소리야?"

"지금 이모요. 자연스럽고 좋아 보인다고요."

"뭐, 벌써 60년째 이렇게 살고 있으니 자연스러운 게 당연하지. 살다 보면 그냥 이게 나구나, 하고 받아들이게 되는 때가 온단다. 이게 나야. 요즘은 그걸 즐기고 있어."

이모는 코코넛 워터를 조리대에 내려놓고 채소를 냉장고에 착착 정리하기 시작한다.

"늙는 게 무섭지 않으세요?" 내가 손끝으로 대리석을 두드리며 묻는다. 뜨거운 커피 추출액이 커피잔에 또르르 떨어진다.

"전혀. 기력이 떨어진 건 사실이지. 그렇지만 젊었을 때보다 지금이 더 좋아."

내 눈에 이모는 전혀 기력이 떨어지지 않았다. 늘 가벼운 발걸음으로 힘차게 걸어 다니고, 새로운 걸 배우고, 테라스에서 명상할 때조차도 씩씩함이 묻어나는 사람이니까. 테라스에 앉아 두 손을 무릎에 올려놓고 정면을 멀리 응시하는 이모의 모습이 눈에 선하다.

"몸이 여기저기 고장 나기는 하더라. 그렇지만 나탈리, 늙는다는 건 특권이란다."

"네?" 뭔 소린가 싶어 얼굴이 찌푸려진다. 모두가 늙음을 모욕하고 푸념하잖아. 두려워하고, 혐오한다고. "힘들지 않단 말이에요?"

"그래. 늙음은 선물이야. 한번 생각해봐. 다른 선택지가 있을까?"

이모 입에서 끝내 부정적인 말이 튀어나오고 이모의 해맑음이 조금이라도 어두워질 때까지 계속 캐묻고 싶어진다.

"수술 생각은 안 해보셨어요?"

이모가 눈썹을 치켜뜬다. "질문이 좀 직설적이구나, 나탈리."

"수술하라는 말은 아니고요." 낯익은 끔찍한 감각이 퍼진다. 멍청한 말실수였다는 생각에 후회스럽다.

"내 가슴 얘기구나?"

그 말에 나도 모르게 이모 가슴팍으로 시선이 간다. "아뇨. 주름을 없애줄 보톡스나 리프팅 같은 시술을 생각해본 적 있느냐는 거였어요. 이모 가슴이 뭐 어때서요?"

이모가 픽 웃는다. "나탈리, 이모는 가슴을 절제했잖니."

심장이 떨어진 것처럼 내 안에서 무언가 쿵 내려앉는다.

"이미 알고 있었으면서. 아니야?" 이모가 나를 빤히 본다.

"몰랐어요."

"11년 전에 수술받았어. 이후로 완치됐고."

"정말 몰랐어요." 나는 이모의 얼굴을 한 번 보고 가슴을 다시 본다. "보기에는 멀쩡한데요?" 하얀 티셔츠를 입은 이모의 가슴은 봉긋하게 솟아 있다.

"특수 브라를 입어서 그래."

나는 농담인가 싶어 이모의 가슴을, 그리고 이모의 얼굴을 번갈아 본다. 이모는 태연하다. 낭떠러지에서 떨어지는 악당이 된 기분이다. 이제 와 없던 일로 하거나 이미 뱉은 말을 주워 담을 수도 없다. 나는 손으로 눈을 가린다. "죄송해요, 이모. 몰랐어요. 나 정말 쓰레기야."

이모는 말없이 찬장에서 유리잔을 꺼내 그 안에 코코넛 워터를 붓는다. 그리고 커피 머신 아래에 빈 잔을 새로 받친 뒤 작동 버튼을 누른다.

커피 추출액이 떨어진다.

반세기가 흐른 것처럼 기나긴 침묵 끝에 이모가 입을 연다. "얘, 괜찮아. 몰랐으면 모른 거지. 커피는 저걸로 마시렴. 나는 밖에 좀 앉아 있으마. 비타민 D 챙겨 먹고. 이제 정말 우기가 시작되려나. 공기가 습하네."

이모가 입술을 앙다문 채 미소를 지으며 미닫이문을 열고 뒤뜰 테라스로 나간다.

내가 모든 걸 망쳤어. 문득 몇 년 전 일이 떠오른다. 교육 대학교에 막 입학했을 때, 엄마는 다윈에 사는 이모가 큰 수술을 받는다며 걱정했었다. 그래도 의사들이 상황을 좋게 보고 있어 다행이라고 했다. 수술이 정말 성공리에 끝났을 때는 무척 기뻐했었다. 당시 나는 함께 수업을 듣던 남자애와 사귀었었다. 애들을 가르치는 일을 진심으로 좋아하면서 주말에는 스피드 각성제를 섭취하던 아이.

어떻게 이걸 다 잊을 수 있지?

찬장에서 커다란 렌틸콩 칩을 한 봉지 꺼내 한 움큼 집어먹는다. 뭐 더 먹을 거 없나 뒤져보지만 죄다 건강식이라 한숨이 절로 나온다. 상추로 토마토를 감싸서 그 위에 마요네즈를 뿌리고 올리브 몇 알을 넣어 크게 한 입 베어 문다. 하지만 내가 원하는 건 이런 맛이 아니다. 나는 기껏 만든 음식을 쓰레기통에 버리고 다 내려진 커피잔을 집어 든다. 그 안에 꿀을 살짝 추가한다. 무심코 한 입 마셨다가 입천장을 다 데고 만다.

아무래도 짐을 싸서 나가야겠다. 이모한테 파티 소식도 그냥 말해버리자. 나머지는 남은 사람들이 알아서 하라지.

텔레비전 앞에 앉는다. 남자 가수가 빨간색과 주황색이 어우러진 체크무늬 조끼와 넥타이 차림으로 행사장에 나타나자 패널들이 킬킬댄다.

"저런 조끼가 30년 전에 유행이 지났다는 걸 왜 아무도 알려주지 않은 거죠?"

무대에 올라 기타를 만지작거리는 가수가 내 눈에는 어색해서 귀여워 보인다. 그는 진지하게 노래를 열창한다.

"이날의 마지막 워스트 스타는 카라 퍼랜스인데요. 웬 텐트를 입고 왔네요? 저건 그냥 녹색 텐트 아닌가요?" 패널이 옆에 앉은 패널을 돌아본다. "드레스로 입다가 야생 곰과 캠핑할 때 텐트로 쓰려나 봐요."

옆의 패널이 깔깔 뒤집어진다. 그녀는 어찌나 비쩍 말랐는지 막대 사탕처럼 머리가 커 보인다. "가족 캠핑인가 봐요?"

먼젓번 패널이 숨을 고른다. "그건 너무 갔어요."

카메라가 카라 퍼랜스를 확대해 잡는다. 유명 범죄 드라마에 출연해 유명해진 그녀는 자신의 파트너와 함께 레드 카펫을 밟는다. 카메라 플래시가 터지고 기자들이 자기 이름을 연호하는데도 그녀는 어쩐지 시무룩하다. 그녀가 순간 움찔하더니 손으로 배를 가린다.

"카라 씨, 임신한 게 사실인가요?" 인파 속에서 누군가 외친다.

카라가 난처한 표정으로 파트너를 바라본다. 그러자 그가 카라의 어깨를 감싸 안는다. 그의 말에 패널들은 한껏 더 자지러진다.

나는 텔레비전을 끄고 밖에 있는 돌로레스 이모를 본다. 이모는 가만히 앉아 두 손을 무릎에 올려놓고서 몰려드는 구름을 응시하고 있다.

방에 올라가 침대에 누워 생각한다. 아무래도 이모에게 파티 계획을 알려야겠어. 그다음에 나만 슬쩍 빠지는 거야. 이모가 사 둔 해바라기씨와 버섯 라비올리를 죄다 먹어 치우는 민폐 짓도 이제는 그만둬야지. 브루스에게는 USB를 건네며 새 계획을 알리면 돼. 모두 파티에 가 있는 동안 나 혼자 짐을 싸서 떠나는 계획을.

내가 없어도 파티는 즐거울 거야. 차라리 없는 게 더 나을지도. 정돈된 일상을 살고, 암을 이겨내고, 이혼 후에 우아하게 늙어가는 그들의 삶에 나처럼 크고 뚱뚱한 존재는 없는 게 나아. 나한테는 이곳 더위가 안 맞기도 하고.

아래로 살금살금 내려가 테라스로 나간다. 날이 회색빛이다. 이모가 미소 짓는다. 숨이 턱 막히게 습하다. 투명한 짐승이 내 위에서 산소를 다 들이마시는 것만 같다. 내가 왜 냉기가 도는 집 안 아래층에서 대부분 시간을 보냈었나 새삼 깨닫는다.

"이모, 아까 말한다는 걸 깜빡했는데요. 제 방 화장실 에어컨이 고장 났어요."

"브루스한테 살펴보라고 하마. 윗방 에어컨은 툭하면 그래. 예전에도 그랬어. 별일 아니야. 그나저나 비 냄새가 나지? 곧 오려나 봐."

나는 괜히 내 살을 꼬집는다.

"괜찮니, 나탈리?"

"죄송해요, 아까는 너무 생각 없이 말했어요. 어떻게 사과해야 할지, 잘못했다고밖에는 드릴 말씀이 없어요. 유방 절제술을 받으신 줄은 정말 몰랐어요."

"나탈리, 진정해."

"악의는 없었어요. 둔해 빠져서 눈에 보이는 걸 죄다 밟아 뭉개는 코끼리가 된 기분이에요. 그게 너무……."

"얘야, 이모는 더 이상 연연하지 않아."

"그게 무슨 말이에요?"

"다 지난 일이니까 진정하라고. 이모는 신경 안 써. 암 투병으로 그 정도 교훈은 얻었단다."

나는 팔뚝을 문지르며 묻는다. "아팠어요?"

"뭐가 아파? 너의 말이, 아니면 암이?"

마음이 뜨끔하다. "암이요. 암 수술. 많이 힘드셨어요?"

"이리 와 앉아. 계속 그렇게 서 있으니까 나까지 긴장된다."

나는 이모 옆 벤치에 앉는다.

"힘들었지. 수술 후에는 퉁퉁 붓고 멍들고 했거든. 절제 부위 체액을 빼내느라 배액관을 연결했었는데 너무 어지럽더라. 나중에는 내 일부가 사라진 것 같아 혼란스러웠어. 영영 사라진 거잖아." 이모의 눈빛이 어두워진다. "성인이 되고서 쭉 내 것이었던 몸을 더는 못 보게 된 거니까. 처음에는 적응이 안 됐어. 그런 건 논문을 읽는다고 해결될 문제도 아니었지. 나는 내 몸을 처음부터 다시 익혀야 했어."

나는 두 팔을 교차해 어깨를 감싼 뒤 오른쪽 턱을 손목에 괸다. 이모가 겪었을 일을 상상하는 것만으로 다리에 힘이 풀린다.

"한동안은 아무 감각이 없었어. 수술 때문인지 아니면 내 마음이 감각을 차단한 건지는 모르겠다만. 그러다 언젠가부터 끔찍한 가려움증 때문에 잠을 설치는 날이 늘었어. 아무 감각도 느껴지지 않는데 동시에 미칠 듯이 간지러웠지. 그게 몇 달을 갔어."

"요즘도 그래요?"

"아니. 뉴에이지 심리 치료사를 만나고서부터 나았어. 그 치료사가 가려움증이 도지거든 가슴과 대화를 해보라는 거야. 뭘 원하느냐고 물으라고."

"농담이죠?"

"아니."

나는 웃음을 참는다. "효과가 있던가요?"

이모는 웃음기 하나 없는 눈빛으로 나를 본다. "그럼 당연하지."

"그래서 뭘 원했던 거래요?"

"화해."

"무엇과?"

"여러 가지. 가장 큰 건, 전 남편과의 화해였지."

"저는 그분 얼굴도 못 봤는데."

"안 보는 게 나아." 이모가 씩 웃는다. "처음에는 우리도 사이좋은 커플이었어. 하지만 너무 어렸고, 서로에게 솔직하지 못했지."

나는 또 괜히 멍청한 질문을 할까 싶어 말을 아낀다.

"싸우는 법도 몰랐고."

"그럼 좋은 거 아니에요?"

"안 싸웠다고는 안 했어. 싸웠지. 그런데 서로 존중할 줄은 몰랐어. 짜증 나는 부분이 있어도 터놓고 얘기한 적이 없거든. 억지로 착하게, 사이좋게 지내려 했지만 갈수록 감정이 쌓여서 나중에 그냥 터져 버린 거야. 우리는 늘 자기가 옳다고 생각했어. 늘 자기가 이겨야 했지."

"그래서 이혼하신 거예요?"

"그게 근본적인 이유 아닐까. 갈라설 때는 서로에게 무슨 짓을 하는지도 몰랐어. 그 무렵 나는 동료 하나와 가까워졌어. 그 사람과는 아무 말이나 해도 편했어. 성애적 관계는 절대 아니었고. 그런데 남편이 난리를 치더라. 남편 눈에 그 사람이 별 볼 일 없어 보인다는 게 화를 더 돋웠지. 난 그게 재밌었어. 그런 식으로 남편에게 화풀

이했던 것 같아. 물론 그러는 동안 남편은 딴 여자와 놀아났고. 내가 자기를 한눈팔게 했다나."

"슬픈 얘기네요, 이모." 내가 말한다.

"이게 인생이다, 나탈리. 남편 말도 일리가 있어. 나는 동료와 잠자리를 가지지는 않았지만 그 사람에게 존경하는 마음을 바친 건 맞아. 남편과 나눴어야 할 정서적 친밀감도 그 사람과 나눴고. 세월이 흘러 그 점을 인정하게 됐을 때야 모든 걸 용서하게 됐단다."

"그럼 남편분과는 다시 친구로 지내나요?"

"친구?" 이모가 앙칼지게 웃는다. "아니. 친구는 무슨. 요즘 어디서 뭐 하는지도 모르는데. 하지만 정말 많은 걸 용서했어. 남편을, 나 자신을, 그 밖에 많은 것을. 이제는 남편도 즐겁게 살고 있기를 바라. 모든 걸 용서하자는 게 지금의 내 신념이야. 아직도 분노를 표현하는 데 애를 먹기는 해. 내가 베푸는 친절을 스스로 의심하기도 하고."

이모가 고개를 끄덕이며 먼 곳을 바라본다. "마음속 응어리를 너무 오래 품고 있으면 그게 깊숙이 파묻혀 버릴 때가 있거든. 잊고 살 수는 있지만, 그 감정은 속에서 계속 썩기 마련이야."

하늘에서 우지끈하는 소리가 난다. 내가 주위를 살핀다. "태풍이 오는 걸까요?"

"아마도." 이모가 대답한다.

이모도 나도 말이 없다. 그러다 이모가 먼저 자리를 뜬다. 곧 파티에 가야 할 이모 마음을 괜히 불편하게 들쑤신 건가. 걸쭉하고 어두운 분노의 액체를 술병에 담아 그걸 깨트리는 이모의 모습을 상상한다. 깨진 유리 조각을 파티장에서 휘두르고, 분노에 벌겋게 일그러진 얼굴로 울고불고 발길질하고 온갖 욕설과 모욕을 퍼붓는 이모. 하지만 상상 속의 그 광경은 오래 가지 못한다. 이모의 모습이 자꾸만 나로 바뀐다.

시계를 확인한 뒤 식사 때 입을 옷을 갈아입으러 위층으로 올라간다. 내 외모를 깎아내리는 고약한 말들로 스스로에게 칼을 겨누지 않으리라 다짐하며.

이모와 가든스에 도착해 웨이터에게 예약자 이름을 대며 슬쩍 눈짓을 보낸다. 그가 공모자인 양 고개를 끄덕인다. 검은 하이넥 드레스 차림의 이모는 매력적이다. 레이스 소매에 목 부분에는 진주 장식이 달렸고, 기장은 무릎 조금 아래까지 내려온다. 이모는 센스 있게도 옷과 딱 어울리는 베이지색 힐을 골라 신었다.

웨이터가 커다란 장부에 뭔가를 끄적이더니 우리를 야외로 안내한다. "특별히 대연회장으로 모시겠습니다. 나머지 공간에서는 행사가 열릴 예정이어서요."

"괜찮겠어?" 이모가 나를 보며 묻는다.

"그럼요. 괜찮아요. 아주 좋은데요." 내가 얼른 대꾸한다.

"행사를 대연회장에서 하고 나머지 공간에 손님을 받아야 하는 거 아닌가? 희한하네."

"여기가 요즘 유행하는 곳이라잖아요. 운영 방식도 별난가 봐요." 내가 둘러댄다.

이모는 미심쩍지만 수긍하는 눈치다. 우리는 웨이터를 따라 이중

문 바깥에 꼬마전구로 밝혀진 테라스를 지나 어둑하고 분위기 있는 곳으로 간다. 웨이터가 문을 연다.

조명이 한꺼번에 꺼진다.

"이게 무슨 일이지?" 이모가 묻는다.

웨이터가 조명을 켠다. "서프라이즈!" 일동이 한목소리로 외친다. 스피커에서 스티비 원더의 '해피 버스데이'가 울려 퍼진다.

돌로레스 이모는 상황을 파악하느라 20초 정도 어리둥절하다 이내 두 손을 가슴에 모으며 눈을 반짝인다.

"깜짝 선물이에요, 이모." 내가 이모의 보드란 볼에 입을 맞춘다. "생일 축하드려요."

지인과 친구 무리가 이모 주위로 몰려든다. 브루스는 10대 아들들을 데리고 바에 앉아 있다. 나도 사람들과 어울릴 생각이긴 하지만, 생각보다 사람이 너무 많다. 피부가 조여 온다. 이 사람들과 전부 이야기를 나눠야 하겠지. 난 말주변이 없는데. 대화가 어색하게 끊기기라도 하면 어떡해? 나는 뷔페 음식을 찾아 주변을 둘러본다.

구석 테이블에 카나페가 보인다. 기웃거리며 빵 위에 얹어진 토핑을 확인한다. 아마도 연어와 구운 소고기, 아보카도, 옥수수, 레몬 마요네즈에 버무린 새우인 것 같다. 양념 고기도 보이는데 지나가는 웨이터에게 물어보니 악어 고기란다.

옆 테이블에는 살짝 흥미가 떨어지는 파티 음식이 올라와 있다. 피자, 닭날개구이와 감자튀김, 달걀과 치즈를 넣은 샌드위치, 채식주의자를 위한 작은 디저트 같은 것들.

남의 시선을 의식하며 열심히 접시를 채운다. 피자는 두 조각을 겹쳐 쌓는다. 카나페를 한 손 가득 집은 뒤 반대쪽 구석으로 자리를 옮긴다.

이모가 움직이자 브루스가 벌떡 일어나 이모 옆으로 간다. 그리고 기어코 술을 사겠다고 한다. 어차피 오늘 술값은 자기가 한꺼번에 내기로 했으면서. 이모에게 직접 잔을 쥐여주고 싶은 모양이다.

둘은 웃고 껴안는다. 나는 묵묵히 먹는다.

브루스는 동년배 아저씨들처럼 자기 관리를 아예 포기하고 사는 과는 아니다. 피부가 원체 올리브색이라 혹독한 호주 햇빛을 받으며 공사 일을 했으면서도 피부 상한 티가 나지 않는다. 손은 거칠지 않고 손가락도 곱지만 동시에 단단한 힘이 느껴진다. 오랫동안 몸 쓰는 일에 종사한 덕에 아직도 군살 없이 탄탄한 몸매를 유지하고 있다.

식사가 끝나 갈 즈음, 브루스가 보내는 신호에 맞춰 내가 스크린에다 영상 메시지를 띄운다. 고향의 익숙한 말투가 들려오자 나도 덩달아 마음이 훈훈해진다. 엄마는 동생의 예순 번째 생일을 축하하며 어린 시절 에니스크론 해변으로 놀러 갈 때마다 다섯 형제가 자가용 뒷좌석에 구겨지듯 앉아 가던 게 기억나냐며 유쾌하게 수다를 떤다. 가장 좋은 자리인 가운데 좌석은 늘 막내 돌로레스 이모 차지였다고 한다. 돌로레스 이모가 화창한 날씨를 유달리 좋아하게 된 건 태양이 반짝이던 1960년대 아일랜드의 기억 때문이 아닐까.

갑자기 고향의 엄마 아빠 집이 그리워진다. 내가 자라났던, 그 익숙한 공간. 하지만 그리움은 마음에 닿자마자 눈 녹듯 사라진다.

한동안 시끌벅적하더니 이내 잠잠해진다. 나는 음식 테이블 쪽으로 슬쩍 빠진다. 누군가 헛기침하며 목을 가다듬는다. 거구의 빨간 머리가 정중앙 무대에 오른다. 대뜸 마이크를 잡더니 더 울프 톤스•가 부른 '뉴욕의 거리'를 열창한다. 특별히 가사를 호주로 이민 온 자기 경험담에 맞춰 개사했다.

말로만 듣던 키노가 바로 저 사람이구나. 열심히 부르는 모습이 내가 보기에는 민망하다 싶을 만큼 과한데, 장내는 열광의 도가니다.

3절까지 듣고 있자니 저절로 얼굴이 찌푸려진다. 자기 흥에 푹 빠졌군. 나는 미니 버거를 집어 오물거린다.

키노의 노래가 끝나자 박수갈채가 쏟아진다. 그러기 무섭게 DJ가 요란한 파티 음악을 튼다. 나는 안도의 한숨을 쉰다. 이곳에는 아일랜드 출신 이민자들이 너무 많다. 하마터면 노래판이 벌어질 뻔했다.

돌로레스 이모가 키노와 포옹하며 인사를 나눈다. 그런데 키노가 이모를 바라보는 눈빛이 어딘가 수상하다. 설마 지금 작업을 거는 거야? 그는 가슴을 쭉 펴고 자신만만하게 웃고 있다. 그저 대견하게 보는 이모와 달리 웬일인지 그는 추파를 던지며 잘 보이려 애쓴다. 평판과는 딴판이군.

프로세코 와인에 살짝 취기가 돌아 이모의 동료가 나를 댄스 플로어로 데려가도 뿌리치지 않는다. 키노의 빨간 머리가 눈에 띈다.

호주인 손님 하나가 오랑우탄을 줄여 그를 '랑아'라고 부른다. 그러자 키노가 겨드랑이를 긁고 '우 우 우' 소리를 내며 유인원 흉내를 내다 고릴라처럼 가슴을 마구 친다.

• 아일랜드의 포크 음악 그룹.

케이크에 꽂힌 숫자 6와 0 양초 촛불을 이모가 후 분다. 다들 이모를 진심으로 아끼고 있다. 고향의 내 지인들은 과연 날 위해 이런 자리를 마련해줄까? 오래 알고 지낸 동료 교사들이라면 가능성이 없지 않지만, 그것도 다 퇴사 전 얘기다. 나는 퇴사 후에도 동료 교사 네 명과는 계속 연락했었다. 그러다 결국 한 사람과만 연락하게 되었고, 그마저도 이따금 소셜 미디어로 싱거운 안부만 주고받는 정도로 줄었다. 그런 사이를 친하다고 말할 수 있나?

만약 내가 파티를 연다면, 누가 오려나? 아무도 없겠지. 생일 케이크를 한 조각씩 담은 종이 접시가 배분된다. 나는 절대 파티를 열지 않으리라 다짐하며, 한 조각을 더 받는다.

돌로레스 이모가 마이크를 잡더니 아일랜드와 호주 억양이 별나게 섞인 억양으로 소감을 말하기 시작한다. 내가 듣기에는 아일랜드보다 호주 억양이 더 센 것 같지만 호주 사람들은 정반대로 생각할 거다. 이모는 연회장 측과 파티를 준비한 모두에게 감사 인사를 전한다. 진심으로 놀란 눈치다.

"골칫덩어리 우리 조카딸이 감쪽같이 속인 거 있죠?" 이모가 대뜸 나를 가리킨다. 모두의 시선이 케이크를 욱여넣고 있던 내게로 쏠린다.

나는 씹던 것을 꿀꺽 삼키고 손으로 입술을 벅벅 닦는다. 그리고 어색하게 미소를 지으며 손님들에게 손을 흔들어 인사한다. 목덜미가 뜨겁다.

이모가 유리잔을 들어 올린다. "인생을 위해."

모두가 병이나 잔을 들고 건배한다.

이모가 DJ에게 손짓으로 음악을 요청한다.

돌로레스 이모가 이야기하고 움직이는 순간마다 연회장 남자들이 절로 미소를 짓는다. 이모는 왜 남자를 만나지 않는 걸까? 여기 남자들만 해도 다들 관심이 있어 보이는데.

DJ가 아바 노래를 튼다. 모두가 댄스 플로어에서 신나게 몸을 흔들어 젖힌다. 케이크를 한 조각 더 집는데 저쪽에서 밝은 주황색의 물체가 내 쪽으로 다가온다. 머리가 꼭 불타고 있는 것 같다. 가까이에서 보니 그의 피부는 투명에 가깝다고 할 만큼 하얗다. 그는 게일 체육 협회GAA 셔츠에 밝은 청바지 차림이다. 그가 지나간 자리마다 웃음소리가 끊이질 않는다. 나는 혓바닥으로 앞니를 훑고 어금니에 낀 음식물을 빼낸다. 가슴골이 너무 드러나지 않게 브이넥 티를 위로 올려보지만 가슴 무게를 못 이기고 다시 축 늘어진다.

"조카딸 맞죠?"

내가 고개를 끄덕인다.

"키노예요. 안 그래도 문자에 답장하려고 했는데, 한 번은 휴대폰이 방전되고 그다음 번은 운동 중이라 답장을 못 했어요."

"괜찮아요."

"지내는 건 좀 어때요?" 그가 악수를 청한다. 손이 차갑고 건조하다. 그의 눈이 내 몸을 위아래로 훑는다. "돌리랑 하나도 안 닮았네."

"누구요?"

그가 또 한 번 내 몸을 훑는다. "당신이랑 돌리, 전혀 안 닮았어요."

"누구 말씀인지."

"돌리? 돌로레스? 당신 이모요."

"아하. 그런 애칭은 처음 들어보네요."

"하나도 안 닮았어." 묘하게 날이 서 있는 말투다. 실망한 거야, 당황한 거야?

"나는 친가 사람들과 더 닮았나 봐요. 광산에서 막 돌아온 건가요?"

번뜩이는 그의 눈빛은 우호적이지도 편안하지도 않다. 어딘가 굶주려 있고 야성에 젖은 눈빛. 그의 시선이 내 가슴으로 내려간다. 갑자기 내가 고급 스테이크 덩어리가 된 것만 같다. 그는 몇 년째 그걸 못 먹어 군침을 흘리는 사람 같고.

"지옥에서 겨우 살아나왔죠." 그는 이렇게 말하며 또 한 번 시선으로 나를 짓뭉갠다.

"지옥이라고요?"

"3주나 갇혀 지냈거든요. 온통 사내놈들뿐이지, 파리는 들끓지, 햇빛은 또 어찌나 살벌한지. 농담 따먹을 시간도 없이 일했어요."

"그런 일을 왜 해요?" 나는 뷔페 테이블에 시선을 고정한 채 묻는다. 웨이터가 음식을 채우고 있다.

"이 아가씨 좀 봐. 다 돈 때문이죠, 돈. 빳빳한 지폐 좀 만져보려고. 한 번 갔다 오면 꽤 벌 수 있어요. 벌써 올해만 4만 6000달러를 모았죠. 계좌에 얼마나 들었는지 보여줄까요? 온라인 뱅킹을 이용하거든요. 앱을 켜서 당장 보여줄 수 있는데. 잔액 숫자를 보고 있으면, 그게 그렇게 아름답더라고."

그가 휴대폰을 만지작거린다.

"안 봐도 돼요. 믿을게요."

키노는 실망한 기색이다. "1초면 딱 켜서 보여줄 수 있는데."

"아뇨. 그럴 필요 없어요." 내가 손을 젓는다.

키노는 휴대폰을 주머니에 넣고 굳은 표정으로 날 본다. "돌리 말로는 당신 방에 문제가 생겼다면서요? 화장실 에어컨이 고장 났댔나?"

"맞아요. 브루스 아저씨를 불러 해결하기로 했어요. 오늘은 파티 준비 때문에 시간이 없었지만요."

"브루스 그 양반이 뭘 안다고." 키노가 구시렁댄다.

"건설 일을 하시잖아요."

"아가씨, 내 말 들어요. 내가 손보는 게 훨씬 나아요. 브루스 그 늙다리가 주름진 손으로 깨작대는 것보다 훨씬 더 성의 있고 야무지게 해결할 수 있다고."

"무슨 말씀인지 잘." 내가 몸을 뒤로 뺀다.

"내일 숙취가 가시면 3시 반쯤 찾아갈게요. 비밀번호는 알고 있으니 알아서 들어가 있죠."

"알았어요, 그럼. 고마워요."

"일단 숙취를 만들러 가봐야겠군. 같이 마실래요?"

"아뇨. 괜찮아요. 소시지나 먹을래요."

키노는 손등으로 자기 볼을 쓰다듬는다. 눈빛이 시종일관 노골적이다. 나는 두 팔로 뱃살을 가린다. 그는 윙크를 날리고는 바가 있는 쪽으로 걸어간다.

파티 분위기가 한창 무르익었지만 나는 지칠 대로 지쳐 택시를 부른다. 돌로레스 이모와 브루스, 심지어 키노에게까지 함께 가겠느냐고 묻지만 다들 노느라 바쁘다.

택시가 식당 앞에 도착했다는 문자가 도착한다. 나는 프로세코 와인을 마저 비운 뒤 핸드백과 스카프를 챙겨 나선다.

흰색의 대형 승합차가 와 있다. 살짝 알딸딸한 채로 앞문을 연다. 내부가 넓고 조용하다.

"안녕하세요, 나탈리 딜런 씨. 그린우즈로 가는 거 맞으시죠?"

"앞에 앉아도 되나요? 아니면 뒤에 탈까요?"

"편한 자리에 앉으세요. 번지수가 어떻게 되죠?"

널찍한 가죽 시트가 내 무게에 눌려 쑥 들어간다. "72번지였나, 74번지였나. 기억이 안 나는데. 근처에 가면 알려드릴게요."

운전사가 눈썹을 들썩인다. 계기판에 붙은 내비게이션 조명 때문에 그의 얼굴이 번쩍인다. "주소를 모르세요?"

"알긴 아는데 72랑 74가 늘 헷갈려서. 술을 너무 마셨나 봐요. 하여튼 도움이 안 된다니까."

"그렇게 많이 드셨어요?" 운전사는 양쪽 사이드미러를 이리저리 살피며 간선 도로로 진입한다.

이가 맞부딪친다. 운전사가 에어컨 바람을 아주 살짝 낮춘다.

"이모 생일 파티여서요. 그쪽은 술 안 드세요? 이름이……" 앞에 붙은 기사 등록증을 확인한다. "아메드 카릴 씨. 1986년 1월 6일생. 우리 동갑이네요, 아메드. 별자리가 어떻게 돼요?"

아메드가 웃으며 나를 본다. 웃으니 보조개가 더욱 깊다. "별자리를 믿어요?"

"못 믿을 게 뭐죠? 우리는 전부 별 무리에서 태어났는걸요. 그런 얘기 못 들어봤어요, 아메드? 빅뱅과 우주 팽창으로 흩뿌려진 별들에서부터 우리 존재가 만들어졌다는 가설요. 무슬림이신가요? 이런 거 물어도 되나?"

그가 고개를 끄덕인다. "네, 무슬림이에요."

"어디에서 왔어요?"

"여기요." 차가 나들목에서 고속도로로 들어간다. 어둠 속에서 헤드라이트가 환하게 앞을 밝힌다.

"그야 물론 우리 다 이곳 사람이죠."

"나는 호주 시민이에요, 나탈리 딜런 씨. 어머니가 이란계 영국분이시고요. 하지만 태어난 곳은 튀니지랍니다. 그게 궁금한 거라면요."

"뭐 그게 궁금했던 것 같네요. 고향이 그립지 않아요?"

"이곳이 고향인걸요." 그가 감정의 고조 없이 대답한다.

"예전에 살던 곳의 날씨, 음식, 사람, 그런 게 그립지 않아요? 아니면 고향 사람들끼리의 유대감 같은 거라거나? 난 가끔 그립던데."

"나는 현재에만 집중해요. 과거에 묻혀 살면 현재에 주어진 것에 감사할 수 없죠."

"그거 명언이네요, 아메드." 그의 팔뚝을 만지고 싶다. "방금 그 말은 확실히 별 무리에서 나왔을 거예요. 확실히 그래요."

아메드가 소리 내어 웃는다. 웃는 것도 우아해.

나도 미소를 짓지만 동시에 속이 메스껍다. 새 차에서 나는 가죽 냄새 때문인가, 아니면 술기운 때문에 멀미하는 건가.

"비밀 하나 말해도 돼요? 우리끼리만 아는 비밀이에요. 택시 기사 대 승객으로 당신한테만 말할래요."

그가 고개를 끄덕인다.

"우리 이모를 보면 질투심이 나요."

"왜요?"

코로 깊게 숨을 들이마신 뒤 내쉰다. "왜냐면, 이모는 상냥하고 아름답고, 또 자기가 불완전하단 걸 아무렇지 않게 받아들이거든요. 좋은 집도 있고, 친구도 많고, 삶과 죽음 문제 같은 것도 다 해결했더라고요. 진짜 문제들을 극복한 사람인 거죠. 똑똑하고, 요가도 할 줄 알아요."

"그건 부러운 건데." 그가 중얼거린다.

"네?"

"질투가 아니라 부러운 거라고요. 질투는 내가 가진 무언가를 빼앗길 것 같을 때 느끼는 감정이니까."

"좋아요, 부러운 거라고 치죠. 그런다고 뭐가 더 나아지나요? 당연히 이모를 좋아하긴 하지만, 이모 옆에 있으면 내가 쓰레기가 된 기분이에요. 이모가 내게 잘해줘서 기분이 더 구려요. 가끔은 내가 자기혐오를 즐기는 건가 싶어요. 그 감정에 중독되어서 그것 없이는 뭐 하나 제대로 하지 못한달까. 그러다 기어코 일을 망치죠. 참 파괴적이지 않나요? 나도 이모처럼 되고 싶어요. 이모의 외모와 인생이 전부 내 거였으면 좋겠어요." 나는 힘을 주어 말한다. "심지어 이모는 예순 살이에요. 나보다 두 배는 더 살았다고요."

"남들이 가진 복을 세느라 자기 걸 못 보는 분이네요."

"네?"

"우리 어머니가 자주 하는 말이에요."

아메드가 갈색 눈동자를 반짝이며 나를 살핀다. 아주 오랫동안 무감각했던, 내 몸 아래 깊은 곳에서부터 찌릿한 충격파가 일어난다. 별들이 검은 하늘을 수놓는다. 점점이 박힌 그 별들이 반짝이며 웃고 있는 것 같아.

"호주에는 언제 왔어요?" 그가 묻는다.

"몇 주 전에요. 곧 뉴질랜드로 넘어가요."

"고향은 어딘데요?"

"아일랜드요."

그가 휘파람을 분다. "아일랜드인과 술이라."

"그러게요. 뻔한 조합이죠."

"호주에 더 있을 생각은 없어요?" 아메드의 손이 기어 스틱을 붙든다. 그의 손을 만지고픈 욕구를 애써 참는다. 연분홍색 손톱에 눈길이 간다.

"여기도 좋긴 한데, 잘 모르겠어요. 실은 앞으로 어떻게 살지도 막막해요, 아메드. 오래전, 몇 세대 전으로 거슬러 올라가면, 아마 나는 자식을 여덟 명쯤 둔 엄마로 살고 있겠죠. 그때는 이렇게 혼자 고민에 빠져 살 여유도 없었을 텐데."

그가 나를 훑는다. 내 머리를, 목을, 가슴을 보고 한동안 그곳에 시선을 두다 다시 내 얼굴과 눈을 본다. 눈이 마주친다.

나는 팔짱을 낀다.

"예쁜 분이에요, 별자리 아가씨는."

얼굴이 붉어진다. 몸 아래가 뜨거워진다. "고마워요. 난 전혀 그렇게 생각 안 하지만." 고개를 숙인다.

"약간은 정신 나간 것도 같고요. 술 때문이에요. 정신 건강에 안 좋아요."

"이런 게 사는 재미죠, 아메드."

"당신이 맘에 들어요."

나는 허리를 똑바로 편다. "처음 보는 사이잖아요. 나에 대해 뭘 안다고."

"이 사이에 전기가 통하는 건 알아요." 그가 우리 사이의 허공을 가리킨다.

차마 부정할 수 없다. 지금 나도 미칠 듯이 그를 만지고 싶으니까. 그의 얼굴을 만지고 싶어. 그의 셔츠를 끌러 품 안에 안기고 싶어. 손끝으로 그의 등을 어루만지고 싶어. 그리고 더 많은 걸 하고 싶어.

곧 있으면 그린우즈가 나온다. 옆으로 차가 몇 대 지나가고, 아메드는 헤드라이트를 낮춘다. 좁은 길에 가로등이 줄줄이 켜져 있다.

브루스네 마당에 브루스의 트럭이 주차되어 있다.

"나랑 다시 만날 생각 있어요?" 아메드가 묻는다.

나는 주저한다. "혹시 유부남이에요?"

"네?" 아메드가 머리를 긁적인다.

"보통 무슬림은 결혼을 일찍 하지 않아요? 결혼도 무슬림끼리만 하지 않나?"

"아뇨, 나탈리. 꼭 그런 건 아니에요. 무슬림도 자기가 원하면 기독교인과 결혼할 수 있어요. 다 자기 선택이죠. 난 이곳 시민권이 있어요. 우리가 결혼해도 문제없다는 말입니다. 나랑 같이 살 수도 있어요. 호숫가에 좋은 집도 장만했거든요. 이 나라는 아이 키우기에도 좋은 곳이에요."

"아메드, 왜 이렇게까지 나오는 거예요?"

"당신이랑 자고 싶어서요."

차가 73번지 앞에 멈춘다.

이렇게까지 예의 바르면서 솔직하다니 대단하다는 생각이 든다.

"들어가 봐야 해요."

"집에 누구 있어요?"

"네, 그럼요." 내가 황급히 대답한다. "이모랑 같이 살아요. 삼촌도요. 사촌도 셋이나 있어요. 다들 아일랜드 출신에 건설업자들이에요. 그리고 친오빠, 키노도 광산에서 일하다 지금 집에 와 있어요. 밤새 파티를 열어 술을 마실 거예요. 우리는 아일랜드 사람들이니까요."

왜 거짓말을 하는 거야? 이 사람이 불편하게 한 것도 아닌데.

"명함을 줄 테니 나중에 마음이 생기거든 연락할래요?"

나는 손이 닿지 않게 그가 건네는 명함을 받는다.

"진심입니다." 요금을 치르는 내게 그가 말한다. "진지하게 만나봐요."

돌로레스 이모가 밀크시슬 차를 우린다. 우리 둘은 오전 내내 야생 다큐멘터리를 본다. 이모는 머리를 식힐 겸 단지 공동 수영장에 가서 수영을 하겠다고 한다.

“너도 가자.” 이모가 말한다. “가면 좋을 거야.”

나는 싫은 소리를 낸다.

“같이 가자니까.” 이모가 조른다. “너는 매일 집 안에만 틀어박혀 있잖니. 다윈의 매력은 집 바깥에 있다고.”

“아는데 땀이 너무 나서 힘들어요, 이모. 내 몸집을 좀 봐요.”

“땀은 누구나 흘려.”

나는 한숨을 푹 쉰다. “그럼 옷 좀 갈아입고요.” 터벅터벅 위층으로 올라간다.

콩팥 모양의 수영장 둘레를 야자나무들이 에워싸고 있다. 나는 일광욕 의자 끄트머리에 걸터앉는다. 날씨가 후텁지근해 티셔츠와 사롱이 벌써 눅눅하게 느껴진다. 돌로레스 이모가 겉옷을 벗는다. 빈티지 스타일의 끈 없는 블루 원피스 수영복에 하얀 닻 무늬가 그려져 있다. 이모의 가슴을, 아니 존재하지 않는 가슴을 본다. 아무리 봐도 감쪽같은데.

이모가 완벽한 다이빙 자세로 수영장에 뛰어든다.

“들어올 거지? 기분 좋아질 거다.” 이모가 외친다.

“네. 곧 들어가요.”

그래도 될까? 어차피 다들 출근하고 없을 테지만, 자신이 없다.

다리를 면도하면서 놓친 부위를 이제야 발견한다. 불만스럽게 그 부위를 살핀다. 손톱으로 다리털을 뽑아보지만 가운뎃손가락 손톱만 갈라질 뿐이다.

"나탈리, 얼른." 이모가 재촉한다. "물 밖은 너무 덥잖아."

"누가 보면 어떡해요?" 내가 주위를 살핀다.

"넌 왜 그렇게 남들 시선을 신경 쓰니?"

생기 넘치는 이모의 모습에 자극을 받아 결국 나도 겉옷을 벗는다. 청록색 홀터넥 상의와 비키니 하의 차림의 내 몸은 거대하고 울룩불룩하다. 금방이라도 솔기를 뚫고 무언가 터져 나올 것만 같다.

돌로레스 이모가 환호한다.

무릎을 껴안은 자세로 풍덩 수영장에 뛰어든다. 엉덩이가 물에 닿자 어마어마한 소리와 함께 사방으로 물이 튄다.

수면 위로 나오자 이모가 깔깔 웃으며 내게 물을 끼얹는다.

우리는 잠시 물 위를 떠다닌다.

"어제 일은 죄송해요." 몸을 까닥거리며 내가 말한다.

"얘, 사과할 것 없어. 별일도 아닌데 뭐 하러 자꾸 그 얘기를 꺼내?"

"하지만……."

"왜 그 일을 마음에 담아두는 거야?"

내가 왜 그러지? 나도 모르겠다.

"어제는 참 좋았어. 진짜 재밌더라. 그런 자리를 만들어줘서 고맙다." 돌로레스 이모가 목소리를 바꿔 화제를 전환한다.

"수고는 브루스 아저씨가 다 했죠. 그 아저씨, 이모를 좋아하는 것 같던데요?"

이모가 내 쪽으로 물을 튀긴다. "왜 그렇게 생각해?"

"이모한테 관심이 많고 잘해주잖아요."

"남녀도 그냥 친구 사이일 수 있지 않나?"

"글쎄요, 그런가요? 난 평생 남자 사람 친구를 둔 적이 없어서."

"간단히 대답하자면, 남녀 사이에도 친구는 가능해. 그리고 말이야, 브루스와 내가 이혼한 처지라고 해서 반드시 이어져야 할 이유는 없어. 혼자서도 아주 잘 지낼 수 있거든. 그런데 사람들은 누구라도 만나라고 그렇게들 닦달하더라. 누구나 자신의 보필을 만나야 한다고, 나머지 반쪽을 찾아야 한다고 생각하는 거지. 그런데 그거 위험한 생각이다. 우리는 혼자서도 완전한 존재야. 자신의 반쪽을 타인으로 채울 생각은 하지 마."

날 보던 이모의 시선이 내 뒤쪽으로 향한다.

"호랑이도 제 말 하면 온다더니." 이모가 훌쩍 뛰어 수영장 밖으로 나간다. 수건으로 몸을 감싼 뒤 브루스의 볼에 입을 맞춘다.

"여기 계셨네, 내가 제일 아끼는 60대 아가씨." 브루스가 말한다. "안 그래도 찾고 있었는데."

브루스는 샌들에 양말을 신고 있다.

"망했다." 내가 낮게 중얼거린다. 브루스의 시선을 피해 수영장을 어떻게 빠져나간담? 방법이 없다. 완벽하게 갇혀 버렸다. 나는 물밑으로 잠수해 수영장 구석으로 간다. 그리고 벽에 몸을 밀착한다.

브루스가 나를 향해 손을 흔드는 동시에 어제 파티를 준비하느라 얼마나 정신없었는지를 이모에게 자랑하듯 이야기한다.

"두 사람 진짜 못 말린다니까." 이모가 장난스럽게 말한다. "난 꿈에도 몰랐어요. 기대도 안 했지. 평일이었으니까."

"우리가 호흡이 잘 맞았죠." 브루스가 나를 보며 눈을 찡긋한다.

나는 벽에 더 딱 달라붙는다. "우리 애들이랑 같이 점심이나 먹자고 초대하려던 참이었어요. 깜짝 파티는 아니에요. 멋진 숙녀 두 분과 우리 카우보이들만 만나는 자리지."

"좋죠." 이모가 기대에 찬 눈빛으로 나를 본다. "같이 갈 거지?"

"아뇨, 저는 고향 친구들이랑 스카이프를 할 거라서요. 어려울 것 같아요." 브루스가 보는 앞에서 수영장 밖으로 나갈 자신은 죽어도 없다. 공짜 점심을 포기하는 게 100배는 낫다.

이모가 가만히 나를 본다. "그럼 나중에 혼자 택시 타고 우리가 있는 곳으로 올래?"

내가 반쯤 고개를 끄덕인다. 순간 아메드의 잘생긴 얼굴이 떠오른다.

"너는 혼자서도 잘 지낼 거야, 나탈리." 이모가 말한다. 확신하는 말인지 의심하는 말인지 모르겠다.

이모는 웃으며 브루스와 함께 돌아간다. 브루스가 던지는 농담에 이모가 깔깔 웃는다.

나는 이모와 브루스가 충분히 멀어질 때까지 혼자 헤엄을 치다 물 밖으로 나온다. 텅 빈 집을 생각하니 반갑다. 돌아가 편히 쉬어야지. 마음 편하게 식사도 하고.

이른 오후가 될 때까지 빈둥거린다. 아메드에게 연락해 택시를 불러 돌로레스 이모와 브루스가 있는 곳으로 갈까 생각해본다. 그러나 결국에는 텔레비전으로 영화를 보며 저녁거리를 고민하는 편을 택한다.

바깥은 여전히 무덥다. 조금 전 재밌게 수영하고 놀아서인지 수영을 좀 더 해야 머릿속이 개운해질 것 같다. 그러고 나면 죄책감 없이 피자도 시켜 먹고 혼자 행복한 저녁을 보낼 수 있을 것이다.

원두를 갈아 커피 머신을 작동시킨 뒤 추출구 아래에 커피잔을 받친다.

위층으로 올라가 아직 마르지 않은 비키니를 다시 입는다. 거울 앞에서 몸매를 살핀다. 사람들은 어떻게 이런 쪼가리를 입고 당당하게 다닌담? 분홍색 하이힐을 신는다. 다리가 길쭉해지니 둥근 몸이 가려지는 것도 같다. 얼른 하이힐에서 내려온다. 어젯밤 하루 신었다고 벌써 물집이 잡혀 따끔하다.

이번엔 선글라스를 끼고 거울 앞에 선다. 색이 씌워지니 한결 낫다. 적나라하게 드러난 몸매와는 확연히 다르게 보인다. 나는 다른 사람이라도 된 것처럼 방 안을 활보한다.

선글라스를 낀 채로 내려가 커피잔을 든다.

어두운 플라스틱 조각으로 눈을 감추고 있으니 괜히 위장한 기분이 든다. 또 다른 내가 된 것 같달까. 조리대에 기대 커피를 홀짝인다.

잠금장치를 여는 비밀번호 소리가 난다. 잔을 내려놓고 황급히 계단 쪽으로 피신하지만, 너무 늦은 짓이다. 현관이 열리면서 부스스한 주황색 머리가 불쑥 나타난다.

가릴 게 없나 주변을 살피다 쿠션을 집는다. 그걸로 비키니 하의를 입은 하반신을 가리다 다시 가슴을, 끝내는 뱃살을 가린다.

"나탈리, 그……." 키노는 당황해 말문이 막힌 눈치다.

그가 말끝을 흐리며 시선을 아래로 떨군다. 올려다볼 생각은 없

나. 혹시 내 눈이 안 보이는 건가 싶어 선글라스를 들어 올리지만, 그게 아니다. 이 자식, 지금 내 가슴을 빤히 보고 있잖아.

"그 방에…… 고장 난 그거. 그게 어디……."

"어디냐고요?"

키노가 뭐라 웅얼댄다. 그러다 정신이 들었는지 내 쪽으로 쏠린 몸을 천천히 뒤로 뺀다.

"혹시……" 그가 입을 떼지만 다시 말끝을 흐린다. "무슨 일이 있나요?"

쿠션을 꽉 쥔 손에 힘이 풀린다. 지금 키노는 나보다 더 부끄러워하고 있어. 나는 침착하게 허리를 세운다. 몸에 아드레날린이 흐른다. 나는 기꺼이 그를 보며 웃어준다.

"이모는 브루스 아저씨와 외출했어요. 이따 밤에나 돌아와요. 당신이 궁금한 게 그거라면요."

"당신은요? 무슨 일 있어요?" 그가 어색하게 한쪽 팔을 옆구리에 갖다 댄다.

"수영하러 가려고요. 수리를 마치고 나가시면 돼요. 그럼 나중에 봐요, 키노." 나는 고개를 빳빳이 들고 그의 곁을 지나친다. 내게 꽂힌 그의 시선이 보드랍고 하얀 나의 엉덩이 쪽으로 내려가는 게 느껴진다.

수영장에 뛰어드는데 태어나서 이렇게 몸이 무거웠던 적이 있나 싶다. 두둥실 몸이 떠오른다. 이 몸이 내 기분을 잡치게 만들었다.

아니. 내 기분을 잡친 건 나야. 이 몸으로는 어딜 가나 관심을 끌

수밖에 없지.

고개를 숙여 내 몸을 본다. 키노는 무엇을 보았길래 날 그렇게 빤히 봤던 걸까? 아메드는 왜 내게 구애했지? 브루스가 은근슬쩍 날 쳐다본 건 대체 왜?

홀터넥을 고정하는 두툼한 끈을 푼다. 주변을 살핀다. 아무도 없다. 헐거워진 옷 사이로 젖꼭지가 빼꼼 보인다. 다시 주변을 살핀다. 그대로 둔다. 하늘에 새 한 마리조차 보이지 않고 주변이 온통 조용하다. 이렇게 삶은 계속된다. 잠시 그대로 모든 걸 내버려 둔다. 먹구름에 가려진 오후의 태양이 푹푹 찐다. 비는 언제쯤 오려나?

비키니 상의 버클을 끌러 벗는다. 수영장 밖으로 상의를 던져버린다.

내가 생각했던 것보다 훨씬 풍만해진 가슴. 손으로 다 움켜쥘 수 없을 만큼 한 아름이다.

점점 물컹해지는 나의 몸. 습한 공기를 들이마시며 뒤로 누워 무중력 상태로 물 위를 떠다닌다.

뒤쪽 그늘에서 무언가 흔들린다. 고개를 홱 돌려 확인한다. 아무도 없다. 노곤하게 흔들리는 야자나무 잎사귀, 첨벙이는 물, 나, 그리고 내 몸뿐이다. 어쩌면 이 모든 게 그리 다르지 않은 것인지도 모르겠다.

제발

왼손에 문서 종이를 들고 오른손으로 키보드 숫자판을 바삐 두드린다. 누르는 대로 화면에 숫자가 입력된다. 나는 20초마다 한 번씩 '저장'을 누른 뒤 틀린 부분이 없는지 확인한다. 켈리가 내 책상 맞은편 동료에게 간다. 동료의 얼굴은 내가 고개를 길게 빼지 않으면 볼 방법이 없지만 켈리의 상체는 지금 위치에서도 아주 잘 보인다. 얼룩 하나 없이 깔끔한 하얀색 블라우스에 분홍색 크리스털 초커까지 아주 잘. 그녀가 윤기 흐르는 머리를 어깨 뒤로 넘긴다.

"나 오늘 생일이에요. 7시에 머리스 식당에서 다 같이 밥 먹고 코트니 플레이스로 가서 파티를 열려고요. 친구 데려와요." 켈리는 이렇게 말한 뒤 옆자리 동료에게 방금 한 말을 반복한다. 켈리는 자기 입이 어떻게 움직이고 남들 눈에 자기 입술이 어떻게 보이는지 매 순간 의식하는 듯하다.

오늘 저녁 나는 수영 말고 아무 계획이 없다. 켈리는 옷매무새를 한번 매만진 뒤 시계 반대 방향으로 뽐내듯 걸어간다. 이번에는 L자 대형으로 모여 앉은 동료들을 파티에 초대한다.

내 책상 옆까지 온 켈리는 가식적으로 웃기만 할 뿐 아무 말이 없다. 자기 자리로 돌아가는 켈리가 걸을 때마다 리놀륨 바닥에 갈색 에나멜 구두 소리가 또각또각 울린다.

손에 쥔 종이가 축 처진다.

아무리 친구 사이는 아니라지만, 이 사무실에 여자는 우리 둘뿐 아니던가. 게다가 워킹 홀리데이 비자 신분도 우리 둘뿐인데. 가끔 복사기나 자판기 앞에서 어색하게 잡담을 나누기도 하잖아. 나는 책상 맨 아래 서랍을 열어 동물 모양의 형광 젤리를 한 봉지 꺼낸다. 괜찮아. 상관없어. 퇴근하고 수영하다 호스텔에서 쉬지 뭐. 어차피 초대받아도 안 갈 거야.

수영복을 꾹 짜서 염소 물을 짜낸 뒤 탈의실 세면대 물로 헹군다. 다 빤 수영복을 수건으로 둘둘 말아 수영 가방에 넣는다. 드라이기가 설치된 화장대 앞을 서성이다 시간이 너무 오래 걸릴 것 같아 머리는 말리지 않기로 한다. 머리끝에서 물방울이 조금씩 떨어지고 곱슬머리가 어깨 위로 말려 올라가더라도 말이다. 탈의실 중앙의 나무 의자에 가방을 둔 뒤 청록색 보관함 구석에 놓인 체중계 앞으로 간다. 이곳에 자주 오는 유일한 이유가 이거다. 수영하지 않는 날에도 체중계만큼은 생각이 난다. 몸무게를 확인하고 싶어 못 견디겠어.

평영으로 수영장을 서른 번씩 왕복하는 단조로움 덕에 아까 사무실에서 있었던 일이 조금 잊힌 듯도 하다. 조금은.

아까 일로 열을 낼 이유는 없어. 어차피 초대받아도 안 갈 거니까. 하지만, 사무실에서 나만 초대를 못 받은 것 같아 영 찝찝하다. 수건을 쥐고 체중계 앞에 우두커니 서서 사무실 장면을 생생하게 복원하고 있는 내 모습을 발견하고는 얼른 고개를 젓는다.

잊어버려, 나탈리.

발에 묻은 물기를 닦고 체중계 금속판에 오른다. 그리고 몸무게 숫자를 휴대폰에 기록한다. 어제보다 200그램이 줄었다. 퍼킹 할렐루야다. 하지만 수영하러 들어가기 전보다는 40그램이 늘었다. 옷과 젖은 머리 때문이겠지.

나는 수영과 칼로리 소모의 상관성을 따지며 숙소 가는 길에 있는 슈퍼마켓으로 향한다.

퇴근할 때만 해도 따뜻했는데 어느새 거센 바람이 불어 날이 차다. 이곳 웰링턴의 변덕스러운 날씨는 꼭 아일랜드를 닮았다. 슈퍼마켓 입구의 센서가 나를 감지해 자동문을 연다. 입구에 쌓인 녹색 플라스틱 바구니를 옆에 끼고 냉장 식품 할인 코너로 직진한다. 할인가에 팔리는 식품들을 구경하다 볶음면과 케이준 감자튀김을 바구니에 담는다.

즉석에서 요리한 식품을 파는 코너로 가서 구운 닭가슴살을 산다. 자몽 탄산음료와 야식으로 먹을 콘 스낵도 집는다.

외투 깃이 귀를 덮도록 지퍼를 끝까지 올린 뒤 손으로 닭가슴살을 집어 먹으며 시내를 거닌다. 바삭한 껍질을 벗겨 살코기만 발라

낸다. 냅킨을 챙기지 않은 걸 후회하며 기름투성이 손을 포일에 닦아낸다.

닭가슴살을 먹었으니 200그램은 늘었겠군.

비가 보슬보슬 내리기 시작한다. 건물들의 처마를 따라 걷다 보니 다리나가 일하는 코트니 플레이스가 나온다. 내가 이곳에 온 후로 나와 다리나는 쭉 룸메이트로 지내고 있다. 4인용 방을 함께 쓰는데 2주 전 중국인 친구가 떠난 후로 우리 둘만 그 방을 쓴다.

유리창에 바짝 얼굴을 들이밀어 다리나를 찾는다. 다리나는 환히 웃으며 혼자 온 손님에게 음식을 나르고 있다.

몸무게를 실어 묵직한 황동 문손잡이를 밀고 안으로 들어간다. 어둑한 술집 안에 술과 소고기 버거 냄새가 진동한다. 커다란 스크린에 골프 대회가 소리 없이 중계되고 있다. 테이블 쪽에 설치된 여러 대의 소형 HD 스크린에도 똑같은 영상이 나온다. 푸른 풀이 탁 짓혀지면서 작은 골프공이 하늘 높이 치솟으면 관중이 점잖게 박수를 보낸다. 술집 스피커로는 뉴질랜드 레게 음악이 흘러나온다.

다리나가 나를 보고 한달음에 달려온다.

"잠깐만." 날 안으려는 그녀를 막고 장바구니 겸 수영 가방을 바닥에 먼저 내려놓는다.

"잘 지냈어? 일은?" 날 꽉 껴안은 그녀가 묻는다.

"좋아." 하지만 켈리가 떠오르고, 그 순간의 굴욕감이 다시 마음을 푹 찌른다.

"다행이네." 바 뒤편으로 돌아간 다리나는 에일 맥주 탭에서 손을 떼더니 다시 입을 연다. "표정이 울상인데, 괜찮은 거 맞아?"

"그럼. 그런데……" 망설인다. "아냐, 신경 쓸 것 없어."

"한잔 마실래? 뭐가 문젠지는 몰라도 털어내."

나는 거절의 표시로 고개를 젓는다.

"마셔, 공짜야."

"고맙지만 됐어. 가서 저녁이나 먹을래. 인사하러 잠깐 들른 거야."

다리나가 잔을 헹궈 건조대에 정리하는 동안 함께 수다를 떤다.

내가 작별 인사를 하자 그녀가 윙크로 보답한다. 그리고는 선반 아래 숨겨 둔 파인트 맥주잔을 홀짝인다.

오르막을 지나 호스텔로 간다. 주차장에 파란색 관광버스가 한 대 있다. 몸체에 '뉴질랜드 퀘스트'라고 적힌 버스. 일명 파티 버스로도 유명하다. 호스텔은 '단기 투숙객'들을 1층과 2층에 몰아넣고 우리처럼 워킹 홀리데이로 오래 체류하는 사람들을 3층과 4층에 재운다. 그 덕에 호스텔의 질서는 문제없이 유지된다. 우리가 머무는 층은 밤이 되면 조용해진다. 파티를 즐기고 싶으면 아래층으로 가면 된다. 그러나 자정이 되면 무조건 공용 공간을 비워야 한다. 통가 출신의 경비원은 누구의 헛소리도 용납하지 않는 사람이다. 아무도 감히 그의 앞에서 함부로 술을 마시거나 시끄럽게 음악을 틀거나 계속 노닥거리며 나대지 못한다. 그는 키가 195센티미터나 되고 몸무게는 120킬로그램이나 나간다.

안내원과 인사를 나누고 주방으로 들어가니 사람들이 모여 시끌벅적하게 술을 마시고 있다. 낯선 얼굴들. 나는 장기 투숙객들이 취해 있을 아래층 공용 공간으로 간다.

몇몇이 모여 공포 영화를 보고 있다. 배우들이 황무지를 내달려 도망치는 장면에서 비명이 터진다.

"안녕, 나탈리." 취한 로런스가 웃으며 날 맞이한다. "여기 앉아."

그가 딱 벌어진 상체와 굵은 다리를 왼쪽으로 움직여 자신이 앉은 노란 빈 백 의자에 내 자리를 만들어준다.

"위층엔 다 관광버스 사람들이야?" 내가 그의 옆에 몸을 구겨 넣으며 묻는다.

"응. 망할 파란 버스를 타고 온 부잣집 애들이 파티를 여셨더라."

제발 엮이는 일은 없었으면.

"수영하고 온 거야?" 그가 묻는다.

"응. 언제 같이 갈래? 나 자유 이용권 있다니까." 수영복 입은 모습을 들킨다면 쪽팔려 죽을 것 같긴 하지만, 나는 매번 로런스에게 함께 수영하러 가자고 권하게 된다. 이제 막 호스텔을 청소하는 교대 업무를 마쳤으면서 느리게 담배를 피우고 있는 그를 보자니 어이가 없다.

"아직은 준비가 덜 됐어. 그래도 너한테서 수영장 냄새가 나서 좋다. 마음이 편해져."

"그것참 고맙기도 해라." 내가 빈정대듯 대꾸한다.

"수영장 냄새, 샴푸 냄새, 로션 냄새까지, 나한테는 전부 익숙해. 염소 물 냄새라면 거리 맞은편에서도 맡을 수 있지."

그가 울적하게 시선을 돌린다. 가끔 나는 타인의 고통에 함께 몰입하게 될 때가 있다. 지금 그를 보는 내 마음이 그렇다.

"오늘 밤에는 뭐 해?" 내가 묻는다.

"쉬려고. 맥주도 좀 마시고. 담배 피울래?"

나는 고개를 젓는다. "간식 맛 버릴라."

그가 웃으며 배를 문지른다. "그래도, 내일 쉬는 날 아니야?"

"맞아."

"그럼 마셔도 되겠네."

"이따 봐서."

나도 가끔 나가 놀 때가 있지만 주말에나 그렇지 평일은 아니다. 다리나가 쉬는 날에는 그 애가 일하는 술집에 가서 함께 술을 마실 때가 있기는 하다. 어떻게 쉬는 날에 자기가 일하는 가게 손님으로 갈 생각을 하는 건지, 도무지 이해가 안 간다. 나라면 쉬는 날에 회사 근처에 얼씬도 안 할 텐데.

주인 없던 2층 침대에 위아래로 짐가방이 올려져 있다. 나는 수영 용품을 정리한 뒤 휴대폰으로 뮤직비디오를 몇 편 본다. 30분쯤 지났을 때 남자 둘이 벌컥 문을 열고 들어온다. 그중 하나가 손을 흔든다. 나는 귀에 꽂은 이어폰을 뺀다.

"안녕." 그가 따뜻한 손으로 내 손을 맞잡는다. "애런이에요."

나도 자기소개를 한다. 다른 남자가 위태롭게 사다리를 올라 위층 침대에 눕더니 거기서 손짓으로 내게 인사한다. "나는 제이크."

"나탈리, 같이 술 마실래요?" 애런이 묻는다.

"아뇨, 괜찮아요."

"삐, 틀렸습니다." 그가 혼자 대답하더니 보드카와 레모네이드를 빨간 종이컵에 나눠 따른다. "나탈리, 우리 같이 춤추기로 약속했잖아요."

"내가요?"

"제이크, 프린스 노래를 틀어줘."

제이크가 프린스의 '키스'를 튼다. 애런이 가사를 한 마디도 빠짐없이 과장되게 몸으로 표현한다. 급기야 후렴 부분부터는 본격적으로 춤을 춘다. 웃지 않을 수 없다.

"좋아요, 그 술 이리 줘요." 내가 말한다.

애런이 환호하며 컵을 건넨다.

"웰링턴 파티 타임!" 그가 건배한 뒤 술을 원샷 한다.

한참 동안 수다를 떤다. 애런은 내킬 때마다 컵에 술을 채운다. 그는 런던에서 일하는 기록물 관리사이고, 웨일스 출신인 제이크는 여행비를 모으려고 지붕 수리업자로 일했다고 한다.

"워킹 홀리데이 비자로 왔어요?" 제이크가 묻는다.

"네. 공기관에서 행정 보조원으로 일해요. 솔직히 시급 20달러를 주려고 만든 자리 같아요. 상사도 나더러 할 일 없으면 그냥 바쁜 척 키보드라도 두드리고 있으래요."

애런이 말한다. "그거 난감하겠네요."

"그렇게 나쁘진 않아요." 실은 매일 각종 음식의 칼로리양과 각종 스포츠의 칼로리 소모량을 검색하느라 바쁘다는 말은 생략한다. 취기에 살짝 긴장이 풀려 속마음이 술술 나온다. "정말 괜찮아요. 켈리라고 동료 하나가 눈엣가시긴 하지만."

"직장마다 꼴불견이 하나쯤은 있죠."

"처음엔 참 예쁘다 싶었는데 성격을 알고 나니 영 꼴 보기 싫어요."

"딱 애런이네." 제이크의 말에 애런이 입술을 삐죽인다.

"나는 내면도 외면도 끝내주는 사람이거든." 애런이 자기 손톱을 휘 불며 말한다. "명심하도록 해."

나는 두 사람의 여행 이야기가 궁금해진다. 오클랜드에서 출발해 동부 해안을 쭉 따라 이동하다 모레 남섬에 도착하는 일정이라고 한다.

"얼른 남섬에 갔으면." 애런이 말한다. "크라이스트처치, 픽턴, 아벨 태즈먼……."

"퀸스타운." 제이크가 끼어든다. "최초의 번지 점프대가 있는 곳."

"너 번지 점프 싫다며." 애런이 대꾸한다.

"닥쳐라." 제이크가 받아친다.

"그럼 할 마음이 있긴 해?" 애런이 추궁하듯 묻는다.

제이크가 한숨을 쉰다. "아니."

"왜요?" 내가 묻는다.

"높은 곳을 무서워해요."

애런이 말을 얹는다. "고소 공포증이 심해서 극복하고 싶대요. 연습 삼아 오늘도 2층 침대를 고른 거예요."

제이크가 말한다. "닥쳐, 게이 자식아."

"내가 뭘 어쨌다고." 애런이 웃음을 터트린다.

"그러는 너는 왜 안 하는데?" 이번엔 제이크가 묻는다. "벌써 무서워 죽겠냐?"

"난 스스로에게 증명할 필요가 없거든."

그 말에 제이크는 상처받은 듯 보인다.

애런이 수습에 나선다. "농담이야, 제이크. 실은 너무 비싸서 안 하려고. 쫄까라 그래."

"얼마인데요?" 내가 묻는다.

"네비스•가 275달러."

대화 주제는 나의 뉴질랜드 생활로 넘어간다.

"별거 없어요." 귀가 뜨거워진다. "다윈에서 시드니로 갔다가 이곳으로 왔는데 오자마자 일자리를 구했어요. 돈이 필요했거든요. 그런데 어쩌다 보니 틀에 박힌 생활을 하고 있네요. 일하고, 수영하고, 가끔 밤에 나가 놀고. 항구랑 테파파 박물관을 빼면 웰링턴 구경은 제대로 하지도 못했어요."

"이 도시는 참 조용해요." 애런이 말한다. "나라 전체가 그런 것 같아."

"우리 버스는 존나 시끄럽잖아." 제이크의 말에 애런이 웃으며 맞장구친다.

제이크가 '작업' 걸고 싶은 여자들에 대해 한참을 떠든다. 이에 질세라 애런도 여행하며 만난 남자들, 함께 자고 싶은 남자 연예인들 이야기를 늘어놓는다.

"애인 있어요, 나탈리?" 애런이 묻는다.

나는 고개를 젓는다.

• 뉴질랜드 퀸스타운에 있는 최고 높이의 번지 점프대 이름.

"관심 있는 사람은?"

머리가 하얘진다. "생각나는 사람이 없는데."

"청승 떨 일은 없으니 잘됐네." 애런이 보드카를 새로 따른다. "여기는 누구 자리?" 그가 내 침대 위층인 다리나 침대를 가리킨다.

"스코틀랜드 여자애가 하나 있어요." 내가 대답한다. "성격이 아주 좋고 사람들을 잘 챙겨요. 또 파티라면 사족을 못 쓰죠. 근처 술집에서 일하는데 근무 시간이 끝나고도 거기서 노느라 내가 출근할 시간이 되어서야 방에 돌아와요. 가끔은 다른 시간대에 사는 것 같다니까요."

"그 술집에 가야겠다." 제이크가 말한다. "그 여자 쿨할 것 같아."

학생 행사가 있는 날이라 짧은 치마를 입은 여자애들과 원디렉션이 되고 싶은 듯한 남자애들이 술집에 가득하다. 반쯤 취해 일하던 다리나는 나를 보자 펄쩍 뛸 듯이 기뻐한다. 다리나에게 애런과 제이크를 소개한다. 다리나는 우리 셋에게 감초 술을 공짜로 준다. 어느새 스크린에는 골프 대회 영상 대신 술 광고와 술집에서 신나게 노는 손님들 사진이 연달아 나오고 있다.

우리는 마음껏 마시고 웃는다. 제이크가 살짝 뚱한 것이 애런과 내가 떠드는 게 맘에 들지 않은 모양이다.

DJ가 덥스텝 음악을 끊고 요즘 유행하는 노래를 튼다. 우리는 잠시 몸을 흔든다. 애런이 내 앞에서 빠른 발놀림을 선보이고 나를 한 바퀴 빙 돌린다. 빙그르르 도는데 갑자기 취기가 가신다. 댄스 플로어 반대편에 켈리가 있는 게 아닌가. 화장을 어찌나 짙게 했는지 하마터면 못 알아볼 뻔했다.

"재 회사에서랑은 딴판이에요." 내가 애런에게 말한다.

"역시 가식적이군."

화장실에 갔다 오는데 켈리가 나를 부른다. 그리고 자기 일행인 남자 둘을 소개한다. 셋 다 누가 먼저 말 걸어주기를 기다리듯 우두커니 서 있다.

켈리가 내 일행을 가리킨다. 때마침 그들은 아비치의 '헤이 브라더'를 열창 중이다. "친구들이 재밌어 보인다."

"응, 재밌는 사람들이야."

"노는 걸 좋아하는 줄 몰랐어. 회사에서는 워낙 조용해서."

"할 건 하지." 내가 대답한다.

"그러게. 내가 오해했나 봐, 나탈리." 켈리가 하얀 이를 드러내며 가식적으로 웃어 보인다.

무슨 오해였느냐고 차마 묻고 싶지 않다. 대답을 듣기가 두렵다.

"생일이지?"

켈리가 한숨을 쉰다. "맞아. 결국 서른 살이 됐네. 이번이 마지막 파티야."

"마지막 생일 파티?"

"응. 결혼 전까지는 지금 나이를 유지할 거거든."

"축하해." 내가 말한다. "약혼한 줄 몰랐어."

"안 했어."

다행스럽게도, 바로 이때 애런이 춤추자며 나를 끌고 간다. 나는 마다하지 않는다. 켈리가 우리 둘을 의아하게 본다. 바 뒤편에서 일하던 다리나가 우리에게 감초 술을 또 한 잔씩 돌린다. 우리는 잔을 짠 부딪혀 술집 모두를 위해 건배한 뒤 쭉 들이킨다. 나는 손에 묻은 술을 혀로 핥는다. 배에서 불이 날 것 같다.

플로어 구석에 있던 켈리와 일행이 우리 쪽으로 슬그머니 와 바로 옆에서 춤을 춘다. 켈리 친구 솔이 옆걸음질로 내 옆에 온다. 나더러 조용한 곳에서 단둘이 얘기하자고 한다.

애런과 제이크가 나를 부추긴다.

솔이 디제이 박스 근처 자리로 나를 데려간다. 다듬은 턱수염에 연푸른색 눈동자를 지닌 솔. 우리는 잠시 둘이서만 이야기를 나눈다. 대부분은 음악 소리에 묻혀 고함 지르듯 말할 수밖에 없다. 뭉친 왁스 덩이가 그의 정수리에 달팽이 자국처럼 매달려 있다.

그걸 떼어내 솔에게 보여준다. 솔이 자기 손으로 내 손가락을 부여잡더니 키스하려고 몸을 기울인다. 웃음이 나지만 피하지 않는다. 그가 스페셜 칵테일을 두 잔 주문한다. 방사성 물질처럼 푸른 술에 얼음과 오렌지 조각이 둥둥 떠 있다.

솔은 줄무늬 빨대를 바닥에 버리고는 칵테일을 잔째 비운다. 다 마시고는 트림을 꺽 한다.

"저기, 나탈리." 그가 진지하게 입을 연다. "당신 꽤 재밌고 좋은 사람 같아요. 만약 우리가 자게 된다 해도 동정심 때문은 아닐 텐데."

귀에서 울리는 소리가 몸 전체로 퍼진다. 애써 이성을 붙든다.

솔이 다시 키스하려 몸을 내민다. 그의 리듬을 따라가기 버겁다. 막 술을 마신 그의 입술이 차갑다. 멍해진다. 그는 아랑곳하지 않고 계속 키스한다.

솔이 화장실에 간 사이 애런과 제이크가 있는 곳으로 달려간다. 그들은 브리트니 스피어스의 '워크 비치'에 맞춰 춤추고 있다. 취한 상태에서 말도 안 되는 일을 당하는 건 정말이지 위험한 조합이야. 눈물이 왈칵 쏟아진다.

"집에 갈래요." 내가 외친다.

"그 남자는 어쩌고?" 애런이 묻는다.

"안 맞아요. 가야겠어요."

"잠깐," 그가 나를 붙든다. "우리가 데려다줄게요."

애런과 제이크가 나를 바래다준다.

우리는 시끄럽게 떠들며 걷는다. 술집의 시끄러운 음악 소리에 마비되었던 청각이 서서히 돌아온다.

"게이 클럽에 갈까요?" 애런이 묻는다. "거기는 늦게까지 열 텐데."

"그냥 눕고 싶어요." 내가 대답한다.

"제이크?" 애런이 비장한 표정으로 제이크를 본다.

제이크가 헛기침한다. "난 됐어. 어딜 가자고?" 그러더니 가슴을 활짝 편다. "말 같지도 않은 소리. 난 감자튀김이나 먹으련다."

그가 다짜고짜 옆에 보이는 패스트푸드 가게로 들어간다.

"그럼 나중에." 애런이 새침하게 말하고는 나를 꽉 껴안는다.

"만나서 너무 좋아요, 나탈리." 그가 말한다. "우리 꼭 자매 같아."

그는 무사히 나를 호스텔 입구까지 데려다준다.

"같이 안 들어가요?" 내가 묻는다.

"어머. 난 계속 놀아야지, 자기. 내일 봐요."

통가 출신의 경비원이 날 알아보고 고갯짓으로 인사한다. 엘리베이터를 타고 방으로 올라가 안감을 양털로 댄 잠옷으로 갈아입는다.

숙취가 지독하다. 머리를 부여잡고 일어나 창문을 열어 방에 진동하는 술 냄새를 내보낸다. 애런과 제이크, 다리나 모두 잠들어 있다. 나는 간신히 몸을 일으켜 체육관으로 간다. 술 마신 다음 날의 몸무게를 확인하고픈 마음이 제일 크지만, 나를 짓누르는 자기 연민을 떨쳐내고 싶기도 하다.

수영하는데 눈물이 난다. 엉겁결에 물을 조금 삼킨다. 수영장에 소변을 눈 애들이 없어야 할 텐데.

샤워할 때 즈음이 되자 슬픔이 가신다. 오늘은 쉬는 날이니 뭘 하고 지낼지 계획을 짠다. 계획이라고 해봤자 오늘 저녁과 내일 점심에 뭘 해 먹을지 정도지만.

호스텔로 돌아오니 사람들이 점심을 먹으려고 삼삼오오 모여 있다. 나는 바로 공용 공간으로 내려간다. 의사들이 자기들끼리, 또 환자들과 얽히고설키는 연속극이 방영되고 있다.

로런스가 진공청소기를 돌리며 자기가 이 일을 얼마나 열심히 하는지 아느냐며 유난을 떤다. 이윽고 청소기를 끄고 내가 앉은 2인용 소파에 앉는다. 그의 뾰족한 엉덩이뼈가 내 골반을 찌른다. 이리저리 꿈틀대던 그는 끝내 편한 자세를 찾는다.

"돈 더 받고 이 일을 해야 하는데. 승진도 해야 한 판이야. 진공청소기 책임자로."

내가 소리 내어 웃는다.

“어젯밤은 어땠어? 또 수영하러 갔다 왔어?” 그가 코를 훌쩍인다.

“어젯밤은 좀 이상했어.” 내가 말한다.

“왜?”

“그 망할 버스를 타고 온 남자애 둘이랑 놀러 나갔다 왔거든.”

“멀쩡한 놈들이디?”

“응. 좋은 애들이더라. 한 명은 성격이 정말 좋아. 다른 한 명은 살짝 좀. 아무튼 술집에 갔는데, 같이 일하는 켈리랑 그 애 일행을 만난 거야. 그중에 솔이란 남자가 내게 작업을 걸었지. 괜찮은 사람 같았고 대화도 잘 통했어. 결국 키스까지 갔어.”

로런스가 내 옆구리를 슬쩍 찌른다. “자랑스럽다, 친구.”

“잠깐, 이게 다가 아니야. 그 사람이 뭐랬냐면, ‘만약 우리가 자게 된다 해도 동정심 때문은 아닐 텐데’라고 했어.”

로런스가 입을 굳게 다문다. “뭐라 그랬다고?”

나는 했던 말을 반복한다.

“세상에, 나탈리. 내가 다 미안하다.”

“네가 왜?”

“가끔 그런 쓰레기 같은 자식들이 있어.”

“왜 그런 말을 했을까?”

“나야 모르는 사이다만 네 말을 들으니 그 자식을 한 대 치고 싶네.” 그가 주먹을 불끈 쥔다. “그 새끼 철이 덜 들었다. 자존감도 낮고. 정신 나간 놈.” 그가 나를 끌어당겨 안는다. 그의 점퍼에서 담배 냄새가 난다. “너 진짜 사랑스러운 거 알지? 어디 가서 그런 소리 듣고 다니지 마."

"근데 맞는 말이긴 해. 내 몸을 좀 봐."

"스스로를 그렇게 평가하면 남들도 널 똑같이 볼 수밖에 없어."

"응?"

"자신에게 하는 말이 결국 자기 겉모습으로 나타난대. 신경과학적으로 그래. 우리 두뇌는 오류를 싫어하거든. 온 세상을 뒤져서라도 우리가 떠먹이는 말의 증거를 찾아낼 거야."

"그런 건 어떻게 알았대?"

"선수 시절에 스포츠 심리학자한테 상담받았었거든. 베이징 올림픽에 못 가게 됐을 때, 뭐 이런 한심한 루저가 다 있나 계속 생각했었어. 그런데 이제는 매 순간 이 세상이 그 사실을 확인시켜주고 있어."

"스스로 좋은 말을 해주면 되잖아?"

"내 말이 그거야. 그래서 요즘은 스스로에게 넌 아주 잘생긴 루저라고 말해주고 있지. 봐, 난 평생 운동만 하느라 놓친 젊음을 이제야 즐기면서 아직도 상처나 핥는 신세야. 당장은 이 꼴로 살고 있지만 이건 잠시뿐이야." 그는 이 꼴이라고 말할 때 바닥을 가리킨다.

그때 폴리네시아 출신의 여성 책임자가 들어오더니 로런스를 꾸짖는다.

로런스는 얼굴을 구기며 자리에서 일어난다. "정말 잠시뿐이야." 그는 그렇게 진공청소기를 질질 끌며 복도로 나간다.

오후 4시가 다 되도록 방 안 남자애들은 팬티 바람이다. 나는 운동 가방에서 짐을 뺀다. 다리나는 출근할 준비를 한다. 애런은 자신과 제이크가 마실 보드카를 따른다. 내게도 한 잔을 권한다. 나는 구역질 난다는 시늉을 한다. 애런은 골목길에서 만난 어느 남자의 방탕한 일화를 우리에게 들려준다.

제이크는 요란하게 한숨을 쉬며 맥주와 샌드위치를 먹으러 나가겠다고 모두에게 알린다. 얼마 안 있어 돌아온 그가 내게 작은 화이트 초콜릿을 건넨다.

나는 과하다 싶을 만큼 감사를 표한다.

"오버하지 마요. 누가 보면 장미꽃이라도 준 줄 알겠어." 그는 잠시 침묵하다 대뜸 묻는다. "이 동네에는 왜 토스트 탄내가 진동하는 거죠?"

"커피 로스팅 가게가 많아서 그럴 거예요." 내가 나선다.

그가 머리칼을 쓸어 넘긴다. "그거라면 다행이군요. 난 혹시 뇌졸중에 걸렸나 했지."

애런이 킬킬 웃는다. 그를 보는 제이크도 미소를 짓는다.

그들은 또 술을 마시러 나가자고 조르지만, 내일 아침 출근해야 하는 나는 이틀 연속으로 그럴 자신이 없다.

관광버스 사람 몇몇이 방문을 두드리자 애런과 제이크가 방을 나선다.

나는 내일 점심까지 먹을 수 있게 넉넉하게 저녁을 만든다. 공용 공간으로 내려가니 다들 텔레비전을 보고 있고 로런스 혼자 취해 있다. 이번에도 공포 영화가 틀어져 있다. 외딴 농가에 휴가를 왔다가 복면을 쓴 괴한들에게 쫓기는 남녀의 이야기다.

"이런 거 보면 안 무서워?"

"전혀."

"내일 퇴근 후에 수영하러 갈래?"

"나랑 마리화나 한 대 할래?"

"같이 수영하러 가면 나도 피울게. 됐지?"

그가 히죽 웃더니 담배를 꺼내 피운다.

나는 위층으로 돌아와 내일 아침에 입고 나갈 옷을 미리 챙긴다. 얼굴을 씻고 로션을 바른 뒤 일찍 잠자리에 든다.

애런과 제이크는 11시가 다 되어서야 방에 돌아온다. 인기척에 잠이 달아난다. 제이크가 휘청거리며 침대 사다리를 오른다. 이내 둘은 시끄럽게 속닥인다. 처음에는 목소리를 낮추는 노력이라도 하지만 나중에는 그마저도 하지 않는다. 제이크가 애런을 자기 침대로 부른다. 애런이 거절하자 제이크가 조금 전보다 더욱 허우적대며 사다리를 내려간다.

제이크가 애런이 누운 1층 침대에 벌러덩 눕는다.

"안 돼. 싫어. 저리 가."

애런은 거듭 나가라고 말한다. 제이크는 들은 체도 하지 않는다. 나는 이어폰을 꽂고 최대한 아무것도 듣지 않으려 하지만 방 안 분위기가 묘해지는 게 영 불안하다. 결국 이어폰을 빼고 대화에 귀를 기울인다. 수작을 거는 제이크와 하지 말라는 애런이 실랑이를 벌인다. 둘이 짧게 입까지 맞춘다.

나는 내 존재를 알리기 위해 일부러 크게 헛기침하지만, 가뿐히 무시당한다.

"저기," 내가 입을 연다. "방 안에 사람 있어요."

"제발." 제이크가 애런에게 말한다. "한 번만."

오, 이런.

애런은 거의 울먹인다. "너 이러기 싫잖아. 이런 거 싫어하면서."

"아니야. 정말 네가 좋아."

"여자 친구는?"

"여자 친구 아니라니까. 걔랑은 잠깐 만나는 거야. 너랑은 달라. 우리는 너무 잘 어울려. 너처럼 날 이해해주는 사람은 처음이야."

"우리 둘 다 취했어. 너무 취했으니까, 제발."

"저기," 다급해진 내가 큰 소리를 낸다. "제발, 나 여기 있거든요?"

"사랑해." 제이크가 말한다.

"아니잖아. 이러지 마. 이러면 안 돼. 난 진심이란 말이야."

"왜 이러는데."

"싫어. 만지지 마."

"너도 날 원하잖아. 사랑하잖아."

"제이크, 넌 게이가 아니야."

"그치만 너는 좋아. 애런, 넌 아니야? 너도 같은 맘 아니었어?"

"맞아." 애런이 훌쩍이기 시작한다. "다 알면서 왜 그래."

욕망에 젖은 침묵이 흐른다. 이윽고 게걸스러운 키스 소리가 난다. 서로에게 달려들어 몸을 움켜잡고 뒹군다. 침대가 삐걱거린다.

"시발, 진짜." 나는 욕을 지껄이며 침대에서 나와 운동화를 신는다.

그들에게 나는 안중에도 없다. 둘은 인사불성으로 취한 상태다.

잠옷에 외투를 걸친 나는 무겁게 한숨을 쉰다. 방문을 열자 복도 조명이 방 안으로 쏟아지고, 동시에 애런이 자기 오른손에 침을 뱉는다.

술에 취한 무리가 소파에 반쯤 파묻힌 채로 종합격투기를 보고 있다. 휴대폰으로 시간을 확인한다. 이 방송이 끝날 즈음에는 방 안의 둘이 할 일을 다 끝냈기를. 술에 취해 딱히 뭘 느끼지도 못하면서 밤새도록 이어지는 섹스만은 아니기를.

로런스가 멍하게 앉아 있다. "평일 밤늦게 어쩐 일이야?"

"그 망할 버스를 타고 온 남자애 둘, 걔네가 난리가 났어."

"무슨 난리?" 로런스가 되묻는다.

"말싸움이 붙었더라." 그래도 비밀은 지켜야겠다는 생각이 든다. "한 대 부탁해도 될까?"

로런스가 천천히 내 말뜻을 곱씹는다. 실웃음이 번지더니 입술 꼬리 한쪽이 슬며시 올라간다. 그러더니 고개를 끄덕인다. "당연하지, 친구."

흡연 구역의 박공벽에 고개를 비뚜름하게 내밀고 혀를 내민 마오리 티키• 형상이 그려져 있다. 로런스가 마리화나 담배에 불을 붙여 내게 건넨다. 나는 한 모금 빨고 숨을 참는다. 몸 안에 갇힌 연기가 폐를 찌르는 느낌이다. 기침과 함께 연기를 내뱉는다.

또 한 번 깊이 한 모금을 빤다.

공용 공간으로 돌아오니 화면 속 격투기 선수들이 링 위에서 피

• 마오리족이 믿는 수호신으로 행운과 풍요를 상징.

범벅 혈투를 벌이고 있다. 한 선수가 상대 목을 조르고 있다. 별안간 피해망상스러운 생각이 나를 덮친다. 로런스의 말처럼, 내가 나를 평가하는 모습 그대로 모두가 나를 보며 삿대질하는 것 같다.

뚱뚱한년, 멍청한년, 통제불능, 추한뚱보괴물, 모두네가싫대, 해변에밀려온고래, 한심한새끼, 누가너같은걸좋아하겠니, 너도네가싫잖아.

“내가 가짜 같아. 여기 없는 것 같아.” 내가 말한다.

로런스가 한참 만에 대꾸한다. “어째서?”

“난 어디를 가나 똑같거든. 뉴질랜드에 있건 고향에 있건. 난 아무 데도 없어.”

“그거 멋진데.”

“난 장소가 바뀌어도 똑같이 생각하고 느끼고 행동해. 어딜 가나 내 존재는 변함이 없어. 그냥 똑같이 쳇바퀴 도는 인생이야. 판에 박힌 인생. 늘 제자리걸음이야.”

“어딜 가든 그곳에 내가 있다는 말도 있잖아?”

“이 느낌 얼른 사라졌으면 좋겠어.” 내가 로런스에게 말한다. 내뱉어진 말이 영원의 무게를 허공에 퍼뜨린다. “기분이 안 좋아.”

“네 고통 때문에?”

나는 말뜻을 이해 못 해 그의 얼굴을 살핀다. 그가 무슨 말을 하기는 했던가?

“네 고통?” 나는 되묻는다.

“난 어느 때보다도 상태가 좋아.” 그가 등을 뒤로 기댄다. “올림픽이 나랑 뭔 상관인데?”

텔레비전 속 형체들이 움직이지만 무슨 상황인지 파악할 수가 없다. 청각과 시각이 분리되고 의미를 만들어 내는 능력과도 끊어져 있다. 모든 게 따로따로야.

마침내 약 기운이 모두 가신다. 통가 출신의 경비원이 공용 공간에 있는 모두를 내쫓아 나도 방으로 돌아간다.

다행히도 애런과 제이크는 서로를 껴안은 채 곤히 잠들어 있다. 평화로운 모습으로.

알람 소리에 힘겹게 몸을 일으킨다. 서랍을 여닫고 가방을 부스럭대며 출근할 준비를 한다. 다리나가 방에 없었다면 더 요란하게 움직였을 거다.

제이크가 눈을 뜬다. 잠결에 애런의 품을 파고들다 주변을 살핀다. 나는 다 안다는 듯한 눈빛으로 그를 본다. 그의 얼굴에 당혹감이 스친다. 알몸으로 펄쩍 일어나 휘청거리며 사다리를 올라 위층 침대로 숨는다. 이불로 몸을 가리고 나자 수치스러움이 더 심하게 밀려드는가 보다.

"그게 아니라……." 그가 더듬거린다.

"참견할 힘도 없거든요."

나는 다크서클이 내려온 눈으로 방을 나선다.

구내식당에 오긴 왔는데 연신 배가 꾸르륵댄다. 머그잔에 블랙커피를 가득 채운다. 켈리가 내 옆 카운터에 기대자 난초 향수 냄새가 풍긴다. 술집에서 재밌었느냐고 그녀가 운을 뗀다.

나는 최대한 밝게 웃어 보인다.

"도중에 사라져서 솔이 궁금해하던데? 네 번호를 내게 묻더라고." 그녀가 아이폰을 꺼낸다.

"사양할게." 내가 말한다.

"좋은 애야." 그녀는 당장이라도 내 번호를 캐낼 태세다.

나는 몇 차례 눈을 끔벅인다.

그녀가 눈을 가늘게 뜬다. "남자 만날 생각이 아예 없는 거야? 솔은 진지하게 너한테 관심이 있단 말이야."

한숨을 푹 쉰다. "싫다고 했잖아, 켈리."

"우리랑 노는 게 재미없었어?"

어두운 색조의 셰이딩으로 광대뼈, 콧대, 이마 위쪽과 턱 아래쪽 윤곽을 잡은 켈리의 얼굴은 칙칙하다.

"나를 파티에 초대도 안 한 사람과 마주쳤으니, 뭐 재밌긴 했지." 내가 대꾸한다.

켈리가 손으로 옆구리를 짚는다. "뭐라고?"

"사무실 사람 중에 나만 초대하지 않았잖아."

"난 아무도 초대하지 않았어."

"다 들었어, 켈리. 네가 사람들 초대하고 다니는 거, 다 들었다고."

"대체 뭔 소린지 모르겠네. 아무튼 번호 알려줄 거야, 말 거야? 싱글 아니었어?"

"싱글이야."

"그럼 비싼 척 구는 거니?"

관자놀이를 지그시 누른다. "그런 거 아니야."

"아니면, 캣 레이디라도 되시게?"

"캣 레이디는 또 뭔데?"

그녀가 핑크빛 입술을 오므린다. "나탈리, 아직도 모르겠어? 우리 같은 사람들은 시간이 얼마 없어."

"솔에게 내 번호를 알려주고 싶지 않아." 카운터에 머그잔을 내려놓는다는 것이 너무 힘이 들어가 가장자리에 커피를 쏟는다. "혼자 사는 게 무슨 불치병인 것도 아니고. 그럼 갈 데가 있어서 이만."

왜 이렇게까지 날카롭게 반응하는지 나조차 알 수 없지만, 나는 그대로 켈리를 지나친다.

딱히 갈 데는 없으나 이렇게 된 이상 점심시간을 회사에서 보낼 수는 없다. 호스텔로 돌아가는 길, 나는 내 안의 '퀸 비치' 면모를 한껏 끄집어낸다. 어젯밤 애런과 제이크가 방에서 저지른 짓을 문제 삼을 작정이다. 타인과 함께 쓰는 공간을 존중해달라는 말을 어떻게 꺼낼지 속으로 미리 연습하며 걷는다.

잔뜩 씩씩대며 방문을 열자마자 김이 빠진다. 애런이 시무룩하게 단색 짐가방을 싸고 있다. 방에는 애런 혼자다.

"제이크는요?" 내가 묻는다.

"갔어요." 날카로운 삼각형 모양의 목젖이 위아래로 까딱인다.

"버스로?"

"몰라요. 모르겠어요. 그냥 가버렸어."

"다리나는요?"

"샤워하러 나갔어요."

그의 슬픔이 고스란히 느껴진다. "괜찮아요?"

애런이 코로 크게 한숨을 내뱉는다. "뭐, 괜찮아요."

"안아도 돼요?"

"물론이죠, 나탈리."

그가 양팔을 펼친다. 티셔츠에서 섬유 유연제 향기가 연하게 난다. 내 품에 안긴 그의 가슴이 약하게 들썩인다.

"어제 당신 둘 때문에 잠을 설쳐서 솔직히 짜증 났었어요. 그런데 이렇게 되다니, 할 말이 없네요. 제이크는 돌아올 거예요. 아닐 수도 있지만. 뭐 어떻게 되더라도 당신 잘못은 없어요."

애런이 숨을 들이마신 뒤 어깨를 감싼다. "그러고 싶지 않았어요. 물론 원했죠. 나도 원했지만, 그런 식으로는 아니었어요. 이렇게 될 줄 알았거든요. 스트레이트 자식들이 다 그렇지."

"나쁜 사람만 있는 건 아니에요." 내가 말한다.

그가 나를 빤히 본다. 청록색에 갈색 반점이 박힌 눈으로. 그는 금세 감정을 추스른다. "나탈리, 가끔은 내가 나인 게 싫어요. 이 모양이 꼴인 게. 그냥 내 존재가 혐오스러워요. 최악이죠? 자기 자신을 부정하고 산다니?"

주방 정수기로 물을 한 잔 가득 받아 다리나가 있는 긴 의자에 앉는다. 다리나에게서 탤컴 파우더 향이 난다. 다리나는 코로나 맥주를 병째 마시고 있다.

"술 마시기 이른 거 아는데 어쩔 수 없었어. 일어나면서부터 몸이 막 떨리잖아."

나는 물을 홀짝인다.

"너도 마실래?" 그녀가 내게도 병을 권한다.

"아니."

"왜 이렇게 일찍 퇴근했어? 반차야?"

"아니. 켈리 있잖아, 엊그제 생일이었다던. 그날 너희 술집에 남자 둘이랑 같이 왔었어."

"알아. 너한테 키스한 그 멋쟁이랑."

"그 애랑 싸워서 잠시 여기 피해 있으려고. 한 공간에 있는 게 지금은 좀 무서워."

"왜?"

"또 시비를 걸까 봐."

"아니, 왜 싸웠는데?"

"생일 파티에 나만 빼고 사무실 사람들을 전부 초대했어. 그래 놓고서 그런 적 없대. 사람들을 초대하고 다니는 걸 내가 똑똑히 들었는데도. 웃긴 건 그날 파티에서 내가 유일하게 사무실 사람이었다는 거야."

"그 여자랑 같이 왔다던 두 남자랑도 같이 일해?"

"아니."

"그럼 아무도 가지 않은 거네, 나탈리."

"뭐라고?"

"쪽팔리니까 초대한 적 없다고 잡아떼는 거라고." 다리나가 한 병을 비운 뒤 새 병을 깐다.

정말 아무도 켈리 파티에 가지 않은 걸까? 그래서 잡아떼는 거라고? 이런.

"무슨 생각인지 다 알아." 다리나가 말한다.

내가 고개를 끄덕인다.

"나도 안 되겠다 싶으면 모임에 나갈 생각이야. 심각해 보이는 거 아는데 나름대로 절제하고 있어. 진짜로."

"뭐?" 당황스러워 얼굴이 붉어진다. "잠깐, 아냐. 나는 켈리 생각 중이었어."

"괜찮아, 나탈리. 나도 나한테 술 문제가 있다는 것쯤은 알아. 그래도 중독은 아니다."

"정말로 켈리 생각 중이었다니까."

"마실래?" 다리나가 또 술을 권한다.

"아니. 사무실에 들어가 봐야지. 퇴근 후에는 바로 수영장에 가야겠어."

"수영 참 열심히 하고 산다. 나탈리, 나도 너처럼 건강했으면 좋겠어."

"나처럼 건강하고 싶다고?"

나는 말문이 막힌 채 호스텔을 나선다.

책상에 앉아 켈리를 본다. 켈리는 복사기 앞에서 회계 부서 여직원과 잡담을 나누고 있다.

어차피 초대받았어도 안 갔을 거야. 참석 못 한다고 핑계를 댔겠지. 분명한 건, 다른 직원들도 그랬다는 거다.

켈리가 파티를 열었지만, 아무도 가지 않았다.

켈리가 복사기 옆 보조 선반에 있던 서류 뭉치를 들고 회계 부서 여직원에게 으레 도도한 미소를 지어 보인다.

어쩌면 도도한 게 아니라 절박한 걸까?

그런 가면을 쓰고 있는 거 아닐까?

퇴근 후 수영하면서 로런스를 생각한다. 수영장에 모든 걸 바친 그의 유년 시절에 대해. 찰나의 차이로 올림픽 대표팀에서 탈락한 순간 그가 느꼈을 실망감에 대해.

몰래 먹을 음식을 사고픈 마음을 억누르며 호스텔로 돌아가는 길, 다리나가 일하는 술집 앞에 멈춰 유리창을 들여다본다. 다리나가 환히 웃으며 쟁반에 담긴 술잔을 양복 입은 남자들에게 나르고 있다. 남은 한 잔은 그녀 몫이 된다.

모두가 각자의 고통을 안고 사는구나. 그리고 저마다 대처법도 알고 있어.

바람이 불자 길가의 포후투카와 나뭇가지들이 흔들린다.

오르막 모퉁이를 도니 관광버스 사람들이 버스에 타고 있다. 애런 혼자 침울하게 헤드폰을 쓰고 고개를 떨군 채 탑승하기를 기다리고 있다. 길 반대편에서 제이크가 그에게로 건너간다.

서로를 바라보다 제이크가 먼저 애런을 껴안는다. 그렇게 한동안 서로를 놓지 않는다. 애런의 얼굴에 웃음이 활짝 번진다. 제이크는 두 눈을 꼭 감고 있다.

마음이 울렁인다. 거절당하고, 다시 사랑받는 기분이란.

분명하게

“서부에 있으면 갑갑하지 않아?” 킴이 사과 칵테일을 홀짝이며 묻는다. 우리는 더블린에 막 오픈한 술집에 와 있다. 타투와 코 피어싱을 한 직원이 90년대에 유행했던 끈적한 간식과 함께 술값 영수증을 주고 간다.

“별로.”

“여행 후유증 같은 건?”

“그것도 딱히.” 내가 말한다. “돌아와서 좋아.”

“일은 어때?”

“그럭저럭.”

“레저 센터에 너무 매여 사는 것 같던데. 그것도 일종의 광신이다. 운동하는 사람들은 맹목적인 구석이 있어.” 킴이 말한다. “지금 너만 해도 보드카 소다 라임만 죽어라 마시고 있잖아.”

"그 사람들 생각보다 괜찮아, 킴. 그냥 몸 쓰는 걸 좋아하는 사람들이지."

"네가 병맥주에 피자를 마다하다니 놀랍다." 킴은 이렇게 말하며 빨대로 얼음을 쿡쿡 찌른다. "솔직히 걱정돼."

"일하는 환경에 영향받는 건 자연스러운 일이야."

"걱정 안 해도 정말 괜찮은 거야? 안드레아인가 그 사람도 느낌이 영 별로야."

"좋은 사람이야, 킴. 너도 만나면 좋아할걸. 완전 정상이라고."

"더 마실래? 킴이 내 쪽으로 잔을 기울인다.

"많이 남아서 괜찮아."

킴이 내 머리 위쪽을 슬쩍 보더니 부스를 나가 바로 향한다.

내 맞은편에는 피온이 있다. 그가 입을 연다. "방금 쟤가 한 말, 무슨 소리야?"

"내가 동네 레저 센터에서 일하게 됐거든. 행정이랑 사무 업무 담당자로. 따분한 일이지. 거기 강사 하나랑 친해졌는데 킴이 질투를 하네."

"일하기 좋을 것 같다."

"맞아. 교대 근무를 마치고 거기서 수영할 수도 있어. 그게 맘에 들어."

"재밌기도 하겠고."

"무슨 뜻이야?"

"일하면서 사람들을 구경할 수 있으니까."

나는 멈칫한다. "맞아, 좋지. 요즘 돈을 아끼려고 할머니네에 얹

혀살거든. 할머니랑 사는 것도 일하는 것도 아주 느긋하게 흘러가고 있어. 근데 내 인생만 생각하면 불안해져."

"나도 그래. 이 도시에 있으니 존나 우울하기만 하다. 숨 막혀."

"요즘 하는 일은 있어?"

"전통적 의미의 일은 아니야. 사실, 비전통적 의미에서도 딱히 일한다고 볼 수는 없지. 작품 발표 후로 글을 통 못 쓰겠어. 그냥 마비 상태야. 이 도시가 내 발목을 끌어당기는 것 같아. 깊이 침몰 중이야."

"뉴질랜드에서 막 돌아와서 그런지 몰라도 난 이 도시가 좋아. 세상 밖으로 나가기 전까지는 내가 나고 자란 곳의 사랑스러움을 전혀 몰랐어. 지금은 이곳의 연한 하늘이 좋아. 포근하고 편안하거든. 전에는 정말 몰랐어. 이곳의 들판과 나무도, 식물과 동물도 좋아. 예전에는 왜 몰랐을까."

"나는 서부 지방에 가 본 적 없어. 좋다고는 들었는데."

"한 번도?"

"응."

"차로 두 시간 반이면 가."

"리머릭에 한 번 갔던 것 같긴 한데. 아니다, 배로만 여행을 다녔네. 영국 쪽으로만. 같은 돈이면 좋은 나라에 다녀오는 게 낫지."

"아일랜드도 좋아."

"내 말뜻 알잖아." 피온이 말한다. "네 고향 이야기를 듣고 싶어."

"음, 일단 비가 자주 와. 기분 좋은 비. 난로 앞에 앉아 온종일 빈둥대도 죄책감을 느끼지 않게 해주지. 그리고, 참 조용해. 굳이 말하자면 지루하다고 할 수도 있지만, 조용하고 지루한 게 딱히 나쁜 건 아니니까. 안 그래?"

"맞아. 내 인생은 너무 소란스럽거든. 이젠 좀 잠잠해졌으면 좋겠다."

"우리 할머니는 많이 노쇠하셨지만 여전히 애정이 넘치셔. 흔히들 생각하는 정 많은 할머니랄까. 귀여우셔. 너도 보면 좋아할걸. 다들 우리 할머니를 좋아하거든."

"나 할머니들이랑 되게 잘 지내."

"가끔 저녁에 할머니가 차를 우리고 나는 밖에 나가서 양들이 있는 들판 너머 일몰을 구경해. 그럴 때면 그렇게 여유롭게 지낼 수 있다는 게 행운처럼 느껴져."

"말만 들어도 좋은데."

"맞아."

"실업 수당으로 겨우 월세를 내는 단칸방의 더러운 창문으로 드럽게 칙칙한 바깥 하늘을 보고 있으면, 두려움에 질식당하는 게 이런 건가 싶어."

"나도 예전에 자주 그랬어. 짜증 나긴 하지만, 수영이 도움이 됐지."

"짜증 나다니 어째서?"

"몸을 움직여야 마음이 낫는다는 말은 너무 뻔하잖아? 나도 불안이 도사리고 있는 걸 느껴. 상자를 열고 싶지만 그랬다가는 불안이 튀어나와 내 목을 조를 걸 아니까 그냥 내버려 두고 수영으로 푸는 거지."

"나 나중에 네 고향으로 놀러 가도 돼?" 피온이 대뜸 묻는다.

"그럼. 물론이지. 오면 재밌을 거야. 남는 방도 있고 할머니도 좋아할걸. 친구를 초대하라고 몇 번이나 말씀하셨거든. 혼자 계시면 적적하니까 내가 계속 할머니네에 머무를 구실을 찾고 싶으신 것 같아."

"고마워, 나탈리." 그의 말에 나는 웃는다.

킴이 내 앞에 반쯤 채운 술잔을 턱 내려놓은 뒤 엉금엉금 나를 지나쳐 안쪽 자리에 앉는다. "다 비우면 이거 마셔. 다시 줄 서서 기다리기 싫어."

우리, 그러니까 나와 피온이 나눈 이야기는 그냥 술김에 한 말인 줄로만 알았다. 그런데 피온은 정말로 내게 문자를 보내 언제쯤 고향에 돌아가느냐고 묻는다. 나는 그에게 네가 오는 건 언제든 환영이라고 답장을 보낸다. 그는 금요일에 가겠노라고 덧붙인다.

등단한 시인이 집에 온다고? 유명인을 손님으로 맞이하게 되다니. 그가 첫 시집을 냈을 때 더블린 문단은 대단한 물건이 나왔다며 그를 주목했다. 킴 말로는 그랬단다. 정말 대단한 물건이라고. 나도 시집을 구해 읽어 보았지만 완벽히 이해할 수는 없었다. 문장 호흡이 이상한 데서 끊기고 시가 한 편 끝날 때마다 웬 용어집이 등장했다.

그래도 그의 걱정을 덜어줄 자신은 있다. 그가 마음속 불안 덩어리를 떨쳐낼 수 있게 온갖 곳으로 그를 데리고 다녀야지. 산과 바다로, 호수와 요새로, 산사나무밭과 오래된 동굴로, 성 터와 성스러운 우물로, 화이트 스트랜드 해변과 폭포로.

기차역에서 피온을 태워 고향 동네를 보여준다.

"나는 저기서 일해." 레저 센터를 가리키며 내가 말한다. "저기는 도서관인데 안이 되게 아늑해. 옛 타운 하우스를 개조한 곳이거든. 내일 호수에 갔다가 저기도 가자."

"좋아."

"참고로 나는 저 건물 뒤에서 첫 키스를 했어. 침이 난무한 대참사였다만, 뭐 그래도 특별하긴 했던 것 같아. 키스하는 내내 눈을 뜨고 상대 남자애를 쳐다봤어. 사귀는 사이도 아니었는데 그냥 나가서 키스한 다음에 슈퍼맥스•로 돌아와 커리 치즈 칩이었나, 딸기 선데였나를 먹었던 기억이 나. 그러는 사이 다음 타자들이 키스하러 나갔고."

"일종의 의식 같은 거였네."

"맞아. 네 첫 키스는 로맨틱했어?"

"안 믿기겠지만 내 첫 키스 상대는 여자애였어. 동네 친구. 엄마들이 같은 레스토랑에서 일했었지. 그날 내 방에서 그 애랑 〈더 싱〉• 을 보던 게 생생히 기억나. 그 애가 무서워하길래 내가 그 애를 안았는데 그러다 키스하게 됐어. 나중에 생각하니 그냥 웃기더라. 나는 이미 열세 살에 내가 남자를 좋아한다고 확신했거든. 그 애랑은 지금도 친구로 잘 지내."

"로맨틱한데."

"나중에 글로 써 봐야겠다."

- 아일랜드의 유명 패스트푸드 식당 체인.
- 존 카펜터가 연출한 1982년작 호러 영화.

얼굴에 흐뭇한 미소가 번진다. 피온이 이곳에 와 벌써 영감을 받고 있다니.

"저기는 내가 졸업한 학교야. 죽은 수녀들과 기숙생들이 귀신으로 나타난다는 소문이 돌았지. 그전에는 프로테스탄트 지주가 목매달아 죽인 소작농들이 학교 땅에 살았대. 그러니까 저 부지는 원혼이 떠도는 땅인 거야."

"너도 본 적 있어?"

"아니. 날이 저물면 으스스하긴 했어. 방과 후 자습 때도 별일은 없었고. 유독 추운 방이 몇 곳 있긴 했는데 유령 때문은 아니고 중앙난방 문제였지."

광장에 차를 세운 뒤 동네 작은 술집에 들어간다. 바텐더가 정답게 우리를 맞이한다. 우리는 벽난로 옆 테이블에 자리를 잡는다.

트래드● 밴드가 연주를 준비한다.

"트래드 좋아해?"

"쿨하다고 생각해." 그가 대답한다.

"이 밴드 실력이 좋아. 별로였으면 굳이 들으라고도 하지 않았어. 저기 바이올린 연주자는 미국 투어를 자주 돌던 그룹 출신이래. 미국에서 유명하다더라. 아코디언 연주자는 월드 챔피언 댄서라던데."

"이게 내가 상상하던 아일랜드 서부의 모습이야. 이거랑 안개가 피어오르는 들판이랑."

● 1950~1960년대 영국에서 유행한 재즈 장르로, 미국 뉴올리언스의 정통 딕시랜드 재즈를 계승함.

"날이 밝으면 그 들판도 보여줄게."

내가 파인트 한 잔을 비우는 동안 피온은 석 잔을 거뜬히 마신다. 차를 몰아 할머니네로 간다.

"나탈리," 피온이 입을 연다. "여기 오니까 힘이 난다. 너희 동네를 보고 옛날이야기를 들으니 좋아. 진짜 시골을 맛보는 기분이야. 이 들뜬 기분으로 들어가서 글을 써야겠어. 문장들이 나한테 돌진해 오는 게 느껴져. 고마워."

"그거 잘됐다, 피온. 우리 내일은 호수랑 도서관에 갔다가 산에 가도 좋을 것 같아. 그렇게 가파르지 않은데 전망이 훌륭해."

"그거 좋지. 그런데 나 아침에는 혼자 작업하고 싶어. 그게 루틴이라."

"아." 내가 말한다. "미안. 그래, 물론이야."

"점심 먹기 전까지는 혼자 있으려고."

"네 창의력이 방해받지 않게 아침은 쟁반에 따로 챙겨 줄게."

"나탈리, 너 정말 최고다."

나는 웃으며 자러 들어간다.

토요일, 글쓰기 루틴을 마친 피온을 데리고 지역 명소를 돌아다닌다. 늪지 주위를 산책하고 폭포에도 간다.

피온은 덕분에 글쓰기가 재밌어졌다고 고마워한다.

"나는 글을 써야 비로소 해야 할 일을 한다는 느낌을 받아."

해 질 녘의 화이트 스트랜드 해변을 보고 할머니네로 돌아온다. 식사를 마치고 시내에 나갔다 오자고 권하지만 피온은 글쓰기 호흡을 되찾았으니 방에서 야간작업을 더 하겠다고 말한다.

할머니는 난롯가 의자에 앉아 있다. 등 뒤에 쿠션을 받쳐 허리가 꼿꼿하다. "저녁에 미사에 가는 거지?"

"아니요, 할머니. 미사는 일요일 오전에 가야죠. 지금 교회에 가봤자 아무도 없어요."

"참, 그렇지. 깜빡했구나. 뭐 먹을 테냐?"

"할머니, 차까지 다 마셨잖아요? 그릴드 치즈 샌드위치도 만들어 주셨으면서." 나는 시계를 확인한다. "식사한 지 15분도 안 됐어요."

"그래, 그래. 내 정신 좀 봐. 갈수록 오락가락하지 뭐니. 그러면, 저녁에 미사에만 데려다주련?"

나는 깊이 한숨을 쉰다. "아니요, 할머니. 미사는 일요일 오전에 가는 거라니까요. 날 밝으면 모시고 갈게요. 피온도 같이 갈 것 같아요."

"누구?"

"시인요. 이 집에 머무는 친구 있잖아요? 할머니가 음식도 만들어 준 거 기억하시죠? 검은 곱슬머리에 키 크고 마른 친구, 봤죠?"

"봤다마다. 좋은 녀석이더구나. 꼭 연극에 나오는 인물 같던데. 그 왕자 있잖니."

"어떤 연극요?"

"덴마크 왕자. 옳지, 햄릿. 햄릿을 닮았어. 시꺼멓고 시무룩하게 있는 것이 꼭 그래. 그래도 착한 녀석이더구나."

일요일이 되어도 피온은 떠날 기미를 보이지 않는다. 역에 데려다주려 기다리지만, 그는 시내까지 태워 달라고 입도 뻥끗 않는다.

밤 10시가 되어서야 나는 그의 의중을 짐작하고 자러 들어간다.

월요일 아침, 그의 방문을 두드려 출근하는 김에 시내로 태워다 주겠다고 넌지시 말한다. 하지만 그는 괜찮다며 사양한다.

나는 어안이 벙벙해진 채로 혼자 시내로 출근한다.

출근한 안드레아가 주말에 잘 지냈느냐고 안부를 묻는다.

"잘 지냈지. 재밌었어. 집에 손님이 왔거든." 나는 피온 이야기를 꺼낸다. "그런데 아직도 집에 있어." 이마를 긁적인다. "떠날 생각이 없는 건지 시골집에 할머니랑 단둘이 있다니까. 살짝 걱정돼."

"할머니한테 전화해서 괜찮은지 물어봐."

사무실 전화로 할머니에게 전화를 건다. "할머니, 나예요. 피온이 아직 집에 있는데 괜찮으시겠어요?"

수화기 너머로 콘플레이크를 씹는 소리가 들린다. "누구?"

"피온, 시인 친구요. 손님방에 아직 있어요."

"옳지, 네 작가 친구 말이냐? 일하고 있더구나. 차 한 잔 타다 줬다. 착한 녀석이야."

"알았어요. 오늘은 점심에 수영하고 일찍 퇴근할게요. 할머니가 너무 신경 쓰실 필요 없어요."

"신경 쓸 것도 없어, 나탈리. 그 녀석은 꼭 작은 유령 같아."

"그럼 정말 괜찮으신 거죠?"

"괜찮대도."

퇴근하고 오니 할머니가 나와 피온을 위해 저녁을 차려준다. 피온은 감사히 먹는다.

그가 내게 하루 안부를 묻는다.

"잘 지냈어. 너는?"

"아주 좋았지. 글도 많이 썼어. 이곳에 있으니 영감이 막 쏟아지네. 저녁 먹고 산책할까 하는데 같이 가도 좋겠다. 좁은 길을 걸을 때 조심하라고 할머니께서 손전등도 주셨어."

할머니는 우리 대화는 듣지도 않고 텔레비전에 빠져 있다.

피온이 자리를 비웠을 때 내가 할머니에게 묻는다. "피온이 계속 있어도 괜찮으시겠어요? 할머니가 불편하시면 떠나 달라고 할게요."

"누구?"

"피온요, 할머니. 시인 친구."

"신경 쓰이기는 무슨. 대화도 잘 통하고 좋구먼."

나도 모르게 눈썹이 올라간다. "무슨 대화를 해요?"

"패트릭 카바나• 얘기."

안드레아 덕에 평소 얼씬도 하지 않던 층에 가 본다. 안드레아가 프리 웨이트 기구를 이용하거나 매트 위에서 할 수 있는 동작을 직접 알려준다. 그녀의 몸에는 탄탄한 근육이 잡혀 있다.

"늘 재밌어?"

"뭐가?"

• 아일랜드 20세기 문학을 대표하는 시인이자 소설가.

"이렇게 운동하는 거."

안드레아가 빨간색 립밤을 입술에 펴 바른다. "그런 것 같은데. 애들을 낳고서부터 더 재밌어졌어. 수업을 가르칠 때 한숨 돌릴 수 있거든. 여기서 힘을 충전해 애들이 있는 집으로 돌아가는 거지. 만족스러운 삶이야."

"너 정말 긍정적이구나."

"나답게 살면 모든 게 훨씬 단순해지지. 체대에 진학하고, 프로팀 근력 훈련 코칭을 맡고, 스포츠 심리학을 공부하고, 뭐 그런 것도 좋았지만."

"그쪽으로는 왜 가지 않은 거야?"

"이미 떠난 배야. 애들이 아직 너무 어려. 육아를 방패막이로 삼는 것 같겠지만, 아니야. 나는 애들이 어릴 때 최대한 옆에 있어주고 싶어."

퇴근 후 수영을 하고 나니 짜증이 살짝 가라앉는다. 평온해진 마음을 안고 집으로 향한다.

저녁으로 생선과 채소 구이, 작은 산처럼 쌓은 매시트포테이토를 먹고, 난롯가에서 잠시 책을 읽는다. 할머니는 이곳저곳 옮겨 다니며 집안일을 한다.

9시 뉴스를 볼 때 즈음 피온이 방에서 나온다.

미소를 짓고 있다.

"잘 지냈어?" 그가 묻는다.

"응. 너는?"

"굉장히 좋아, 나탈리. 문장들이 막 쏟아져. 이 동네는 정말 마법 같아."

"심심하지 않아?"

"전혀."

"내일도 출근해야 하지만 저녁에는 시간을 낼 수 있어. 같이 놀까?"

피온이 어깨를 으쓱하더니 대답한다. "뭐, 너만 좋다면."

"영화 보러 갈까?"

"그래."

잘 자라고 인사한 뒤 나는 방으로 올라간다. 영화를 보러 갈 생각은 딱히 없었는데. 대체 피온은 할머니만 있는 이 집에서 뭘 하면서 빈둥대는 거야?

우리는 미국의 작은 마을에서 서서히 미쳐가는 여자가 주인공으로 나오는 스릴러 영화를 관람한다.

피온은 재밌게 봤다면서 집으로 돌아가는 길 내내 별말이 없다. 얼른 집에 가고 싶어서 몸이 근질거리나 보다. 내가 그를 억지로 할머니 집에서 끄집어낸 모양새가 되었다.

집으로 가는 길에 내가 묻는다. "실업 수당은 계속 받고 있어?"

"하도 오래 받아서 자동 입금되도록 했지. 엄청 편해."

나는 혀를 한번 찬다. "운도 좋다."

그는 내게 무엇도 요구하지 않는다. 그렇다고 심심해하지도 않는다. 오히려 만족스러운 기색이다. 집에 도착하자마자 그는 자기 방으로 올라간다.

주방에 들어가 목소리를 낮춰 할머니에게 묻는다. "혹시 그 친구가 귀찮게 굴어요?"

"누구?"

"피온요." 나는 문 쪽으로 머리를 까딱인다. "시인 친구."

"누구?"

할머니는 장난치는 표정이 아니다. "금요일부터 여기 와 있잖아요. 그 시인 친구가."

"옳지," 할머니가 말한다. "건망증이 점점 심해지네. 차 한 잔 타줄까?"

"아뇨, 할머니. 괜찮아요. 그 친구한테 이제 가라고 할까요? 혹시 그 친구 때문에 막 감옥에 갇힌 것 같고 그러세요?"

"감옥이라니?"

"아니면, 베이비시터가 된 것 같다거나?"

"아니, 착한 녀석인걸. 낮에 말동무가 있으니 좋더구나. 소란을 피우지도 않고."

"그래도 귀찮으면 가라고 할까요?"

"나탈리, 괜찮다. 할머니는 그 녀석이 하나도 신경 쓰이지 않아."

다음 날 아침, 역으로 태워다 주겠다는 말에 피온이 손사래 친다.

"나탈리, 너 정말 친절하다. 그런데 그럴 필요 없어." 그는 자기 보온병에 뜨거운 물을 붓는다.

그의 대답을 어떻게 받아들여야 하는 거지.

그가 차지한 주방에서 나는 오트밀을 우걱우걱 먹는다.

출근해 만난 안드레아에게 이 고민을 털어놓는다. "좀 이상한 애야. 떠나야겠다는 생각이 안 드나?"

안드레아가 묻는다. "나가 달라고 말은 해 봤어?"

"아니. 어떻게 그래? 지금 생각해보니까 처음에 기간을 정하지 않은 게 문제였어. 여기 오고 싶다길래 그냥 그러라고 했지. 혹시 아예 눌러앉으려는 걸까?"

안드레아가 웃는다. "나탈리, 오늘은 수영 대신 내가 하는 스핀 클래스에 들어와. 그걸로 화를 풀어."

"스핀 클래스? 장난해? 날 좀 봐." 나는 일부러 과하게 내 몸을 가리킨다. "스핀 클래스에 들어갔다가 죽을지도 몰라."

"그럴 일 없어. 자기한테 맞는 속도로 달리면 돼. 고강도 운동이라 스트레스 푸는 데 제격이야. 수영은 그다음에 해도 되고."

"그 자식 확 죽이고 싶어."

"그 스트레스, 꼭 날려버려야 해."

퇴근하고 오니 피온이 할머니의 응접실에서 옛날 가족사진을 구경하고 있다.

"여기 있었네." 내가 불시에 급습하러 나온 사람처럼 말한다.

"응. 옛날 사진 속 사람들은 참 아름답지 않아?" 그가 할머니 결혼식 사진을 가리킨다.

마음이 살짝 누그러진다. "그런 것 같네."

"요즘 사진도 다 흑백이었으면 좋겠어. 더 분위기 있잖아."

그에게 우리 가족 이야기를 짧게 들려준다. 그도 내게 자기 가족 이야기를 들려준다. 그의 부모님은 그가 어렸을 때 이혼했다고 한다. 그는 엄마 손에 혼자 자랐는데 열다섯 살 때 엄마가 뇌출혈로 갑자기 세상을 떴고 이후로는 아빠와 새엄마 집에서 컸단다.

"두 분 다 좋은 분들이긴 한데 나는 늘 겉돌았어. 나보다 열 살이나 어린 이복동생이 둘 있었는데 새엄마는 그 애들을 무척 아꼈지. 내게도 물론 잘해줬지만 내심 나와 같이 사는 걸 불편해했어. 아빠는 늘 그렇듯 밖에서 일만 했고. 우리 동네에는 알코올 중독 아빠를 둔 애들이 많았는데 우리 아빠는 일 중독이었지. 얼굴 보기도 힘들었어."

다시 마음이 무거워진다. 피온이 할머니 방까지 드나드는 건 할머니의 사생활을 침범하는 짓이란 사실마저 뒷전이 된다. 이 방에는 할머니가 아끼는 골동품들과 오래된 사진첩, 때 묻으면 안 된다며 아직도 비닐을 벗기지 않은 소파가 모셔져 있다. 비닐 위에 먼지가 켜켜이 쌓여 있다. 방 안의 모든 물건이 마찬가지다. 코가 간지럽다.

"집이 엉망이다." 갑자기 갑갑해진 나는 머리를 긁적인다.

"그런가?"

갑자기 안드레아의 목소리가 귓전에 울린다. 시간을 확인한다.

"피온, 나 운동하러 나가야 해. 이따 돌아와서, 아니면 내일 아침에 또 보자."

"그래."

피온이 어슬렁거리는 공간에서 '나만의' 시간을 가질 수는 없잖아. 나는 마지못해 안드레아 수업에 간다. 집에 있다가는 정말 피온을 죽이게 될지도 몰라. 그와 얼굴 붉힐 자신도 없어.

시내로 나가는 길에 네 번, 레저 센터에 도착해 한 번, 차를 돌릴까 생각한다. 레깅스에 스포츠 티셔츠를 입은 나는 너무나도 거대하다. 남자 사이즈라 헐렁한데도 그런 기분이 든다.

눈 딱 감고 해보자, 나탈리.

아무것도 안 하고 집에 돌아가는 건 더 최악이다. 왜 이렇게 일찍 왔느냐고 귀찮게 묻는 피온에게 변명할 기력도 없다.

나는 숨을 들이켠다.

프런트를 지키던 팻이 나한테는 수업비를 받지 않겠단다. "원래 직원은 공짜예요, 나탈리. 들어가 봐요. 안드레아는 벌써 와 있어요."

스튜디오는 거의 다 차 있다. 반원 대형으로 실내 자전거들이 설치되었고, 안드레아는 그중 하나의 의자를 손보고 있다.

접수 업무를 하며 얼굴을 익힌 사람들이 몇몇 보인다. 나는 고개를 끄덕여 그들과 인사를 나눈다. 그리고 구석에 놓인 자전거 옆에 선다.

안드레아가 나를 보자 빙그레 웃는다. "나탈리, 진짜 왔네. 와, 그 사람이 어지간히 속을 뒤집어 놓나 봐."

"살살해줘."

"그럴게. 자, 의자는 엉덩이 높이까지 올려야 해. 손잡이는 문제없지?"

나는 자전거에 올라타 확인한다. "응, 문제없어."

안드레아가 스위치를 눌러 메인 조명을 어둑하게 만든 뒤 디스코 조명을 켠다. 헬스장 비트로 리믹스한 유행가가 쩌렁쩌렁 퍼진다. 안드레아의 구령에 맞춰 상체를 낮췄다가 올리고, 엉덩이를 떼고 일어났다가 스프린트 하듯 페달을 밟는다. 땀이 뻘뻘 난다. 토할 것 같다. 수영으로 어느 정도 체력을 다지긴 했으나 다른 사람들처럼 날아다닐 재간은 없다. 다들 나를 HIIT• 클래스에 잘못 들어온 어리바리 뚱보로 생각하겠지.

하지만 정작 나를 의식하는 사람은 없다. 저마다 헉헉대며 동작을 따라가기 바쁘다.

수업을 마치고 이마에 맺힌 땀을 훔친다. 땀이 비 오듯 쏟아진다.

"안드레아, 이거 대박이다. 다리가 갓 태어난 송아지처럼 후들거려."

"바로 그거야."

"끔찍한 경험이었어."

"끔찍하다니 무슨. 좀 좋게 표현해주라."

"내 다리와 복부가 욕봤지. 그래도 땀을 흘려서 좋고 머리도 개운해진 것 같아."

"그렇게 말하니 훨씬 낫다. 내일도 올 거지?"

운동으로 활기를 되찾아서인지 피온이 덜 밉게 보인다. 나는 그가 어떻게 글을 쓰고 시를 짓고 있는 건지 궁금해진다.

• 짧은 시간 동안 고강도 동작 여러 개를 번갈아 해 칼로리를 소모하는 운동.

그는 글을 시각화한다고 설명한다. "시의 영감은 아무런 형태 없이 찾아와. 처음에는 그냥 잡음 덩어리 같아. 그걸 내가 다듬는 거지."

"그게 시라는 건 어떻게 알아?"

"이제 내 작업 과정쯤은 나 스스로 알고 있으니까. 머릿속 백색소음과 창조적 영감 정도는 구분할 수 있지. 이것도 운이 좋다고 해야 하나."

"나는 가끔 부정적인 생각이 현실이 되는 게 신기하던데. 아마 나는 불운을 안고 태어났나 봐." 내가 말한다. "백색소음에서 부정적인 생각만 기막히게 골라내는 건가?"

"그럴지도 모르지. 네 상상력을 널 위한 무기로 만들 생각은 없어?"

"글쎄, 피온. 난 원래 이런 사람이라." 나는 물을 한 모금 크게 마신다.

그가 말한다. "미안, 나탈리. 글 쓴다고 이런 잔소리나 하고. 이제 자제할게."

내일 아침 출근할 때 역에 태워다 줄 수도 있다고 하니 그는 자신도 아침에는 일할 거라며 또다시 사양한다.

어쨌거나 그가 작품을 만들고 있다니 조금이나마 위안이 된다. 이곳에서 뭐가 됐든 결실이 만들어지고 있다는 거니까.

밤새 한 번도 깨지 않고 푹 자고 일어나니 팔다리가 몹시 욱신거린다. 사무실 의자에 앉을 때도 살살 내려가야 하고 몸을 살짝만 움직여도 전신이 아프다.

안드레아가 그런 나를 보며 웃는다. 그녀 옆으로 가는데도 복부가 쑤신다.

"다 너 때문이야." 내가 볼멘소리로 말한다.

"또, 말 함부로 한다. 좋게 표현해보라니까."

"엉겁결에 하우스메이트가 된 피온 생각을 잠시나마 잊어서 좋았어. 지금까지도 기분이 괜찮아. 그런데 걔 오늘이면 벌써 일주일째 우리 할머니네에 머무는 거야. 이따 저녁에 버스 정류장과 기차역이 어디 있는지 피온에게 넌지시 말해 볼까? 그러면 눈치를 좀 채려나?"

안드레아가 녹색의 끈적한 액체를 입에 털어 넣는다.

"뭐냐고 묻기도 무섭다."

"밀싹, 스피루리나, 시금치, 사과, 바나나."

"토 나올 듯." 내가 말한다.

"그런 말은 먹어보고 나서 해."

퇴근 후 피온을 데리고 시내로 나간다. "이번이 마지막 외출이겠네."

그에게 기차역을 보여주고 광장에서 출발하는 사설 버스 정류장 위치도 알려준다. 대충 알아듣는 것 같기도 한데.

집에 돌아와서는 그에게 짐은 다 싸두었냐고 묻는다.

"짐이 얼마 없어서, 몇 분이면 다 싸지."

나는 긴가민가한 채로 잠자리에 든다. 알아들은 거 맞나?

스핀 클래스로 얻은 근육통은 토요일이 되어서야 사라진다. 하지만 피온은 할머니네에서 아직도 사라지지 않고 있다. 마치 우리 할머니가 자기 할머니인 양. 나는 점심을 먹으러 나온 그에게 일부러 정떨어지게 행동한다.

"마당 양동이에 물을 채우자!"

"지붕에 물을 뿌리자!"

그가 나를 따라나선다.

"바닥도 청소해야겠네!"

"떠돌이 개를 데려와 씻겨주자!"

"시골 생활이 너무 잘 맞아." 뒤뜰에서 개를 안고 거품을 내던 피온이 말한다. "평생 이런 데서 살아도 좋을 것 같아."

나는 집게손가락으로 관자놀이를 지그시 누른다.

그는 매사에 부지런하다며 나를 칭찬한다. 궂은 집안일을 이렇게 열심히 하다니. 선불교 수행자의 자세를 갖췄다나.

토요일이라 출근하지 않아도 되지만, 피온과 오후를 함께 보낼 자신이 없어 레저 센터로 스핀 클래스를 들으러 간다. 이번 수업 강사는 리투아니아 출신 강사 미콜라쉬다.

안드레아 수업처럼 고문에 가깝다. 아니, 더 심한 것 같다.

집에 도착한 나는 저녁에 가족 모임이 있으니 할머니와 외출해야 하는 척을 한다. 나가면서 도중에 피온을 내려주면 되겠지?

"그런 약속이 있었던가? 내가 또 깜빡한 거니?" 할머니가 내게 묻는다.

"네. 만나기로 했어요. 다들 우릴 기다리고 있다고요."

"건망증이 점점 심해지는구나."

할머니 말에 웃으면서도 영 마음이 켕긴다. 가족 모임은 사실 없다. 지금 나는 할머니를 속이고 있는 거다.

피온은 아무 눈치도 못 챈 듯하다. 어쨌거나 엄마 아빠에게는 할머니와 간다고 미리 연락해둬야 할 판이다.

하지만 피온은 오늘 저녁에는 차분히 있고 싶으니 혼자 집에 남겠다고 한다.

일요일 아침, 대청소를 핑계로 부산을 떤다.

"피온," 글쓰기 루틴을 일부러 방해하려고 방문을 노크한다. "이불을 교체하고 방도 치워야 해. 지금 세탁기를 돌리고 있거든. 할머니는 관절이 안 좋아서 내가 침구 정리를 하려고."

"알았어." 그가 선뜻 대답한다. "그럼 나 산책하고 올게."

나는 피온이 이 집에 오기 전 상태로 방을 말끔히 치운다. 짐의 절반 정도는 내가 미리 싸 두기까지 한다. 산책에 다녀온 피온이 내게 고마움을 표한다.

"너 가기 전에 뭐라도 할까?"

피온은 하품을 쩍 한다. "좀 피곤한데. 어제 늦게까지 글을 써서 그런가. 낮잠이나 자야겠다."

화가 머리끝까지 난다. 나는 호주에 사는 이모가 키노라는 고약한 손님을 초대했는데 그 사람이 좀처럼 떠날 생각을 하지 않더라고 거짓말을 늘어놓는다.

피온은 그 이야기에 충격을 받는다. "와, 진짜 재수 없다."

급기야 나는 안드레아가 피온을 내쫓아 주기를 바라며 오후에 그녀를 집에 초대한다.

"시내에 호텔이 하나 있어요." 안드레아가 운을 뗀다. "사교 무도회와 공연 같은 걸 자주 열어요. 거기서 지내면 글쓰기 영감이 더 많이 떠오를지 몰라요."

피온은 그저 웃기만 한다.

내가 거든다. "너만 생각이 있으면 돈은 내가 낼게."

뭐 하러 호텔비를 내겠다고 나서는 거야?

"말만으로 고마워, 나탈리."

집을 나서기 전 안드레아가 피온을 시내까지 태워다 주겠다고 하지만 피온이 거절한다.

월요일 아침, 나는 피온에게 아침을 먹고 출발하겠느냐고 묻는다. 원하면 버스에서 먹을 수 있게 아침을 싸줄 수도 있는데. 피온은 집에서 아침을 먹지만 나와 함께 집을 나서지는 않는다.

월요일 저녁, 팻이 진행하는 스핀 클래스를 듣는다. 여전히 버겁지만, 이제는 좀 더 힘들어도 괜찮을 것 같다. 나는 씩씩대며 페달을 밟는다.

저녁에 집에 돌아와 피온에게 설거지와 난롯불 끄기를 부탁한다. 그는 군말 없이 시킨 대로 한다. 그 후로 나는 그를 못 본 체한다.

화요일 저녁에도 마찬가지다. 모두 말없이 텔레비전을 본다. 할머니는 계속 피온 식사를 챙긴다.

수요일이 되고, 나는 아침에 하는 스핀 클래스를 들으러 일찍 센터로 나간다.

"아직도 있니?" 안드레아가 묻는다.

"응. 2주가 다 되어 가."

"진짜 징그럽다. 다시 말은 해봤어?"

"떠날 것 같지 않아. 일종의 저항 같은 건가. 그 자식이 할머니네를 무단 점거해버렸어."

"내가 다시 가서 말해볼게. 그 사람이 기분 나쁘대도 상관없어."

"나도 그런 건 상관없어, 안드레아." 나는 이렇게 말하며 팔짱을 낀다.

안드레아와 함께 집으로 가 일부러 여자들끼리 할 법한 가장 따분한 이야기를 주고받는다. 아크릴 네일과 젤 네일 관리의 차이점, 결혼식 데코 아이디어, 급기야는 나의 생리 주기에 대해 수다를 떤다. 안드레아도 못지않다. 자신이 여자들의 사적인 대화를 침해했나 싶어 눈치를 볼 법도 한데, 피온은 태평하다.

금요일 교대 근무를 마치고 집에 들어가기 싫어 스핀 클래스로 직행한다. 수업 후에 와인을 한 병 산다.

이제는 피온에게 말해야겠어. 꺼지라고 말할 때가 온 거야. 부탁할 생각은 없어. 대놓고 쏘아붙여야지.

혼자서 와인 반병을 비운다. 9시 뉴스를 보러 피온이 거실로 나온다. 그에게 잔을 건넨다.

그가 받아든다.

"있지, 피온. 여기는 공짜 호텔이 아니야. 영원히 머물 수는 없어. 계속 있고 싶으면 월세를 내. 매일 방에 틀어박혀서 우리 집 음식을 축내고, 물건을 쓰고, 그러면서 떠날 생각조차 안 하는 거, 그거 무례한 짓이야. 이제 떠날 때가 됐어."

토요일 아침, 지끈거리는 머리를 부여잡고 잠에서 깬다. 화장실로 가는데 피온의 방문이 열려 있다. 젖혀진 커튼 사이로 햇살이 쏟아진다. 침구가 가지런히 정리되어 있다.

방 안에 들어선다. 침대에 쪽지가 있다.

구불구불하고 오밀조밀한 글씨체가 무척이나 달필이다.

나탈리, 일찍 말하지 그랬어. 내가 너무 오래 머물러서 네가 불편한 줄은 몰랐어. 얼마나 있어도 되는지 확실히 말한 적 없었잖아. 내가 이렇게 눈치가 없다. 처음부터 솔직히 말해줬더라면 더 좋았겠지만, 그래도 여기 머물게 해줘서 고마워. 깨끗한 공기 덕에 복잡했던 머리가 맑아졌어. 문장들이 다시 떠오르기 시작했어. 이곳에서만 스무 편 넘는 시를 썼네. 소박한 녹색 벌판, 타들어 가는 토탄• 불, 애처롭고 변덕스러운 하늘에 대해 말이야. 너와 너의 근사한 할머니 덕에 인생 최고의 2주를 보냈어. 고마워.

입에서 끙 소리가 난다. 내가 모호하게 굴었던 거야? 쪽지를 여러 번 읽어봐도 기분 나빠 쓴 글 같지는 않은데. 일단 침대로 돌아가 숙취를 가라앉힌다.

오후가 되니 기분이 한결 가볍고 편안하다.

주방에 끓고 있는 냄비 뚜껑을 열어 본다. 할머니가 점심으로 먹

• 습지에서 만들어지는 석탄의 일종.

을 당근 수프와 저녁으로 먹을 감자와 개먼•을 만들고 있다. 음식이 익는 냄새에 뱃속이 요동친다. 시내로 차를 몰고 가서 기름진 싸구려 음식이나 실컷 먹을까 잠시 고민한다.

할머니가 난로에 토탄을 몇 개 더 넣는다.

전기 주전자에 물을 채워 스위치를 누른다. "할머니, 다시 우리 둘만 남았어요. 드디어." 내가 말한다. "그 자식이 떠나 기뻐요."

"누구 말이냐?" 할머니가 묻는다.

"피온요."

할머니가 멍하게 나를 본다. 주전자 물이 끓기 시작한다.

"피온." 내가 다시 말한다. "시인 친구요."

"누구?"

• 돼지 뒷다릿살을 소금에 절이거나 훈제한 요리.

자전거 여행 가이드

5월 초엽의 포근한 저녁, 퇴근하고 돌아오니 주방에서 연기가 나고 있다.

할머니가 행주를 펄럭여 문밖으로 연기를 내보낸다. 주방 환풍기가 요란하게 돌아간다.

허겁지겁 뛰어 들어가 창문을 연다. "무슨 일이에요?"

할머니는 어쩔 줄 몰라 한다. "애야, 이게 뭔 일이다니. 잠깐 방에서 쪽지였나, 카드였나, 기억이 안 난다만 뭐를 좀 보고 있었거든. 그런데 불을 올려놓은 걸 깜빡 잊었지 뭐냐."

"화재경보기는 고장 났어요?"

지독한 탄내로 주방이 뿌옇다. 시내로 나가 건전지를 사고 저녁으로 먹을 이탈리안 음식을 포장해 온다. 집에 오니 환풍기는 여전히 돌아가는 중이고 할머니는 무릎에 쟁반을 올려둔 채 앉아 있다.

퇴근한 나를 처음 맞이하는 것처럼.

냄비에 신선한 감자와 냉동 채소가 끓고 있다. 오븐 안에는 대구가 익고 있다. 할머니는 조금 전 태운 고기와 감자로 저녁을 때운다. 바싹 타서 거무튀튀한 고기를 씹을 때마다 할머니 틀니에서 딱딱 소리가 난다.

"할머니, 시내에서 저녁거리를 사 왔어요."

내 말에 할머니가 주방을 빙 둘러본다. "나탈리, 너 먹으라고 저녁 차려놨다."

"그냥 사 온 거로 해결할게요, 할머니. 다시 데우기도 귀찮아요. 배도 엄청 고프고요."

엄마에게 이 사건을, 그러니까 할머니의 기억력이 흐려지고 있다는 걸 말해야 할까. 굳이 그럴 필요는 없을 것이다. 엄마도 이미 알고 있을 테니까. 다들 알고 있다. 할머니마저도, 정신이 온전할 때는 스스로 그걸 의식한다.

당황해하는 할머니를 지켜보기란 괴롭다. 어쩔 줄 몰라 하는 할머니를 대하기도 마찬가지다. 요즘 나는 집에서 속 편하게 식사하기도 뭐해 일부러 저녁마다 수영장이나 스핀 클래스에 다닌다. 운동하면 불안이 잦아든다. 땀을 흘려 스트레스를 푼다는 게 어떤 의미인지 알 것도 같다.

스핀 클래스에서 페달을 밟으며 머릿속으로 딴생각을 굴린다. 두 달 가까이 스트레스를 풀겠다고 꾸준히 수업을 듣다 보니 어느새 재미가 붙었다. 더 이상 고통스럽지 않다. 근육이 고통에 익숙해진 것이다. 얼굴이 벌게지는 일도 더는 없다. 움직일 때 어떻게 호흡해야 하는지도 잘 안다. 처음 몇 번 수업을 들었을 때 헉헉댔던 것을 생각하면 어느새 이렇게 발전했는지 감개무량하다.

안드레아는 매일같이 힘을 북돋아 준다. 모두에게 그런다. 괜히 운동 강사가 아니니다.

해가 길어지고 바깥 날씨가 화창해지면 레저 센터는 눈에 띄게 한산해진다. 다들 자녀들과 놀러 나가고, 운동 경기를 보러 가고, 휴가를 떠나기 때문이다. 여름철에는 실내보다 실외 활동이 먼저가 된다.

나는 안드레아가 점심시간에 진행하는 스핀 클래스에 나간다. 나 말고 수강생은 네 명뿐이다.

수업은 늘 하던 대로다. 나는 언제쯤 일어섰다가 앉는지, 언제쯤 강도와 속도를 높이는지를 꿰고 있다. 파블로프의 개가 된 것처럼 우리는 음악에 자동 반사적으로 반응한다. 음악 비트에 맞춰 페달을 밟고 기어를 바꿀 준비를 한다.

안드레아가 자기 휴대폰을 한 번, 시계를 한 번 보면 수업이 곧 끝난다는 뜻이다.

자전거에서 폴짝 뛰어내린 그녀가 내 쪽으로 온다. 그녀 손에서 휴대폰이 진동한다.

"나탈리, 급히 통화할 일이 있어 그런데, 앞으로 나가서 대신 마무리 좀 해줘."

"뭐? 안 돼. 못 해."

"자리만 옮겨서 하던 걸 하면 돼. 수강생들한테는 내가 말할게. 꼭 받아야 하는 전화란 말이야. 5분만 부탁해."

"안드레아, 내가 어떻게—"

"지금 동작을 2분간 유지하다 3분간 연속 사이클링을 타. 수분 보충 겸 잠시 쉬었다가 1분 30초간 기어를 낮춰서 하프 스프린트로 넘어가면 돼. 알았지? 고마워." 그녀가 말한다.

"잠깐." 그러나 그녀는 기다릴 새도 없이 뒤를 돈다.

나가기 전 돌아서서 스튜디오를 향해 크게 외친다. "5분간 나탈리가 수업을 진행할 거예요. 금방 돌아올게요."

나는 아무에게도 들리지 않게 "시발" 하고 읊조린다.

수강생 네 명이 일제히 나를 보며 기다린다. 페달을 밟는 속도가 서서히 느려진다. 리듬이 깨지기 전에 뭐라도 해야 한다. 나는 정신을 차리고 안드레아가 하던 대로 구령을 외친다.

사람들은 순순히 페달을 계속 밟는다. 다음 동작이 뭔지는 몸에 익어 저절로 기억이 나지만, 문제는 5분이 지나도 안드레아가 돌아오지 않는다는 거다.

마무리 동작을 떠올려 본다. 1분 정도 기어를 아예 끈 상태에서 페달을 밟다가 서서히 멈춘다. 한 발을 바닥에 내려놓고 종아리 근육을 스트레칭. 반대편 다리도 똑같이. 자전거에서 내린다. 허벅지 근육을 늘린다. 종아리를 엉덩이에 붙여 스트레칭. 복근은 어떻게 풀더라? 자전거 의자를 잡고 양쪽으로 움직여 사타구니를 스트레칭. 허리를 숙여 바닥 짚기. 팔은? 기억이 안 나네. 목은 좌우로 가만히 움직이면 되고. 가슴은, 젠장.

안드레아는 대체 어디 간 거야? 시계를 본다. 스프린트가 얼추 끝나가니 마무리 동작으로 넘어가기까지 7분이나 시간을 끌어야 한다. 뭘 해야 한담?

때마침 안드레아가 내게 윙크하며 스튜디오로 들어온다. 안도감에 머리가 멍해진다.

그녀가 자전거에 올라타 무사히 수업을 마무리한다.

수업이 끝나고 그녀가 묻는다. "어땠어?"

"시켜서 한 거지, 뭐."

"질문에 제대로 답해야지, 나탈리."

"하마터면 사고 칠 뻔했어. 대참사 직전이었다고."

"나는 어땠냐고 물었는데?"

나는 마지못해 웃어 보인다. "괜찮았어. 재미도 나름 있었고."

"내가 볼 땐 소질이 있어 보이던데."

하늘이 구름 한 점 없이 맑다. 이맘때면 사람들 옷이 얇아지고 술집과 식당은 야외에 자리를 만들기 시작한다. 차창을 활짝 열고 시내를 운전한다. 따뜻한 바람에 덜 마른 머리가 흩날린다. 최고 음량으로 튼 '모타운 최고 히트곡 모음' CD 소리가 한적한 도로에 울려 퍼진다. 우회전해 구불구불한 시골길을 지나 할머니네로 향한다.

소와 양, 말 떼가 있는 푸른 언덕을 지나면서부터 평온함이 찾아온다.

음악을 끄고 진입로에 올라 집 뒤편으로 차를 좀 더 몰고 간다.

토탄 창고에 할머니가 양쪽에 양동이를 내려놓은 채 서 있다. 나는 차 시동을 끄며 할머니를 향해 손을 흔든다.

"이런 날 수영장에만 있으면 아깝잖아요?" 차 문을 닫으며 내가 말한다. "주말까지 날씨가 좋을 거래요."

할머니가 잠잠하다.

"그거 제가 옮길까요? 허리 다치시면 어쩌려고요."

할머니는 뒤돌아보지도 않는다.

"왜 그러고 계세요?"

마침내 뒤를 돌아본 할머니는 손녀인 나를 알아보지 못하고 있다.

"할머니, 저예요. 나탈리."

행여 할머니가 놀랄까 봐 멀찍이 거리를 두고 멈춰 선다. 차 전조등이 자동으로 꺼진다. 희미해지는 푸른 조명 주위로 파리 떼가 몰린다.

가슴이 뛰기 시작한다. "할머니, 괜찮아요? 무슨 일 있었어요?"

아무 말이 없다.

"제가 할머니 있는 곳으로 갈 테니까 놀라지 마세요."

손을 내밀며 천천히 다가간다. 할머니는 꼼짝하지 않는다. 할머니 허리에 팔을 두른다. "같이 집으로 들어가요. 물을 끓여야겠어요. 몸이 얼음장처럼 차요."

이런 날씨에 몸이 이렇게 차다고?

"밖에 얼마나 계셨던 거예요?"

나는 조심스럽게 할머니를 부축한다. 할머니는 계속 말이 없다. 집에 들어와 주방 불을 켜고 할머니를 식은 난롯가 의자에 앉힌다. 실내가 바깥보다 서늘하다. 주전자에 물을 채워 작동 버튼을 누른다. "토탄으로 불을 지피고 차도 마셔요. 알았죠?"

할머니는 미동도 없다.

밖으로 나간 뒤 무겁게 한숨을 쉬며 잠시 배회한다. 침착하자. 창고 뒤쪽으로 난 들판에서 별안간 양이 한 마리 운다. 하늘에 뜬 초승달이 마치 한 척의 배 같다.

토탄 양동이 하나를 뒷문까지 나른 후 나머지를 마저 옮긴다.

커튼이 닫힌 집 안에 들어가니 텔레비전은 켜져 있고 할머니가 테이블 앞에 서서 날 보며 빙그레 웃는다. "그걸 다 옮기고 힘도 좋다, 얘. 주전자 물도 끓었으니 차 한 잔 마실 테냐?"

나는 난롯불에 토탄을 몇 조각 더 넣는다.

찬장을 여는 할머니의 얼굴은 해맑다. "우리가 저녁을 먹었던가?"

"아뇨. 저 방금 퇴근했어요. 시내에 가서 먹을 걸 사 올게요."

"그거 좋지." 할머니는 이렇게 말하며 머그잔에 티백을 넣는다.

나는 곁눈질로 발견한 간식 상자를 열어 집을 나서기 전 초콜릿 비스킷을 챙긴다.

출근해 안드레아에게 스핀 클래스의 진행 방식을 가르쳐달라고 조른다. 수업을 어떻게 구성하고 어떻게 음악과 어울리게 동작을 짜는지도 궁금하다.

"여기는 너무 조용하니까 이따 점심 수업에 들어와 볼래?" 그녀가 제안한다. "날이 좋아서 햇빛을 쬐고 싶으려나."

"아니. 수업 들으러 갈래." 나는 혹시 그녀 마음이 변할까 봐 냉큼 대답한다.

안드레아가 수업 때 할 동작 목록을 손수 적어 건네고 나는 그 종이를 웃으며 건네받는다. 어려운 건 없다. 워밍업으로 시작해 앉은 자세에서 슬슬 기어를 올리다가 일어선 자세에서 더 올리고, 이 루틴을 반복한 뒤, 앉아서 스프린트, 엉덩이를 뗀 자세에서 20초마다 기어를 올리기, 일어선 자세에서 최대 기어로 달리기, 그 자세로 스프린트를 하다 서서히 기어 낮추기, 마무리, 스트레칭.

청강하는 수업 내용은 새로울 게 없지만, 전과 달리 이제 나는 몸이 어떻게 움직이는지를 언어로 표현할 수 있다. 동작에 이름을 붙여 내 몸이 경험하는 것을 말할 수 있다는 게 좋다.

퇴근하는 길, 집에 가면 또 무슨 광경을 보게 될지 벌써 두렵다. 나는 일부러 수업 내용과 계획을 생각하고 세세한 근육 움직임과 BPM 등을 떠올리며 주의를 돌린다.

할머니는 탁탁 타들어 가는 난롯불을 물끄러미 쳐다보며 의자에 앉아 있다.

"괜찮으세요?"

못 들은 눈치다.

"할머니, 솔직히 걱정돼요. 병원에 가보셔야 할 것 같아요. 아니면 엄마한테 연락이라도 해요. 저는 뭘 해야 할지 정말 모르겠어요."

할머니가 툭 튀어나온 눈으로 나를 본다. "나탈리, 그러지 마."

"하지만 스트레스받는단 말이에요. 괜히 내가 뭘 잘못한 것 같고."

"네 잘못은 없어, 나탈리. 이건 너와 상관없는 일이야. 넌 그저 내

훌륭한 손주다." 할머니는 다시 난롯불로 시선을 돌린다.

"무슨 일이 일어나고 있는 건지, 뭘 어떻게 도울 수 있을지 모르겠어요."

"네가 할 수 있는 건 없어." 할머니가 한숨을 쉰다. "기억이 자꾸만 흐려지는구나. 오늘 일, 어제 일을 떠올려 보지만, 텅 비었어. 아무것도 기억나질 않아."

"의사한테 가면 약이라도 처방해주지 않을까요?"

"그런 건 싫다."

나는 아랫입술을 지그시 깨문다.

"나까지 잊게 될까?" 할머니가 묻는다. 옆얼굴에 불빛이 반사된다.

별안간 자기 꼬리를 잡아먹는 뱀의 이미지가 머릿속을 스친다.

할머니 목소리가 격해진다. "지금 이게 내가 맞긴 한가? 다른 사람인 거라면? 내가 속고 있는 거면?"

한동안 나도 할머니도 말이 없다. 중앙난방 타이머가 요란하게 째깍거린다.

"도무지 모르겠구나." 할머니가 다시 나지막하게 입을 연다.

"할머니, 마음 챙김 명상이란 걸 하는 사람들이 있어요. 그 사람들은 지금 일어나는 일에만 집중해요. 지금 이 순간에만요."

할머니는 아무런 표정 변화 없이 안경 너머로 나를 힐끔 본다.

"진짜는 현재뿐이니까요. 과거와 미래 같은 건, 사실 우리 머릿속에만 존재하잖아요. 그러니 그 사람들은 현실에 충실하기로 선택한 거죠. 지금 이곳에만요."

"참 부럽구나." 할머니가 쇠 부지깽이로 불을 쑤시며 대꾸한다.

"그런 걸 자기들이 선택할 수 있다는 게 말이다."

회원 카드를 정리하는데 안드레아가 수다를 떨러 사무실로 들어온다.

"나탈리, 힘이 없어 보여. 집에 무슨 일 있어?" 그녀가 묻는다.

"이젠 나도 모르겠다."

나는 정리하던 카드를 내려놓고 주먹으로 가슴 위쪽을 문지른다.

안드레아가 조심히 말을 건넨다. "우리 아빠는 알츠하이머 투병중이야. 네 기분이 어떨지 이해해. 정말로."

나는 눈자위를 꾹 누른다.

"나탈리, 기분 전환할 겸 수업을 직접 진행해보는 건 어때? 재밌을 거야."

자전거를 타고 스프린트를 한 것처럼 갑자기 맥박이 빨라진다. "나는 강사 자격증도 없는데."

"괜찮아. 그동안 수업을 많이 들었고 예전에 선생님이기도 했잖아."

"안드레아, 아무래도 좀. 그러니까 내가 그럴—"

"수강생들도 기본은 다 알아. 어렵게 생각할 것 없어. 수업 계획서를 줄게. 큰소리로 구령을 붙이기만 하면 돼. 간단해."

"안드레아, 나는 자신이—"

"아침 수업을 하나 맡을래? 20분간 운동하고 5분간 마무리하면 끝이야. 수요일 어때? 그날 수업에 꾸준히 나오는 회원은 예츠카, 콜린, 로나 셋뿐이거든. 너도 그 수업에 한두 번 와봤지? 이미 얼굴도 알겠네. 수업 맡아도 아무 문제 없겠어."

머리는 안 된다고 말하는데, 내 몸은 벌써 설레어 근질근질하다.

"하지만 내가 강사라고 하면 다들 고깝게 볼 텐데. 나는 운동 강사로는 낙제점이야."

"말도 안 되는 소리. 사람들은 상대가 자신감에 차 있는지 아닌지 그 사람 입으로 듣기 전까지는 몰라. 자신감은 자기 말하기에 달린 셈이지. 그냥 자신감을 가져, 나탈리. 남들은 어차피 몰라. 안 들키면 그게 진실이 돼."

"어떻게 그러는데?"

"일단 자신만만한 척을 하고 보는 거야. 진짜 잘할 수 있게 되기까지 잘하는 척 연기하는 거지."

아무래도 거절해야겠지. 내가 할 수 있는 일이 아니야. 하지만, 도무지 입이 떨어지지 않아. 수업을 맡는 상상을 하니 맘속에서 기쁨과 설렘, 심지어 약간의 열정이 꿈틀거리고 저절로 웃음이 난다고.

"안드레아, 이거 진짜 미친 짓이야."

"아니. 이제 여름이잖아. 신규 회원이 뜸해서 괜찮아. 그리고 내가 보기엔 너 잠재력이 있어."

목이 앞으로 쑥 나온다. "정말?"

"그럼."

"팻한테는 뭐라고 해?"

"팻은 괜찮다고 할걸. 네가 나한테 강습받고 있다고 하면 오히려 좋아할 거야."

"미콜라쉬는?"

안드레아가 꿍얼거리기 시작한다. "아, 알았어. 미콜라쉬한테는 일단 비밀로 하자. 꽉 막힌 사람이라 무조건 정해진 대로 진행하라고 할 테니까."

"그럼 수업은 언제부터 해?"

"다음 주부터 바로 하자. 오전 6시 35분 수업이다."

"정신 나간 짓이지만 마음에 들어."

안드레아가 어찌나 나를 꽉 안는지 이두박근에 목이 조여 숨이 막힐 지경이다.

스튜디오가 비는 저녁 시간에 남아 가르치는 연습을 한다. 그룹을 가르친다고 상상하며 처음부터 끝까지 모의 수업을 혼자 진행해본다. 안드레아 말로는 강사가 땀을 흘려서는 안 된단다. 실제 수업 날에는 혹시 도움이 필요할지 모르니 안드레아가 함께 있어주기로 했다. 일주일 내내 긴장감이 가시지 않고 수업을 덜컥 맡은 게 후회되기 시작한다.

수업 전날 밤, 할머니가 손등으로 내 이마의 열을 잰다.

"종일 굶었니?"

갑자기 정신이 번쩍 든다. 할머니 기억력이 드디어 되돌아오려나 봐. "긴장해서 그래요, 할머니."

할머니가 팬에 달걀 세 개를 깨트린다. "아가, 이거 좀 먹을 테냐?"

"아뇨. 배 안 고파요. 긴장돼서요."

"긴장해서 입맛을 잃었다고?"

내가 고개를 끄덕인다.

"무슨 일 있니? 오늘 통 먹은 게 없잖니."

"내일 수업을 맡게 됐어요."

"다시 학교에서 일하게 된 거냐? 세상에, 네 엄마가 참 좋아하겠다."

"학교가 아니라 체육관에서 하는 수업이에요. 예전에 말한 센터 있잖아요. 거기서 가르치게 됐어요."

할머니가 웃는다. "체육 수업이라고? 괜찮을 거다. 걱정한다고 바뀌는 게 없는 건 알고 있겠지?"

"하지만 큰일이 나면 어쩌죠? 수강생 하나가 심장마비에 걸리면 어떡해요? 아니면, 내가 시범을 보이다 자전거에서 떨어져 머리가 깨지면요? 스튜디오에 석면이나 뭐 그런 게 날려서 죄다 병에 걸릴 수도 있잖아요?"

나는 그다음으로 테러리스트 공격을 언급하려다 참는다.

"그런 일이 일어나면 어떻게 될 것 같니?" 할머니가 되묻는다.

잠시 생각한다. "구급차가 도착하겠죠."

"아가, 이것 좀 먹어볼래?" 할머니가 주걱으로 팬 속 달걀을 휘저으며 묻는다. "오늘 통 먹질 않았잖니."

"아니에요, 할머니. 안 배고파요."

"배가 안 고프다고? 무슨 일 있니?"

"내일 수업을 맡게 됐다고 말씀드렸잖아요. 그래서 떨려요."

"연습하면 되잖니? 머릿속으로 생각만 한다고 밭을 갈 수는 없단다."

"그럼 할머니가 학생 역할을 해줄 수 있어요?"

"그야 뭐든 할 수 있지. 안 그래?" 할머니가 가스 불을 끈다. "의자에 앉아 어디 한번 해보마." 달걀 요리를 접시에 미끄러트려 그 위에 소금을 살살 뿌린다.

할머니가 식사하는 동안 나는 얼른 수업 개요를 생각한다. 그리고 교사 시절 자주 써먹었던 구연동화 투로 운을 뗀다. 눈을 감고, 들판에서 자전거 타는 상상을 해보라고, 그리고 들판 어딘가에 놓인 괭이 한 자루를 찾아보라고 말이다.

"그걸 쥐어서 기름진 흙을 살살 고르세요. 자, 이제 씨앗 주머니를 드릴 테니 씨앗에 희망을 담아 그걸 땅에 심으세요. 아주 비옥한 땅이라 바로 싹을 틔울 거예요."

할머니가 미소 지으며 눈을 슬며시 뜬다. "우리 가족이 모두 행복했으면 좋겠다는 희망을 담았단다."

"머릿속으로 밭도 갈아야 해요."

할머니가 볼을 긁적이더니 대뜸 차를 권한다.

잠을 설치다 새벽 5시에 눈이 번쩍 떠진다. 어둑한 방에 햇빛이 들어차고 있다. 새들이 옹기종기 모여 아침 노래를 지저귄다. 끙 소리를 내며 한 번 뒤척인 뒤 이번에는 깊이 잠든다. 1초밖에 지나지 않은 것 같은데 눈을 떠 보니 어느덧 6시다.

일어나기 싫어 앓는 소리가 절로 난다. 겨우 침대에서 나와 운동복으로 갈아입는다. 그 위에 긴 회색 후드를 걸쳐 몸을 가린다.

빈속에 차를 끌고 적막한 도로를 달려 시내로 간다. 아무래도 안드레아에게 수업을 못 맡겠다고 말해야 할 것 같다. 계단에서 넘어져 다쳤다고 할까, 아니면 차에 문제가 생겨 다리를 건너다 강물에 빠졌다고 할까.

이런저런 생각을 할수록 센터는 점점 가까워진다.

건물에는 청소부들만 나와 있다. 접수 데스크, 사무실, 수영장을 둘러봐도 안드레아는 보이지 않는다.

위층 스튜디오로 올라가 자전거들을 세팅한다. 하나를 맨 앞에 갖다 두고 다섯 대를 반원 대형으로 배치한다. 센터 공용 아이팟을 스피커에 연결해 음량을 확인한다.

화장실로 달려가 속을 게워내고 싶지만 일단 참고 스스로 안드레아가 되었다고 최면을 걸며 자전거 타기로 몸을 깨운다.

가장 먼저 콜린이 들어온다. 그는 눈을 내리깐 채 인사한 뒤 자전거에 폴짝 올라탄다. 커다란 흰색 수건은 손잡이에 걸쳐 둔다.

20분 후 예츠카가 들어온다. 내가 먼저 인사를 건넨다.

"안드레아는요?" 그녀가 묻는다.

"곧 온대요. 그런데 오늘은 제가 수업을 진행해요."

예츠카는 미소를 지으며 자전거를 조정한다. 나는 그녀가 뭐라 하기를 잠자코 기다리지만, 그녀는 별말이 없다. 그저 페달을 밟을 뿐이다.

로나가 빠르게 손을 흔들며 들어와 자리를 잡는다. 강사가 누구든 상관도 없다는 듯이.

안드레아는 끝까지 나타나지 않는다.

다른 수강생이 늦게 나타날 수도 있으니 2분 정도를 더 기다리다 안드레아의 플레이리스트를 재생한다. 늘 듣던 음악이 스피커에서 터져 나온다.

목을 가다듬고 서서히 속력을 높인다.

콜린은 아직 잠에 취한 듯하지만 나머지 둘은 쌩쌩하다.

"음, 안녕하세요. 오늘 수업을 맡은 나탈리예요. 예전에 본 적 있는데 기억하려나요? 안드레아는 어디 가고 이 사람이 와 있나 싶으시겠죠. 그 점은 미안하게 생각해요. 안드레아가 대신 맡아 달라고 부탁해서……." 세 사람은 페달을 밟으며 구령만 기다리고 있다. 사과는 그만두고 얼른 시작해야 한다. 오늘 수업 계획을 큰 목소리로 전달한다. 세 사람은 각자 속력을 높인다.

생각도 하지 않은 말이 입에서 술술 나온다. "오늘은 약 16킬로미터를 달릴 거예요. 밀타운까지 가는 거죠."

내 말에 사람들이 웃는다. 덩달아 나도 웃음이 나며 마음이 한결 가벼워진다.

농담이 먹혔다는 생각에 수업 중간중간에 이따금 우리가 지도상으로 어디쯤 와 있는지를 상기시킨다. 이제 마을을 지나고 있다고, 도로에서 벗어나 커다란 언덕을 오르고 있다고, 언덕 꼭대기에 오르니 마요와 골웨이 지역이 맞닿은 시골 풍경이 참 보기 좋다고 말이다.

수업은 원활하게 흘러간다.

스트레칭으로 수업을 마무리한다. 끝나고 콜린이 다가와 말을 건넨다. "밀타운 농담 좋던데요."

로나도 살짝 웃으며 자전거를 정리한다.

예츠카는 코끝을 긁는다.

내가 한마디를 덧붙인다. "다음 주에는 다른 곳으로 가볼까요?"

다들 대꾸하진 않아도 얼굴에 웃음기가 묻어 있다. 뭐 적어도 찡그린 사람은 없다. 그렇게, 모든 게 시작된다.

샤워하고 나오니 아래층에 안드레아가 있다.

"어디 있었어?" 내가 묻는다.

"들어가려고 했는데 왠지 불편해할까 봐. 누가 지켜보고 있으면 부담스럽잖아. 그것도 첫 수업인데. 잘 끝냈어?"

"아주 좋았어, 안드레아. 나 다음 주에 또 해도 돼?"

"안 될 게 뭐야? 나도 아쿠아 에어로빅 수업 전에 잠깐 눈 붙이고 좋지."

"고마워." 신이 나 소리 지르고 싶은 걸 참는다.

안드레아도 환히 웃는다.

센터 옆 건물 카페에 들어가 아침을 주문하고 9시 출근 전까지 시간을 보낸다. 주문한 음식을 기다리며 인터넷 창에다 아일랜드에서 가장 흥미로운 관광지를 검색해본다. 정보를 복사해 메모장 앱에 붙여넣는다.

일주일 내내 심혈을 기울여 수업에 어울릴 음악을 고른다. 아직은 안드레아가 가르치는 대로 수업을 준비한다. 내용을 조금 손보고 중간에 할 말을 추가하는 정도다.

수업을 하루 앞둔 날 저녁, 안락의자에 앉은 할머니 앞에서 수업을 시연한다. 이번에 할머니는 눈을 감고 상상에 빠져드는 데 성공한다. 음악을 틀어도 집중력이 유지되는지 잊지 않고 확인한다.

다음 날 아침, 저번 주에 왔던 세 사람이 또 얼굴을 비춘다.

"아마 들으면 아실 노래예요." 나는 '리버 댄스'를 재생한다. 노래가 느려지는 구간에 미리 외워 온 이야기를 시작한다. "오늘은 아름다운 서해안을 따라 자전거를 탈 거예요. 깊숙이 들어가면 다른 유럽에서는 찾아보기 힘든, 버른 지역 특유의 동식물을 만날 수 있어요. 그걸 보고 많은 지질학자가 놀랐다고 해요. 수백 종의 동식물이 서식하는 저 가파른 석회암 절경을 한번 보세요. 깊고 푸른 바다, 연분홍 야생화, 노란 구륜 앵초도 놓칠 수 없죠. 그 밖에도 박쥐, 오소리, 야생 염소, 뭘 만나게 될지 몰라요. 뱀처럼 기어 다니는 도마뱀을 만날지도 모르겠네요. 아일랜드의 토착 파충류 중 하나라죠? 오늘은 그 특별한 길을 따라 자전거를 타보는 거예요."

트래드 음악이 점점 빨라지며 몽롱해진다. "더 세게 밟아요. 강도를 유지해요."

"저기 봐요, 아일위 동굴이에요. 안으로 들어가 보죠. 벌써 공기가 서늘해요. 목소리도 울리고요. 종유석에서 물방울이 똑똑 떨어지고 있어요. 동굴은 축축하고 어둑하지만, 다행히 우리는 등이 달린 헬멧을 쓰고 있어요. 20초만 이 상태로 달리다가 10초간 쉴게요."

모두 열심히 페달을 밟는다.

"거의 다 왔어요." 언덕 오르기를 슬슬 마칠 때다. "잠깐 동굴 아래서 쉬다 갈게요. 바깥에 반짝이는 불빛 보이죠? 저기까지 가야 해요. 저 방향으로요. 불빛이 점점 커지고 있네요. 햇살과 땅, 연푸른 하늘을 보세요. 자, 좋아요. 다시 밖으로 나왔어요. 숨을 크게 들이마시고, 대서양의 침식 작용으로 생긴 모허 절벽으로 가보죠. 가장자리를 따라 한 바퀴 돌게요. 바닷바람과 짭짤한 내음이 피부로 느껴지지 않나요? 절벽 너머 바다를 한번 보세요. 파도가 기슭에 부딪혀 하얀 거품을 만들고 있어요. 저 멀리 아란 제도가 보이고요. 풍경을 즐기며 좀 더 달려보죠. 갑시다."

나는 속력을 높인다.

수업은 순식간에 끝이 난다.

"오늘 수업은 뭐랄까……" 콜린이 말을 고른다. "색달랐어요."

움찔한다. "아, 죄송해요. 이런 건 안 하는 게 낫겠죠?"

"싫지 않은데요." 그는 수건으로 벌게진 얼굴을 닦는다.

로나가 묻는다. "다음 주에도 이 수업 하세요?"

고개를 끄덕인다. "그러면 저야 좋죠."

"다음에는 어디로 갈 거예요?"

대답을 망설인다. 세 사람의 시선이 모두 내게 쏠린다. "뉴올리언스 어때요?" 내가 엉겁결에 말한다. 늘 한 번쯤 가보고 싶었던 곳이다.

"안드레아, 나 수업을 또 맡아도 될까?" 내가 묻는다. "이번 수업도 잘 끝났어."

안드레아가 자기 볼을 어루만진다.

"정말 재밌더라." 내가 덧붙인다.

"글쎄." 그녀가 생각에 잠긴다.

"수업에 집중하면 집안 문제를 잊을 수 있어서 마음이 가벼워져."

그녀가 입술을 내민다. "뭐, 아직은 비수기니까 신규 회원이 몰리는 가을 이전까지는 큰 문제 없을 것 같아. 그래도 혹시 미콜라쉬가 묻거든 내가 수업에 같이 들어갔다고 해."

일주일 내내 수업 내용을 가다듬으며 말을 줄이거나 덧붙어야 할 부분을 수정한다.

사무실이나 접수 데스크에 사람이 없을 때마다 뉴올리언스를 여행하는 기분을 어떻게 생생히 전달할까 틈틈이 연구한다. 세인트 찰스 애비뉴의 시내 전차선을 따라 도시를 누빌 것이다. 그곳 냄새에 대한 정보도 수집한다. 이끼가 낀 나무들, 프라이드치킨, 마리화나, 다이키리•, 마호가니 고목, 재스민의 향이 뒤섞인 곳이다.

이번에는 처음부터 끝까지 이 콘셉트로 수업을 진행할 생각이다.

뉴올리언스 식당들에서 파는 메뉴를 검색해 고열로 조리한 굴, 도넛 튀김, 레드빈 라이스 등을 기억해둔다. 아열대의 습한 날씨와 하얀 목련의 향, 갈색 사다새의 비행 습성도. 현실감을 더하기 위해 유튜브 영상을 보고 관광객들의 후기를 읽는다. 뉴올리언스의 역사, 예술, 정치를 필기하며 공부하고, 현지 뮤지션들의 음악을 찾아 그중 운동하며 듣기에 좋은 BPM을 고른다. 재즈, 마칭 밴드, 리듬 앤드 블루스까지 가리지 않고 듣는다.

자전거 위에서 써먹을 수 있는 여러 기술을 익히기 위해 미콜라쉬, 팻, 안드레아의 스핀 클래스를 더욱 집중해 듣는다.

• 럼주와 감귤주스를 넣고 설탕 등 감미료로 맛을 더한 칵테일.

뉴올리언스 콘셉트는 대성공이다. 수업이 끝나고도 입이 귀에서 내려오질 않는다. 할머니네로 차를 몰고 가는 저녁 날씨는 화창하다. 진입로에 들어서는데 뒷문이 휑하니 열려 있다. 화재경보기 소리가 들린다. 급히 안으로 뛰어 들어간다. 아무도 없는 난로에 토탄 두 조각이 타고 있다. 감자를 시꺼멓게 태워 냄비에서 시작된 매캐한 연기가 화재경보기를 작동시킨 것이다. 물이 끓어 넘치다 못해 가스레인지 바닥에 들러붙었다. 가스를 끄고 냄비를 열판으로 옮긴다. 오븐을 연다. 차게 식은 오븐 안에 익히지 않은 소고기 덩어리가 생양파, 피망과 함께 쟁반에 그대로 담겨 있다. 가운데 칸에는 연어 살코기가 은박지에 싸여 있다. 날 위한 거다.

"할머니." 소리를 높인다. "어디 계세요?"

할머니 침실로 올라간다. 불은 훤한데 할머니는 없다. 화장실을 확인한다. 어둡고 텅 비어 있다.

내 방과 손님 방, 응접실을 차례로 확인한다. 앞문으로 나가 앞뜰을 확인하고, 뒤뜰을, 창고를, 창고 뒤편을, 수풀 안까지 죄다 뒤진다.

"할머니, 어디 계세요?"

혹시 바깥에서 헤매고 있나 싶어 움푹 파인 오솔길을 내달린다. 양쪽 가장자리에 블랙베리 나무가 빽빽하다. 길 한가운데 수풀과 민들레가 무성하다.

누구를 불러야 하나? 엄마나 경찰을, 아니면 이웃이라도? 하필 휴대폰이 든 가방을 조수석에 두고 내렸다. 제길.

저 멀리 늪지 근처에서 사람 형체가 보인다. 뛰어간다. 폐가 탈 듯이 아프다. 할머니다. 커다란 빨간색 코트를 입고 있는 사람.

상체를 굽혀 옆구리를 손으로 받친 채 숨을 고른다. “할머니, 대체 어디 계셨던 거예요?”

할머니 이마에 땀이 맺혀 있다. “필요한 게 있었는데, 뭐였더라?” 할머니가 자기 손을 내려다보며 이리저리 살피고 펼쳐도 본다. “참. 그렇지. 성냥. 성냥이 필요했어.”

“왜요? 성냥이 왜 필요한데요?”

“오븐이 안 켜지잖니. 우리 아가 저녁을 만들어야 하는데.”

“전기 오븐이잖아요. 성냥을 어디서 구하시려고 했어요?”

“저기 아래 낡은 트랙터에서.”

대체 무슨 소린지 모르겠다. 할머니를 모시고 집으로 돌아간다. “그 코트를 입고 너무 덥지 않으세요?”

“비가 올까 싶어서.”

할머니의 코트를 벗긴다. 할머니는 온통 땀에 절었다.

마음이 불편하지만 그래도 말해야 할 때가 왔다. 문제를 너무 오래 내버려 뒀다. “할머니. 아무래도 가족에게 알려야겠어요. 여기서 이렇게 지내시는 건 이제 위험해요. 저 혼자 감당 못 해요.”

“나탈리, 진정하렴. 너 예민한 거 알고 있지?”

“알고 말고요.” 나는 한껏 예민하게 대꾸한다. “지금 문제는 그게 아니에요. 엄마한테 전화할 거예요. 저 혼자서는 할머니를 못 돌봐요. 도움이 필요해요. 죄송해요. 그래도 이대로는 안 돼요.”

결국 온 가족이 나선다. 죄책감에 몹시 괴롭지만, 내가 할 수 있는 거라곤 걱정뿐이다. 그리고 먹는 것. 마구 먹던 습관이 도진다. 나는 아침에도, 중간 휴식 시간에도, 점심에도, 배가 터질 듯이 먹는다.

엄마와 외가 식구가 할머니의 거취 문제를 놓고 가족회의를 연다. 꼭 내가 할머니를 배신한 것만 같다. 할머니를 요양원에 보내는 것으로 끝이 난다면, 나는 더욱더 자책하게 될 것이다. 할머니는 요양원을 질색할 텐데.

결정을 내리는 과정에 나는 끼어들 틈이 없다. 그건 할머니도 마찬가지다.

안드레아가 날 보더니 힘이 없어 보인다며 무슨 일이 있느냐고 묻는다. 나는 시무룩하게 고개를 끄덕인 뒤 집에서 일어난 일을 에둘러 털어놓는다.

"수업을 한 번 더 맡을래? 그러면 힘이 좀 나려나?"

"응, 그럴래."

다음 수업을 끝내고 나오는데, 안드레아가 가을 수업 일정이 확정되기 전까지 수요일 아침 수업을 계속 맡아도 된다고 먼저 제안한다.

엄마와 가까이에 사는 이모들, 삼촌들이 당번을 정해 온종일 할머니를 돌보기로 한다.

나 혼자서 지금껏 잘 해왔지만, 앞으로는 조금 더 주의 깊게 할머니를 모셔야겠다고 엄마는 말한다. "집에서 눈을 감으실 수 있기를 바라야지."

"엄마, 그런 말 마세요."

"할머니 심장이 많이 안 좋으셔, 나탈리."

"괜찮을 거예요." 말은 이렇게 하지만 나도 고개를 젓는다.

"언제 뇌졸중이나 심장마비로 쓰러지실지 몰라. 아니면 낙상으로 다치거나. 네가 집을 비울 때 우리가 이곳에 있으마."

"늘 집에 있는데요."

"나탈리, 너 이제 서른이야. 아직 젊은 데다 싱글이잖니. 밤에 나가서 좀 놀고 그래. 이 문제는 우리 어른들이 알아서 하마. 너는 신경 쓰지 말고 네 인생을 살아."

하지만 수영과 스핀 클래스를 빼면 내 인생에서 이렇다 할 낙은 없는데.

온 가족이 할머니를 돌보기 시작하면서부터 마음이 한결 가벼워진다. 당분간은 할머니에 대한 걱정이나 내 몸무게, 음식, 미래에 대한 걱정일랑 잊고, 수요일 6시 35분 스핀 클래스를 실험적으로 진행하는 것에 집중할 거다. 낯선 문화를 알리고 교육적이면서 재밌기까지 한 수업으로 만들 작정이다. 매번 다른 에센셜 오일과 디퓨저를 써서 특별한 분위기를 연출한다.

몇 차례 수업 동안 부에노아이레스, 세렝게티, 방콕으로 여행을 떠난다. 화요일 저녁마다 나는 할머니를 앉혀 놓고 다음 날 아침 수업을 모의로 진행한다. 대본을 수정할 부분이 있으면 몇 번이고 반복해 연습한다. 어차피 할머니는 20초마다 한 번씩 우리가 뭘 했었는지를 까마득히 잊는다.

"이 할미는 여행이라고 해봤자 런던에 가본 게 다인데." 할머니가 말한다. "네 세상은 참 넓구나, 나탈리."

내 생일을 하루 앞둔 금요일 저녁, 킴이 전화를 걸어온다. 나는 잔뜩 신이 나 요즘 내 근황을 전한다.

통화하면서 무심결에 체중계 위에 올라갔다가 숫자를 보고 놀란다. 일단 두 달 가까이 몸무게를 재지 않았던 데다, 몸무게가 이전과 확실히 달라졌기 때문이다. 일부러 좋은 음식을 챙겨 먹은 것도 아닌데 예전만큼 허기에 시달리는 일도 없다. 더 건강해졌고 허벅지와 어깨가 단단해졌다. 스트레칭을 할 때는 물컹한 살이 아니라 근육이 느껴진다.

킴이 말한다. "어머, 나탈리. 실은 우리 집 작은 방에 들어와 살겠느냐고 물을 참이었어. 조만간 새 월세 집으로 이사하거든. 그런데 거기서 그렇게 재밌게 산다니, 더블린으로 올 생각은 없겠구나?

평소처럼 자전거 다섯 대를 배치한다. 이번 주에는 남극 대륙의 척박한 땅으로 여행을 떠난다. 남극 대륙의 적막함으로 시작해 소리야말로 가장 사무치는 형태의 촉각이어서 우리 몸 안으로 들어온다는 이야기를 이어갈 생각이다. 가만히 집중하면 침묵 속에서도 빙하가 갈라지는 소리, 연구소 헬리콥터가 착륙하는 소리, 물개들이 싸우는 소리, 새끼 황제펭귄들이 알을 깨고 나오는 소리를 들을 수 있다고도 말해야지.

오일은 따로 준비하지 않는다. 남극 대륙의 공기는 아주 차고 맑아 무향에 가까우니까.

준비를 모두 마치고 수강생들에게 인사를 건넨다. "오늘 바다를 건너며 들을 워밍업 노래는 '안개에 갇힌 유령•'이에요."

바로 그때 노부부가 문을 열고 들어온다. 수업에 다른 회원은 처음이라 당황스럽다.

"안녕하세요." 내가 말한다. "도와드려요?"

그들은 손을 젓더니 직접 자전거 의자와 핸들을 조정해 그 위에 올라탄다.

이 부부가 운동광인 건 익히 알고 있다. 딱 봐도 고강도 운동만 하고 싶어 할 사람들이다. 팻의 클래스에서 봤던 두 사람의 에너지는 굉장했다. 못해도 60대 후반은 됐을 텐데.

살짝 기가 죽지만 그래도 일단 해보기로 한다. "이 수업은 다른 수업과 조금 달라요." 이 말과 함께 수업을 시작한다.

남극을 항해하는 동안은 윌리엄 오빗 오딧세이가 리믹스한 마돈나의 '프로즌'을 튼다. 좀 더 빠른 음악을 틀어 분위기를 띄운다. 그 다음으로는 남극의 바람 소리를 틀어 지금 우리가 지나는 황무지가 지구에서 바람이 가장 매섭고, 건조하며, 추운 곳이라고 설명을 곁들인다. 빙하에서 발견되었다는 화성과 달 운석에 대해, 섀클턴의 님로드• 탐험대에 대해서도 이야기한다. 빙하와 빙산을 지나치면서는 기후 위기 변화를 빼놓지 않고 언급한다. 남극이 녹으면 지구는 어떻게 될까?

나는 수업 내내 노부부의 반응을 살핀다. 예츠카, 콜린, 로나에 대

• 미국 인디 록 밴드 오브 몬트리올의 노래. 원제목은 Wraith Pinned to the Mist (And Other Games).
• 20세기 초 탐험가 어니스트 섀클턴의 남극 탐험대가 타고 출항한 배 이름.

해서는 걱정할 필요가 없다.

마무리 노래로 '바닐라 아이스'를 틀어 분위기를 가볍게 만든다.

다 끝났을 때 노부부가 내게로 온다.

"비결이 뭡니까?" 남자 쪽이 묻는다.

"꿈을 꾼 것 같아요." 그의 아내가 말한다.

"글쎄요. 예전에 애들을 가르치면서 이야기를 지어 자주 들려줬거든요."

"정말 재밌어요. 다음 주에는 어디로 가죠?" 여자가 묻는다.

"수강료를 따로 드려도 될까요?" 남자가 제안한다.

"아뇨. 그럴 필요 없어요."

"돈은 당연히 받아야죠. 자기 가치를 알아야 해요."

"센터가 허락해줄지 모르겠어요."

"말도 안 되는 소리. 어차피 절대 몰라요."

"안드레아에게 물어볼게요."

"그 사람이나 다른 사람한테는 말하지 않는 게 좋을걸요. 그저 당신은 마법을 계속 보여주면 돼요. 비밀은 우리가 지켜드리죠."

그가 10유로, 그의 아내가 10유로를 꺼내 내게 총 20달러를 쥐어준다. 그들은 보리스와 파멜라라고 자신들을 소개한다.

"마법을 계속 보여줘요." 그가 말한다.

삼촌이 대뜸 말한다. "나탈리, 할머니 고집 좀 꺾어봐라." 나는 이제 막 뒷문에서 주방으로 들어선 참이다.

할머니는 파리한 얼굴로 시선을 떨군다.

"무슨 일 있어요?" 내가 묻는다.

"병원에 안 가겠다잖니." 삼촌이 답한다. "똑똑히 알아들으시게 말씀 좀 드려. 내일 아침에 다시 모시러 오마."

삼촌은 옷걸이에 걸어둔 코트를 집어 들고 집을 나선다.

"나탈리, 나는 의사를 보러 안 갈 거다. 갔다가는 다시 집에 못 돌아올 거야."

"그런 말씀 마세요. 벌써 그렇게 생각하시면 어떡해요."

할머니가 토탄 조각을 난로에 집어넣는다.

"그런 꼴을 너무 많이 봤어. 네 할아버지도 그랬고, 건넛집 양반도 그랬지. 내가 아는 늙은이들 절반이 그랬다고. 의사한테 갔다가 다시는 집에 못 돌아왔다."

두꺼운 안경알이 할머니의 푸른 눈을 확대시킨다.

나는 입 안쪽 볼살을 깨문다. "그렇다고 하시니 할머니가 왜 병원에 가기 싫어하는지 이해가 가네요. 그럼 할머니, 저는 강요하지 않을게요. 만약 어른들이 뭐라고 하면 제가 할머니랑 같이 싸울래요. 저는 할머니 편이에요."

할머니가 서글프게 미소를 지으며 내 손을 쓰다듬는다. "고맙구나, 나탈리. 할머니 말은 무시하거라. 나도 늙은 거 안다. 병원에 가야지. 하지만 자식 놈들이 여기 와서는 이걸 해라 저걸 해라 명령하는 게 영 성가시구나. 내가 자기들 엄마가 아니라 자식이라도 된다는 듯이 굴잖니."

브라질의 이구아수 폭포를 지난다. 오늘은 멋진 자연 소리와 삼바 음악을 준비했다. 스톤 로지스의 '워터 폴'로 수업을 연다.

워밍업 속도를 높인다. 광택이 나는 파란색 운동복을 맞춰 입은 남녀가 스튜디오에 들어온다. 그들은 자연스럽게 창고로 들어가 각자 쓸 자전거를 꺼내 반원 대형 구석에 자리를 잡는다. 보리스와 파멜라가 혀를 찬다.

다른 스핀 클래스나 접수 데스크에서 본 적이 없는 사람들이다.

남녀가 나를 뚫어지게 쳐다본다. 나는 애써 침착한 척 수업을 이어간다.

"오늘은 언덕 오르기를 집중적으로 할 거예요. 폭포가 있는 꼭대기까지 올라가야 하거든요. 자, 기어는 최대 2단계로 맞추시고 페달을 밟으세요. 저항을 느끼는 정도여야지 그것 때문에 속도가 처지면 안 돼요. 좋아요. 이제 언덕을 오를게요."

뒤편 거울에 내 모습이 반사된다.

"앉아서 스프린트…… 코어를 딱 잡고 페달을 밟으세요…… 달려요."

사람들의 숨이 가빠진다.

"좋아요. 이제 속도를 늦출게요. 코로 깊이 숨을 들이마시고 입으로 내쉬어요. 다리는 계속 움직이되 속도만 살짝 늦춰요."

모두가 내 지시를 따른다.

평화로운 폭포 소리를 배경으로 드디어 이구아수 폭포를 소개한다. 잘 보존된 주변의 자연과 그곳을 둘러싼 설화, 지질학적 역사 이야기를 차례로 들려준다. 폭포 근처에 가면 어마어마한 물줄기가 만들어내는 안개에 빛이 굴절되어 무지개가 보인다는 사실도 알려준다.

파란색 운동복 차림의 남녀가 서로 눈빛을 교환한다.

수업이 끝나고 파란색 운동복 차림의 여자가 쿵쿵거리며 내게 다가온다. "뭐 하시는 거예요?"

나는 당황하여 뒤로 주춤한다. "네?"

"히피, 뭐 그런 쪽이에요?"

"아뇨." 내가 답한다. "아닌데요."

"아니면 이상한 종교를 믿는 사람인가요? 왜 자꾸 자연 타령이죠?"

"운동하면서 가상으로 여행지를 소개해드리고 있어요."

"쓸데없는 짓 말고 운동에나 집중합시다." 남자가 한소리 거든다.

그때 보리스가 평소처럼 팁으로 20유로를 건넨다.

"돈을 왜 줘요?" 여자가 딴지를 건다. "설마 이딴 게 유료란 거래요? 나는 이런 사이비 같은 수업에 돈 못 내."

"멤버십에 포함되는 거예요. 따로 내지 않으셔도 돼요. 이분도 마찬가지고요." 나는 돈을 되돌려준다.

하지만 보리스는 도리어 여자에게 따진다. "클라우디아, 돈을 드리는 게 당연하죠. 이 젊은 아가씨가 새로운 걸 시도하려는 거잖습니까. 번번이 보수적인 잣대를 들이밀면서 분위기나 망치려 드는 게 참 당신과 티머시답군요."

티머시가 콧방귀를 낀다. "아주 볼셰비키 혁명군 나셨네."

예츠카, 콜린, 로나가 조용히 스튜디오를 빠져나간다. 보리스는 티머시와 클라우디아가 골프 클럽에서 보이는 행동까지 문제 삼기 시작한다. 이내 두 노부부 사이에 고성이 오간다. 남편들보다 아내들의 말싸움이 더 험악하다. 내가 중재하려 끼어들지만, 파멜라가 나를 가뿐히 뿌리친다. 두 부부는 그저 싸울 구실이 필요했던 게 아닌가 싶다.

그들이 물러난 후에야 나는 스튜디오를 정리한다.

저녁에 만난 할머니가 내 기분을 알아채고는 나를 위로한다. "나탈리, 기억하렴. 사람들은 색다른 걸 좋아한단다. 그럼 그걸 존중해줘야지. 원래 세상을 바꾸는 게 만만찮은 거야. 모두가 똑같기만 하면 얼마나 재미없겠어?"

"뭘 어떻게 해야 할지 모르겠어요. 속상한 일만 생기면 꼭 어린애처럼 변해요."

"너는 아량이 넓은 아이야."

"이 세상엔 진짜 심각한 문제도 많잖아요. 기본 권리부터 투표권, 자유를 빼앗겨 고통받는 사람이 아주 많죠. 누군가는 건강을 잃고 누군가는 전쟁으로 고통받아요. 그런데 저는, 그냥 쓸모없는 멍청이예요. 슬퍼할 자격도 없어요."

"나탈리, 그렇게 사서 자책할 것 없다."

"하지만 어쩔 수 없는걸요. 아무것도 아닌 일로 이렇게 기분 나빠졌다는 것 때문에 더 기분 나빠요." 나는 다소 연극적으로 한숨을 내쉰다. "이런 것도 아일랜드인의 특성인 걸까요?"

할머니 얼굴에 웃음기가 번진다. "남들 신경 쓸 것 없이 너는 너답게 살아."

그리스로 여행을 떠난 날, 티머시와 클라우디아는 연신 킬킬댄다. 자기들은 예전에 호화 유람선을 타고 산토리니를 여행했었다며 한 번이라도 가봤거나 조금이라도 아는 게 나오면 자꾸만 참견하려 든다.

보리스와 파멜라는 내 편을 들며 듣기 싫으면 당신들이 꺼지라고 역정을 낸다.

"댁들이나 꺼지지 그래?" 클라우디아가 맞받아친다.

"아무도 꺼지지 않을 거예요." 내가 말한다.

"저희가 나갈게요." 파멜라가 말한다. "저렇게 고약하게 구는 사람들과 함께 하루를 시작하고 싶지 않네요."

티머시가 손을 휘젓는다. "얼른들 나가셔."

보리스가 20유로를 팁으로 건네며 이번이 마지막이라고 말한다. 내가 말리려 해도 그는 듣는 척도 하지 않는다. 그는 마음을 굳혔다. 이대로 끝이구나.

로나가 할 말이 있는 듯 보리스 뒤에서 서성인다. 보리스가 스튜디오를 나서자 그녀가 어색하게 미소를 지으며 다가온다.

그녀가 멋쩍게 목을 긁적인다. "저도 이번이 마지막일 것 같아요. 이런 분위기를 원치 않았거든요. 앞으로 수요일에는 점심에 열리는 복싱 부트 캠프 수업을 들으려고요."

"미안해요, 로나." 내가 사과한다. "저도 이렇게 될 줄은……." 그녀는 내 말을 마저 듣지 않고 스튜디오를 나선다.

잔뜩 풀이 죽은 채로 샤워를 한다. 근처 카페로 가 팬케이크를 주문한다. 팬케이크를 다 먹은 후에는 푸짐한 채식 메뉴를 또 주문한다.

일주일 후 러시아 여행을 콘셉트로 준비한 스핀 클래스를 시작하려는데 문제의 노부부가 미콜라쉬를 데리고 들어온다.

"봤죠?" 그들이 매섭게 나를 손가락질한다.

나는 황급히 러시아 음악을 끈 뒤 휴대폰에 저장된 다른 플레이리스트를 튼다. 미콜라쉬는 러시아 출신이야. 여기서 내가 러시아에 대해 함부로 아는 척했다가는 큰일 난다는 소리지. 준비해 온 계획을 포기하고 당황하여 일반 수업을 진행하려는 찰나, 하필 첫 노래로 아메리칸 원주민의 명상 음악으로 알려진 '늑대의 영혼'이 흘러나온다. 한 달 전 사우스 다코타로 여행을 떠난 수업에서 썼던 노래다.

미콜라쉬가 같잖다는 표정을 짓는다.

얼른 자전거에서 내려와 사과한 뒤 다음 노래로 건너뛴다. 평범한 팝송 덕에 겨우 위기를 모면한다. 안드레아가 짜 놓은 내용대로 수업을 끌고 간다. 레저 센터의 스핀 클래스가 늘 하는 방식 그대로. 문제없이 흘러가는 것 같던 순간, 플레이리스트가 갑자기 무작위로 뒤섞인다. 수프얀 스티븐스가 오열하는 듯한 목소리로 죽은 엄마를 애도하는 암울한 노래가 스피커를 타고 울려 퍼진다. 노래는 우리 모두 죽을 운명이라는 가사의 반복으로 끝난다. 미콜라쉬가 나와 문을 번갈아 노려보며 당장 나가라는 신호를 보낸다. 나는 자전거에서 내려와 휴대폰에 연결된 스피커 선을 뽑는다.

나가기 전, 살짝 뒤돌아보니 미콜라쉬가 강사 자전거를 조정한 뒤 올라타 수업을 진행하고 있다.

쿵쾅대는 심장을 부여잡고 카페로 가 음식을 왕창 시킨다.

곧 출근할 팻에게 호되게 혼나는 상상을 한다. 안드레아는 실망하고, 미콜라쉬는 한껏 비웃겠지. 주문한 음식을 실컷 먹고 나면, 배가 불러 멍해지는 순간이 올 거고, 무가치하다는 기분에 빠질 거야. 구제 불능이 된 기분.

그건 안 되지. 여기서 상황을 더 망칠 수는 없어.

웨이트리스를 불러 방금 시킨 음식을 전부 취소한 뒤 커피와 아보카도 토스트만 새로 주문한다.

센터로 돌아가는 길에 무언가 일이 터지리라는 예감이 든다. 그러나 두렵다기보다 궁금한 마음이 더 크다.

아침 회의 후 쉬는 시간에 팻이 안드레아와 나를 호출한다.

가보니 미콜라쉬가 오만한 표정으로 서 있다.

"자전거를 타랬지 누가 마법 양탄자를 타랬어요? 우리가 애들도 아니고. 스핀 클래스를 제대로 가르치는 법을 당신이 알기나 합니까?" 미콜라쉬가 나를 몰아붙인다. "유산소 수업 몇 번 들었다고 바로 강사가 된 줄 알았어요? 자격증이 있기는 해요?"

"아뇨." 나는 고개를 숙인다.

팻이 입을 연다. "나탈리, 난 이 문제를 위에 보고하겠어요. 안드레아도 당신도 참 무책임하군요. 음악은 또 그게 뭡니까?"

"다른 음악을 틀려고 했는데 그럴 수 없었어요. 갑자기 미콜라쉬가 들어와서……."

"내 탓하지 말아요." 미콜라쉬가 받아친다.

"그게 아니라, 저는 그냥……." 나는 더욱 당황한다.

안드레아는 뻣뻣이 굳은 채 곁눈질로 눈치를 본다.

팻이 말한다. "좋아요, 어디 한번 설명해봐요. 대체 이런 상황이 왜 생긴 거죠? 회원들이 관심 있는 건 운동이지 다른 게 아닌데요."

"특별한 스핀 클래스를 만들고 싶었어요. 자유 여행이나 역사 수업, 모험 같은 분위기를 내면 좋지 않을까 해서." 내가 주절주절 말을 늘어놓는다.

"난 그냥 평범한 HIIT 클래스인 줄 알았는데. 미리 말하지 그랬어." 안드레가 내 쪽으로 몸을 돌린다. "알았으면 나도 갔을 텐데. 재밌을 것 같아."

팻이 말을 가로챈다. "나탈리, 창의성도 상황을 봐가며 발휘해야죠. 당신은 그런 자리에 있지 않아요. 듣자 하니 회원들한테 돈까지 받았다면서요? 강사 자격증도 없으면서. 강사들도 없는데 사고라도 났으면 어쩔 뻔했습니까? 하마터면 우리 다 잘릴 뻔했어요."

양 뺨이 붉어진다. "팁이랬어요. 저도 사양했는데 기어코 주겠다고 해서."

안드레아가 목을 한 번 가다듬는다. "팻, 책임은 나한테 있어요. 내가 시작한 거예요. 당신에게 미리 말했어야 했는데 그러질 못했어요. 비수기에 나탈리가 강사 일을 경험해보면 좋겠다고 생각했어요."

"이걸 어떻게 수습한답니까? 이런 일로 내 모가지를 내놓고 싶진 않은데." 팻이 말한다.

"제가 다 책임질게요." 내가 나선다. "제가 자격도 없이 사고를 쳤으니까요. 수업을 계속 맡겠다고 안드레아를 졸랐어요. 안드레아가 원치 않았는데도요. 누가 묻거든 제가 여러분을 속이고 혼자 그런 거라고 말하세요. 시말서는 이따 오후에 직접 제출할게요."

사무실을 나와 안드레아에게 말한다. "수업에서 정신 나간 짓을 하고 있다고 진즉에 말했어야 했는데, 미안해."

"아니야. 내가 미안하지. 내가 자리를 지켰어야 했는데. 실은 네가 그렇게 행복해하는 걸 처음 봤어. 하고 싶은 게 뚜렷해지니 반짝반짝 빛이 나더라. 그래서 차마 말릴 수 없었어. 그 시간에 잠시나마 눈붙일 수 있어서 나도 좋았고."

"내가 선을 넘었어." 내가 말한다.

"열정이 넘친 거지. 그리고 말이야, 너는 좋은 강사가 될 자질을 가졌어. 예츠카가 그러던데. 네가 수강생들에게 엄청 동기 부여가 된다고. 가능성이 있으니 그걸 개발해 봐, 나탈리."

"다 쓸데없는 짓이야."

"왜?"

"몰라. 이런 일을 하기에는 몸매도 별로고."

"누가 그런 말을 해?"

할 말을 잃는다. 그래, 대체 누가 그런 말을 하는데?

엄마가 눈물을 뚝뚝 흘리고 있다. "문제가 생겼다, 나탈리. 할머니가 오늘 아침 쓰러지셔서 병원에 갔다 왔지 뭐니. 의사 말로는 심장 펌프 기능이 약해져서 몸에 피가 잘 돌지 않는대. 혈압 수치가 낮아."

"아, 그렇군요."

"그래." 엄마가 고개를 숙인다. "지금은 안정을 되찾으셨다만 언제 또 나빠질지 모르니 내일 아침 병원에 또 가기로 했다. 병원에 자리가 나면 입원할지도 몰라. 바로 입원해야 할 수도 있으니 네가 할머니 짐을 싸 주겠니? 할머니가 나는 손도 못 대게 하더라. 너라면 허락하실 거야. 할머니가 아끼는 물건을 가져갔으면 해. 목걸이, 노트, 할아버지 사진, 이런 것들. 혹시 모르니 말이야. 일단 엄마는 집에 가서 뉴질랜드에 있는 돌로레스 이모에게 전화할 생각이야. 잉글랜드에 사는 친척들한테도. 당장 아일랜드로 들어와야 할 수도 있어."

"혹시 모르니까요." 내가 덧붙인다.

슬픔에 잠긴 엄마가 눈을 살짝 찡그린다. "할머니랑 저녁 잘 보내고. 알았지?"

"저야 늘 그래요."

할머니는 의자에 앉아 있다. 오늘 나는 할머니와 오붓하게 시간을 보낼 생각이다.

할머니가 빙그레 웃으며 묻는다. "아가, 오늘 일은 어땠니?"

"어땠냐고요? 좋았어요." 나는 일부러 좋았다는 말에 힘을 준다. "나 자신에 대해 배운 게 좀 있죠."

"그거 잘됐구나."

"일은 때려치웠어요. 관두려고요. 뭐 강제로 관두게 된 거긴 하지만. 잘렸다고 해야 하나. 뭐 아무튼 그렇게 됐어요."

할머니가 걱정 어린 표정으로 나를 본다. "다른 일자리는 구했고?"

"이제 찾아야죠. 그래도 친구 일자리는 무사히 지켜냈어요. 그 친구는 자식이 둘이나 되거든요. 저는 어차피 슬슬 그만두려던 참이었어요."

"그럼 우리 강아지는 이제 뭘 하고 살 거니?"

"모르겠어요, 할머니. 킴이 더블린 집에서 같이 살자는데, 할머니랑 같이 있는 게 낫겠죠?"

"그건 안 돼."

"왜요?"

"나탈리, 안 된다. 넌 아직 젊으니 네 날개를 맘껏 펼쳐야지."

"괜찮아요. 저도 여기가 좋아요."

"이젠 때가 됐어. 물론 할머니는 널 많이 사랑하고 앞으로도 그럴 테지만, 이젠 너도 여길 떠나 네 인생을 살아야 해. 돌로레스 이모가 호주 이야기를 꺼냈을 때도 똑같이 말했었다. 떠나라고. 이 할머니는 평생 바깥세상을 못 보고 살았어. 하지만 너희들에게는 기회가 있잖니. 나가서 실컷 즐기고 살아."

때가 되었다는 걸 알지만, 또다시 출발선에 서는 게 내키지 않는다. "제가 떠나도 저를 기억하실 거예요?"

"넌 떠나는 게 아니야. 나도 마찬가지고. 우리는 언제나 서로 마음속에 있을 거잖아?"

할머니 손을 슬며시 잡는다. 부러질 듯 작고 연약한 뼈마디가 느껴진다.

"엄마가 할머니 짐을 싸랬어요. 내일 병원에 가셔야 하니까 할머니가 가져가고 싶은 물건을 챙기는 게 좋겠어요."

할머니도 동의한다.

"그런데 그전에, 여행이나 한번 갔다 올까요?"

"좋지!" 할머니가 말한다.

기뻐하시는 모습에 나까지 웃음이 난다.

"난 이 여행이 참 좋더라. 이번에는 어디로 갈 거니, 나탈리?"

"1930년대 아일랜드요. 자전거를 타고 못 가는 데가 없고 할아버지를 만나 연애도 실컷 했던 할머니의 젊은 시절로 여행을 떠날 거예요. 제가 기억나지 않는 부분은 할머니가 자세하게 들려주셔야 해요. 토요일 저녁마다 산 근처 댄스 홀에 가셨다고 했죠? 향수를 뿌리고 머리도 구불구불 말고서 말이에요. 할아버지가 그 많은 여자들 중에 할머니를 콕 집었는데 할머니는 일부러 한참 뜸을 들이다 승낙했고요."

"원래 좀 뜸을 들여야 해. 그래야 좋아하거든."

"올 아일랜드• 결승전에 내기를 걸어서 10파운드를 땄고요. 일요일에는 직접 잡은 돼지로 블랙 푸딩•을 만들어 먹었죠."

"그 블랙 푸딩은 정말 최고였단다, 나탈리. 지금도 기억이 생생해. 들판을 지나 미사에 갔다 오면 아빠가 웃으며 우리를 기다리고 있었어."

젊은 시절로 돌아간 할머니의 기억력은 어느 때보다 명민하다. 나

- 아일랜드에서 인기가 높은 게일릭 풋볼 대항전.
- 지고기 피를 굳혀 만든 소시지.

는 의자에 등을 기대고 앉아 할머니의 과거로 함께 여행을 떠난다.

나비 수집가

킴과 피트가 자신들처럼 연애 좀 하라며 작정하고 나를 들볶는다.

느지막하게 일어난 일요일, 우리는 함께 모여 식사한다. 사워 도우 빵, 고등어 커리, 믹스드 러시안 샐러드 한 대접을 놓고 나눠 먹는다. 피트가 메를로 와인을 한 잔씩 따른다. 활짝 열린 창문 사이로 2월의 햇살이 들어온다. 칙칙했던 겨울도 지났으니 창틀에 올려둔 다육 식물도 곧 사방으로 밝고 푸른 잎을 뻗치겠지. 도시 소음에 섞여 새들의 지저귀는 소리가 들린다. 저 멀리서 공압 드릴로 보도 석판을 깨는 소리, 정지 신호에 막힌 점심시간 자동차 소리, 웃고 울고 소리치고, 1분에도 열여덟 번씩 기분이 바뀌는 아이들의 소리.

"앱을 깔아." 킴이 열정을 보이며 말한다.

피트도 거든다. "너무 고민할 것 없어."

킴이 피트에게 노래를 틀어달라고 요청한다. 그러자 그가 스피커에 휴대폰을 연결해 드레이크 노래 모음을 작게 재생한다. 피트가 킴의 목덜미를 주무른다. 이내 둘은 음악 비트에 맞춰 몸을 까딱인다.

나는 와인 한 모금을 입안에서 굴리며 생각한다. 킴과 피트는 4년째 연애 중이다. 이렇다 할 큰 변화 없이, 밤에는 내 방까지 소리가 들리지 않게 목소리를 낮추며, 안정적으로 잘 만나고 있다. 그렇다고 그들이 우월감을 느끼는 건 아니다. 그들은 그저 내가 행복하기를 바라는 거다. 자기들처럼 나도 행복하기를.

"나탈리, 적극적으로 나서야 해." 킴이 말한다. "요즘 시대에 여자가 사이버 세상에서 원하는 남자를 구하는 게 뭐 어때? 가볍게 만나서 넷플릭스 보고 가라고 작업 한번 걸어봐. 요즘은 다들 그렇게 해."

킴은 자신도 피트만 없었다면 그랬을 거라고 한다. 피트 역시 킴을 만나지 않았더라면 그랬을 거란다.

창문 너머로 차가운 바람이 들어와 주방의 레이스 커튼이 살랑인다. 팔에 돋은 닭살을 문지르며 소매를 끌어당긴다.

"만날 사람이 있으면 좋을 것 같긴 해." 나도 마지못해 인정한다. "연애한 지가 언제더라."

"너 그렇게 살면 안 돼." 킴은 이렇게 말하며 피트의 머리에 입을 맞춘다. 피트가 씩 미소 짓는다.

식사 도중에 휴대폰으로 앱을 내려받은 뒤 식탁에 노트북을 펼쳐 계정 프로필에 걸 사진을 탐색한다. 킴이 다 먹은 접시를 거둬 남은 커리를 플라스틱 그릇에 옮겨 담는다. 피트가 민트 초콜릿 아이스크림을 두 스푼씩 각자 그릇에 덜어준다.

"멋지고 다채로운 삶을 사는 척하고 싶어." 나는 머리를 긁적인다.

"여기, 이 사진 좋다." 킴이 내가 웃고 있는 사진을 가리킨다. "예쁘게 나왔어."

"고삐 풀린 송아지 같은데."

"칭찬을 꼬아 듣는 거 되게 기분 나쁘다?"

"미안."

사촌 결혼식 날 찍은 가족사진도 고른다. 사진 속 나는 남색 점프수트 차림에 올림머리 가발을 쓰고서 뒷줄에 서 있다.

"그건 빼, 나탈리." 피트가 말한다.

"왜?"

"그중에 누가 너인지 헷갈리잖아. 가족이라 생김새도 다들 비슷하고. 무엇보다 전신이 다 보여야 해."

"뭐? 어째서?"

"그래야 실망할 일이 없지. 내 말 들어. 애초에 오해할 건더기를 주지 마."

킴이 장난스럽게 그와 손을 맞부딪힌다. 피트가 식기 세척기를 채우는 동안 킴은 조리대와 식탁을 닦는다.

나는 계속 앱을 구경한다. 참 노골적인 곳이군. 얼굴은 보이지도 않고 상체를 홀랑 깐 남자들이 '재밌게 놀아요', '재밌는 시간 보내요', '재밌는 인연 찾습니다' 같은 문구를 올려놓았다. 하나도 재미없어.

피트가 스피커와 자기 휴대폰을 분리한다. 갑자기 집 안이 고요해져 식기 세척기가 철버덕 설거지하는 소리만 들린다. 어느새 주방은 말끔히 치워져 있다.

"나탈리, 우리는 시내에 나갔다 올게. 피트가 일하러 가기 전에 같이 쇼핑이나 하려고. 이따 봐."

나는 고개를 끄덕인 뒤 다시 앱에 등록된 프로필들을 휙휙 넘긴다. 상대가 손수 골랐을 사진 몇 장과 한 줄짜리 소개 글로 이 남자가 어떤 사람일지 추측해보면서.

실내가 점점 어두워져 급기야 앞이 잘 보이지 않는다. 시간을 확인한다. 킴과 피트가 나간 지 두 시간이 흘렀다. 열심히 화면을 넘겼더니 엄지손가락이 뻐근하다. 시야가 뿌옇고 침침하다. 너무 소모적이야. 휴대폰을 치우려는 순간 '예스'를 클릭하고 싶은 남자가 눈에 들어온다.

이름은 빈센트. 수염을 기르고 샌들을 신고 다니는군. 사진 속 그는 나무에 기대 환히 웃으며 루트 비어를 마시고 있다. 프로필에는 지나간 시간과 개방적인 사람들을 좋아하며. 이런 데서 여자를 꼬시기에 자신은 너무 보수적인 것 같다는 소개 문구가 적혀 있다. 만약 자신의 프로필을 재밌게 읽었으면 오른쪽으로 스와이프해 자신의 하루를 즐겁게 만들어달라는 부탁도 덧붙어져 있다.

어딘가 특별해 보여. 블레이저에 가려진 떡 벌어진 어깨와 근육 때문인가. 왠지 베트남 커피와 수제 맥주를, 신랄한 팟캐스터와 인디 잡지가 쿨하다고 이야기하는 모든 것을 좋아할 것만 같아.

그걸 차치하더라도, 그의 프로필은 다른 남자들의 사진보다 확실히 마음을 끈다. 나는 오른쪽으로 스와이프해 '예스'를 날린 뒤 휴대폰을 충전기에 연결해 놓고 밖으로 나가 동네를 한 바퀴 돌며 진짜 세상과 다시 연결된다.

한두 시간 후, 킴과 함께 텔레비전 채널을 자주 돌려가며 팝콘을 먹고 있는데 휴대폰이 진동한다. 앱에서 온 알림이다.

매치가 이뤄졌단다.

빈센트도 내게 '예스'를 날린 것이다. 설레 얼굴이 붉어진다.

"이제 어떡하지?" 내가 킴을 보며 묻는다.

"메시지를 보내야지."

"좀 기다릴까? 이 사람이 자기는 보수적이랬는데?"

"틴더에 가입해놓고 보수는 개뿔? 말이 되는 소리를 하라 그래."

나는 몇 문장을 썼다 지운다. 어떻게 운을 떼야 할지 막막하다.

"뭐라고 말할까?"

"일단 '안녕'이라고 해. 그러면 돼, 나탈리."

나는 숨을 깊게 들이마신 뒤 '안녕'이라고 쓴다. 굉장히 어색하고 굶주린 것처럼 보이는 두 글자. 진부하고 밋밋해 뭐라 답하기도 애매한, '안녕'이라고 답할 수밖에 없는 인사말. 그럼 어쩌지? 다른 말을 써 보내야 하나? 일단 문장을 삭제한 뒤 한숨을 쉰다.

킴이 토요일 밤마다 하는 토크 쇼를 튼다. 소파에 영화배우 여럿이 앉아 있다. 관객들이 얼마나 흥이 많은지 배우들이 입만 열어도 빵빵 터진다.

휴대폰 진동음에 제자리에서 펄쩍 뛸 듯이 놀란다.

빈센트에게서 온 메시지다.

안녕하신가요?

나는 가슴 앞에 양손을 모은다.

킴이 그런 날 보며 웃다가 빈센트가 보낸 메시지를 읽는다.

"하지 마, 킴. 부끄럽단 말이야."

"알았어, 알았다고. 아무 말도 안 할게. 얼른 답장이나 해."

나는 킴과 함께 토크 쇼를 끝까지 본다. 하지만 화면 속 사람들이 뭐라 하는지 귀에 하나도 들어오지 않는다.

쇼가 끝나고 기상예보 방송까지 본 후에야 킴에게 잘 자라고 인사한 뒤 위층으로 올라간다. 내 작은 방의 싱글 베드에 누워 빈센트에게 답장을 보낸다.

대화가 술술 이어진다. 자정이 다 되도록 수다를 떤다.

이후 며칠 동안 나는 그의 메시지만 기다리며 어떻게 답장을 보낼지 생각하는 즐거움에 빠져 산다. 그가 데이트를 신청해 정말 만날 날이 다가오자 기대감과 긴장감에 온몸이 짜릿하다.

그는 나보다 다섯 살 많고 아주, 아주 별난 사람이다. 그리고 나는 지난 37개월 동안 섹스를 한 적이 없는 몸이다.

우리는 유니테리언 교회에서 만나 피크닉 가자는 약속을 잡는다.

지상철에서 내리니 길 건너편 네오 고딕풍 교회 건물 앞에 그가 보인다. 가슴이 쿵 하고 내려앉는다.

그는 트위드 바지를 입고 입에 파이프를 물고 있다. 슈퍼밸류• 에코백을 들고 있는 점만 빼면 영락없이 디킨슨 소설 속 인물 같다.

• 아일랜드의 슈퍼마켓 체인.

깊게 호흡하며 길을 건넌다. 구름 뒤에 숨어 있던 태양이 스멀스멀 나와 따사로운 햇살을 내리비춘다.

빈센트는 아주 명랑하게 내 양 볼에다 입을 맞춘다. 그에게서 라벤더와 나무 향이 난다.

"시대극에서 튀어나온 사람 같네요?" 내 말에 그는 과찬이라며 얼굴을 붉힌다.

시작은 이래도 데이트는 꽤 만족스럽다. 우리는 풀밭에 양털 담요를 깔고 앉는다. 그가 보온병에 담아 온 순무와 리크 수프를 잔에 따라 건넨다.

"직접 만들었어요." 그가 덧붙인다.

뒤이어 그가 집에서 만들었다는 빵과 훈제 청어, 냉육을 한 상 차린다. 후식은 요구르트를 넣은 과일 샐러드와 생강 잼을 곁들인 당밀 케이크다. 다른 보온병에는 민트 티가, 유리병에는 레몬 얼음물이 담겨 있다.

그가 이렇게 노력했다는 사실에 감동한다.

그는 말할 때 '근사하다', '기가 막히다' 같은 단어를 쓴다. 무언가를 욕할 때는 '빌어먹을'이라고 말한다.

내가 묻는다. "대체 어디서 왔어요?" 말투로는 출신을 가늠할 수가 없다. 메리 포핀스처럼 하늘에서 떨어진 건가? 시간 여행자여서 누구에게도 정착하려 하지 않는다면?

"아, 저기서 왔죠." 그는 손가락으로 뒤쪽을 가리킨다. 그러더니 금박을 입힌 회중시계를 꺼내 시간을 확인한다. "미드에 있는 작은 마을에서요."

그는 역까지 나를 바래다준 뒤 레밍턴 자전거의 잠금장치를 풀기 시작한다. "왓츠앱 번호 알려줄래요?"

"물론이죠." 관심을 받는다는 건 기분 좋은 일이다.

집에 도착하니 킴이 양파와 피망을 튀기고 있다. "데이트 어땠어?"

주방에 지글거리는 소리가 가득하다.

"빅토리아 시대에서 온 사람 같더라."

"힙스터들이 원래 그렇게 귀여운 구석이 있어."

"꾸며도 너무 꾸며."

"또 평가하는 것 좀 봐."

"킴, 너는 요즘 싱글로 사는 게 어떤 건지 모르잖아. 그리고 너야말로 그렇게 말하면서 날 평가하고 있어."

웬일로 킴이 내 말에 수긍한다. "그런지도 모르겠네."

"어쨌거나 재밌긴 했어. 피크닉을 갔는데 그 사람이 음식을 다 만들어 온 거야. 맛있었어. 그리고 그림자놀이를 보여줬어."

"뭘 했다고?"

"나도 놀랐다."

"그게 대체 뭔데?"

"손 모양으로 그림자 만드는 거 있잖아. 스티븐스 그린 공원에서 그걸 하더라니까. 정신 나간 짓이지. 하지만 아름답기도 했어." 나는 손바닥을 얼굴 쪽으로 향하게 한 다음 손목과 엄지손가락을 엇갈리게 잡아 손가락을 위아래로 팔랑여 날갯짓하는 새 모양의 그림자를 만들어 킴에게 보여준다.

"세상에나." 킴의 눈이 휘둥그레진다. "아주 예술가 납셨네?"

싱크대로 가 주전자에 물을 채운다. "나더러 발목을 드러내면 훨씬 더 매력적일 것 같대."

"우우."

"그 사람 턱수염이 꽤 멋져. 젊은 숀 코네리 같아. 좀 특이하긴 한데 일부러 그러는 것 같아. 꼭 자기가 1900년대를 사는 사람처럼 행동하거든. 그런데 테크 스타트업에서 일한대. 참 독특한 사람이야."

"그 사람한테 기회를 줘. 너는 너무 철벽을 치더라. 벤지도 괜찮았잖아."

"벤지는 내 이름도 기억 못 했어."

"그치만 너도 그 사람 옷차림새 가지고 뭐라 했잖아."

"킴, 그건 그 자식이 10대 남자애처럼 옷을 입고 다녀서 그런 거야. 스케이트보드 타는 남자애처럼 보이는 거야 그렇다 쳐. 진짜 문제는 날마다 술에 절어 있어서 내가 매번 자기소개를 다시 해야 했다는 거지."

"그래도 잘생겼잖아."

"늘 필름이 끊겨 있었다고."

"그럼 존은?"

"웨이트리스한테 고성을 질렀어. 고작 버거 소스를 잘못 가져왔다는 이유로 어리바리하다고 면박을 줬다니까. 그런 놈이랑은 엮이고 싶지 않아. 끔찍해. 진짜 어이없지 않니? 그런 말도 있잖아, 식당 직원을 대하는 걸 보면 그 사람의 진짜 됨됨이를 알 수 있다는 말.

존은 겉모습만 번드르르한 개자식이야."

"또 그 소리. 넌 늘 겉모습에 집착하더라."

"아니거든. 멀쩡한 줄 알았던 존이 알고 보니 한심한 놈이었다는 소리야."

"그렇다면 더더욱 빈센트에게 기회를 줘야겠네."

"일리가 있네."

"겉모습만으로 사람을 판단할 수는 없어. 데이브는 어땠어?"

"별문제는 없었지만 딱히 끌리지도 않았어."

"빈센트에게는 끌리고?" 킴이 채소 위에 간장을 뿌린다.

곰곰이 생각해본다. "응, 그런 것 같아. 가슴팍도 넓고 어깨도 딱 벌어졌어." 나는 손으로 그의 몸매를 그린다. "꽤 핫한 편이지."

"그럼 마음을 열어봐. 성격이든 뭐든 있는 그대로 그 사람을 받아들이라는 거야. 이러다 아예 거미줄치고 살겠어."

물이 끓기 시작하면서 주전자가 요란하게 흔들린다.

"그래도 몸은 기억하고 있지 않을까?"

"그야 당연하지. 나탈리, 사람들의 단점이 아니라 장점을 찾으려 해봐. 그럼 사는 게 훨씬 쉬워질 거다."

빈센트와의 두 번째 데이트. 오코넬 스트리트 근처에서 최면술사의 공연을 관람한다. 조금 낯설긴 해도 재미는 있다. 최면에 걸린 사람들이 미리 심어 놓은 배우가 아닐까 의심이 되지만.

"짜고 치는 거겠죠?"

여성 둘이 유명 록 밴드 멤버가 되어 꿈의 무대에 오른 것처럼 열정적으로 기타를 연주하고 드럼을 두드린다. 또 다른 사람은 벨트를 뱀으로 오인해 뱀이 자기 허리를 휘감았다며 몸이 얼어붙은 채로 눈만 끔뻑이며 도움을 청한다.

빈센트는 생각이 다르다. "원체 사람들은 타인에게 쉽게 휘둘리는 데다 자기 생각과 신념에 의문을 제기하지 않죠. 마케팅의 마법이 쉽게 통하는 것도 이 때문이고요."

다음으로 무대에 오른 사람은 스스로를 외계인으로 생각해 갑자기 외계어로 이야기한다. 약간의 잔기침과 끽끽 소리, '크'로 시작하는 단어들이 뒤섞여 그럴싸한 외계어가 된다. 최면술사가 또 자원할 사람을 찾아 관객석을 훑는다. 나는 괜히 움츠러들어 나의 빨간색 앵클부츠에 시선을 고정한다.

빈센트가 괜찮다는 듯이 내 손을 꽉 잡는다. 다행히 무대로 불려 나가는 건 다른 사람이다. 우리는 공연이 끝날 때까지 잡은 손을 놓지 않는다.

이번에도 그가 지상철 역까지 나를 바래다준다. 노랗고 커다란 달이 떠 있다. 그가 내 볼에 입을 맞춘다. 내가 고개를 돌려 그를 똑바로 본다. 그러자 그가 내 입술에 입을 맞춘다.

예기치 못한 순간에 분위기가 달아오른다.

지상철을 타고 돌아가는 길, 창밖으로 보이는 하코트, 라넬라, 비치우드의 풍경을 보며 생각에 잠긴다. 빈센트가 빅토리아 시대 스타일을 고집하는 건 다 한때일지 몰라. 나도 대학 때 끈 팬티를 입고 술은 스미노프 아이스만 마시고 데미안 라이스의 'O' 앨범만 죽어라 듣곤 했었잖아. 마음이 복잡하다. 그래도 키스는 좋았어. 정말로.

다시 만나봐도 괜찮을 거야. 그래야겠다. 빈센트가 먼저 묻는다면 말이지. 하지만 세 번째 데이트는 맨정신으로는 안 될 것 같아.

술이 들어가고 나니 그렇게 별나던 빈센트도 한결 평범해진다. 이제야 미드 출신의 평범한 남자 같다. 경계심이 풀린 빈센트는 유쾌하다. 스태그스 헤드 펍에서 그와 한동네에 산다는 사람들을 우연히 만난다. 다들 아주 평범해 보이는 데다 빈센트를 굉장히 좋아하는 눈치다.

빈센트가 자기 집으로 나를 초대한다. 나 역시 거절하지 않는다. 아파트 현관을 열고 1층에 있는 그의 집으로 들어간다. 그가 실내조명을 켠다. 거실에 운동기구가 나와 있다.

"유진 샌도를 따라한 거예요." 집을 둘러보는 내게 그가 말한다.

"누구요?"

"보디빌딩의 아버지, 유진 샌도요."

양쪽에 쇳덩이가 달린 바벨이 보인다. 벽에는 철봉이 달려 있고, 창가에는 곧 무너지게 생긴 좌식 레그 프레스 기구가 있다. 구석에는 에버라스트에서 출시한 빨간색 펀치백이 달려 있다. 집 안의 나머지 공간과 어울리지 않게 너무 현대적이다.

그를 따라 주방으로 들어간다. 화목 난로 위에 빈 솥과 팬이 올려져 있다. 나무로 된 벽 수납장에 갖가지 도자기 그릇과 컵이 가득하다. 빈센트가 직접 우렸다며 슬로 진을 권한다.

액자 속 시를 눈으로 읽는다.

'가장 짧고 달콤한 시'

조지 맥도널드 씀

오다

집에

붉은색 진을 들이키자 목이 따갑다. 빈센트가 가까이 다가온다. 진을 한 모금 더 삼키는데 그가 내 잔을 가져가 옆에 내려놓는다. 그리고 몸을 내밀어 격하게 키스한다. 어느새 우리는 서로의 몸을 더듬으며 거실에서 침실로 향한다.

어색하게 옷을 벗는다. 빈센트가 입으로 콘돔 포장지를 뜯어 내가 누운 침대로 주춤거리며 온다. 한 팔로 몸을 지탱한 채 나머지 손으로 콘돔을 끼우려고 한다.

뜻대로 되지 않자 아예 침대에 누워 두 손으로 시도한다. 나는 가만히 기다린다.

"불량인가." 그가 한숨을 쉬며 콘돔을 바닥에 버린다.

달아올랐던 호흡이 차분해진다. "가끔 그런 게 있죠. 새것 없어요?"

"있긴 한데, 이게……." 그가 말끝을 흐리며 아래를 본다.

나는 그의 시선을 따라간다.

"빌어먹을."

실망한 그의 몸이 뻣뻣하게 굳는다. 나는 다가가 그의 품에 안긴다. 그렇게 그의 가슴팍에 얼굴을 묻고 잠든다.

아침에 다시 시도한 섹스는 만족스럽다. 다행히 내 몸은 적절히 반응했고 어색한 순간도 거의 없었다.

그가 내 머리칼을 쓰다듬는다. 갈색 테두리에 싸인 초록색 눈동자. 기다란 속눈썹. 침대에서 그의 몸에서 나는 것과 같은 라벤더 향이 난다.

"히스테리성 발작에 관한 책에서 읽은 게 있는데, 시도해볼래요?"

"왠지 아플 것 같은데." 내가 답한다. "어떤 거길래요?"

"의사가 환자를 진정시키기 위해 오르가슴을 느끼도록 해주는 요법이 있었대요."

"정말요?"

"삽화로 봤어요. 불편하면 언제든 멈추라고 해요."

"알았어요. 한번 해봐요."

그가 어딘가를 만지자 나도 모르게 몸이 떨리고 내 안에서 처음 듣는 목소리가 터져 나온다. 이게 내 성감대인가? 호흡이 점점 가빠지고 격렬해진다. 이 정도의 쾌감을 느낀 적은 없었던 것 같다.

이후 약 10분간은 가만히 누워 호흡을 가다듬는다. 갑자기 정신이 들어 침대에서 벌떡 일어난다. "화장실에 다녀올게요."

지금 분위기를 깨는 게 섹시하지 않다는 걸 알지만, 요로감염으로 고생하는 것보다는 낫다.

"오른쪽 통로 두 번째 문이에요." 빈센트가 말한다.

나는 흐느적대며 화장실까지 간다. 맨발에 닿는 흑백 체크무늬 타일의 촉감이 차다. 숨소리가 울린다. 사랑 호르몬이 올라가는 게 느껴진다.

거울 속 얼굴을 확인하고 검게 번진 눈화장을 지운다. 그다음에 세면대 위 장을 열어 민트 치약을 입에 넣는다.

방향을 잘못 틀어 실수로 왼쪽 통로 첫 번째 문을 연다. 침실이 아니다.

마치 자연사 박물관을 옮겨다 놓은 듯한 방이다. 코스몰린 냄새가 진동하고 박제 나비가 든 액자가 사방에 걸려 있다. 충격에 숨이 턱 막힌다. 나비가 온 벽을 뒤덮고 있다. 액자 아래마다 종의 속명과 라틴어 학명, 그리고 분포 지역이 적혀 있다. 독일에 서식하는 검댕주홍부전나비. 모잠비크에 서식하는 흰줄무늬 황제나비.

방 한가운데 놓인 커다란 적갈색 책상에 문서와 기구가 즐비해 있다. 나는 벌거벗은 채 그 주위를 돌며 물건들을 구경한다.

편람 옆에 놓인 병에 노란색 나비 한 마리가 갇혀 있다. 탈출하려고 날갯짓하지만 번번이 유리에 부딪혀 실패한다. 갑자기 몇 년 전 보았던 소름 끼치는 영화 장면이 머릿속을 스친다. 정확히 기억나지는 않지만 어렴풋이 떠오르는 그 장면이 마음을 불안하게 만든다. 나비 수집가가 나비를 잡는 것에 만족하지 못하고 여자를 잡아 살해한다는 이야기였던가.

빈센트가 나를 죽이려는 걸까? 윽. 방금 그와 잤는데. 이래서, 이래서 잘 모르는 사람과 섹스하지 말라고들 하는 거였어. 〈양들의 침묵〉에서도 나비를 수집하는 사이코패스가 나오지 않았었나?

이 집에서 어떻게 탈출하지?

침실로 들어가 바닥에 널브러진 옷을 황급히 주워 입는다. 깜빡 잠든 빈센트의 얼굴은 어린아이 같다. 마음이 약해진다.

“무슨 일 있어요?” 그가 잠결에 취한 목소리로 묻는다.

“아뇨.”

“나탈리, 나 때문인가요? 혹시 내가 억지로 하자고 해서?”

“아뇨, 아니에요. 나도 좋았어요.”

“아침 만들어 줄까요? 템플 바 시장에서 맛있는 리치를 사 왔어요.”

“빈센트, 지금 좀 당황스러워요.”

“왜요?”

“나비 방을 봤거든요.”

“그래서요?”

“직접 채집해요?”

“그럼 안 되나요?”

“일종의 살해 아닌가요?”

“아뇨. 다르죠.” 그가 몸을 일으킨다. “멸종 위기종이 아닌 이상 채집하는 게 문제가 되지는 않아요.”

“그래도 살해는 살해죠.”

“나탈리, 곤충의 세계는 변화무쌍해요. 난 그런 나비들을 보존하는 거지 해치지 않아요. 나비를 기르려고 뒤뜰에 양갈매나무도 키우는걸요.”

“왜요?”

“인터넷에 올려 수집가들한테 팔려고요. 나비들을 보내서 돈도 벌고 하는 거죠. 내가 기른 나비가 좋은 평가를 받으면 보람을 느껴요.”

나비 살해를 전업으로 하고 있었군.

"윤리적으로 문제없어요. 맹세해요."

나는 굽 낮은 펌프 슈즈를 신는다.

"나탈리 당신도 어렸을 때 숲에서 그물주머니로 나비를 잡고 그러지 않았어요?" 빈센트가 묻는다.

"아뇨. 집에 MTV 보고 놀이터 아니면 친구네 집에서 놀았는데요."

"도시 애들이나 그렇죠. 생각해보면, 나는 스물일곱 살 먹은 지금보다 여덟 살 꼬마 시절에 나 자신과 세상에 대해 더 많은 걸 알았던 것 같아요. 그때는 밖에 나가기만 해도 황금 동전 같은 나비들이 햇살에 반짝이며 하늘을 날아다니는 게 보였어요. 농장 옆에는 야생화와 덤불이 흐드러지게 피어 있었죠. 자연은 매 순간 우리에게 아름다움을 선사해요."

"그런데 왜 나비를 길러 죽이는 거예요?"

"콘크리트와 소음뿐인 세상에서, 이제 우린 어떻게 순수한 자연을 보고 경외감을 느끼죠? 요즘 애들은 교실 밖에서 자연을 만나는 것조차 힘들어요. 부모 허락 없이는 나무에 오를 수도 없을걸요. 아이들도 크게 원치 않을 거고요."

"당신이 뭔가를 죽인다고 생각하니 걱정스러워요."

"나탈리, 걱정해야 할 건 사람들의 무관심이에요. 사람들은 시골 자연이 파괴되는 것에 관심이 하나도 없어요. 시골 녹지가 팔려나가고 도로로 바뀌고 있는데도요. 그거야말로 진정한 살해죠. 자연이 살해당하고 있어요. 요즘 애들은 화면으로만 자연을 만나 진짜 자연

세계에 대해서는 쥐뿔도 모르고 신경도 안 써요. 그 애들이 어른이 되면, 이 세상이 어떻게 되겠어요?"

빈센트는 울기 일보 직전이다. 나는 그의 곁으로 가 팔을 쓰다듬는다.

"이렇게 뭔가에 진심인 사람은 처음이네요." 내가 말한다.

"요즘에 이러면 촌스럽다고 질색하는 거 알아요. 하지만, 있죠. 나는 당신과 계속 만나고 싶어요. 같이 채집하러 다녀요. 함께 자연을 경험해 봐요. 마음을 열어줘요."

함께 초원을 쏘다니고 환한 햇살을 받으며 하얀 옷차림에 뛰노는 우리 모습을 그려본다. 꽤 괜찮은 판타지 같기도 하다. "그래요."

그가 달려들어 키스한다. 다시 침대로 들어가기는 망설여진다.

가벼운 마음으로 그의 집을 나와 쾌청한 하늘 아래로 들어간다.

킴이 주방에서 울고 있다.

"왜 그래?"

"우리 헤어졌어, 나탈리." 킴이 꺽꺽 소리 내어 운다.

"뭐?" 나까지 추락하는 기분이다.

"끝났어. 아까 이야기를 나눴거든. 난 꿈에도 몰랐는데, 피트는 절대 애를 가질 생각이 없대. 몰랐어. 이제 우리 둘이 함께 지낼 이유가 없어졌어. 이 문제를 왜 진즉 이야기하지 않았던 걸까?"

"젠장."

"내 말이. 당장 애를 갖고 싶은 건 아니지만, 마음은 열려 있었거든. 미래가 어떻게 될지는 모르는 거니까. 그런데 피트는 아니래. 단호하더라. 나랑 그럴 생각이 없대. 절대로."

빈센트를 떠올린다. 하룻밤 사이에 나는 커플이 되고 킴은 솔로가 되다니?

온종일 킴과 함께 코미디 쇼 시리즈를 완주한다.

킴은 이따금 한 번씩 왈칵 눈물을 쏟으며 흐느낀다. 그럴 때면 얼굴을 정돈하러 자리를 비웠다가 사과하며 돌아온다. 얼굴도 눈도 퉁퉁 부어 있다.

"킴, 괜찮아. 그냥 편하게 울어. 뭐라도 사올까?"

"배 안 고파. 안 먹고 싶어." 킴이 훌쩍이며 눈을 비빈다. "세 번째 데이트는 어땠어? 미안, 묻는다는 걸 깜빡했다."

"좋았어. 아니다, 좀 이상했어. 나도 헷갈리네."

"무슨 소리야?"

"다시 보니 그 사람은 힙스터가 아닌 것 같아. 그 사람은 겉모습만 독특한 게 아니라 라이프 스타일 자체가 그래. 과거에 빠져 사는 사람이더라. 내가 그런 사람인지는 잘 모르겠어."

"그래서, 다시 안 만나려고?"

"아니. 그런 뜻은 아니었어. 섹스도 했는걸. 좋았어, 킴. 진짜로 좋았어."

"그래?"

내가 고개를 끄덕인다. "마지막엔 죽여줬고."

"그럼 계속 만날 거야?"

"모르겠어, 킴. 별난 사람이긴 한데, 오르가슴의 힘이 강력했달까."

"그거 무시 못 하지." 킴은 이렇게 말한 뒤 다시 훌쩍이기 시작한다.

빈센트는 자전거 타는 사람의 차림새다. 검은 티셔츠에 무릎 위로 올라오는 쫄바지를 입고서 나비 채집 데이트를 하러 나온 거다. 일부로 자기 몸에 맞춰 옷도 수선했단다.

공공 버스를 타고 미드와 인접한 더블린 외곽으로 나가 강가 옆 벌판에 도착한다.

양지와 음지가 만나는 곳으로 가 나비의 서식 구역으로 몰래 이동한다. 높이 자란 수풀과 이제 막 피어나려고 하는 꽃들 사이에 파묻혀 있으니 꽤 로맨틱하게 보일 법도 하지만, 나비 채집에 몰두한 빈센트 때문에 이 모든 게 일처럼 느껴진다.

빈센트가 풀잎에 앉아 쉬고 있는 나비 옆으로 살금살금 다가간다. 잎 아래에 그물망을 받친 다음 홱 뒤집어 손잡이를 꺾는다. 순식간에 나비를 잡는 데 성공한다. 빈센트는 나비가 빠져나가지 못하게 그물망을 뒤집는다.

나비를 상자 안으로 유인한 다음 나비가 그 안에 들어가자마자 뚜껑을 밀어 닫는다.

"무슨 종인지 알아맞혀 볼래요?" 그가 내게 상자와 함께 오듀본• 편람을 내민다.

"뭔지 당신도 몰라요?" 내가 묻는다.

"나는 알죠." 그가 답한다. "그래도 재미 삼아 맞혀 봐요." 그는 나

• 미국 조류학자이자 화가로, 현대 생태학에 지대한 영향을 끼침.

비 알들이 붙어 있을지 모른다며 풀잎 뒷면을 유심히 관찰한다.

우리가 잡은 나비는 푸른부전나비다. 날개를 푸드덕대는 모습을 보고 있자니 속이 메스꺼워진다. 상자에 갇힌 나비는 유리 벽에 부딪혀 서서히 죽어가고 있다.

상자 뚜껑을 열자 나비가 훅 튀어나와 내 얼굴을 거의 스치다시피 하며 날아간다.

"빈센트, 난 못 하겠어요." 나는 편람을 그에게 도로 주며 뒷걸음질 친다.

집에 돌아오자 킴이 부리나케 내 옆에 붙는다. 잠옷 차림이면서 풀 메이크업을 하고 있다.

"우리 여행 가자. 이 거지 같은 기분을 가라앉히려면 몇 주 더블린 밖에 나갔다 와야겠어. 그런 말도 있잖아. '남자가 고프면 고향을 떠나라.'"

"처음 듣는데?"

"그런 말이 있어. 여행이 널 어떻게 바꿔 놨는지 좀 봐. 훨씬 사교적인 사람이 됐잖아? 운동하고 다니질 않나, 수업을 가르치질 않나. 무려 운동 수업을."

"여행 다니면서 나는 나와 친구가 됐지. 왜냐면 더럽게 외로웠거든."

"그래. 그거. 나도 그게 필요해. 지금 내 인생은 너무 휑해. 피트 자리가 사라졌잖아. 너무 허전하고 힘든데 더블린에서 사고치고 다닐 수는 없어. 여기서는 내 생활이란 게 있으니까."

"너무 팔자 편한 소리 아니니?"

"그럴지도 모르지. 그래도 일단 떠나자. 어차피 너 요즘 하는 일도 임시직이지 평생 할 거 아니잖아. 여행은 너도 좋아하고."

"어디로?"

"페루 어때?"

"글쎄다, 킴."

킴이 어린애 목소리로 떼를 쓰기 시작한다. "그간 내가 너한테 한 걸 생각해봐. 보답할 때도 되지 않았어? 네가 지금 나 같았을 때 기억나? 내가 어떻게 했는지 잊은 거 아니지?"

"잊지 않았어, 킴. 고맙게 생각해. 알면서 그래."

"그니까, 제발, 제발. 혼자 다니기 싫어. 무섭단 말이야. 이제 애인도 생겼겠다 안 가겠다 이거냐? 그런 속셈이야?"

"나 애인 없어."

"세상이 어떻게 돌아가건 관심도 없이 애인님이랑 닉스 파크에서 나비나 잡으러 다니시겠다?"

"빈센트는 내 애인 아니야. 다시 안 만날 것 같아."

"그럼 가자. 우리 둘만."

"고민 좀 해볼게."

"오늘 데이트는 어땠어?"

한숨이 난다. "나랑 맞는 사람인지 모르겠어. 이해하기 힘들어. 그렇다고 일방적으로 내 입맛에 맞춰 그 사람을 바꾸는 건 불공평하고."

"틴더에 들어가서 남자 구경이나 할까?"

“그래.” 내가 대답한다. 소파 옆자리에 앉은 킴이 내게 찰싹 달라붙는다. 앱을 열어 왼쪽으로 화면을 넘겨 가며 몇몇 사람의 프로필을 확인한다.

그런데 하필, 그 자식이다.

황급히 휴대폰을 치우지만 이미 킴이 보고 말았다.

“시발 이게 뭐야. 이리 줘봐, 나탈리.” 킴이 내 손을 낚아챈다.

“아냐, 킴. 됐어.” 나는 소파 반대편으로 휴대폰을 던진다. “아무것도 아니었어.”

“당장 내놓으라니까!” 킴이 꽥 소리를 친다.

가슴이 쿵쾅거리고 몸이 굳는다.

킴이 휴대폰을 냉큼 집어 든다. 입이 벌어진다. 귀신 곡소리처럼 새된 비명이 터져 나온다.

“이 개새끼가 진짜.” 또 한 번 찢어질 듯 높은 비명이 터진다. “이거 내가 옛날에 찍어 준 사진이야. 지금은 머리도 다 벗겨진 주제에.”

“킴, 진짜 속상하겠다.” 내가 말한다.

“이 사진, 우리 기념일에 찍은 거야. 3년 전 포르투에 놀러 갔을 때.” 킴이 휴대폰을 내 눈앞에 떡 들이민다. “대머리 사기꾼 새끼…….” 이 말을 끝으로 킴은 결국 무너져 내린다. 아예 바닥에 누워 몸을 들썩이며 꺽꺽 운다.

나는 피트의 프로필을 왼쪽으로 스와이프한 뒤 휴대폰을 끈다. 바닥에 앉아 킴의 등을 가만히 쓰다듬는다.

그렇게 우리는 페루로 간다.

마사지

"새벽 3시에 기상해 식사하고 짐을 쌉니다. 출입 관리소로 가서 대기하다 일출 시각에 맞춰 선 게이트로 입장합니다. 마추픽추에서 빼놓을 수 없는 전망대예요. 사진으로도 많이 보셨을 거고."

테이블이 웅성거린다. 다들 설레는 동시에 약간의 슬픔을 느낀다. 여행이 끝나가고 있다.

짐꾼들이 식전에 먹을 묽은 야채수프와 딱딱한 빵을 내온다. 나는 금속 그릇에 담긴 수프를 호로록 마시고 버터 대신 오일을 빵에 바른다.

관광 가이드 에두아르도도 우리와 함께 식사한다. "빠릿빠릿하게 움직여서 제시간에 나가야 해요. 짐꾼들이 열차를 놓치면 수백 달러를 내고 다음 열차를 잡아야 하거든요. 여러분한테는 푼돈일지 몰라도 이 사람들한테는 큰 빚이 돼서 온 가족이 손가락을 빨게 될지 모른다고요."

누군가 싫은 소리를 낸다. 나도 같은 심정이다.

짐꾼들이 그릇을 치우고 메인 요리를 내온다. 고추 쟁반이 한 바퀴 돌려진다. 멋모르고 하나를 집어 베어 문다. 귀가 얼얼할 만큼 맵다. 밥과 구운 송어, 두 가지 방식으로 요리한 감자를 개인 접시에 덜어 담는다.

음식은 정갈하고 맛있다.

나는 집중하여 한 입 한 입 음미한다.

에두아르도가 그런 나를 보며 말한다. "서양인치고는 식사를 천천히 하시는군요. 감사할 줄 아시나 봐요. 이 쌀만 해도 우리 선조의 뼈가 담긴 음식 아닙니까. 조상들이 묻힌 땅에서 자랐으니까요. 그러니 감사하며 먹어야 해요."

그 말에 킴이 먹던 쌀밥을 뱉고는 입을 닦는다.

나는 포크로 밥덩이를 집어 이게 정말 내 할아버지의 뼈인 건가, 생각한다. 주말마다 자전거를 타고 더블린까지 다녀오던 할아버지, 크로프 패트릭 산을 맨발로 오르며 기도하던 할아버지가 밥덩이가 되다니. 할아버지가 살던 시절의 아일랜드에서는 모두가 존재만으로 죄책감을 안고 살았었다. 인간으로서 욕구를 가진다는 것, 아일랜드인이라는 것만으로.

이 밥덩이에는 할머니의 뼈도 있을 것이다. 기억을 잃기 전 젊었던 할머니. 내 엄마를 낳았던 지금 내 나이의 할머니. 적갈색 머리로 멋을 내고, 어린 자식들을 키우면서도 모험심을 잃지 않았던 할머니. 어린 손주들을 데리고 같이 보물찾기하던 할머니. 잎사귀와 꽃

잎을 노트에 끼워 보관하는 법을 알려주었던 할머니. 원형 요새에 관한 전설과 바꿔 친 아이의 이야기를 들려주던 것도 할머니였다. 할머니의 상상력은 거침없었다. 어쩌면 나는 생각보다 할머니를 훨씬 더 많이 닮았는지도 모르겠다.

"고마워요, 할머니." 나는 이렇게 말한 뒤 밥덩이를 베어 문다.

식사가 한창이던 때 에두아르도가 일어나 저녁 연설을 시작한다. 주제는 이곳 짐꾼들의 가난. 에두아르도는 킴에게 수작을 부리는 아마존 원주민 페데리코를 어떻게든 킴과 떼어 놓으려 열심이다.

열변을 토하는 에두아르도의 눈빛은 반짝이고 언변은 막힘이 없다. 미리 연습한 게 틀림없는 일종의 공연이다.

그는 깨끗한 물과 정치적 안정, 경제 성장을 보장받는 나라로 돌아가게 될 우리가 짐꾼들에게 팁을 얹어주는 게 마땅하다고 주장한다.

"보다시피 이 사람들은 열심히 일하고 있습니다. 여러분의 편안한 여행을 위해 25킬로그램이나 되는 짐을 나르지요. 여러분이 지금 먹는 음식을 차렸고, 조리 도구, 텐트, 침낭, 이 천막, 여러분이 앉은 의자, 테이블, 식기도 전부 이 사람들이 날랐어요. 여러분이 쉴 숙소와 배를 채울 음식 모두 이 사람들이 만들었다 이 말입니다. 군말없이 일하고 있지만 온종일 소처럼 일해 받는 돈은 고작 20달러뿐이랍니다. 이 친구들 행색을 보셨지요? 몇몇은 샌들 차림으로 짐을 나르고 다 닳은 바지와 티셔츠를 입고 다녀요. 고작 20달러를 벌려고요. 여러분에게 20달러면 립스틱 하나를 살 돈이거나 새로운 텔레비전이나 시계를 사러 쇼핑몰에 갈 때 주차비 정도잖습니까? 다시 말하지만, 이 사람들은 누구보다 열심히 일하고 있어요. 그걸 유념해 팁을 주시길 부탁드립니다. 여러분이 하는 일이다, 생각하고 팁을 주세요. 이 세상에는 여러분보다 불행하게 사는 사람들이 있다는 걸 기억하시길 바랍니다."

그는 가짜 눈물을 훔쳐낸 뒤 천막 덮개를 펄럭이며 나가려다 다소 연극적으로 뒤를 돌아서는 마지막 당부를 덧붙인다. "꼭 기억해 주세요."

입맛이 싹 달아난다. 손까지 떨린다. 저녁 테이블에 둘러앉은 모두가 말이 없다. 이 와중에 입에 음식을 잔뜩 쑤셔 넣은 콘래드가 말한다. "감자 더 드실 분?"

감자 쟁반을 들고 대답을 기다리던 콘래드는 아무도 대꾸하지 않자 남은 감자를 몽땅 자기 접시에 던다.

"나는 죄책감을 느끼지 않아요." 콘래드가 감자를 오물거리며 말한다. "그러기를 거부하겠어요. 저 사람은 내 상황에 대해 개뿔도 모르면서 피부색만으로 나를 판단하고 있어요. 그것도 엄연히 인종 차별이라고요. 심지어 나는 서유럽 출신도 아닌데."

아무도 말이 없다. 킴이 얼굴을 찡그린다.

"저 사람들이 고생하는 건 사실이에요." 내가 말한다. "70대 할아버지도 있던데요."

"저 사람들이 대충 일한다고 말한 적은 없어요." 콘래드가 나이프와 포크를 내려놓으며 대꾸한다. "다들 열심히 일하고 있죠. 하지만 이 일 아니면 저 사람들이 뭘 해서 돈을 벌겠어요? 소를 산 정상까지 옮길까요? 아니면 바위를 굴리나? 어쨌든 저 사람들도 이 일 덕에 잘 먹고 잘 자고 있잖습니까. 이곳 기준으로는 큰돈을 버는 셈이라고요."

"나는 이번 여행 팁으로 100달러를 챙겨왔어요." 내가 말한다. "오기 전에 인터넷으로 검색해보니 평균보다 살짝 많은 액수긴 하더라고요. 하지만 이제 와 생각하니 너무 적은 게 아닌가 싶네요."

"에두아르도 때문이에요. 그 작자가 당신을 조종한 거라니까요. 우리 모두 이곳에 온 이후로 쭉 그 사람한테 조종당하고 있어요. 윤리적인 관광 상품이라고 홍보해 다들 이 투어를 고른 거 아닌가요? 이 회사는 자기들이 노동자들을 정당하게 대우한다고 주장하잖아요. 내 말이 틀렸어요? 그래서 250달러나 더 내고 이 투어에 온 거 아니냐고요."

몇몇이 고개를 끄덕인다.

"저 가이드는 우리가 노동자들과 노동 환경에 신경 쓴다는 걸 잘 알고 있어요. 우리가 굳이 비싼 상품을 고른 이유가 그거잖아요. 짐꾼 스무 명이 사흘간 일당으로 20달러를 받는다고 하니 합치면 1200달러예요. 조리사는 좀 더 받는다 치죠. 짐꾼 대장도 다른 짐꾼들보다 삯을 좀 더 받는다고 쳐봅시다. 어림잡아 계산하면 1만 5000달러. 가이드가 둘 있죠. 그 사람들은 돈을 훨씬 더 많이 가져갈 거예요. 영어를 잘하고 지역 역사에 훤하고 사람 다룰 줄도 아니까요. 하루에 100달러씩 받는다고 치죠. 사흘로 잡아 계산하면 600달러. 다 합치면 2100달러예요. 여기에 보험, 허가증 발급료, 약간의 뇌물 같은 걸 더하면 대략 3100달러쯤 될 겁니다. 음식은 전부 유기농에다 현지에서 조달하고 있어요. 물고기는 근처 냇가에서 잡고요. 소량의 닭고기를 따로 가져왔을 수는 있겠네요. 저녁 식사 때 고기는 찾아보기 힘들고 거의 채소 위주이니까 후하게 쳐도 식비로 빠지는 돈은 400달러쯤. 어쩌면 돈이 아예 안 들지도 몰라요. 어쨌든 식비까지 합쳐 총지출은 3500달러예요. 최대치로 잡아도 그 정도인 셈이죠. 그런데 우리가 이 '윤리적인' 관광 상품에 낸 참가비는 1인당 800달러였어요. 800에 15를 곱하면 1만 2000달러. 여기서 3500달러를 빼요. 그러면 사흘 관광으로 남는 수익이 8500달러예요. 1인당 GNP가 1만 2000달러인 나라에서 이 정도면 굉장한 돈이죠. 그런데 자기들이 부리는 짐꾼에게 하루에 20달러밖에 주지 않는다고요? 짐꾼들도 우리도 사기당한 거죠. 그러니 괜히 죄책감 느낄 필요 없어요. 난 팁을 주지 않을 거예요. 저 가이드는 우리가 윤리적으로 운영되는 회사를 골라 돈을 냈고, 지금 굉장히 불편해하고 있다는 걸 알고 있어요. 그 심리를 이용해 어떻게든 돈을 더 뜯어내려 하는 거라고요. 짐꾼에게 팁을 주고 싶으면 직접 전달하든가 해요. 나는 저 망할 에두아르도가 자기 주머니만 채우는 꼴 못 보니까."

천막 안 분위기가 달라진다. 킴이 고개를 숙인다. 나는 식사를 마무리한다.

"어쨌거나 나는 100달러를 낼 거예요. 어차피 쓰려고 했던 돈이니까요. 내가 호구일지도 모르지만, 그래도 후회 안 해요. 콘래드, 당신은 팁을 내지 않아도 돼요. 이유를 충분히 들었고, 이해했어요."

나는 에두아르도가 테이블 위에 올려둔 상자에다 지폐를 집어넣는다.

콘래드는 살짝 고개를 끄덕인다. 그는 건너편 테이블로 가 남은 채소를 자기 접시에 수북이 쌓는다.

나머지는 각자 남들에게 보이지 않게 팁을 낸다.

페데리코가 디저트 쟁반을 들고 들어온다. 킴이 활기를 되찾는다. 페데리코는 보라색 반다나에 검은 티셔츠 차림이다. 통이 넓은 면바지는 검은 바탕색에 빨간색과 흰색 줄이 그어져 있다. 산 지 얼마 안 된 듯 보이고 헤진 곳도 없다. 페데리코는 짐꾼 중에 가장 패셔너블하고 잘생긴 축에 속한다. 우리가 캠프장에 돌아오면 꼭 킴에게만 까막까치밥나무 열매로 우린 차나 레몬 스쿼시를 두 잔씩 권하곤 한다.

킴은 자신이 아는 스페인어 몇 토막을 총동원해 그와 시시덕댄다. 페데리코가 나머지 사람들 시중을 드는 동안 킴은 연신 킬킬대고, 페데리코는 그런 그녀를 보며 미소 짓는다.

에두아르도가 팁 상자를 수거하러 다시 등장한다. 그리고 손바닥을 맞부딪힌 뒤 밤에 유의할 사항을 다시 공지한다. "그럼 안녕히들 주무세요."

나를 비롯한 여행객들이 물갈이로 고생이다. 물을 마시면 족족 탈이 난다. 구역질이 나고, 목이 붓고, 배가 꼬인 것처럼 아프다. 하지만 안 마실 수 없다. 고도가 너무 높아 물을 계속 마셔줘야 한다.

밤에 배가 아파 눈을 떠 보니 킴이 머리에 전등을 둘러쓰고 있다. 콤팩트 거울로 얼굴을 확인한 뒤 발에 바르는 바셀린을 입술에 바르고 그걸로 눈썹도 다듬는다. 머리 빗질까지 한다.

"뭐 해?" 플립플롭을 찾던 내가 묻는다.

"페데리코를 만나기로 했어."

웃음이 터진다. "대단하다, 킴. 어디서?"

"화장실 앞."

"로맨틱하기도 해라. 나도 화장실 가려고. 내 아일랜드산 위장이 이곳 물을 당해내질 못하네. 그 사람과의 미래에 대해서는 생각해 봤어?" 내가 묻는다. "산속에 살거나 정글에 나무 오두막을 짓고 살려나. 아마존 열대 우림에서의 삶이라. 이러다 아나콘다 사냥꾼이 되는 거 아냐?"

"나탈리, 웃기지 마. 난 미래까지 생각하진 않아. 그냥 귀엽잖아. 여기 있는 동안만 즐기는 거지. 정글 부인이 될 생각은 없어."

"미래가 없다고 생각한 거네."

"모르지."

"둘이 아기를 낳으면 진짜 귀엽겠다."

"페데리코가 섹시하잖아. 관심받고 싶었어. 그게 다야."

"더 듣고 싶지만 진짜 나가봐야겠다. 아무튼, 조심해."

킴은 겨드랑이에 데오도란트를 뿌린다.

재래식 화장실은 정말이지 싫다. 악취에 두들겨 맞는 기분. 코로 맡는 것만으로 고역이다. 어찌나 심한지 맛이 느껴질 정도다. 악취가 눈에 보이고 귀에 들리는 것만 같다.

화장실에 들어서자 고개가 움츠러들면서 입에서 자동으로 "우웩" 소리가 난다. 토가 나올 것 같다. 입안에 침이 고이면서 배가 꿀렁이지만 이내 잠잠해진다.

하이킹 후유증으로 다리가 사정없이 후들거린다. 쭈그려 앉아 버틸 수 있을까. 자칫 다리가 꺾이기라도 하면, 저 아래 시꺼먼 똥물

구멍으로 빠지게 되겠지. 혼자서는 나오지도 못할 거다.

지저분한 변기 칸에서 나오는데 바깥에 웬 남자가 하나 서성이고 있다. 그는 날 발견하자마자 부리나케 도망친다. 설마 엿듣고 있었던 거야?

"아오, 진짜!" 내가 크게 소리친다.

킴이 나간 텐트 안에는 데오도란트 향만 남아 있다. 냄새가 빠져나가게 덮개를 열지만, 바깥 공기가 너무 습해 얼른 닫는다.

다리를 주무르다 다시 잠든다. 텐트 방수포에 빗방울이 떨어진다.

얼마 후 킴이 돌아온다. 몰래 들어오려고 하지만 뜻대로 안 되는지 덮개 지퍼를 사방으로 열어댄다. 그 소리에 내가 잠에서 깬다.

"안녕, 줄리엣. 재미 좀 보셨나?"

"완전 로맨틱했어, 나탈리. 잉카 오두막에 들어갔는데 페데리코가 촛불을 탁 켜는 거야. 대화만 하려니 금방 지루해졌어. 겨우 손 하나 잡는 데도 한참을 뜸 들이더라. 갑자기 하늘이 개고 비가 멈추길래 오두막 밖으로 나가서 밤하늘을 봤어. 나탈리, 거짓말이 아니라 정말 은하수가 보였어. 숨이 막힐 정도로 아름다웠어. 목이 아플 때까지 하늘을 쳐다보다 내가 먼저 키스했어. 안 그러면 밤새 이야기만 하다 끝날 뻔했다니까. 정말이지 마법 같은 시간이었어."

"사랑에 빠졌나?"

"사랑이 뭔데?"

내가 킬킬댄다. "어떻게 알겠니. 나도 그걸 몰라 매번 헤매는데."

"나도 몰라."

"킴, 얼른 눈 붙여. 우리 두 시간 있다가 나가야 해."

"잠을 어떻게 자. 둥둥 떠 있는 기분인데."

나는 미소를 지으며, 저린 다리와 물집 잡힌 발 바깥으로 빠져나가 이 텐트 위를, 울퉁불퉁하고 습한 땅 위를 둥둥 떠다니는 상상을 한다. 저 은하수까지 높이높이 올라가야지. 상상만으로 마음이 편안해진다. 무중력 상태로 존재한다는 것. 자유롭다는 것. 사랑에 빠진다는 것.

눈을 감고 별 속을 돌아다닌 지 얼마 안 된 것 같은데, 밖에서 인기척이 난다.

"다들 일어나요." 다른 여행객들이 부스럭거리기 시작한다. "아침 먹으러 나갑시다."

피곤에 절은 내 얼굴은 퉁퉁 부었다.

"일어나, 일어나요." 밖에서 외치는 사람이 텐트를 퍽 하고 친다. 나는 그제야 일어나 가슴까지 올라온 침낭을 내린다.

킴은 아직도 잠에 빠져 있다. 밖에서 지퍼를 열고 걸어 다니고 웅성대는 소리가 이어진다. 비가 추적추적 내리고 있다. 나는 킴을 흔들어 깨운다.

"일어나야 해. 마추픽추 갈 시간이야."

킴이 한숨을 쉬며 눈을 뜬다. "아침 안 먹을래."

"배고프지 않겠어?"

"몇 분이라도 더 자는 게 나아. 배낭에 사과랑 초콜릿 바도 있으니 괜찮아."

나는 머리에 전등을 둘러쓰고 혼자 나간다. 하늘은 잉크를 푼 것처럼 새까맣다. 비 때문에 안개가 뿌옇다. 나는 기지개를 켜며 젖은 풀밭을 지나 식사가 차려진 천막으로 간다.

에두아르도가 크게 공지한다. "아침 먹고 바로 출발합니다. 얼른 들어가요."

아침은 코카 차와 오트밀이다. 바질이 들어간 스크램블드에그가 각자에게 한 접시씩 돌아간다.

"킴은요?" 페데리코가 혼자 나온 날 보고는 묻는다.

나는 두 손으로 머리를 부여잡으며 대답한다. "자고 있어요."

내 말에 페데리코는 고개를 끄덕인 뒤 자기 접시를 옆 짐꾼에게 건네고 텐트를 나선다.

"제발 샤워 좀 했으면." 나는 지저분한 손을 보며 혼잣말한다.

내 말에 여행객들이 저마다 불평을 늘어놓는다. 서양식 화장실, 맥주, 인터넷, 매트리스가 깔린 침대가 너무 그립다.

우리 텐트가 있던 자리에 페데리코와 킴이 부둥켜안고 서 있다. 텐트는 벌써 철수되고 없다.

내가 갈 때 즈음에는 저 둘이 떨어져 있기를 바라며 천천히 다가간다.

킴이 눈물을 떨군다. "안녕, 페데리코."

페데리코가 안고 있던 손을 푼 뒤 목을 꼿꼿이 세운다. "아디오스, 내 사랑."

나는 바닥에 놓인 가방을 짊어 멘다.

킴도 크게 한숨을 내뱉은 뒤 가방을 멘다. 캠프장을 빠져나가는 길, 킴은 짐꾼들을 지나치며 마지막으로 페데리코에게 손을 흔들어 인사한다. 그가 찡긋 윙크한다.

"앞으로 연락할 방법이 없어." 그녀가 말한다.

"왜?"

"이메일도, 페이스북도, 휴대폰도 없대."

"영어도 못하고." 내 짓궂은 말에 킴이 눈을 흘긴다.

출입 관리소 앞에서 한참을 기다린다. 킴은 내 어깨에 기대 꾸벅꾸벅 졸고 있다. 콘래드가 칠레에서 코카인을 흡입했다 죽을 뻔한 경험담을 푼다.

"어쩌다 그랬어요?"

"이전에는 약을 해본 적 없었어요." 그가 말한다. "마리화나는 해봤지만, 그건 약으로 치지도 않잖아요?"

내가 어깨를 으쓱한다.

"현지인들이랑 산티아고에 있는 클럽에 놀러 갔어요. 마음 잘 맞는 친구들이랑요. 그 애들 덕에 재밌는 걸 많이 구경했죠. 여하튼 그날 새벽 두세 시쯤 되니 정신이 살짝 나가더라고요. 평소였으면 자고도 남았을 시간이었거든요. 그때 친구 놈 하나가 '코카 할래?' 하는 거예요. '코카 푸라'라는 게 있다면서 가방에서 하얀 가루를 꺼냈어요. 다른 거랑 섞이지 않아 클린한 거랬어요. 코카 푸라. 말했다시피 이전에는 약을 해본 적 없었어요. 하지만 친구 제안이라 거절을 못 하겠더라고요. 게다가 코카 원산지에 왔는데, 한 번쯤 경험해

봐도 좋잖아요? 그래서 그 애를 따라 현란한 조명을 벗어나 동굴처럼 생긴 화장실로 들어갔어요. 친구가 먼저 칸막이에 들어갔고 코를 비비면서 나오더라고요. 코를 엄청 비볐어요. '친구야, 이거 죽여준다. 굉장해.' 내 팔을 치면서 이렇게 말하고는 내게 가루 봉지를 건넸어요. 나도 칸막이에 들어가 코를 킁킁대봤죠. 클럽 뒤쪽이라 음악이 쿵쿵댔는데 그 리듬에 따라 내 몸도 같이 울렸어요. 〈에일리언〉 속 한 장면처럼 심장이 몸 밖으로 튀어나올 것 같았죠. 땀이 뻘뻘 나고 입, 혓바닥, 얼굴 전체가 굳기 시작했어요. 손은 얼음장처럼 차가워졌어요. 기분 뭣 같더라고요. 폭발해버릴 것 같은 기분. 친구가 괜찮아? 얼굴이 새하얗게 질렸어. 내가 본 백인 중에 일등이야! 하길래 몸이 이상하다고, 죽을 것 같다고 했죠. 몇 줄이나 빨았어? 묻더라고요. 기억나지 않았어요. 나머지 약봉지는 어디 갔어? 남은 게 있을 거 아니야? 약봉지 어디 있냐니까? 나머지라니? 봉지에 2그램이 들어 있었는데. 그거 지금 어딨어? 그거 다 빠는 거 아니었어? 심장이 느려지기 시작하더니 곧 터질 시한폭탄처럼 째깍거리는 게 느껴졌어요. 오, 제길. 그러더니 친구가 서둘러 다른 애들을 불러 모아 나를 가리키면서 스페인어로 빠르게 뭐라고 설명했어요. 다들 눈이 휘둥그레졌고 한 놈이 여자애 하나를 불러왔어요. 여자애가 내 머리에 손을 얹었어요. 그리고는 나랑 같이 있던 친구 놈에게 뭐라고 말하더군요. 걔가 허겁지겁 달려가서 물을 가져왔어요. 그때 이미 나는 누가 배를 쥐어짜는 것처럼 고통스러워하고 있었죠. 죽고 싶었어요. 물을 마시려 했지만 손도 입도 움직이질 않아서 여자애가 내 입에 억지로 물을 넣어줬어요. 떨어지는 물방울이 느껴졌어요. 모두

초조하게 내 옆을 지켰고 여자애가 계속 내 등을 두드렸어요. 자기들 눈앞에서 관광객이 죽으면 그 애들도 아주 난감해졌을 테죠. 클럽에 있던 다른 사람들은 아무것도 모른 채 신나게 놀았어요. 한참이 지나서야 몸이 괜찮아졌어요. 친구들이 나를 자기들 아파트로 데려갔어요. 약 부작용은 다행히 가셨지만, 아직도 위장 상태가 좋지 않아요. 벌써 두 달 전 일인데도요. 그날 이후로 위장에 문제가 생겼나 봐요. 영구적으로 상한 거죠. 그야말로 죽음을 맛봤어요."

"큰일 날 뻔했네요."

"큰일이란 말로도 부족해요."

"과다 복용한 거예요."

"맞아요." 콘래드가 손가락을 튕긴다. "한마디로 그렇게 말하죠. 바로 그거였어요. 과다 복용."

5시 20분경에 에두아르도가 나타나 따라오라고 지시한다. 관리소 앞에서 기다린 지 한 시간 20분 만이다.

다른 여행사를 통해 온 등산객들의 부러운 눈길이 쏟아진다. 위험하다 싶을 만큼 빠른 속도로 선 게이트를 향해 오른다.

"왜 이렇게 빨리 간대?" 킴이 묻는다.

"그래야 뒤에 올 사람들을 따돌릴 수 있으니까?"

일행 중 영국인 아저씨가 반질거리는 판석에 미끄러져 무릎을 다친다. "먼저들 가요." 낙오된 일병처럼 그는 이렇게 말한 뒤 에두아르도의 처치를 기다린다.

마침내 선 게이트에 올랐건만, 구름이 잔뜩 끼어 있다. 보이는 거라곤 하얗게 시야를 메운 구름뿐. 부슬비까지 내린다. 여기에 검은색과 회색 선만 더해지면 연결이 끊겨 지지직거리는 텔레비전 화면 같아질 거다. 혹시 저 안개 속에서 외계 생명체가 튀어나오면 어쩌지?

어이없지만 안개를 배경으로 킴과 함께 기념사진을 남긴다.

"대실망이야." 헛고생만 한 듯하다.

일어난 지 한참이 지났는데 여전히 아침 9시밖에 되지 않았다.

마추픽추로 내려가는 길, 속도를 늦춘다. 하늘이 개면서 슬슬 날이 뜨거워진다. 킴은 페데리코 생각에 여전히 시무룩하다. 나는 콘래드의 마약 경험담을 들려주며 킴의 관심을 끈다.

킴이 얼굴을 찌푸린다. "정신 나간 놈 아냐?"

마추픽추는 사람들로 바글거린다. 인파 속에 있는 것이 너무나도 오랜만이라 어지러울 정도다.

일행 중 하나가 '망할 관광객들'을 싸잡아 욕한다.

"누구, 우리요?" 내가 대꾸한다.

"아뇨, 저 사람들요." 그는 다른 무리를 가리킨다. 그는 불평하면서도 굳이 라마와 함께 셀카를 찍는다.

에두아르도가 나타나 마추픽추에 관한 정보와 이곳의 역사를 들려준다. 왜 지금의 형태가 만들어졌는지, 잉카인이 왜 마추픽추를 지었는지, 여기서 지진 활동이 계속되고 있는 건 아는지 등등. 1911년에 이곳을 처음 발견한 사람은 미국 탐험가 히람 빙햄이라고 한다.

"그전까지는 아무도 몰랐다고요?" 내가 묻는다.

에두아르도가 씁쓸하게 웃는다. "네. 예일대 출신 백인들은 전혀 몰랐죠."

나와 킴, 그리고 일행 중 몇몇이 끝까지 언덕을 올라 유명한 계단과 도시 잔해를 배경으로 사진을 찍는다.

"킴, 난 다 끝냈어."

"뭔 소리야?"

"여기서 할 거 다 했다고. 잉카 트레일까지 완주했으니 진짜 끝이야. 아무 후회 없어."

킴은 페데리코를 다시 만날 생각에 잔뜩 들뜬다. 하지만 페데리코는 가고 없다. 킴이 에두아르도를 찾아가 다짜고짜 짐꾼들의 행방을 묻는다.

"아내가 있는 집에 갔죠." 에두아르도가 못을 박는다.

나는 킴의 팔짱을 끼고 위로의 말을 건네며 함께 버스로 향한다.

일행 몇몇이 기다리고 있다. 현지인 행상이 버거 빵으로 만든 치킨 샌드위치를 팔고 있다. 하나를 산다. 싸구려 빵에 싸구려 닭고기. 대충 만든 음식이지만, 그래도 맛은 좋다. 버스 정류장 옆의 화장실에서 서양식 변기를 보니 감격의 눈물이 날 만큼 반갑다. 앉는데 흡사 왕위에 오르는 기분이다.

아과스칼리엔테스에 도착해 식당으로 들어가 맥주를 주문한 뒤 잠시 피로를 푼다. 나는 볶음밥과 유카• 튀김을 주문한다. 일행 중 하나가 햄스터 구이를 시켜 모두에게 권한다. 나는 차마 시도하고 싶지 않다. 바싹 튀겨진 작은 햄스터 머리가 쟁반에 올려져 있다. 벌어진 입이 공포에 질려 고요한 비명을 지르고 있다.

• 남미 지역에 흔한 뿌리식물로 '카사바'로도 불림.

우리는 한껏 자축한다. 에두아르도가 등산 완주 증명서를 나눠준다. 등산로 그림과 유치한 글씨체가 딱 봐도 허접해 보인다. 잉카 트레일에 참가한 다른 팀은 기념 티셔츠를 받았다던데. 우리는 달랑 증명서가 전부다.

우리가 얼마나 부유하며 페루 사람들이 얼마나 가난한지 강조하는 에두아르도의 연설이 또다시 시작된다.

"지긋지긋하네." 콘래드가 이를 악문다. "저 사람 때문에 이곳 사람들이 전부 꼴 보기 싫어져요."

"그러려니 넘겨요."

"저 사람 말을 들으면 동정심이 생기기는커녕 반발심만 든다고요. 이곳 사람들이 나보다 불행하다고 어떻게 확신한대요? 내가 어떻게 살았는지도 모르면서."

뮤지션 둘이 각각 기타와 팬파이프를 들고 입장해 귀에 익은 '엘 콘도르 파사'를 연주하기 시작한다.

"오랜만에 듣는군." 콘래드가 말한다.

뮤지션들은 식사 중인 우리 주위를 돌며 손을 내민다. 누군가 현지화 지폐를 몇 장 건네거나 단호히 싫다고 거절하기 전까지 뭉그적거리며 테이블을 떠나지 않는다.

일행 몇몇은 이메일 주소와 페이스북 아이디를 교환한다. 에두아르도는 유난스럽게 작별 인사를 건넨다.

"얼른 좀 가요." 콘래드는 이렇게 말하지만, 다른 사람들은 좀 더 있으라며 에두아르도를 붙잡는다.

결국 에두아르도는 연극 빰치게 과장된 몸짓으로 돌아온다. 킴이 팁을 모아 그에게 건넨다. 그는 우리가 다 보는 앞에서 팁을 세어 본 다음 부산하게 진짜 떠날 채비를 한다. 케추아• 말로 식당 주인과 잠시 대화한 뒤에야 그는 비로소 사라진다.

킴이 식당 주인과 잠시 대화하더니 전단지를 한 장 들고 자리로 돌아온다. "피로를 풀 겸 마사지 받으러 가자. 주인 말로는 이 건물 바로 위층에 있대."

"샤워 시설은? 씻을 수 있으면 20달러라도 낼 수 있어."

"있대. 얼른 가자."

침침한 대기실에 에센셜 오일과 향초 냄새가 그득하다. 킴이 흥정한 끝에 샤워와 잉카 마사지 비용으로 각각 50솔을 내기로 한다.

샤워는 황홀 그 자체다. 감사한 마음이 절로 든다. 물에 감사하다. 트레킹 내내 버텨준 내 팔다리와 배와 가슴에 감사하며 비누로 온몸에 거품을 낸다. 거품을 씻어내면서는 이렇게 행복할 수 있다는 것에 또 감사하다. 샤워기 아래 서서 머리와 몸을 씻는다. 인생 최고의 샤워다. 이렇게까지 샤워에 몰입한 적은 살면서 처음이다. 뜨끈한 물이 욱신거리는 몸을 감싼다. 모든 감각이 너무나도 생생하다. 더러운 것들이 물에 쓸려 내려가는 감각. 난 정말 운도 좋아. 손잡이를 돌려 냉수를 튼 뒤 머리부터 발끝까지 찬물로 헹궈 다시금 에너지를 충전한다.

이번 트레킹의 하이라이트는 누가 뭐라 해도 이 샤워다.

• 안데스산맥 고지대에 사는 남미 원주민 언어의 일종.

다시 쌩쌩해진 기분으로 몸을 닦는다. 직원이 준 속바지와 로브를 걸친다. 브라는 고민 끝에 벗어 둔다.

로브 차림으로 로비에서 마사지사를 기다린다. 킴을 담당할 마사지사는 체구가 작고 나이가 지긋한 여자다. 내 마사지사는 키가 나와 비슷한 남자다. 페루 출신의 그는 펑퍼짐한 녹색 면바지에 검은 조끼를 입고 있다.

그를 따라 커튼 뒤로 간다.

"하드, 미디엄, 이지?" 그가 묻는다.

"미디엄?"

로브를 벗어 배를 깔고 눕는다. 마사지사가 로즈우드 향이 나는 마사지 오일을 내 등에 펴 바른다. 따뜻해. 마사지가 시작되자 입에서 절로 신음이 나온다. 너무 좋아. 나는 마사지사의 손길을 마음껏 즐긴다. 오일을 바른 그의 손이 내 팔뚝 아래로 들어와 하마터면 옆가슴에 닿을 뻔해도 그냥 넘긴다. 손길이 내 뒷다리와 발바닥으로, 다시 엉덩이 부위로 향한다. 내 성기와 너무 가까운 거 아닌가 하는 생각이 순간 스치지만, 역시 그냥 넘긴다. 기분이 끝내주니까. 이제 몸을 뒤집는다. 행복감이 극에 달한다.

그가 위에서부터 마사지를 시작한다. 머리에서 목으로, 목에서 어깨로, 다음에는 가슴으로. 그런데 그의 손이 내 가슴에서 내려갈 생각을 않는다. 그가 발기한 게 느껴진다. 그가 앞으로 몸을 내밀 때마다 그의 발기된 성기가 내 손바닥을 스친다. 그는 굳이 피하지도 않는다. 생각을 비우고 싶지만 그게 안 된다. 지금 일부러 이러는 거야? 아니면 자기도 어쩔 수 없는 건가? 남자 몸이 어떻게 작동하는지 나야 모르잖아. 여기서 나까지 반응하면 어떻게 되는 거지? 이미 살짝 흥분하긴 했는데. 이 사람도 떠보려고 들이미는 거 아니야?

잉카 마사지가 이런 거였어?

이 사람, 남자 손님한테도 이럴까?

마사지사의 손길이 내 하반신으로 내려가면서부터는 마음속 생각마저 멎는다. 그의 손가락이 내 회음부에 거의 닿을 정도로 훅 들어온다. 절정에 이르기 직전의 상태가 된다.

저항해야 하나? 내 위로 올라타면 막아야겠지?

나도 모르겠다. 불쾌하지는 않아. 오히려 황홀해.

마사지사는 무표정으로 마사지에만 집중한다.

결국 나는 모든 생각을 집어치우고 쾌락에 흠뻑 빠져든다.

그 이상의 일은 없었지만 마사지실을 나서는데 괜히 미소가 지어진다. 킴이 나를 기다리고 있다.

"왜 실실대는 건데?"

"내가 뭘?"

"지금 그 표정 말이야. 좀 소름 끼치는데."

"내가?" 나는 어색하게 웃음을 터트린다. "내가 뭐?"

"나탈리, 너 지금 진짜 이상한 거 알지?"

"마사지 좋았어?"

"응, 아주 좋았어."

"섹시하기도 했나?"

"뭔 소리야?"

"섹시하기도 했냐니까?"

"나이 많은 아주머니가 해주는데 섹시할 일은 없지. 윽, 섹시라니. 그냥 편했어."

나는 침묵한다.

"너 혹시?" 킴의 입이 벌어진다. "세상에, 너 마사지사랑 했어?"

"아니, 아니야. 무슨 말씀. 안 했어. 그런데 조금 흥분되긴 하더라."

지갑에서 8달러를 꺼낸다.

"팁을 그렇게나 많이 준다고?" 킴이 묻는다.

"그 사람도 나한테 팁을 줬거든."

"뭐?"

마사지사는 창문 옆에 서 있다. 나는 이제야 그 사람 얼굴을 똑바로 본다. "허리가 단단히 뭉쳤어요. 나중에 또 들르세요. 다 풀어 드릴게요. 내일도, 모레도, 그다음 날도 오세요. 다 풀려면 일주일은 걸려요."

나는 소리 내어 웃는다. "생각해볼게요. 고마워요."

밖에 나와 킴에게 모든 걸 털어놓는다.

킴이 깔깔 웃는다. "기차 타기 전에 맥주나 마실까?"

나는 여전히 마사지의 쾌락에 젖어 고개를 끄덕인다.

식당으로 내려오니 네덜란드인과 독일인 무리 몇몇이 영국인 아저씨와 함께 모여 있다. 우리는 천천히 술을 마시며 느긋하게 시간을 흘려보낸다.

"다들 이번 여행 어떠셨어요?" 내가 묻는다.

영국인 아저씨가 입을 연다. "한 번에 한 걸음씩 떼면 된다는 걸 배웠죠. 인생이란 건 너무 거대해서 한꺼번에 모든 걸 해결할 수는 없어요. 한 걸음. 한 걸음. 또 한 걸음 걸어야 해요. 내가 이런 무릎으로 어떻게 열한 시간이나 산을 오를 수 있었겠어요? 그저 한 걸음, 한 걸음 걸은 게 다였어요. 그러면 되더라고요. 아가씨는 어땠어요?"

"깨끗한 화장실과 물, 전기, 그리고 원하는 음식을 먹을 수 있는 게 얼마나 감사한 일이지 깨달았어요. 나와 다르다고 그들이 불행한 게 아니란 것도 새삼 느꼈고요. 무엇보다 내 몸이 생각보다 강하고 튼튼하단 걸 알았어요."

다들 기분 좋게 역으로 이동한다. 쿠스코행 열차는 6시 20분에 도착 예정이다.

하나둘 바닥에 앉거나 배낭을 베고 드러누운 자세로 열차를 기다린다.

잉카 전통 모자와 복장 차림의 남자가 춤을 추며 등장해 대기실 정중앙에 자리를 잡고 팬파이프를 연주한다. 나는 깜빡 잠든다. 킴이 탑승할 시간이라며 나를 흔들어 깨운다. 좌석을 찾아 앉는다. 주변에는 온통 일본인 관광객들이다.

'엘 콘도르 파사'의 선율이 머릿속에 계속 맴돈다. 슬며시 차창에 머리를 기댄다. 거대한 나무들 뒤편으로 무지갯빛을 발하는 태양이 저문다.

빨래

트레킹 후유증으로 다리가 후들거린다. 토요일 아침, 킴은 아침을 먹으러 나가고, 난 계속 침대에 누워 있다. 방에 돌아온 킴이 삶은 달걀과 으깬 토마토가 들어간 빵을 건넨다.

"받아. 난 도저히 못 먹겠어."

"킴, 뭘 좀 먹어야지."

"너무 슬퍼."

빨래할 옷을 주워 모은다. 돈을 아끼기 위해 한꺼번에 돌리기로 한다. 5킬로그램마다 세탁기 이용료를 더 내야 한다. 킴은 양말 여러 켤레와 티셔츠를 아예 버리고 갈 생각이다. 물건을 버리는 데 그리 연연하지 않는 성격이다. 하지만 나는 무슨 일이 있어도 옷을 빨아 입어야 한다. 페루에 파는 여자 옷은 내게 너무 작다.

킴이 말한다. "이제 뭐 하지? 아야와스카• 체험은 어때?"

"글쎄. 몇 달 전에 그걸 마시고 취한 관광객이 다른 관광객을 살인한 사건이 있었대. 나는 아마존에서 약에 취해 죽고 싶지 않아. 뭐, 어쩌면 괜찮은 결말일 수도 있지만."

"안 죽어, 나탈리. 너는 매사에 최악의 결과 먼저 생각하더라?"

"지나친 비약과 부족한 자신감 때문 아니겠어? 킴, 우리가 친구가 된 지 10년도 더 됐어. 왜 갑자기 나의 이런 모습을 트집 잡는 거야?"

"그럼 선인장 주스는 어때? 내 감정의 에너지장에서 피트를 쫓아내야겠어. 이제 정말 잊을 거야."

"〈이터널 선샤인〉이라도 찍으시려고?"

"그래. 그러니까 한번 찾아보자. 내일 비행기 타기 전에 뭐라도 하나 더 하고 가야지."

"알았어. 일단 지금은 빨래가 먼저야."

호스텔에서 50미터도 안 되는 거리에 세탁소 표지판이 걸려 있다. 가격표를 보니 꽤 저렴하다. 표지판을 따라 골목으로 들어가니 '빨래'라고 적힌 입간판이 보이고 뜰 너머 문 쪽으로 화살표가 그려져 있다. 들어가 벨을 누른다. 네다섯 살쯤 되어 보이는 여자애가 나와 데스크 뒤에서 우리를 빤히 올려다본다. 아이는 색칠용 그림책을 칠하고 있다.

"올라Hola." 내가 상냥하게 인사하며 빨래 바구니를 들어 올린다.

• 남미 원주민들이 먹던 신비의 약물로 환각 작용이 강력함.

"빨래 맡겨도 돼?"

"마마!" 아이가 복도를 향해 소리친다. 지저분한 빨간색 티셔츠에 천 기저귀를 찬 아기가 아장아장 걸어 나온다. 입가에 먹다 묻은 음식이 말라붙어 있다. 고무젖꼭지를 입에 문 아기가 킴의 치마를 잡아당긴다. 킴은 거들떠보지도 않는다.

"안녕하세요, 아기 사장님." 나는 허리를 숙여 아기 머리를 쓰다듬는다.

아이들 엄마가 가슴팍에 아기 하나를 더 달고서 급히 나온다. "씨Sí?"

"세뇨라Señora, 빨래 되죠?" 킴이 묻는다.

테이블에 바구니를 내려놓는다. 아이들 엄마가 저울과 장부를 꺼낸다. 바구니 무게는 12킬로그램이다.

아이들 엄마가 계산기를 두드리더니 15킬로그램치 가격을 제시한다.

"아 라스 쿠아트로A las cuatro?" 그녀가 엄지손가락만 접어 네 손가락을 펼쳐 보인다. "오이Hoy, 아 라스 쿠아트로? 씨? 클라로Claro?"

"4라고요?" 킴이 되묻는다. "오후 4시?"

나는 있지도 않은 손목시계를 가리키는 시늉을 한다. "4시? 쿠아트로?"

"씨. 콜렉트. 포. 아 라스 쿠아트로."

그러더니 그녀가 영수증을 쭉 뽑는다. 돈을 내려는데 그녀가 손을 젓는다. "노. 아 라스 쿠아트로."

그때 기저귀를 찬 아기가 울음을 터트린다. 그녀가 한숨을 푹 쉬더니 품에서 젖을 먹는 아기를 붙들고 한 손으로 바구니를 나른다.

"샤먼을 보러 가는 건 어때?" 킴이 묻는다. "우리 영혼도 관광시켜줘야 하지 않겠어? 여기에 샤먼이 그렇게 많대. 에두아르도가 산탈 때 말해줬어."

"너 진짜 심심한가 보구나?"

"응. 잡생각을 끊고 싶어. 실연의 슬픔에 빠져 살기도 지겹다."

자갈이 깔린 거리를 함께 배회한다. 작은 상점들에서 음악이 흘러나온다. 화려한 색깔의 니트를 입은 여성들과 어린애들이 돈을 구걸한다. 몇몇은 치장한 라마를 데리고 다니면서 함께 사진 찍으라고 호객 행위를 한다.

향에 이끌려 길을 따라가다 보니 '소울 위스퍼러'라는 가게가 나온다. 각종 크리스털과 환각에 관한 책들, 북과 깃털과 딸랑이는 장난감 등을 모아 팔고 있다.

"실례합니다." 킴이 말한다. "아야와스카 있나요?"

히피처럼 생긴 관광객 하나가 봉고•를 구경 중이다.

"아야와스카 의식 말씀이신가요? 그게 뭔지는 아시죠?" 점원이 되묻는다.

"마시면 탈이 나나요? 악령을 내쫓아 준다던데?"

점원이 입술 가장자리를 깨문다. "그렇게 간단하지 않아요. 아야와스카는 약용 식물이라 함부로 섭취해서는 안 됩니다. 그걸 파는

• 손으로 연주하는 작은 드럼.

곳이 따로 있어요. 그냥 드시면 안 되고 준비 단계가 필요해요. 여기 설명 책자를 드릴게요."

"그쪽은 마셔봤어요?" 내가 묻는다.

"몇 년 전에 딱 한 번요."

"좋았나요?" 슬쩍 떠본다.

"좋기는요. 지옥이었죠. 제정신이 아닌 자기 모습을 보게 될 겁니다. 사악한 뱀과 함께 떠올라 태곳적 우주의 흐름에 몸을 맡기게 돼요. 그러다 무의식 속 환상의 세계로 추락해 전에 없던 경험을 하게 되죠. 참고로 구역질이 심하게 나고 지리게 될지도 몰라요."

"그런 꼴을 당하는 데 150달러나 내야 한다는 거예요?" 내가 흠칫 놀라 묻는다.

"이별의 아픔도 극복해주나요?"

"아야와스카가 뭔가를 해결해주지는 않습니다. 우리는 그저 그 힘에 굴복하게 될 뿐이죠. 문제는 스스로 해결해야 해요."

점원의 대답에 킴이 미소를 짓는다. "고민해볼게요."

호스텔의 컴퓨터실에 들어가 아야와스카 의식에 관한 정보를 검색한다.

"킴, 산 페드로 선인장은 어때? '와추마'라고 부른대. 이건 그렇게 위험해 보이지 않아. 아야와스카는 너무 무시무시해."

킴은 페이스북에서 전 애인의 흔적을 따라다니느라 바쁘다.

"이 약용 식물은 중독 치료에 효과가 있대. 세상에. 심지어 합법이야." 내가 덧붙인다.

킴은 들을 정신도 없다.

"킴, 그런 거에 매달린다고 실연을 극복할 순 없어. 넌 지금 페루에 있잖아. 그럼 된 거 아냐? 스스로를 괴롭히지 마."

그때 남자 하나가 수줍게 인사하며 걸어 들어온다. 키가 훤칠한 그는 구슬 팔찌와 얇은 가죽 목걸이를 차고 있다. 티셔츠 색깔은 옅은 푸른색.

그의 말투가 낯익다. "아일랜드 사람이에요?"

"씨."

"잉카 트레일 때문에 왔고?"

"아뇨. 그건 옛날에 했어요. 지금은 여기서 일해요."

"뭘 하는데요?" 킴이 끼어든다.

"여러 NGO에서 일했어요. 한동안은 산행 안내원으로 자원봉사를 했고요. 애들을 가르쳤고, 건물 짓는 것도 도왔어요."

"나도 교사였는데." 내가 말한다.

그가 빙긋 웃는다. "지금은요?"

"글쎄요. 그냥, 사람?"

"그거 좋죠."

킴은 금세 대화에 흥미를 잃는다. 나는 계속 그와 수다를 떤다.

"아야와스카랑 선인장 주스에 대해 검색 중이었어요. 시도한 적 있어요?"

"그럼요. 여러 번 마셔봤어요."

"좋던가요?"

"좋았다고 말하긴 어려워요. 아야와스카를 마시면 심한 악몽을

겪게 되지만, 일단 그걸 이겨내고 나면, 뭐든 할 수 있겠다는 자신감이 생겨요. 선인장 주스의 효과는 좀 더 차분해요. 모든 게 연결되어 있다는 걸 알게 되죠."

"무슨 뜻이에요?"

"우리 모두 이어져 있다고요. 삶이 되었건 에너지가 되었건, 우리 존재를 이루는 것들이 알고 보면 이어져 있어요. 선인장 주스를 마시면 그 연결 고리가 눈에 들어와요. 의식, 아니, 인식의 새 지평이 열린달까. 평소에는 보이지 않던 게 보여요."

"듣기만 해도 굉장하네요."

"좋기는 개뿔." 킴이 눈을 굴린다. "과거를 잊는 데에도 도움을 주던가요?"

"사람마다 효과는 다 다를 거예요. 보이는 걸 믿으라고 말할 수밖에 없네요."

"어머, 킴. 벌써 5시야." 내가 회전의자에서 벌떡 일어난다. "빨래 찾으러 가야 해. 내일은 세탁소 문 안 열어."

"로넌 괜찮은 사람이더라." 거리를 걸으며 내가 킴에게 말한다.

"히피 타입이 맘에 든다면야, 뭐. 그나저나 나탈리, 세탁소가 어디더라?"

간판이 보이지 않는다.

"분명 여기가 맞는데. 골목이 있지 않았어? 골목으로 들어갔었잖아."

길을 헤맨다.

킴이 두리번거리다 한 곳을 가리킨다. "여기였던 것 같아. 이 깃발 기억나지?"

그런데 골목은 온데간데없다.

어안이 벙벙하여 우두커니 서 있다가 한참 후에야 골목 입구가 폐쇄되었다는 걸 깨닫는다.

"젠장. 킴, 이제 어떡해? 난 있던 옷을 다 맡겼는데."

킴이 철문을 두드리지만, 아무도 응답하지 않는다. 킴이 손마디를 비빈다.

"입을 옷이 없어졌어. 그렇다고 새 옷을 사기도 싫어. 내 몸에 맞는 게 없단 말이야."

"살 필요 뭐 있어. 내 옷 입으면 되지."

우리는 한참 동안 철문을 두드린다.

아무도 나오지 않는다. 어둠이 깔리고 있다.

"영수증에 뭐 없어? 전화번호는?"

영수증을 꺼내 살피니 다행히 맨 밑에 작은 글씨로 번호가 적혀 있다.

킴이 말한다. "좋았어. 호스텔 직원한테 스페인어로 대신 통화해 달라고 하자. 그다음에 옷을 받아오는 거야."

호스텔로 돌아가 데스크 직원에게 전화를 걸어 달라고 부탁한다. 발신음이 오래 이어지나 싶더니 결국 직원이 수화기를 내려놓는다.

"다시 걸어볼까요?"

"네."

마침 로넌이 지나간다. "무슨 일 있어요?"

"아, 빨래를 맡겼는데 사라졌어요."

"예?"

"사라졌어요. 전부 다."

"행운을 빌어요."

데스크 직원은 유튜브로 비디오 게임 영상을 틀어 놓고 있다. 폭탄으로 폐허가 된 아프간 거리를 포복해 지나는 군인들이 총을 쏘고 수류탄을 던진다.

발신음이 또 한참 이어진다. 희망이 사라지는 기분이다.

"정 안 되면 내 옷을 입어, 나탈리."

나는 얼굴을 구긴다. "그럴 바에야 새 옷을 사 입을게, 킴. 괜히 우스꽝스러운 꼴 보이고 싶지 않아. 네 옷을 늘어나게 만들고 싶지도 않고."

마침내, 수화기 저편에서 누군가 전화를 받는다. 데스크 직원이 막힘없이 대화하다 멈추고는 무언가를 끄적인다. 말끝마다 "아하, 씨" 하고 추임새를 넣는다.

직원이 커다란 갈색 눈으로 우리를 흘끔 본다. 두꺼운 아이라인 끝이 뾰족하게 올라갔다.

"씨, 씨." 다시 무언가를 끄적인다. 그러더니 컴퓨터 화면으로 눈을 돌려 게임 속 폭탄이 터지는 장면을 본다. 통화가 끝날 줄을 모른다. "오케이, 그라시아스." 마침내 수화기를 내려놓는다.

"가지러 오지 않아서 창고로 되돌려 보냈대요. 빨래 창고요. 창고는 이 거리에 있어요." 직원은 영수증에 적힌 단어 하나에 동그라미를 친 뒤 접수 데스크에 코팅되어 붙여진 쿠스코 지도에다 방향을 표시해 준다. "여기로 가세요." 그녀가 한 곳을 가리킨다. "지금 우리는 여기 있어요."

"알았어요." 킴이 대답한다. "여기로 가면 옷을 받을 수 있다는 소리죠?"

"창고는 9시까지 문을 열어요. 하지만 지금 바로 가는 게 좋을 거예요."

우리는 종이 지도와 영수증을 챙겨 길을 나선다. 사람들이 하나 둘 밖으로 나오고 있다. 토요일 밤의 설렘이 황혼을 메운다. 여기저기 금이 간 오솔길을 종종걸음으로 지난다. 술에 취한 사람들이 공원에서 다투고 있다. 시내 중심지까지 나온 우리는 왼쪽 골목으로 꺾어 들어가 2킬로미터를 내리 걷는다.

드디어 어느 지저분한 거리에서 창고로 추정되는 건물을 발견한다. 깜깜하고 칠도 제대로 안 된 건물은 널찍하고 깜깜하다.

"이게 진짜배기 쿠스코지." 킴이 말한다.

"좀 무서워."

날이 저물고 있다. 머리가 바람에 흩날린다. 바람마저 수상쩍다.

주소 간판도 없는 건물. 가난하다는 말로도 부족할 만큼 궁상맞은 동네다.

"저기." 킴이 커다랗고 조잡하게 생긴 건물을 가리킨다. "저거 아닐까?"

불이 모두 꺼져 있다. 안 쓰는 건물 같은데. 초인종을 누르지만 아무도 대답하지 않는다. 주위를 살핀다. 다시 초인종을 누른다. 인기척도 없다.

킴이 문을 열고 들어간다. 안은 깜깜하다.

"킴, 그냥 돌아가자. 내가 네 옷 입을게. 여기 너무 무서워."

하지만 킴은 아랑곳하지 않고 발을 디딘다. 어두컴컴한 복도에 냉기가 돈다. 바닥도 벽도 타일로 되어 있다.

"킴." 내가 목소리를 낮춘다. "나오라니까."

킴은 더 깊숙이 들어간다.

나는 한숨을 쉬며 마지못해 킴을 따라간다. 조심히 문을 닫는다.

바로 앞에 있는 킴의 모습마저 너무 어두워 보이지 않는다.

"이 소리." 킴이 속삭인다. "들리지?"

들리는 거라곤 내 심장이 터질 것처럼 쿵쾅대는 소리뿐인데. 아니다. 정말 저 너머에서 기계 소리가 새어 나오고 있다.

"킴, 기다려." 내가 다급히 말한다.

킴이 뒤로 손을 뻗어 나를 붙는다. 내 손은 땀으로 축축하다. 킴의 손은 차갑다.

앞으로 갈수록 소리는 점점 커진다. 신발 굽이 타일 바닥에 부딪히면서 또각또각 소리가 울린다. 바로 앞에 문이 있다.

몰래 다가간다. 킴이 삐걱 문을 연다. 활짝 열어젖히자 빛이 쏟아진다.

손으로 눈을 가린다. "세상에." 앞에 펼쳐진 풍경에 천천히 입을 틀어막는다.

귀가 먹을 것 같은 세탁기와 건조기 소리. 코를 찌르는 세제 냄새. 입을 떡 벌리고 있는 우리를 노동자들은 본 체도 않는다.

"이게 다 뭐야." 내가 말한다. "이런 광경은 처음이야."

노동자들은 죄다 어린이들이다.

딱 봐도 초등학교에 다닐 법한 애들이다. 몇몇은 열서넛 된 10대들이고 나머지는 더 어려 보인다. 열한 살, 열 살, 아홉 살, 여덟 살. 한 명은 여섯 살도 안 된 것 같다. 그 애는 수건을 접고 있다.

"노동 착취 공장이야." 내가 말한다.

"아니. 옷을 만드는 게 아니니 공장은 아니지. 여긴 세탁소야. 아동 노동을 착취하는 세탁소."

속이 메스껍다. 학교를 제대로 다니기는 하는 걸까?

"나탈리." 킴이 입을 연다. "얘네들 하는 걸 좀 봐."

한 명은 통화 중이고, 다른 한 명은 누군가를 우스꽝스럽게 흉내 내어 주변 애들을 배꼽 잡게 한다. 두 녀석은 기계 사이사이를 뛰어다닌다.

"우리를 신경도 안 써!"

그야 어린 애들이니까.

앞쪽에 놓인 데스크로 가봐도 가뿐히 무시당한다. 우리는 한동안 애들을 관찰한다. 기계 소리에 모든 게 묻힌다. 애들은 자기들끼리 수다를 떨고, 웃고, 노래를 부른다. 하지만 덜덜거리는 건조기 소리 때문에 아무것도 들리지 않는다.

"여기서 우리 옷을 어떻게 찾지?"

킴이 더는 못 참고 소리를 지른다. "저기, 얘들아."

아무도 쳐다보지 않는다.

"안녕." 킴이 더 크게 외친다. "얘들아." 한두 명이 하던 일을 멈추고 우리를 본다. "여기야, 여기. 아끼Aquí, 아오라Ahora. 할 말이 있어."

애들이 킴을 한 번 보고 자기들끼리 눈짓을 주고받더니 다시 하던 일을 한다.

그렇게 우리는 또 2분 정도를 우두커니 기다린다.

"이제 어떡해?" 내가 묻는다.

"이 자식들이 우리를 무시하잖아? 얘들아!" 킴이 또 큰소리로 애들을 부른다. 급기야 가장 가까운 자리에 앉은 애에게 다가가 말을 건넨다. "관리자를 불러줘."

아이가 어리둥절한 표정을 짓는다.

킴이 다시, 정중하게 부탁한다.

아이 표정은 멍하다.

인내심이 바닥을 친 킴이 허리를 굽히고는 말한다. "수 헤페Su jefe, 아오라!"

아이가 울음을 터트리며 나이 많은 아이에게 간다. 나이 많은 아이가 옆에 있던 남자애를 툭 치자 한 대 맞은 애가 우리에게로 온다.

"께Que?" 남자애가 손으로 옆구리를 짚고는 묻는다.

"수 헤페, 아오라." 킴 역시 같은 자세로 방금 한 말을 되풀이한다.

아이가 한숨을 쉬더니 킴을 데스크 뒤쪽으로 안내한다. 그리고는 수화기를 들어 어딘가로 전화를 건다.

"에스페라Espera!"

이 말만 남기고 아이는 휙 돌아 무리가 있는 곳으로 돌아간다.

"일이 많이 밀렸네." 킴이 말한다. "우리 옷을 빨기는 했으려나."

"킴, 애들이 어리잖아."

다시 하염없이 기다린다. 킴이 다시 애들에게 말을 걸려는 순간,

호리호리한 몸매에 번듯하게 옷을 차려입은 남자가 손을 비비며 등장한다. 남자를 발견한 애들이 저마다 말을 쏟아낸다. 조금 전까지 딴청을 피우던 애들도 갑자기 바쁘게 할 일을 한다.

남자가 데스크 뒤쪽으로 온다. "정말 죄송합니다." 그러더니 킴의 손가락에 끼워진 영수증을 낚아챈다.

영수증을 살피더니 스위치 하나를 까딱여 기계 전체를 멈춘다. 그리고는 미소를 잃지 않으며 작업장을 돌아다닌다.

처음에는 스페인어로 애들을 호통치나 싶더니 어느새 우리를 의식하여 영어로 고래고래 소리를 지른다.

"건방진 놈들. 이 멍청이들아. 똑바로 행동 안 해? 일을 제대로 해야지. 건방진 것들아. 열심히 일하란 말이야. 관광객분들을 존중해야 해. 이분들이 있어 우리가 먹고산다고. 열심히들 일해라. 예의를 갖춰서."

킴이 고개를 절레절레 젓는다.

남자가 스위치를 다시 까딱인 뒤 야무지게 다림질까지 된 옷 봉투를 세 개 챙겨서 데스크로 돌아온다. 아이들은 묵묵히 일하며 우리를 노려본다. 재수 없어. 너희들 때문에 혼났잖아.

남자가 말한다. "세뇨라, 대단히 죄송하게 됐습니다. 맡기신 옷은 여기 있어요. 이 녀석들이 말을 들어먹질 않는다니까요." 그는 이렇게 말하며 턱에 묻은 침을 닦아낸다. "무식한 놈들."

그리고는 영수증을 확인한다. "50솔입니다."

킴이 대꾸한다. "하지만 서비스가 엉망인데요. 혼선이 생겨 저희가 피해를 봤잖아요."

"그럼 40?"

"20요."

"30?"

"알았어요." 킴이 지폐를 꺼낸다.

나는 옷 봉지를 끌어안는다.

떠나기 전 다시 한번 작업장을 둘러본다. 애들이 웃음기 하나 없이 옷을 개고 기계를 만지고 있다.

서늘한 복도로 나왔을 때 내가 묻는다. "경찰에 신고해야 할까? 뭐라도 해야 하는 거 아냐?"

"뭘 어쩌게?" 킴이 대답한다. 소음이 점점 멀어진다.

호스텔에서 다시 만난 로넌에게 킴이 어찌나 무례하게 구는지 중간에서 수습하느라 나만 애를 먹는다.

나는 우리가 목격한 작업장 풍경을 로넌에게 들려준다.

"페루의 아동 인권이 나아지고는 있다는데, 여전히 34퍼센트는 노동 착취를 당해요."

킴이 입을 연다. "안 되겠어, 바람 좀 쐴래. 창고에 다녀온 후로 온몸이 간지러워."

킴이 자리를 뜬다. 나와 로건만 남아 코카 차를 마신다.

"이제 뭘 할 생각이에요?" 내가 묻는다.

"북부에 있는 커피 농장으로 가려고요."

"영어를 가르치나요?"

"네, 다른 일도 할 생각이고요. 농사를 짓게 될지도 몰라요. 하지만 거기 사람들이 반길지는 모르겠네요."

"여기 농장들이 도덕적으로 문제가 많나요?"

"어떨 것 같아요?"

"노동자들이 들고일어나면 되잖아요?"

"억압받는 집단이 대부분 그렇듯 서로가 서로를 공격해요. 자기들끼리 싸우느라 바쁘죠. 분열하고, 지배하고, 개인이 집단을 장악하고."

"나가서 좀 걷다가 킴이 괜찮은지 확인해야겠어요. 걱정돼서요. 워낙 변덕스러운 애라."

"이별이란 게 힘들죠."

"그러니까요. 같이 걸을래요? 요 며칠 이상한 일이 참 많네요."

"그래요." 로넌이 자기 방에서 야구 모자와 재킷을 챙겨 나온다.

거리를 걸으며 로건은 페루에서 겪은 일들을 들려준다. 그중에는 버스를 타고 가다 인적 드문 마을에 내렸는데 정거장에서 자신에게 접근한 남자의 이야기도 있다.

"내 친구인 척하더라고요. 성적으로 유혹하려는 것도, 변태도 아니었어요. 그냥 자기 집에서 같이 저녁을 먹자며 나를 초대하더라고요. 마침 배가 고파 그를 따라갔죠. 집에 가니 그 사람 아내와 자식들, 이웃들이 다 있었어요. 그 사람이 직접 자기 집 정원도 보여줬어요. 식사 후에는 커다란 사진 앨범과 하얀 장갑을 들고 오더라고요. 장갑을 끼고는 앨범을 한 장 한 장 넘겨 가며 자신이 백인들과 찍은 사진을 자랑했어요. 그제야 무슨 상황인지 이해가 갔어요. 남자가 자신과 사진을 찍어 줄 수 있냐고 묻길래 그러자고 했죠."

"훈훈한 이야기네요." 내가 말한다.

"그렇죠."

킴이 메인 광장 벤치에 앉아 낯선 남자와 이야기를 나누고 있다. 우리를 발견하고는 손을 흔든다.

"이쪽은 에랄도야. 뮤지션이래."

에랄도가 검고 긴 머리를 쓸어 넘긴다. 윤기 흐르는 말갈기 같다. "무초 구스토Mucho Gusto." 그가 악수를 청한다.

로넌은 먹을 걸 사오겠다며 자리를 뜬다.

"에랄도가 내일 시장에서 와추마를 구해다 주겠대." 킴이 말한다. "내가 우리 사정을 잘 설명했지."

에랄도는 손톱을 길게 길렀고 기타 가방을 들쳐 메고 있다. "걱정하지 마요. 내가 가이드가 되어 줄게요."

"삭사이와만에 올라가서 마시기로 했어."

모기가 윙윙댄다. 광장 한복판에 잉카 제국 왕을 본뜬 황금상이 무기를 든 손과 다른 손을 높이 쳐들고 있다.

아기를 업은 여성이 다가와 그림, 키링, 모조 알파카 울 스카프 따위를 보여주며 돈을 구걸한다.

"오늘 저기 바에서 공연해요." 에랄도가 광장 근처 술집을 가리킨다. "들으러 와요, 킴. 친구들이랑."

킴이 고개를 끄덕인다. "에랄도, 내일 아침 장터에서 봐요."

에랄도가 킴의 양 볼에 입을 맞춘다.

"술집에는 안 갈래." 에랄도가 충분히 멀어진 후, 킴이 내게 말한다. "지금 우리는 몸과 마음을 정결히 해야 해. 내일을 대비해야지."

잠을 설친다. 어둠 속에서 손을 뻗쳐 나를 더듬는 아이들의 환영이 자꾸만 나를 괴롭힌다.

다음 날 킴도 어젯밤 꿈자리가 뒤숭숭했다고 털어놓는다.

우리는 세제 향기가 풀풀 나는 옷을 꺼내 입고서 장터로 향한다. 주스 바에 있는 에랄도를 킴이 먼저 발견한다.

"헤이, 치카스Chicas." 에랄도가 인사한다.

갑자기 킴이 머리를 갸웃거리고 앳된 목소리를 내며 에랄도에게 추파를 던진다.

"좋은 물건으로 구해줄게요. 맨정신의 가이드는 꼭 필요할 거예요. 내가 아마존 출신이라 도울 수 있어요."

"좋아요."

에랄도가 가루를 고르기 시작한다. 그 모습이 어쩐지 가식적이라 이상하게 마음이 불안해진다. 일단 5달러를 주고 물건을 산다.

아무래도 수상해.

그는 이따 아구아스에 볼일이 있다며 같이 이동하자고 제안한다. "무이 트랜퀼로Muy tranquilo." 그가 우리를 안심시킨다. 안데스산에 오르면, 영험하기로 유명한 그곳에서 그가 우리를 위해 기타를 연주해 주겠단다.

킴이 웃으며 나를 본다. "갈까? 재밌겠다."

"잠깐 우리끼리 얘기 좀 할래?" 뜨거운 길바닥으로 킴을 끌고 간다. "킴, 저 사람 지금은 멀쩡해 보이지만, 원래 이런 식으로 살인이 일어나는 거야. 저 사람이 돌변하면 어쩔래?"

킴이 중얼거린다. "모르지."

"허허벌판에서 약에 취했는데 저 사람 친구 다섯이 우리를 기다리고 있으면? 난 모르겠어. 나쁜 쪽으로만 생각하고 싶지 않지만 충분히 일어날 수 있는 일이야. 저 사람은 생판 남이잖아. 여기는 외국이고. 쿨하지 않게 보여도 할 말은 해야겠어. 아까 저기서 저 사람이 쇼하는 거 봤지? 가루 고르는 모습이 딱 봐도 연기 같더라. 레저 센터에서 수업 가르칠 때 대본대로 행동하던 내 모습 같았어. 저 사람 수상해."

킴이 주저한다. "나탈리, 그럼 나 안 갈래. 그런데 어떻게 거절하지? 저 사람을 먼저 끌어들인 건 나란 말이야."

"돌겠네, 진짜."

가게 안으로 들어가 에랄도에게 옛날이야기를 들려주고 좋은 물건을 구해 준 건 고맙지만 같이 여행할 수는 없다고 거절한다.

그러자 그가 킴에게 매달린다. 이제는 진짜 수상하다.

"에랄도, 싫다니까요. 스무디값은 드릴게요. 시간 내줘서 고마워요. 나중에 공연 보러 가도 되죠? 마스 타르데Más tarde?"

그러자 그가 두 손을 기도하듯 모으며 간청한다. "킴, 같이 가요. 실연의 아픔을 없애 드릴게요."

"그건 킴이 알아서 할 문제죠." 나는 이렇게 쏘아붙인 뒤 킴을 구석으로 데리고 간다. 킴의 팔을 붙들고 얼굴을 마주 본다. "저 남자랑 진짜 같이 다닐 거야? 나는 무서워. 하지만 상관없어. 이건 네 인생이고, 네 여행이니까. 네 선택을 존중할게. 어쨌든 나는 호스텔로 돌아갈 거야."

"나도 너랑 같이 갈래."

"확실히 정해. 저 사람이 계속 너를 꼬드기잖아. 아직도 모르겠어?"

"이젠 그냥 다 모르겠어."

"괜찮아. 내가 대신 말할게. 우리는 호스텔로 돌아가서 아침을 먹은 다음 짐을 싸자."

"알았어."

내가 에랄도 앞에 선다. "속이 안 좋아요. 네세시토 운 바노 토도 엘 디아Necesito un baño tode el dia."

"킴." 에랄도는 어떻게든 킴과 눈을 맞추려 고개를 까딱인다.

내가 옆구리에 손을 얹고 따진다. "저기요." 단호한 목소리로 말한다. "당신이랑 같이 안 다닌다고요. 엔티엔데스Entiendes?"

"씨. 클라로."

아침 햇살이 내리쬐는 북적한 거리를 되돌아가는데 한숨이 나온다. "킴, 남자 보는 눈 좀 길러. 아무나 만난다고 피트의 자리를 메울 순 없어."

"네 공허함을 음식이 채워줄 수 없는 것처럼?"

뜨끔해 머리가 멍해진다.

"나탈리, 멀쩡히 잘 사는 척하지 마. 내 눈엔 다 보여. 나도 내 나름대로 위안을 얻으려는 거야. 네 조언은 필요 없어. 건강하지 않다는 건 나도 안다고. 알았어?"

나는 고개를 끄덕인다. 바로 그 순간, 익숙한 감정이 들이닥친다. 킴에게 거부당했다는 감정이 순식간에 식욕으로 둔갑한다.

한동안 무거운 침묵 속에 호스텔 컴퓨터로 인터넷을 하는데 끝내 킴이 먼저 입을 연다. "나탈리, 할 말을 할 줄 아는 사람이 된 것 같아 보기 좋아. 너한테 어울려."

"고마워."

나는 킴의 말을 사과로 받아들이고 마음을 푼다.

콜롬비아 출신의 배낭 여행객이 세 번째 컴퓨터를 차지하자 킴이 갑자기 옷매무새를 가다듬는다. 이내 그와 말을 섞으며 그가 말할 때마다 깔깔댄다.

나는 방으로 올라가 내일 아침 비행기에 들고 탈 배낭에 짐을 싸기 시작한다. 침대에 늘어놓은 짐들 사이에 와추마 가루 봉지가 있다. 나는 그걸 스카프로 싸서 배낭 호주머니에 넣는다. 옷가지에서 갓 세탁한 옷의 향기가 풍긴다.

아버지와 아들

리마에서 출발한 야간 버스가 만코라의 먼지 덮인 버스 정거장에 멈춘다. 킴과 나는 동이 트지 않은 바깥으로 나간다. 나는 로넌이 게스트하우스 정보를 적어 준 쪽지를 펼친다. 버스에서 내린 사람들이 하나둘 오토바이 택시를 타고 떠나는 동안 킴은 가격을 흥정하겠답시고 시간을 끈다. 오토바이 줄이 점점 짧아진다. 피곤하고 짜증 나.

"그냥 내가 다 낼게. 너무 늦기 전에 얼른 타자."

오토바이 택시가 요란하게 대로를 내달리다 왼쪽으로 꺾어 모랫길로 들어선다. 바다 냄새가 난다. 울퉁불퉁한 길을 따라 바퀴가 덜컹거린다.

당장 게스트하우스로 연락할 방법이 없다.

"예약도 안 했는데 어쩌지." 내가 말한다. "주인이 자고 있을 텐데."

"게스트하우스잖아. 이런 일이야 흔하겠지." 킴은 태평하다.

"아냐. 이건 실례지."

오토바이 택시 한 대가 우리를 추월하고, 사람들이 근처 게스트하우스로 들어간다. 우리는 바깥에 자리를 잡는다. 태양이 떠오르면서 하늘이 핑크빛으로 변한다. 무더울 것 같은 날이다. 킴은 가방에 고개를 파묻고 잔다. 나는 비좁은 버스에서 굽히고 있던 다리를 쭉쭉 편다. 하얀 새 한 마리가 지붕 위를 울며 지나간다. 저게 뭐지? 거위인가? 깃털 하나가 내 눈앞에 떨어지다 다시 바람에 휩쓸려 두둥실 멀어진다. 건물 뒤뜰에 심긴 거대 선인장에 정신을 빼앗긴다. 6미터는 족히 넘을 듯한 선인장은 실로 위압적이다.

킴이 있는 곳으로 터덜터덜 돌아간다. "해변에 다녀올까?"

"짐이 이렇게 많은데 어떻게 그래. 싫어." 킴이 대꾸한다.

아침햇살에 눈이 부셔 선글라스를 쓰고서《너무 사랑하는 여자들》•을 꺼내 읽는다. 쿠스쿠에 있던 책 교환소에서 건진 것이다. 나는 문장에 줄까지 치며 뚱한 킴을 위해 낭독도 해준다.

한 시간 반이 지나 8시가 되고, 그제야 건물 안쪽에서 서핑 보드 하나가 빼죽 모습을 드러낸다. 이윽고 열쇠 소리가 난다.

짙은 금발의 백인 남자가 보라색 모자를 쓰고 나타난다. "안녕하세요." 그는 보드를 들고 있다. "예약 안 했어요? 여기서 뭐해요?"

서핑으로 다져진 가슴 근육과 팔 근육.

"원하는 방 있어요?" 발음이 꽤 북미 사람 같기는 해도 스페인 억

• 1985년 심리상담가 로빈 노우드가 연애로 고민하는 여자들을 위해 쓴 자기계발서.

양을 숨길 수는 없다.

"투 베드나 투 룸요. 상관없어요. 그냥 두 명이 묵을 방이면 돼요."

"오케이, 모멘토Momento." 그는 이렇게 말한 뒤 보드를 받침대에 기대 놓는다. "따라와요."

안뜰은 너저분하지만 나름의 매력이 있다. 3인용 그네 옆 화분에 작은 코코넛 야자나무가 심겨 있다. 패들, 스노클, 잠수복, 이 밖에 수영 장비가 받침대 주위에 널려 있다. 추레한 개 한 마리가 책꽂이에 코를 박고 킁킁댄다. 타일 바닥에 모래가 밟힌다. 킴이 나를 보며 미소를 짓는다. 나는 말없이 고개를 끄덕인다. 조용히 입구를 지나 계단을 오른다. 게스트하우스는 아직 한밤중인 듯이 고요하다.

남자가 2층에서 싱글 베드 두 개와 화장실이 하나 딸린 방으로 우리를 안내한다. 남색 체크무늬 담요가 각 침대 끄트머리에 개어져 있고, 똑같은 무늬의 커튼이 달려 있다.

"괜찮아요?"

"씨, 쿠안토스Cuantos?"

"하루에 10달러요."

"한 사람당요?"

"아뇨. 합쳐서. 씨?"

"씨, 씨." 킴이 환히 웃는다.

"좋아요. 그럼 집이라 생각하고 편히 쉬세요. 저는 서핑을 하러 이만. 두 시간쯤 후에, 그러니까 10시쯤에 돌아올 겁니다. 체크인은 그때 해요. 괜찮죠?"

"좋아요."

남자는 손으로 샤카• 사인을 한 뒤 떠난다.

"대박." 킴이 말한다. "저 남자 괜찮다."

"또 시작이네."

"일단 샤워하고 해변에 나가볼래."

"킴, 난 잠이 우선이야. 이따 봐."

니코가 게스트하우스를 한 바퀴 보여준다. 그의 파트너 카를라는 록 음악과 서핑에 푹 빠져 있다. 아이라인을 짙게 그리고서 바다 이야기를 자주 하고 스피커로 건스 앤 로지스 음악을 듣는 그런 부류. 그녀가 게스트하우스에서 가장 가까운 슈퍼마켓을 알려준다. 우리는 그 길로 슈퍼마켓으로 가 필요한 물건을 산다.

게스트하우스의 주방 겸 식사 공간에서 점심으로 먹을 비건 스튜와 과일 스무디를 차린다. 깜찍한 남자아이가 뛰어 들어오더니 텔레비전을 켜 만화 채널을 본다. 나는 잠시 그 아이와 수다를 떤다. 웬일로 킴도 꼬마가 하는 말에 관심을 보인다. 킴은 꼬마에게 어디서 일하느냐고 묻는다.

"일요?"

"응. 어디서 일해?"

"노 엔티엔도No entiendo, 세뇨라."

킴이 눈자위를 굵는다. "일하는 게 아니면 학교에 다니니?"

"학교에 다녀요." 꼬마는 당연한 걸 왜 묻느냐는 표정이다. "지금

• 엄지손가락과 새끼손가락만 펼치고 가운데 세 손가락을 접는 서퍼 인사법.

은 방학이에요. 파피!" 꼬마가 소파에서 벌떡 일어나 눈에 띄게 잘 생긴 남자를 와락 껴안는다.

"대박." 킴이 나를 보며 소리 없이 천천히 입 모양으로 말한다.

남자가 꼬마에게 입을 맞춘다. 그는 영어를 할 줄 모른다. 나와 킴은 그를 향해 활짝 미소 짓는다. 뒤편에서 그의 아들로 보이는 소년이 한 명 더 나타난다. 나이는 열일곱쯤 돼 보인다. 헝클어진 금발에 몸은 벌써 떡 벌어졌다. 소년도 영어를 꽤 하지만 제일 유창한 건 막내 꼬마다. 세 부자는 서핑하기 위해 리마에서 이곳으로 놀러 왔단다.

킴이 함께 점심을 먹자고 권한다. 세 사람 모두 기꺼이 수락한다.

남자가 뭐라 말하자 그의 큰아들이 자지러진다.

"아빠가 뭐라시니?" 킴이 묻는다.

꼬마가 대답한다. "여자가 해주는 밥을 먹으니 좋대요."

나는 킴과 눈을 맞춘다.

남자가 우리에게 할 말이 더 있는 양 작은아들에게 다시 말을 전한다.

킴은 남자를 빤히 본다.

꼬마가 통역한다. "아빠가 이모 요리 실력이 훌륭하대요."

"그라시아스Gracias." 킴이 수줍은 듯 자기 얼굴을 만진다.

"지 나다De nada." 남자가 말한다.

"오늘은 뭐 하고 놀 거니?" 킴이 태연한 척 꼬마에게 묻는다.

"서핑요." 꼬마가 신이 나 제자리에서 몸을 들썩인다.

"언제?"

"지금?" 꼬마가 자기 형과 아빠에게 묻더니 또 말한다. "네, 지금

간대요."

"마침 해변에 달리기하러 갈 생각이었는데. 같이 가자." 킴이 씩 웃는다.

꼬마가 킴의 말을 아빠에게 통역한다.

"씨." 남자도 들뜬 기색이다.

킴은 그제야 잊고 있던 나를 챙긴다. "나탈리, 같이 갈래?"

나는 거절한다.

혼자 동네 탐방에 나선다. 관광지를 몇 군데 들르고, 시장을 구경하고, 그러다 크리스털을 파는 가판대 앞에 걸음을 멈춘다.

"손님이 이 보석을 선택한 게 아니라, 이 보석이 손님을 고른 거예요." 가판대를 지키던 여자가 대뜸 말한다. "청금석이랍니다. 내면의 진실을 받아들이게 해줘요."

어쩐지 외면할 수 없어 하나 구매한다.

여자가 크림색 편물 주머니에 청금석을 넣어 건넨다. "라 볼사 에스 우나 야파La bolsa es una yapa."

행상이 파는 조각 수박을 사서 게스트하우스로 돌아온다.

앞뜰 해먹에 누워 수박을 한 입 크게 베어 문다. 과즙이 줄줄 흐른다. 턱을 닦고 다시 작게 베어 물지만 역시나 분홍빛 과즙이 흐른다. 수박이 너무 익었나 보다.

킴이 땀을 뻘뻘 흘리며 돌아온다.

"여태 뛰었어?" 내가 묻는다.

"응. 그 가족이랑 좀 놀다가 달리기하고 오는 길이야. 10킬로미터는 뛴 것 같은데."

"세상에, 킴. 몇 달째 운동도 안 하던 애가 갑자기 그렇게 뛰어도 괜찮은 거야?"

"뭔가를 얻으려면 이 정도 고생은 해야지. 근데 나탈리, 나 웬 사체를 봤다? 아마 고래였던 것 같은데. 저기로 쭉 가다 꺾으면 해변 주택들이 나오는데 그 길을 지나면 모래사장이 있어. 거기서 봤어. 자세히 보지는 않았지만. 완전 대박이지?"

킴은 오늘 뭘 하고 지냈냐며 먼저 물어 놓고는 내가 대답하려고 하자 대뜸 말을 끊더니 남자의 두 아들이 몇 살쯤 먹었을 것 같냐며 질문을 바꾼다.

"작은애는 일고여덟 살쯤 됐을 것 같아. 큰애는 몇 살일까? 열여섯에서 열일곱, 그 정도겠지? 아빠는 많아봤자 마흔도 안 됐을 거야. 아마도 30대 후반. 스무 살, 스물한 살에 자식을 본 젊은 아빠이지 않을까?"

"맞아, 나도 그렇게 생각해. 근데 그 사람, 되게 매력적이지 않아?"

"누구, 애들 아빠?"

"응. 둘 다. 큰아들도 잘생겼던데. 꼬마도 무지 귀엽고."

"애들 인물이 훤하긴 하더라. 가족이 전부 미남이야. 그 사람 아내가 궁금해."

"반지를 안 끼고 있었어. 애들이 평소에는 엄마랑 지내고 지금은 중간 방학이라 잠깐 아빠와 만난 거 아닐까?" 킴은 이렇게 말하며 눈자위를 톡톡 두드린다. "애들 엄마가 비극적인 사고를 당했거나 브라질 남자와 바람이 나서 이 불쌍하고 사랑스러운 남자가 싱글 대디가 된 거면?"

"너도 나 못지않게 한 망상 하는구나. 글쎄다, 킴. 직접 물어보지 그래?"

"어머, 무슨 소리야. 남자한테 그런 거 묻는 거 아냐, 나탈리. 네가 왜 싱글인지 알겠다."

"야, 너도 싱글이야."

저녁을 때우러 근처 식당을 물색하다 갓 오픈한 것 같은 곳을 하나 발견한다. 만코라의 디저트 최고 맛집이라는 홍보 문구가 영어와 스페인어로 쓰여 있다. 우리는 거기서 느긋하게 저녁을 먹는다. 곧장 게스트하우스로 돌아가기에는 너무 이른 시각이다.

"만코라에서 제일 맛있다는 디저트도 먹어봐야 하지 않겠어?" 킴이 나를 떠본다.

우리는 무스 케이크를 함께 퍼먹는다. 킴이 캐러멜 호두 슬라이스를 추가로 주문한다. 그리고는 나를 빤히 본다.

"나 형편없지?"

"킴, 무슨 소리야? 어차피 먹을 거면 즐겁게 먹어."

"나탈리, 너 시골로 내려갔을 때, 스핀 클래스를 가르치다가 가톨릭 광신도 여자한테 항의받았다고 했지?"

"응." 한숨이 나온다. 아직도 그때의 상처가 아물지 않았다.

"이번에는 더블린에서 시도해봐. 나는 그 아이디어는 잘못 없다고 생각해. 사람도 수요도 없는 데서 시도한 게 문제였지."

"난 자격증도 없었어, 킴. 그게 문제였어."

"그럼 자격증을 따. 아까 달리기하다 그 생각이 퍼뜩 나더라. 내가 봤을 때 너는 그 일에 재능이 있어."

"아니야." 마음이 불편해진다.

"나탈리, 왜 그래? 칭찬을 해줘도 그러네."

"한심한 아이디어였어. 다 큰 어른들이 그런 놀이를 좋아할 리 없지. 돈을 냈으니 시간을 꽉 채워 운동만 하길 바랄 거야."

"헛소리. 나는 네가 말한 그 한심한 수업 듣고 싶던데. 재밌잖아. 하고 싶은 거 하면서 살아. 나처럼 시간 낭비하지 말고. 네가 매사에 겁쟁이인 건 사실이지만, 알고 보면 용감한 면도 있어."

나는 괜히 메뉴판에 집중한다. "아니. 난 안 그래."

"늘 불안해하고 쓸데없이 걱정에 파묻혀 살면서도 해야 할 일은 어떻게든 해내잖아. 그거 되게 용감한 거다."

"농담하지 마. 10대 남자애한테 반한 주제에."

"잘생기긴 했잖아. 나탈리, 여기서 아니라고 하면 양심 없는 거다."

"너무 어려."

"그런가? 성별을 바꿔서 생각하면? 어린 여자애한테 찝쩍대는 남자는 흔하잖아? 남자들은 자기보다 훨씬 어린 여자한테 잘도 그러더라."

"철이 없어 그런 거지. 정신연령만 보면 비슷할지도 몰라."

"내 정신연령이 열일곱 살 수준이라는 말로 들린다?"

"아니야. 피트를 먼저 만났고 그전에는 슬라이고[•] 출신 남자와도 몇 년을 사귀었잖아. 네가 마지막으로 싱글이었던 때만 놓고 보면 지금 네가 반한 남자애와 별 차이 없긴 하겠다."

킴이 냅킨을 꽉 쥔다. "피트, 개새끼. 나쁜 놈." 순식간에 눈물이 그렁그렁 맺힌다. "지금 뭐 하고 있을까?"

때마침 웨이트리스가 킴이 주문한 디저트를 내온다.

"중남미 서핑 동네에서 맛있는 케이크를 먹지는 않을걸. 그건 확실해."

"내가 다시 노멀해질 수 있을까, 나탈리? 나 무서워."

나는 킴의 어깨에 손을 얹는다. "이제 뉴 노멀을 만들어야지."

"한입 먹을래?" 킴의 입가에서 케이크 가루가 떨어진다.

"아니." 진심이다. "배불러."

눈을 떠보니 킴이 달리기하러 나갈 채비를 하고 있다.

"이따 보자, 알았지?" 킴은 이 말만 남긴 채 가볍게 뛰며 문밖으로 사라진다.

오늘 하루는 또 어떻게 보낸담. 잉카 트레일 후로 여유가 생긴 것은 좋지만 나와 킴이 멀어지는 것 같다는 느낌을 지우기 어렵다. 인정해야 하는 건가.

한 걸음 한 걸음 천천히, 시내를 거닌다. 관광객들을 실은 버스가 길에 줄줄이 서 있다. 새로 지은 호텔과 게스트하우스를 지나 변두

• 아일랜드 북부에 있는 도시.

리로 나가자 깡통과 목재를 덧댄 판잣집들이 줄줄이 나온다. 나는 왔던 길을 되돌아간다.

내가 운동 강사가 된다면 어떨까? 내 몸을 내려다본다. 이 몸으로 운동을 가르치겠다고 하면 다들 비웃을 거야.

그럴까? 사람들이 정말 그런다고?

내가 그런 멍청이들 생각까지 신경 써야 해?

해변으로 간다. 모래사장에 머리 살점이 다 뜯겨 나간 거북이 사체가 있다. 가까이 다가가 등껍질을 살핀다. 반짝이는 올리브색 바탕에 검은 줄이 패여 있다.

한껏 치장한 킴이 주방에서 음식을 만들고 있다. 웃을 때는 자꾸 머리를 젖힌다. 애들 아빠는 옆에서 노래를 흥얼거리고 있다.

"안녕하세요, 어머니." 내가 킴에게 인사를 건넨다.

"점심 먹을래, 나탈리? 파에야를 만들고 있어."

"고맙지만 방금 먹었어."

"우리는 오후에 서핑하러 갈 건데, 낄래?"

"우리라니, 누구?"

"나랑 애들."

큰아들이 팬에서 닭고기만 쏙 골라 먹는다. 킴이 장난스레 그 애를 보며 손가락질한다. 닭고기가 너무 뜨거웠는지 그 애는 요란하게 헐떡이며 유리잔에 물을 따른다.

"애야, 조심해야지." 킴이 말한다.

웃긴 시트콤의 한 장면 같다. 나는 킴을 비웃어 주고 싶지만 지금 킴은 자기 역할에 심취해 있어 진짜 킴이라고 말하기도 어렵다.

"나는 서핑 안 할래. 쉬면서 책이나 읽을게."

"그래." 작은아들이 뭐라고 말하자 킴이 허리를 굽혀 그 아이의 눈을 보며 경청한다.

쇼하는 거야, 뭐야? 나는 해먹에 누워 생각한다. 아니면 진심인가? 예전부터 꿈꾸던 걸 지금 여기서 경험하는 거라면? 그럼 내가 무슨 자격으로 그걸 거짓이라고 욕하겠어?

아래층에서 북적이는 소리가 들린다.

해먹에 누워 생각한다. 지금 이곳을 스핀 클래스에서 소개하면 어떨까. 우중충한 모래사장, 웅웅대는 오토바이 택시 엔진 소리, 동네 카페에서 먹는 무스 케이크, 우아하게 팔랑이는 깃털을 꼭 이야기해야지.

킴이 서핑하러 나가기 전 메이크업을 고치러 위층으로 올라온다.

"오후에 뭐 하려고?" 킴은 묻는다.

"운동 강사 자격증을 따는 게 어떨까 생각 중이었어. 진지하게 고민해보려고."

킴이 씩 웃는다. 화장을 살짝 덧칠하고 자몽 향수를 머리칼에, 겨드랑이에, 그리고 발에 뿌린 뒤 서둘러 세 부자를 따라나선다.

배낭 호주머니를 뒤적여 펜과 노트를 꺼낸다. 산 페드로 가루 봉지가 딸려 나온다.

어차피 오후에 할 것도 없으니 가루를 한 스푼 떠서 물이 담긴 잔에 넣는다. 가루가 물 위에 둥둥 뜬다. 흔들어도 보지만 섞이질 않아 그냥 꿀꺽 마셔 삼킨다. 식물 내음이 짙고 쓴맛이 강해 나도 모르게 싫은 소리가 난다. 코를 막고 한꺼번에 잔을 비운다.

해먹에 다시 누워 앞으로의 목표와 그걸 이루기 위한 계획을 적어 내려간다. 차근차근 하나씩.

40분쯤 지나자 주변이 낯설어진다. 무언가 아른거려. 햇살을 온몸으로 받는 꽃송이의 감각을 알 것 같아. 거북이의 머리를 보호해주는 건 없어. 하지만 몸은 다르지. 몸은 성전이니까. 이제야 알겠네. 성전은 신과 이어지는 공간이잖아. 그러면 천국이란 건, 하늘이 아니라 이 땅에 있는 건가?

스피닝 자전거 페달을 밟고 전 세계를 누비는 기분이야. 수영복을 입은 킴의 주위로 넘실대는 바닷물과 킴이 마음속에 품은 희망이 내게도 오롯이 전달된다. 해먹에 누워 하늘을 본다. 끝없이 짙은 녹청색의 하늘. 지금의 나와 인생을 깨친 나 사이에는 얼마나 아득한 시공간이 존재할까?

그러다 또 깨달음이 찾아온다. 시공간이란 건 보기 나름이지. 모든 가능성은 동시에 존재해. 그러니까 꿈을 꾸면 이미 그걸 이룬 것과 다름없어.

"나 뭐 하는 거지?" 나는 눈자위를 긁적인다. 왜 내 입에서 양자이론 같은 소리가 자꾸 튀어나오는 건가.

새 한 마리가 날아간다. 반짝이는 새하얀 털. 새는 내 머리 위 플라스틱 지붕에 앉는다. 물갈퀴가 달린 주황 발이 보인다. 거위인가. 새가 끼루룩 하고 운다.

아래층에서 청소부 아주머니가 카를라와 인사를 나눈다. 스페인어로 말들을 하니 나는 하나도 알아들을 수 없다. 하지만 뭘 말하려는지는 정확히 알 것 같다.

나탈리. 내 목소리가 아닌 목소리가 가슴속 어딘가에서부터 내게 말을 건넨다. 필요한 건 다 가졌잖아. 사실 이건 목소리가 아니다. 깨달음이고, 울림이다.

나도 알아, 하고 대답한다.

나는 내가 아니야. 나는 모든 것. 모든 것이 나지. 플라스틱 천장 위를 뒤뚱뒤뚱 걷는 통통한 거위. 카를라의 티셔츠에 그려진 롤링스톤즈 혓바닥. 화장실 바닥에 까끌까끌한 모래알들. 소금기가 섞인 모래. 아빠와 아들. 해변의 소음. 웃음소리. 철썩이는 파도. 휘날리는 바람. 노랫소리. 둥둥 떠다니는 해조. 영원의 힘을 품은 태평양. 강렬한 태양.

뒤뜰에서 보았던 6미터가 넘는 선인장이 불쑥 떠오른다. 내려가서 선인장과 대화해 볼까 싶지만, 굳이 그럴 필요 없다. 여기서 말을 건네면 되지.

지금 나는 온 우주와 이어져 있잖아?

선인장이 웃는다. 아주 기품 있는 선인장이군.

제가 더 알아야 할 게 있을까요?

선인장은 웃지만 몹시 진지하다. 네게 더 필요한 건 없단다. 다 가졌으니까. 네가 전부이니까. 우리 모두 그래.

나도 그렇게 생각해요! 뛸 듯이 기쁘다. 나 지금 살짝 돈 것 같은데? 선인장과 대화하고 있다니. 그러자 선인장이 대꾸한다.

이봐, 정해진 길은 없어. 지금 너는 머릿속에서 새길을 발견한 거야. 너는 이게 영원하지 않으리라 생각하겠지만 동시에 영원하리란 것도 알고 있지. 왜냐면 네가 받아들이기만 하면, 이 순간은 영원할 테니까.

맞아요! 소리치고 싶다. 그런데 킴은 어쩌죠?

어쩌기는 뭘?

걔가 점점 미쳐가고 있어요.

너는 선인장과 대화 중이면서 무슨.

반박 불가. 킴을 돕고 싶은데 방법을 모르겠어요.

도울 필요 없어. 각자 갈 길을 가는 거니까. 받아들여야지.

하지만 너무 신경 쓰여요.

그 애 모습에서 외면하고 싶은 네 모습을 발견해서 그런 거겠지.

그런가?

대답이 없다. 사실 대답을 듣지 않아도 이미 나는 안다.

맞는 말이야.

지붕 위에 올라간 거위가 뒤뚱거리다가 내 머리 바로 위에 자리를 잡는다. 너무 귀여워. 거위가 내는 소리. 발. 플라스틱 지붕까지 전부.

모든 것은 아름답단다. 지금 너는 그걸 목격하고 있는 거야.

모든 게 다요? 그럼 나도?

선인장이 이번에는 가시를 들썩이며 웃는다. 그걸 왜 의심하지? 질문할 필요도 없어. 지금 너는 살아 있잖아. 그러니 아름답지. 우주의 이치를 받아들여.

자존감이 낮은 걸 어떡해요. 나도 어쩔 수 없다고요. 인정하죠?

선인장이 또 웃음을 터트린다. 그냥 이런 거야. 넌 아무 문제 없어.

나중에 수업을 가르칠 때 이 아이디어를 한번 써먹어 볼까?

답은 이미 알고 있잖아.

맞아요. 그치만 이상하잖아요, 선인장 할아버지. 익숙한 길에서 벗어나는 건, 너무 이상해요.

어쩔 수 없는 거란다.

그래서 사랑스럽죠.

눈을 감고 저 멀리서 둥둥 울리고 덜컹대는 소리에 귀를 기울인다. 나무와 식물이 품은 생명의 힘을 목격한다. 식물에도 생명이 있다는 건 알았지만 그게 무슨 의미인지를 이제야 알 듯하다. 살아 있는 것의 일부로 '존재'한다는 생각을 예전에는 해본 적 없었다. 우리는 각자 개성이 있는 존재이기 전에, 식물과 동물, 그리고 모든 것과 연결된 존재였어.

정신을 차리고 보니 몇 시인지 가늠도 되지 않는다. 몇 초 정도 지난 건가? 아니면 몇 시간?

무언가 휩쓸고 지나갔고, 킴은 돌아와 샤워 중이다.

"아래층에서 영화 볼 거거든? 내려와 같이 술 마시자."

무리에 섞여 럼주와 콜라를 섞어 마시지만 아무 맛도 느낄 수 없다. 킴이 카디건을 집어 들고 니코와 카를라, 그리고 서핑 부자와 술집으로 향한다.

번화가의 작은 카페에서 아침을 먹는다. 킴이 음식을 마구 쑤셔넣는다. 그리고는 게스트하우스에 도착하자마자 숙취를 핑계로 다시 장거리 달리기를 하러 나간다.

나는 오늘도 여유롭다. 킴의 새 가족에게 손을 흔들어 인사한 뒤 혼자 해변을 산책한다.

오후가 되자 킴이 동네에 숨어 있는 세비체• 맛집을 니코가 추천해 줬다며 먹으러 가자고 조른다. 실랑이를 벌이기 싫어 함께 길을 나선다. 오토바이 택시에 올라타 유명 관광지를 지나고 깡통과 목재를 덧댄 판자촌을 통과해 오른쪽에 있는 어느 골목으로 들어간다.

"판자촌이라고 하면 무례한 표현인가?" 내가 묻는다.

킴이 대답한다. "슬럼가란 말도 거기서 거기 아니야? 세상에, 저 사람들 물은 어디서 길러 마실까?"

상상만으로 눈이 시큰해진다. "모르지."

찾아간 식당은 사람으로 붐빈다. 손님들이 떠드는 소리, 식기류가 쟁반에 부딪히는 소리, 주방에서 증기가 뿜어져 나오는 소리가 한 데 뒤섞여 정신이 없다. 탁한 물에 거품이 보글보글 이는 커다랗고 탁한 수조 벽에 바닷가재, 게, 각종 조개가 들어 있다. 웨이트리스가 웃으며 우리를 창가 자리로 안내한다. 이 건물에서 백인은 우리 둘뿐이다.

킴이 세비체와 해산물 볶음 요리를 주문한다. 나는 칩만 시킨다.

"완벽해." 킴이 세비체에 라임즙을 뿌리며 말한다. 요리를 한 입 크게 먹은 뒤 내게도 권하지만, 나는 날생선의 비늘을 보는 것만으로 소름이 돋는다.

"나탈리, 내가 예전에 말했던 사체 보러 갈래?" 킴은 후루룩 소리

• 익히지 않은 해산물에 해초, 양파 등을 넣고 레몬즙에 절여 먹는 페루 전통 음식.

를 내며 그릇을 깔끔하게 비운다.

"그 고래?"

킴이 고개를 끄덕인다.

게스트하우스로 돌아가는 길에 해변을 들른다.

햇빛이 따가워 피부가 붉게 달아오른다. 노란색 스카프를 머리에 둘러 어깨와 허리에 늘어뜨린다. 유유자적하게 해변을 거닐다 보니 인적이 뜸한 모래사장이 나온다. 나는 잿빛 모래에서 재밌게 생긴 조개껍질과 돌멩이를 몇 개 줍는다. 킴이 저 멀리 거대한 검정 물체를 가리킨다.

"저기 있어."

계속 걷는다. 차갑고 축축한 모래벌판을 맨발로 밟을 때마다 밀물이 발가락을 간지럽힌다. 거대한 물체가 점점 가까워지고 있다. 멀리서 보기에는 마치 물에 떠밀려 온 나무토막 같다.

"냄새." 다가갈수록 악취가 심해져 스카프로 입을 가린다.

"숙취 때문인가 나는 냄새도 안 나." 킴이 말한다.

"어제 많이 마셨어?"

"비밀."

"뭐? 왜?"

"또 뭐라고 할 거잖아."

"아니야, 안 그래. 나도 가끔 코가 비뚤어지게 마시는데, 뭘."

"너 언제부터 이렇게 건강해진 거야?"

"뭐?"

"우리 페루에 와서는 같이 술 마신 적도 없어."

"여기는 놀 데도 별로 없잖아."

"건강해지면서부터 재미가 없어졌어, 너."

"너한테도 그렇게 살라고 강요할 생각 없어."

"그래. 하지만 널 좀 봐. 번데기에서 나온 나비처럼 아주 고고해져서는 침착하고 계획적으로 살려고 들잖아."

"킴, 진짜 왜 이래? 왜 이렇게 빈정대는 건데? 네가 힘들다는 건 알겠어. 하지만 이러면 안 되지. 난 계속 너랑 같이 있어 주잖아. 네가 이 지경이어도 난 너를 친구로—"

"이 지경?"

"그래, 이런 거."

"이런 게 뭔데, 나탈리?"

"정신이 반쯤 나가 있잖아."

"피트가 다시 연락이 와서 마음이 바뀌었다고 말해줬으면 좋겠어. 나탈리, 나는 혼자 살기 싫어. 결혼식에 혼자 다니는 사람이 되기 싫단 말이야. 나가서 다른 남자를 만날 생각도 사실은 없어. 나는 피트가 주는 안정감을 원해. 그거면 돼."

"네게 필요한 건 이미 여기에 다 있어."

"페루에?"

"아니, 네 안에. 네가 스스로를 버리지만 않으면 넌 혼자가 아니야."

"요즘 읽는다던 자기계발서에 그런 말이 나오디?"

"아니. 식물 선생이 해준 말이야."

"정신이 나간 건 너 같은데? 웬 식물?"

"선인장."

"설마 나 빼고 와추마 먹은 거야?" 킴은 실망한 기색이다.

나는 고개를 끄덕인다.

"좀 기다리지 왜 그랬어?"

"너는 계속 밖으로 나돌았잖아."

"미리 말하면 됐잖아?"

"들으려 하지도 않으면서. 너는 그 애 아빠랑 남자애 얘기밖에 안 하잖아. 아니면 피트 얘기."

"닥쳐, 나탈리."

뒤에서 누군가 우리를 향해 고함을 지른다. 카키색 유니폼을 입은 남자가 손에 기관총을 들고서 스페인어로 뭐라고 크게 외치고 있다. 그는 뒤편에 있는 고급 호텔의 경비원이다. 우리는 그가 뭘 원하는지 몰라 일단 뒷걸음질 친다.

"잉글레스Inglés?"

"씨, 세뇨르?"

"펠리그로소Peligroso, 치카스Chicas. 무이 펠리그로소Muy peligroso." 그는 총 끝으로 앞에 보이는 바닷가를 가리킨다. 바닷가에 보이는 거라곤 커다란 고래 사체뿐이다. 왼쪽으로는 태평양이, 오른쪽으로는 모래사장이 펼쳐져 있다.

"로 시엔토Lo siento, 세뇨르. 그냥 구경한 거예요." 내가 해명한다. "포르 파보르Por favor."

"오케이, 오케이. 내가 보고 있을게. 얼른 다녀와." 그는 이렇게 말하며 손을 젓는다 우리는 겁에 질린 채 다시 가던 길을 간다. 총을 든 남자가 뒤에서 계속 우리를 지켜보고 있다.

"저기 뭐가 있길래 저러는 거지? 언덕에서 관광객을 노리는 사람들이 튀어나오는 거 아냐?"

킴은 어깨를 으쓱한다. "난 저기까지 조깅도 다녀왔는데."

상한 어유 냄새 같은 것이 코를 찌른다. 공동묘지 관들을 죄다 파헤쳐 일주일간 내버려 두면 날 것 같은 냄새. 아니면, 썩은 달걀 10억 개를 모아 두면 날 것 같은 냄새. 잉카 트레일에서 봤던 변소를 태양 빛 아래 버젓이 갖다 놓은 것도 같다. 악취가 피부에까지 스며들고 있어.

킴 말로는 자신이 처음 봤을 때보다 사체가 더 부어 있단다. 적도의 태양 아래서 죽은 고래의 몸은 팽창하고, 썩어 가고 있다. "진짜 고약하네." 끝내 킴도 손으로 입을 틀어막는다.

혹시 강도나 강간범이 들이닥치지는 않을까 황급히 주변을 살핀다. 누가 총을 쏠지도 몰라.

킴이 얼굴을 구긴다. "이러다 터지겠어."

부패한 사체 덩어리와 주변의 언덕, 그리고 우리를 지켜보는 경비원을 잠시 얼빠진 듯 본다.

뭔가가 일어날 것처럼 불길하다. 구름이 태양을 가려 잠시나마 숨이 트인다. 그러나 이내 이글이글 타오르는 태양이 다시 우리를 내리쬔다.

"나탈리, 내일 애들이랑 또 서핑하러 갈 생각이야."

"내일 버스 타고 리마에 가기로 한 거 아니었어?"

"나는 모레나 그다음 날에 갈게."

"마지막 주말에는 너랑 같이 리마를 제대로 구경하고 싶었단 말이야."

"알아, 나탈리."

"나는 여기 있고 싶지 않아, 킴."

킴은 고개를 끄덕인다. "하지만 나는 여기가 좋아."

나는 표정이 울상이 된다. 눈을 감는다. 받아들이는 것 말고는 할 수 있는 게 없다.

"클라로." 내가 말한다.

일광욕하는 사람들과 호텔이 다시 보일 때까지 우리 둘은 말없이 걷는다. 상인들이 아이스크림과 파인애플 꼬치를 팔고 있다.

다음 날, 홀로 버스에 오른다. 가슴이 찌릿하다. 가만히 가슴에 손을 올린다.

우정이 종말을 고했다. 총은 발사되었고, 고래는 썩어가고, 엔진에는 불이 붙었다. 이제 새로운 걸 시작할 차례다.

다리

바비가 불룩한 검은색 봉투 앞으로 간다. 거기서 포장된 티셔츠를 몇 개 꺼내 책상에 올린다. "헬스장에서는 이 옷을 입도록 해요. 이게 우리 유니폼이에요. 여러분이 우리 센터 교습생이란 걸 수강생들도 알아야 해요. 눈에 띄면 좋죠."

그는 포장 비닐을 찢어 검은색 셔츠를 펼쳐 보인다. 앞면에 밝은 노란빛이 도는 녹색으로 '에이펙스 피트니스'라고 로고가 박혀 있고, 뒷면에는 '학생 강사'라고 적혀 있다.

나는 수업에서 제일 연장자다. 수강생들은 다들 군살 하나 없이 몸이 탄탄하고 젊다. 그래도 현란한 조명과 무늬 없는 베이지색 카펫, 벽에 걸린 화이트보드, 교실 구석에 있는 플립 차트가 내게 안정감을 준다. 교실은 헬스장과 스튜디오가 있는 층에 딸려 있다. 바로 아래층에는 스쿼시 코트가 있어서 스쿼시 볼이 튕기는 소리가 어렴풋이 들린다. 헬스장 음악의 비트도 규칙적으로 들려온다.

나는 축구 선수 루시와 나란히 앞자리 책상 의자에 앉아 있다. 루시는 초록색 셔츠를 입었고 보라색 벨벳 끈으로 머리를 헐겁게 묶었다.

바비가 들어와 우리에게 종이를 한 장씩 나눠준다. 세로 칸에 가슴, 허리, 상완 등 신체 부위가 나열되어 있고 칸마다 옆에 체크 박스가 있다.

"지금부터 신체 치수를 재는 연습을 할 겁니다. 다들 알다시피 여자 회원들은 몸무게 숫자에 집착들을 해요. 하지만, 제대로 된 강사라면 몸무게 숫자가 줄건 늘건, 아무 의미 없다는 걸 잘 알죠. 진짜 자기 몸이 어떤지를 알려면 치수를 재야 해요. 이걸 잘만 해도 전문가처럼 보일 겁니다. 자, 여기 줄자를 가져가서 짝을 지으세요. 티셔츠는 이따 나눠주죠."

루시가 내게 악수를 청한다. "내가 먼저 잴까요?"

"좋아요." 나도 모르게 몸이 움츠러든다.

우리는 책상 옆에 서서 서로의 치수를 잰다.

교실 맨 앞에서 바비가 말한다. "종아리나 허벅지를 잴 때는 피부에 줄자를 바짝 대세요. 다만 회원에게 먼저 허락을 구해야 해요. 왜일까요?"

아무도 말이 없길래 내가 나선다. "허락 없이 남의 몸을 만져서는 안 되니까요?"

바비가 말을 잇는다. "회원이 다리를 제모하지 않았다면 수치심을 느낄 수 있어요."

손에 줄자를 들고 귀에 연필을 꽂은 루시는 꼭 재단사 같다. 그녀는 내 몸 치수를 재면서 아침 드라이브 얘기로 신나게 수다를 떤다. 레드 카우 로터리는 "렌스터 챔피언십• 결승전이 끝난 후의 놀란 파크도 그 정도로 혼잡하진 않을 것"이며 레드 라인 루아스는 "망할 쿠엔틴 타란티노 영화" 같단다.

나는 그녀 말에 깔깔 웃는다. 그 덕에 루시가 내 허벅지 치수를 재서 숫자를 끄적일 때도 맘이 편하다.

그런데 우리 옆을 지나던 바비가 입을 연다. "지금 루시가 잘못하고 있는 게 뭘까요?"

바닥에 쭈그려 있던 루시가 입을 벌린 채 바비를 올려다본다. 나는 내 손과 옆얼굴을 긁적인다. 모두의 시선이 우리에게 꽂힌다.

"잘 봐요. 특히 루시의 자세를."

교실 안은 고요하다.

"앞이 아니라 옆에서 재야 하나요?" 내가 대답한다.

"맞아요. 회원의 가랑이 근처에 머리를 두고 치수를 재서는 안 돼요. 늘 옆에 있어야 해요. 가슴둘레를 잴 때도 마찬가지고."

루시가 옆으로 움직여 다시 치수를 재기 시작한다. 바비가 루시의 기록지를 확인한다.

"허리 치수는요?"

루시가 소리 내어 읽는다. 바비가 양손으로 내 배와 옆구리를 살짝 꼬집는다.

• 아일랜드 렌스터 지방에서 열리는 게일릭 풋볼 대항전.

"다시 재세요. 숫자가 너무 작아요. 실수한 것 같으니 다시 재봐요."

얼굴이 시뻘게진다.

루시가 내 허리 치수를 다시 잰다. 그리고는 원래 적었던 숫자에 X자를 긋고 새 숫자를 적는다. 바비는 그제야 인정한다는 듯이 고개를 끄덕인다.

이번에는 내가 루시를 잴 차례다. 키가 150센티미터인 루시는 앙증맞다.

"나 열한 살짜리 남자애 같죠?" 엉덩이 치수를 재는 내게 그녀가 말을 건넨다. "그래도 나 되게 빨라요. 별명도 번개 루시예요."

바비가 티셔츠를 나눠주며 지금 당장 갈아입으라고 지시한다. "여성분들은 여기서 갈아입기 민망하면 화장실에 다녀와도 됩니다."

화장실에 가니 교실 맨 뒷줄에 있던 막달레나가 거울 앞에서 포즈를 취하며 자기 모습을 확인하고 있다.

"이 셔츠 진짜 구리죠?"

"발음이 귀여워요. 올해 초에 중남미로 여행을 다녀왔었는데. 데 돈데 에레스De dónde eres?"

"베네수엘라."

우리는 잠시 여행 이야기로 수다를 떤다. 막달레나는 1년 전 영어를 할 줄 모르는 채로 아일랜드로 왔고, 현재는 민박집 청소부로 일하고 있단다.

그녀가 말한다. "헬스장에서 일하고 싶긴 하지만 진짜 되고 싶은 건 스포츠 모델이에요. 3개월 후에 보디빌딩 비키니 경연대회에 나가요. 그러려면 체지방률을 12퍼센트로 만들어야 해요. 대회에 스카우터들이 많이 올 거래요."

루시가 끼어든다. "그런 데 나가는 여자들은 말라서 잘 보이지도 않겠어요."

그러자 막달레나가 받아친다. "그래도 아주 강인한 여자들이죠."

"12퍼센트라고요?" 나는 말문이 막힌다. 머릿속으로 몇 번이나 그 숫자를 되뇐다. 그리고는 내 몸을 내려다본다. 내 가슴 체지방만 재도 막달레나의 전신 체지방에 맞먹을 것 같은데.

"얼른 나가요. 선생이 쫓아오기 전에." 루시가 문을 열고서 기다린다.

바비가 슬라이드 쇼를 넘겨 가며 골격계를 설명한다. 나는 다이어그램까지 그리며 열심히 필기한다.

루시가 다 들리게 한숨을 쉬며 창밖을 본다. 그리고 나만 들리게 속삭인다. "지루해 죽겠어요."

바비가 뼈의 기능과 움직임에 관해 질문을 던진다.

나는 정답을 거의 다 맞힌다. 왜인지는 모르겠다. 아마도 어린 시절에 또는 중학교 생물학 수업 때 배운 게 아닌가 싶다. 답을 몰라도 추측하는 게 그리 어렵지는 않다. 질문을 유심히만 들으면 의외로 답이 쉽게 보인다. 그렇게 나는 마무리 퀴즈에 누구보다 열성적으로 참여해 스무 문제 중 열여덟 개를 혼자 맞힌다.

"나탈리가 압살했군요." 바비의 말에 나는 뒤통수를 긁적인다. "2등 점수는 고작 10점이에요." 그러더니 바비가 나머지 학생들을 향해 충고한다. "더 열심히 공부하세요. 시험에 통과하기 위해서만 이론을 공부하는 게 아닙니다. 이론을 알아야 전문가 노릇을 하죠."

일주일 후에 제출할 첫 번째 과제가 주어진다. 바비는 학생들을 둘씩 짝지어 헬스장으로 데려간다. 나는 건장한 체격의 크리스티안과 짝이 된다.

유리벽이 설치된 헬스장은 환하다. 표백제와 스프레이의 화학 성분 냄새, 그리고 운동하는 사람들의 땀내가 묘하게 뒤섞인 곳.

우리는 트레드밀과 일립티컬 머신을 지나쳐 프리 웨이트 기구가 있는 곳으로 간다.

"지금부터 세 가지 운동 동작을 짝꿍에게 가르치세요. 하나는 단일 동작, 다른 하나는 복합 동작, 마지막은 기구를 이용한 동작으로요. 무슨 근육을 움직이고 어느 운동면을 쓰는지, 강습 포인트는 무엇이고 난이도를 조정하려면 뭘 어떻게 수정해야 하는지를 말할 수 있어야 합니다." 바비가 말한다. "나는 잠깐 저쪽에 다녀오죠. 시작들 하세요."

"난 이런 거 모르는데." 내가 크리스티안에게 말한다. "내가 뭘 가르쳐야 하는지를 좀 가르쳐 줄래요?"

"이두박근 운동부터 시작하죠. 그게 제일 쉽거든요."

크리스티안이 2킬로그램짜리 덤벨을 건넨다.

"팔꿈치를 몸통에 붙여요. 덤벨을 어깨 위치까지 들어 올려요. 그 상태에서 정지. 천천히 원점으로 내려놓습니다. 지금 이건 팔꿈치 굽힘 동작. 사용하는 근육은 이두박근. 난이도를 높이려면 무거운 덤벨을 들고, 낮추려면 가벼운 덤벨을 들어야 해요."

나는 열심히 그의 동작을 따라 한다.

"보디빌더예요?"

"네."

"대회 나갈 때 태닝도 해요?" 크리스티안 랙에 덤벨을 내려놓으며 고개를 끄덕인다.

"왜요?"

"똑같은 몸이어도 창백한 것보다 까무잡잡해야 더 근육질로 보이거든요. 무언가를 선명하게 드러내려면 그림자가 있어야 하는 법이죠."

나는 고개를 비스듬히 기울여 크리스티안이 초록색 헐크가 되어 근육을 과시하는 모습을 상상한다.

"어느 기구를 쓸래요?" 크리스티안이 묻는다. "랫 풀다운?"

"뭐요?"

그는 대답 대신 랫 풀다운 기구에 앉더니 팔을 들어 머리 위 막대기를 끌어당긴다. "이건 활배근 운동이에요."

크리스티안이 자기 허리 중간 쪽을 가리키며 근육 위치를 알려준다. 그리고는 기구를 쓰기 위해 알아야 하는 포인트들을 말해준다. 나는 아래쪽 케이블에 추를 걸지 않은 상태에서 기구를 써본다.

세 번째 동작으로 넘어가려는데 저편에서 막달레나와 루시가 큰 소리를 내며 우리 쪽으로 다가온다.

"이건 어디에 쓰는 물건일꼬?" 루시가 바이브로-플레이트 3000을 가리키며 말한다. 그리고는 작동 버튼을 누른 뒤 훌쩍 올라탄다. 손잡이를 꽉 잡고서 평판 위에 오른 루시의 몸이 격렬하게 흔들린다. "대박, 두개골에서 뇌가 춤추고 난리 났어."

우리는 돌아가며 한 명씩 그 기구에 오른다. 어찌나 흔들리는지 시야가 흐려질 지경이다. 내려와서도 머리가 빙빙 돈다. "이거 아주 지독하네."

"앉아서 하면 더 대박이겠는데." 루시가 말한다.

그렇게 우리는 한참 농땡이를 피우느라 바비가 돌아오는 것을 미처 못 본다.

"좋아요. 크리스티안, 나탈리. 지금까지 한 걸 발표해봐요." 그는 이렇게 말하며 손뼉을 한 번 친다.

나는 운동복 바지에 손을 닦고 크리스티안을 뒤따라 처음에 했던 이두박근 운동을 시연한다. 바비가 몇 가지 자세를 교정해준다.

그다음으로 크리스티안이 랫 풀다운을 시연한다.

"세 번째 동작은요?"

"시간이 부족해 세 번째 동작은 못 했어요." 내가 대답한다.

"이두박근 운동은 너무 쉬운데. 그럼 나탈리, 데드리프트 동작을 직접 시연하세요."

"데드리프트요?"

"네."

"알았어요." 나는 덤벨이 있는 곳으로 주춤주춤 간다.

"덤벨을 가지고 하려고요?"

크리스티안이 케틀벨을 집으라고 손짓한다.

나는 눈치껏 케틀벨을 든다.

크리스티안이 바비 뒤에서 몰래 동작을 알려준다.

뭘 어떻게 하라는 거야.

"나탈리, 지금 그건 데드리프트가 아닌데요."

"데드리프트가 뭐죠?" 결국 내가 묻는다.

바비가 되묻는다. "농담이죠?"

나는 입을 다문다.

"크리스티안이 해봐요."

"케틀벨로요, 아니면 바벨로요?"

"케틀벨로 하는 데드리프트를 뭐라고 하죠?"

"루마니안 데드리프트요."

"둘의 차이는?"

"동작을 거꾸로 한다?"

"맞아요. 이 동작을 어떻게 수정할 수 있을까요?"

이러다 둘이 중국어까지 할 기센데.

"중량을 줄여야죠. 스미스 기구를 사용하면 어떨까요?"

"안 돼요. 그건 위험할 수 있어요."

"스미스 기구는 뭐죠?" 내가 또 묻는다.

바비가 돌아본다. "나탈리, 잠깐만요. 여기는 헬스장이에요. 처음 와봐요? 이건 바벨이고요. 여기 이건 랙이랍니다. 정신 좀 차려요."

"등록해서 배우면 된다고 했잖아요?"

수업 내용을 문의하려고 바비와 통화했을 때를 나는 똑똑히 기억한다. 경험이 부족해 망설여진다는 내 말에, 그는 커리어를 바꾸거나 부수입을 만들려고 수업을 듣는 학생들 중에 헬스장에 처음 와보는 사람도 많다고 분명히 말했었다.

"등록금을 내고 일주일에 수업 세 시간, 개인 훈련 세 시간씩을 투자하면 무사히 수업 진도를 따라갈 수 있을 거란 뜻이었어요."

"저는 남들처럼 몸매가 좋지 않은데요." 내가 이렇게 대꾸하자 바비는 강사의 근육질 몸매가 동기를 부여하는 건 아니라며 나를 위로한다.

정말 그렇게 생각하는지 의심스럽다.

"그래도 기본 지식은 있어야 해요, 나탈리." 바비가 신경질적으로 종이에 뭔가를 끄적인다.

심장이 쿵 내려앉는다. 무언가 잘못한 것 같은 느낌과 수치심이 온몸에 퍼진다.

나는 침묵한다. 아무 소리도 들리지 않는다.

바비가 막달레나와 루시가 있는 쪽으로 성큼성큼 다가간다. 루시가 바이브로-플레이트를 가리키며 뭐라고 말하자 셋이 동시에 웃음을 터트린다.

점심시간 내내 침묵을 지킨다. 말이 좀처럼 입 밖으로 나오질 않고 나 역시 이게 편하다. 지금 수업을 관두면 환불받을 수 있을까?

동기들과 식당에 둘러앉는다. 크리스티안이 가져온 터퍼웨어• 용기에는 닭가슴살 네 덩이와 케일 샐러드가 들었다. 그는 참치 통조림과 그리스식 요구르트, 트레일 믹스 한 봉지도 함께 꺼낸다. 수분 보충을 위해 에너지 드링크와 단백질 셰이크를 번갈아 마신다.

• 플라스틱 밀폐 용기 브랜드.

막달레나는 묽은 오트밀을 주문한 뒤 물병에 파란 가루를 섞는다.

"체지방 12퍼센트를 위한 점심인가요?" 루시가 입술을 비틀며 묻는다.

"네. 식단을 철저히 지켜야 해요."

루시는 치즈 양파 맛 과자를 한 봉지 꺼낸다. 냄새가 강렬하다.

"맛있겠어요." 막달레나의 말에 루시가 픽 웃는다.

"먹을래요?"

"아뇨. 못 먹어요. 대회 전까지는 절대."

"절제심이 대단한데요." 루시가 손가락을 핥으며 말한다.

"이건 절제심이 아니에요. 나는 지금 일하는 곳에서 무조건 탈출할 거예요. 그러니까 이건 해방을 위한 길이죠." 막달레나는 이렇게 말하며 묽은 오트밀을 떠먹는다.

나는 냉장 치즈 햄 샌드위치를 시킨 뒤 보온병을 꺼낸다. 보온병에는 밀, 스피룰리나, 시금치, 사과, 바나나를 넣어 직접 만든 스무디를 담아 왔다. 유청 단백질 셰이크, 보디빌딩 대회, 슈퍼 세트 운동법, 평행 우주에 대한 수다를 잠자코 듣는다.

점심을 먹고 그룹 지도 교습을 받기 위해 스튜디오에 모인다. 갓 개조한 공간이라 단단한 목재 바닥이 새로 깔렸고 페인트 냄새가 아직도 남아 있다. 바비의 지시에 따라 에어로빅 루틴을 반복한다. 발끝을 들어 톡톡 두드리는 동작으로 몸을 덥힌 뒤 앞으로 가기, 옆으로 가기, 발끝으로 엉덩이 찍기, 제자리에서 계단 오르기 동작을 연속으로 한다.

간단해 보여도 어느새 숨이 가빠진다.

바비가 오디오로 음악을 튼다. "자, 이제 대표로 한 명이 나와서 방금 배운 네 가지 기초 동작을 가르쳐 봅시다. 자원할 사람?"

나는 눈을 피한다.

바비가 혀를 찬다. "아무도 없어요? 그럼 내가 골라야겠군요. 크리스티안, 앞으로 나와요."

크리스티안이 느릿느릿 스튜디오 앞으로 나간다.

"구령을 붙이세요."

"셋, 둘, 하나." 하지만 그의 구령은 음악과 따로 논다. 동작을 설명할 때도 웅얼거리기만 한다. 우리는 대충 기억나는 대로 스텝을 밟는다. 크리스티안은 좀처럼 박자를 따라가지 못한다.

바비가 음악을 끈다. "우리 미스터 근육 학생은 에어로빅에는 서투르시군요. 놀라운 일도 아니죠."

크리스티안이 머쓱해져 코를 비빈다.

"크리스티안처럼 리프팅을 잘한다고 이런 수업까지 잘하는 건 아니에요. 앞으로 크리스티안은 줌바, 스텝, 라인 댄스, 뭐든 좋으니 이쪽 수업을 찾아 듣도록 해요. 헬스장에서 기구와 씨름만 하고 있을 게 아니라 음악에 맞춰 동작하는 법을 배우세요."

크리스티안이 고개를 끄덕이며 제자리로 돌아간다.

"자, 다음?" 나는 다시 주눅이 든다. 바비가 막달레나 쪽으로 걸어간다. 그러자 막달레나가 씩 웃으며 앞으로 나간다.

"영어가 서투르니 이해해줘요."

바비가 재생 버튼을 누르자 막달레나는 손가락으로 구령을 붙인다. 루틴 전반부가 다 끝나가도록 입을 열지 않는다.

“동작을 말로 설명해야죠.” 바비가 지적한다.

“자, 이렇게, 이 다리를 반대쪽 다리 앞으로 가져가요.” 막달레나가 말로 설명하기 시작하니 오히려 방해되어 다들 박자를 놓치고 만다.

“다음은 반대쪽 다리, 이거를 이쪽으로 가져가요.” 흐름이 깨져 모든 게 엉망이 된다. “그다음에는 첫 번째 동작으로 돌아가요.”

막달레나도 스스로 말이 엉키기 시작한다. “이제, 이거, 이거를 여기로.” 급기야 말 대신 몸짓으로 동작을 설명하려 든다.

우리는 애써 집중력을 유지하며 참을성 있게 기다린다.

“여기서 이 다리를 여기다 놔요.” 막달레나가 말한다. “미안해요. 영어로 설명을 못 하겠어요.”

바비가 휴대폰을 확인한다.

“스페인어로 해봐요.” 루시가 소리친다.

“네?” 막달레나가 되묻는다.

“엔 에스파뇰En español.”

막달레나가 바비를 힐끔 본다. 그리고는 박자에 맞춰 손가락을 튕긴다.

“오케이, 바모스 아 바일라Vamos a bailar. 쿠아트로, 트레스, 도스 우노.”

막달레나의 목소리에 한결 자신감이 붙는다. 우리는 스페인어에 맞춰 춤을 춘다.

“드디어 첫째 날이 끝났네요.” 루시가 말한다. 우리는 회전문을 지나 접수 데스크가 있는 로비로 나간다.

"잘못 찾아온 것 같아요." 몇 시간 만에 내가 처음 꺼낸 말이다.

"왜요?" 루시가 묻는다. "제 발로 찾아와 놓고는?"

고개를 끄덕인다.

"돈도 냈잖아요?"

"뭐, 그랬죠."

"그러면 여기서 얻고 싶은 게 있었단 소린데, 그걸 떠올리세요."

"나도 자신감이 있었으면 좋겠어요."

"이상한 소리 말아요, 나탈리. 내가 볼 때 당신은 충분히 잘났어요. 아까 수업에서도 정답을 척척 맞혔잖아요."

"그건 대단한 게 아니죠."

"정답을 틀렸을 때는요? 그때는 기분이 어땠어요?"

"글쎄요. 별생각 없었는데."

"틀렸는데도?"

"틀려도 배우는 게 있으니까요. 다음번에는 틀리지 않을 테니까."

"그런 게 자신감 아닌가요?"

"뭐 그렇다고 볼 수 있죠. 사실 이론이야 어렵지 않아요. 문제는 실전에서 필요한 것들을 빠르게 습득 못 하겠다는 거예요. 기본 동작을 제대로 하지도 못하는걸요."

"뭐 어때요, 나탈리? 완벽할 필요 없잖아요." 루시가 문을 열어 평일 초저녁의 햇살이 쏟아지는 바깥으로 나를 먼저 내보낸다.

수업 2주 차가 되어 다시 만난 동기들은 나를 아주 반갑게 맞이

한다.

오늘은 바비가 호흡계에 대한 강의를 시작한다.

그가 질문을 던지면 자연스럽게 모두가 내 대답을 기다린다. 나는 침묵을 지키다 끝내 대답하는 사람이 없으면 입을 연다.

바비가 말한다. "오늘은 여러분의 과제 이야기를 좀 해야겠어요. 크리스티안, 제출한 과제를 읽었는데 문장이 엉망이더군요. 제출 전에 철자 검사도 안 했어요?"

크리스티안이 수염을 벅벅 긁는다. "안 했어요."

바비가 크리스티안이 쓴 글을 낭독한다. "'헬스장은 웨이트 기구의 자리가 있습니다. 바닥은 깔끔하게, 웨이트 기구는 멀리 두세요.' 이게 뭔 소리죠? 영어가 맞기는 합니까?"

크리스티안이 얼굴을 붉힌다. "방해되지 않게 기구들을 정리하라는 뜻이었어요. 사람들이 바닥에 기구를 그대로 두고 가면 다칠 수도 있고 위험하니까요."

"여기에는 그 말이 안 적혀 있잖습니까. 자, 다들 대학을 나오지 않아 모르나 본데, 이딴 쓰레기를 과제로 제출해서는 안 돼요. 제출 전에 교정이란 걸 해야 한단 말입니다. 아시겠어요?"

종이를 반으로 쭉 찢는 바비를 보고 나는 경악한다.

"과제를 수정해 다음 주에 다시 가져와요. 각자 부족한 점이 있으니 그걸 내가 공개적으로 지적하기 전에 알아서들 보완해야 할 겁니다. 누군가는 박자 감각이 없고, 누군가는 헬스 동작에 미숙하고, 또 누구는 발성에 문제가 있어요. 그리고 대부분이 간단한 문법조차 모르더군요."

크리스티안이 고개를 숙인다. 내 속에서 작은 불길이 욱하고 일어난다.

"저는 대학을 졸업했는데요." 목을 가다듬고 뒤늦게 대꾸한다.

"뭐라고 했어요?"

"대학을 졸업했다고요. 대학원 학위도 땄어요. 크리스티안, 당신 과제는 내가 교정해줄게요." 내가 말한다.

바비가 코웃음 친다. "그래요, 거기 대졸자분. 그러면 어디 한번 동기들에게 동작을 알려주시죠. 앞으로 나오세요. 우리에게 스쿼트 동작을 가르쳐봐요. 스쿼트는 3대 운동 동작 중 하나죠. 기초 중의 기초예요. 대학을 졸업하신 대단한 나탈리 양께서 우리에게 스쿼트를 가르쳐주신답니다."

젠장.

나는 쭈뼛거리며 앞으로 나간다. 중남미 여행 중에 등산한 날 이후로는 스쿼트 동작을 한 적이 없는데.

점심시간에 교실에 남아 바비를 기다린다. 벌써 입이 바짝 바르고 혀가 굳는다. "선생님 때문에 수업을 듣기가 불쾌해요."

바비가 눈을 번뜩인다. "당신 감정을 조종하는 건 내가 아닌데요."

"선생님 때문에 불쾌하다고요."

"내가 그쪽 마음에 들어가서 그런 감정을 일으키는 게 아니잖습니까. 나는 내 감정만 다스려요."

"하지만 내 기분이—"

"그러니까요. 당신 기분이죠. 당신이 어떤 기분인지는 당신 책임이에요. 나탈리, 당신은 훈련량이 부족해요. 아무리 이론에 강해도 훈련에 소홀하면 통과 못 해요."

"나도 열심히 훈련 중이에요."

"아니면서."

"훈련하고 있다니까요?"

"그런데 왜 제대로 하는 동작이 없죠?"

"존나 열심히 하고 있다고요. 데스크에 연락해서 내 입실 기록을 확인해봐요. 저녁마다 안 빠지고 운동 중이니까."

바비가 웃으며 손을 들어 올린다. "알았어요, 알았어. 진정해요. 너무 예민하시네."

오늘 점심 테이블에서 오가는 대화의 주제는 스테로이드와 대회, 그리고 꼼수다. 나는 도핑에 관해서는 무지할 뿐 아니라 그게 스포츠계에 미치는 해악도 알지 못한다.

"이기는 것보다 정직한 게 더 중요하지 않아요?" 내가 묻는다.

"운동선수들 대부분은 이기는 것에만 관심이 있어요." 루시가 대답한다.

"꼼수를 써서라도 이기고 싶을까요?"

"이기려면 뭐든 할걸요."

"하지만 그건 가짜로 이긴 거잖아요? 그럼 진정성이 퇴색되는 거 아닌가?"

"글쎄요, 나탈리." 크리스티안이 끼어든다. "이기면 장땡이죠."

루시와 막달레나가 동의한다는 듯 끄덕인다.

지금 나는 20킬로그램짜리 바가 걸린 벤치에 드러누워 있다. 아무리 힘을 줘도 바는 꿈쩍하지 않는다.

벤치 위에서 바비가 나를 노려보고 있다. 밑에서 보니 짝짝이인 그의 콧구멍과 입천장이 훤히 보이고, 툭 튀어나온 회색 눈썹 몇 가닥이 도드라진다.

"왜 미리 해보지 않았죠?" 그가 추궁한다.

내가 상체를 일으키며 대답한다. "왜냐면 랙이나 벤치 같은 기구는 근육에 환장한 남자들이 늘 차지하고 있으니까요. 다들 끙끙대고 거울 앞에서 근육을 과시하느라 가까이 가기 부담스러워요."

헬스장에 다닌다고 해서 누구나 자신만만하게 그곳을 활보할 수 있는 건 아니라고.

"부담스럽다는 건 변명이죠. 회원비를 냈으면 여기 있는 랙을 남자 회원들만큼 이용해야 해요. 당신은 저항 운동을 전혀 안 한 것 같군요. 단 한 번도."

"맞아요. 안 했어요." 내가 대답한다.

"왜요?"

"지루해서요."

"지루하다고요?" 바비가 눈을 크게 뜬다. "재밌으려고 운동합니까?"

"재밌으면 더 좋잖아요."

"게으른 사람을 위해 강사가 광대 노릇까지 할 수는 없죠. 바를 못 들어 올리겠으면 강습 포인트라도 읊어봐요." 바비가 말한다.

"게으른 사람이 아니죠. 그냥 운동을 좋아하지 않는 사람도 있는 거예요. 운동하는 사람들과 나 같은 사람들 사이에는 꽤 큰 격차가 있답니다."

"나탈리 딜런 씨, 격차고 뭐고 그냥 게으른 거라니까요. 쉽고 간단하게 말하세요. 그리고 당신은 게으른 게 맞아요. 벤치 운동을 매일 안 하고 뭐 했어요?"

"방금 말했잖아요."

"대체 이 과정을 어떻게 통과할 생각이었죠? 왜 듣고 있는 거예요?"

"내가 그 틈을 메울 다리가 될 수 있을 것 같아서요."

"당신은 그냥 사무직으로 돌아가는 게 낫겠어요. 뭔가를 단단히 오해하고 있군요."

"내가 어느 고객층을 겨냥하고 있는지도 모르잖아요."

"아하, 게으른 사람들을 겨냥하시겠다?"

"저기요, 바비 씨. 지금 우리 둘 중에 새로운 시도를 하려는 사람이 누군데 그렇게 말해요?" 내가 따진다. "부지런히 도전하는 사람은 당신이 아니라 나라고요."

바비가 바를 두드린다. "얼른 누워서 손 위치나 잡으세요."

나는 때가 탄 자국을 살펴 잡을 위치를 가늠한다.

"양손 너비는 얼마나 되어야 하죠?"

"어느 근육을 단련하는지에 따라 달라져요. 일단 가슴 중앙선까지 바를 내렸다가 멈추지 말고 다시 그대로 올려요."

"바를 못 들겠다고 하니 시늉이라도 내봐요."

나는 괜히 요란하게 호흡하며 상상 속의 바를 들어 올리는 척 벤치 프레스 동작을 흉내 낸다.

"너무 게을러서 헬스장에 오기도 힘들어하는 사람들을 위해 이 동작을 쉽게 변형한다면?"

"푸시업을 추천해요."

"오케이. 알고는 있군요. 그럼 시범을 보여봐요."

바닥으로 내려가 무릎을 꿇으니 손까지 후들거리는 게 느껴진다.

"이거 정말 안 되겠군. 다들 여기로 와서 이걸 좀 보세요." 바비는 여덟 명의 동기가 나를 둘러쌀 때까지 잠자코 기다린다. 모두가 모이자 그가 양팔을 꼬며 히죽 웃는다.

"강습 포인트, 시작."

"플랭크 자세에서 시작합니다." 나는 어깨 아래쪽으로 손바닥을 짚는다.

"다음 포인트." 바비가 말한다.

"허리가 너무 솟거나 푹 꺼지지 않게 중립 상태를 유지합니다."

"다음."

"바닥에 무릎을 댑니다."

"레이디 푸시업이군요. 알았어요. 이때 쓰이는 근육은 어디죠?"

"어깨, 가슴, 코어요."

"근육 이름."

나는 멈칫한다. "흉근, 삼두근, 삼각근, 복근."

"이제 내려가요." 그가 말한다.

나는 숨을 들이마시며 최대한 낮게 몸을 굽힌다. 팔이 후들거린다. 내려간 뒤 다시 몸을 일으켜 원래 지점으로 돌아온다.

"다시. 이번 건 무효예요."

시발.

다시 몸을 굽힌다. 상완근에 무게가 가중된다. 나는 비틀거리며 겨우 위로 올라온다.

"호흡은 제대로 하고 있나요? 안 들리는데. 다시. 제대로 내려가질 못했으니 이번 것도 무효예요. 팔꿈치도 불안정하고."

다시 몸을 굽히는데 팔이 젤리처럼 마구 흐물거린다. 바닥에 빨간 머리끈과 뒤엉킨 머리카락 뭉치가 보인다.

"힘을 줘요." 부들부들 떨며 올라오는 내게 바비가 말한다. "다시. 이번 것도 무효."

나는 무릎을 꿇은 자세로 침묵한다.

"나탈리의 문제가 뭔지 말할 사람?" 바비가 내 동기들을 둘러보며 묻는다.

다들 바닥만 보고 서 있다.

크리스티안이 입을 뗀다. "이 동작을 많이 안 해본 것 같아요."

"아니에요. 음, 뭐 그것도 맞기는 하죠. 근육이 이 동작을 낯설어하니까. 하지만 더 큰 문제가 있는데, 아는 사람? 딱 봐도 눈에 띄는데요. 다들 운동 강사이니 괜히 돌려 말할 것 없어요."

큰일이군.

"앞으로 우리는 나탈리 같은 회원들을 많이 만날 겁니다. 변명은 넘쳐나는데 책임감은 없는."

모두가 침묵한다.

바비가 계속 떠든다. "나탈리의 문제는 팔에 근육은 없고 10킬로그램 이상 과체중이라 애초에 푸시업에 무리가 있는 몸이라는 겁니다. 너무 나약한 데다 너무 무거워요."

바비의 말에 동기 몇몇은 내 몸을 노골적으로 살핀다. 루시는 못 들은 척 트레드밀 위의 남자를 관찰한다. 막달레나는 바비가 딴 곳을 보는 틈을 타 그를 노려본다.

크리스티안이 또 나선다. "팔 운동을 해야 해요. 근력을 키워야겠어요."

"맞아요, 크리스티안. 나탈리는 당신처럼 헬스 마니아가 아니죠. 하지만 그보다 쓸데없는 피하지방을 없애는 게 먼저입니다. 강사면 당연히 몸매가 좋아야 잘 먹히는 것쯤은 알고 있겠죠? 누가 나탈리 같은 사람을 보고 '저도 당신 같은 몸매를 가지고 싶어요. 가르쳐주실래요?' 하겠어요? 아무도 없어요."

크리스티안이 수습에 나선다. "저기, 적당히 하시죠. 꼭 이렇게까지—"

바비가 말을 끊는다. "이게 현실이에요. 여러분도 알아야 해요. 운동 강사의 몸은 그 사람의 능력을 증명해 준단 말입니다. 나탈리처럼 기본도 못 따라오면 최저 시급밖에 못 벌어요. 인생은 실전입니다. 다들 마음 단단히 먹어요."

나는 라이크라 레깅스에 손바닥을 닦으며 어깨를 앞뒤로 움직여 풀어준다.

온갖 이미지와 소리가 만화경처럼 머릿속을 메운다. 어린 시절

나를 벤치에만 앉혀 두던 운동팀 코치들. 점심시간에 편 먹고 게임할 때 마지못해 나를 고르던 아이들. 내가 달리기할 때면 터지던 웃음소리들. 나를 부르던 별명들. 나탈리는 체육 수업에 참여하기 힘들다는 엄마의 쪽지를 무시하던 체육 교사. 제발 그 쪽지를 써달라고 등교 전 엄마 가랑이를 붙들고 울고불고하던 어린 나.

나는 입 안쪽 볼을 깨물며 그때의 나를 생각한다.

지나가던 나를 바비가 불러 세운다. "아무리 똑똑한들 이 상태로는 절대 통과 못 해요. 열등감은 알아서 해결하시고."

턱에 힘이 들어간다. "당신이 선생질하겠답시고 학생들 열등감을 들쑤시지 않았더라면 지금보다 나았을 텐데요."

"그런 말도 대학에서 배우셨나 보죠?" 바비가 가식적으로 웃어 보인다.

"네. 대학에서 배웠어요." 나는 그의 앞에 떡하니 서서 말한다. "당신은 수치심을 이용해 동기를 부여하고 우리에게도 그러기를 강요하죠. 한마디로 당신은 남을 괴롭히는 법을 가르치고 있어요. 이게 과연 건강하다고 생각해요?"

그가 얼굴이 벌게진 채 뒤로 물러서며 양손을 들어 올린다. "나는 당신들을 일정 수준으로 끌어올릴 의무가 있어요. 자격을 갖추도록 돕는 겁니다, 나탈리. 자기 멋대로 해석하지 말아요."

"이게 무슨 개고생이야?" 스튜디오로 돌아가는 길에 나는 머리를 흔들며 다 들리게 혼잣말한다.

"네?" 루시가 되묻는다.

"아무래도 이건 아닌 것 같아요." 내가 말한다. "더는 못 버티겠어요."

"왜요?"

"바비에게 지적받을 때마다 자존감이 갉아 먹히는 기분이에요. 과거의 나와 내 몸뚱이를 혐오하게 돼요. 헬스장에 다시 가나 봐라."

루시가 가만히 내 팔을 잡는다. "그래도 아직 여기 있잖아요."

"무슨 뜻이에요?"

"바비가 아무리 상처를 들쑤셔도 당신은 여기서 버티고 있어요. 살아남았다고요." 그러고는 눈을 찡긋한다.

나는 침을 삼킨다. 맞는 말이다. 이미 최악은 맛봤잖아?

여기서 더 나빠질 게 있을까?

설마 이것보다 더한 게 있겠어?

무언가가 조금 전 생각과 함께 저 아래로 낙하한다. 달칵하며 마음이 다시 환해진다. 내가 얼마나 운이 좋은지 갑자기 실감이 난다.

"나탈리, 우리를 무너뜨릴 사람은 없어요. 그러니 걱정하지 마요." 루시가 나를 다독인다.

"우리요?"

"앞으로 우리는 이 수업을 완전히 씹어먹을 거예요. 모두 힘을 합치면 할 수 있어요."

"누구를 말하는 건데요?"

"우리요!" 루시는 당장이라도 화낼 것처럼 흥분한 표정이다.

"당신이랑 나요?"

"아뇨. 우리 팀. 막달레나는 리듬 감각이 타고났어요. 따로 연습하지 않아도 스튜디오 수업을 기가 막히게 진행하죠. 몸에 리듬이 흐르고 있어요. 크리스티안은 헬스 운동의 왕이에요. 근육을 강화하려면 뭘 어떻게 해야 하는지 정확히 알아요. 그리고 나탈리, 당신은 수업 시간의 영웅이에요. 철자나 필기시험, 과제 같은 건 당신한테 껌이잖아요."

웃음과 한숨이 절로 나온다.

"그러면 나는 뭐냐고요? 나는 코치예요. 팀이 제대로 돌아가기 위해 팀원 개개인이 뭘 해야 할지를 아는 사람. 킬케니 낙농장집 딸로 태어나 헬스장에서 일해 본 적도 없고 난독증에 박치이기까지 한 여자치고 꽤 쓸모가 있죠. 짧게 자기소개해봤어요."

루시가 나를 빤히 보며 반응을 기다린다. "걱정할 시간에 즐겨요. 그게 훨씬 더 값진 일이니까. 안 그래요?" 그녀가 주먹을 내민다. "나탈리, 안 그래요?"

"네. 맞아요. 정말 그렇죠." 나는 그녀가 내민 주먹에 내 주먹을 맞부딪힌다.

"좋아요." 루시가 씩씩하게 말한다. "그럼 댄스 수업부터 씹어먹어 보자고요."

"거기 키 작은 학생부터 시작해보죠." 스튜디오에 들어온 바비가 루시를 가리킨다.

"그러죠, 탈모 아저씨."

루시의 도발에 바비가 화들짝 놀란다.

"눈에 보이는 특징으로 서로를 부르기로 한 거 아니었어요?" 루시가 천연덕스럽게 묻는다.

바비가 웃는다. "꼴통."

"그쪽은 재활용도 안 될 꼴통이에요."

루시의 말에 바비는 웃겨 죽을 지경이다.

루시의 강습은 엉망이지만 루시는 당당하다. 마지막에는 만족한 듯이 혼자 손뼉까지 친다.

바비가 다음으로 나를 보며 엄지손가락으로 앞에 나가라는 손짓을 해 보인다. 걸음을 옮기는데 벌써 몸이 굳는다.

바비가 음악을 튼다.

머릿속으로 동작 순서를 떠올리고 열심히 대사를 지어 보지만 막상 외치려고 하니 머리가 멍해진다. 스튜디오 안의 모두가 나의 구령을 기다린다. 결국 나는 박자를 놓치고 설명도 얼버무리고 만다.

망쳤다는 생각에 허둥대느라 동작이 뒤엉키자 모두 엉망이 된다.

바비가 음악을 끈다. "지금 나탈리가 잘못하고 있는 건 뭐죠?"

"아뇨, 바비." 내가 손을 들어 그의 말을 끊는다. "잠시만요. 다시 할게요. 음악을 틀어줘요."

바비가 헛웃음을 친다.

나는 스튜디오 맨 앞에 서서 깊게 숨을 쉰다. 맥박 뛰는 소리가 귓전에 울린다.

"바비, 음악 틀라고요. 다시 해볼게요."

"드디어." 바비가 신이 난 듯 허공에 불끈 주먹을 흔든다. "여러분, 바로 이겁니다. 여러분에게 보고 싶던 자세가 이거였어요. 이제 당신이 얼마나 이걸 원하는지 보여줘요."

바비가 음악을 틀고, 나는 박자에 맞춰 여덟 번의 구령을 센다.

스킨

비행기가 서서히 착륙을 준비하는 동안 나는 엄지손가락의 거스러미를 물어뜯는다. 거스러미 조각이 떨어져 나올 때까지 물어뜯다 그만 살갗이 너무 깊게 찢어진다. 숨을 몰아쉬며 피를 빨아들인 뒤 손가락을 살핀다. 분홍빛 상처에 피가 그득하다. 엄지손가락 밑동을 꾹 눌러 피를 끌어모은다. 그리고 그 피를 빨아들인다. 상처 부위가 욱신거린다. 창가 자리에 앉은 남자가 그런 나를 발견하고는 움찔 놀란다.

나는 빨고 있던 엄지손가락을 감춘다. "괜찮아요. 나쁜 습관이 들어서." 나는 반대편 손을 저으며 둘러댄다.

"불안하세요?" 그가 묻는다.

"아뇨. 아니에요. 비행기 타는 거 엄청 좋아해요. 뭐, 엄청까지는 아니지만, 하여튼 싫어하지는 않아요. 바깥 구경도 재밌고."

나는 창밖을 보러 빼꼼 고개를 내민다. 하늘은 새하얗다. 비행기 아래로 카펫처럼 깔린 구름이 물결을 이루고 있다. "구름이 꼭 바다 같아요."

"저도 딱 그 생각이었어요." 남자가 미소를 짓는다. 그리고는 창밖을 내다본다. "참 아름답죠."

피 맛 나는 이를 혀로 핥는다. 남들 눈에는 내가 뱀파이어 같으려나. 나는 목을 길게 빼서 창밖을 보는 남자 너머로 하늘을 구경한다.

통로를 지나는 승무원이 복권 뭉치를 흔들면서 열심히 구매를 권한다.

"그게 되겠어?"

"네?" 창가 자리 남자가 나를 보며 묻는다. "저한테 한 말인가요?"

나는 당황해 웃는다. "아뇨. 혼잣말이에요. 머릿속으로 생각한다는 게 입 밖으로 나와버렸네요. 복권 얘기였어요. 비행기 안에서 복권 사는 사람은 한 번도 본 적이 없어요. 당첨됐다는 이야기도 못 들어봤고."

내 또래인 듯한 남자는 이마에서부터 이어지는 얼굴선이 수려하고 눈가 잔주름은 아직 깊지 않아 눈꼬리 근처에만 옅게 잡혀 있다.

우리는 상대방이 뭐라 말하기를 기다리며 잠시 서로를 멀뚱히 쳐다본다.

"자리 바꿀래요?" 그가 먼저 입을 연다. "구름이랑 바다는 볼 만큼 봤어요. 이 풍경을 다른 사람에게 양보하고 싶네요. 곧 착륙할 때 암스테르담 풍경이 궁금하지 않으세요?"

"저야 좋죠. 고마워요."

자리를 바꾸기 위해 일어나자 통로 자리에 앉은 여자가 잠꼬대로 앓는 소리를 하며 뒤척인다. 나는 구겨진 청치마를 고르게 펴고 갈색 판초 카디건을 어깨에 두른다. 일어나 보니 검은색의 헐렁한 바지를 입은 남자의 다리 길이가 눈에 확 들어온다. 192, 아니면 195센티미터는 되어 보인다. 남자는 다리를 쭉 펴고 일어나 스트레칭하듯 몸을 꿈틀댄다.

"이렇게 크신데 비행기에서 불편하지 않으세요?" 내가 묻는다.

"네?" 남자가 눈썹을 들썩이며 되묻는다.

"키가 커서 다리를 움직이지도 못하겠는데요?"

남자가 살짝 안도한 듯이 한숨을 쉰다. "그렇지만 저가 항공을 선택했으니 감수해야죠. 편안함을 위한 비용을 내지 않았으니까요."

나는 보조 테이블에 올려둔 책 두 권을 얼른 집어 든다. 남자가 못 봤기를 바라며 자기계발서를 소설로 슬쩍 가린다. 똑바로 서니 황록색 후드티를 입은 남자의 떡 벌어진 이두박근이 내 눈앞에 바로 보인다. 시나몬 향과 아마도 고기 냄새인 듯한 옅은 음식 냄새가 풍긴다. 약간의 약품 냄새도 섞여 있다. 할머니가 쓰던 석탄산 비누 향 같기도 하고.

"이제 어쩌죠?" 남자가 나를 내려다보며 웃는다. 라미네이트를 입힌 치아가 하얗게 빛난다. 도자기 판을 씌웠네. 꽤 비쌀 텐데. 입 안에 수천 파운드가 돌아다니는 상상을 한다.

우리 둘은 잠시 가만히 서 있다.

"이분한테 잠시 비켜달라고 할까요?"

그러나 통로 자리 여자는 곤히 잠들어 있다. 이 여자 이륙 전에 수

면제를 먹었었지.

"저기요." 내가 여자에게 말을 건넨다. "실례할게요. 잠시만 비켜 주실래요?" 그러나 여자는 일어날 기색이 없다. 살짝 어깨를 두드려 봐도 마찬가지다. 좀 더 세게 두드려 보지만 여전히 잠만 잔다.

"기절하셨네요." 내가 남자 쪽을 돌아보며 말한다. "제가 거기로 들어갈까요? 아니면 그쪽이 들어오실래요?"

추파를 던지려는 건 아니었는데, 그렇게 들렸으면 어떡하지. 아니나 다를까 남자 눈빛이 살짝 흔들린다.

머리 위로 안전벨트 경고등이 뜬다. 그걸 보는데 아무 까닭 없이 얼굴이 붉어진다. 그걸 의식하고 나니 더욱 붉어진다.

복권을 팔던 승무원이 우리를 발견하고는 걸음을 멈춘다. "안전벨트를 매주세요." 그러면서 경고등을 가리킨다. 인공 태닝으로 태운 승무원의 피부는 감쪽같지만, 자세히 보면 헤어라인과 귀 근처 피부가 확실히 허연 티가 난다.

내가 대답한다. "네, 그래야죠. 그런데 저희가—"

"얼른 앉아서 안전벨트를 매세요." 그가 서둘러 달라는 듯 손가락을 돌리며 지시한다. "경고등이 켜졌어요."

"알아요. 그런데—"

"당장요." 그가 깔끔하게 손질된 손으로 옆구리를 짚는다. "두 분 다 지금 당장 앉으세요."

옆에 선 남자가 얼굴 한쪽을 찡그리며 웃음을 참는다. 결국 그가 먼저 앉아 벨트를 맨다. 나도 숨죽여 웃으며 도로 자리에 앉는다.

승무원은 분을 삭이듯 '휴' 소리를 내며 사라진다.

"어쩔 수 없죠." 내가 옆자리 남자에게 말을 건넨다. "그래도 제안 고마워요."

나는 들고 있던 책들을 다시 좌석 아래에 밀어 넣는다.

"다시 바꾸면 되죠. 승무원 이제 갔죠?" 남자가 말한다.

나는 웃으며 주위를 살핀다. "경고등이 켜졌어요!" 그리고 조금 전 승무원이 한 말을 흉내 낸다.

"내가 등받이에 붙어 움직일 테니까 그쪽이 앞으로 움직이세요. 얼른 끝내야 해요. 어때요? 괜찮죠?"

"그래요."

그가 등받이 쪽으로, 내가 앞쪽으로 미끄러지듯 자리를 옮긴다. 몸이 거의 닿을 듯하지만 실은 그렇지 않다. 조금 전 나란히 서 있을 때보다도 더 멀찍이 움직인다. 자리를 옮긴 남자는 이리저리 다리를 움직여보지만 나의 여행용 베개와 책들과 핸드백이 아래 공간을 차지하고 있어 이전보다 비좁아졌다.

안전벨트를 하고 앉아 있는데 조금 전 승무원이 다시 통로를 지나간다. 우리와 눈이 마주치고, 그대로 가나 싶더니 다시 돌아와 어리둥절한 표정으로 우리를 살핀다.

"눈치챘어요." 옆자리 남자가 복화술로 작게 말한다. 그는 괜히 자기 발끝을 뚫어지게 본다.

내가 숨죽여 킬킬댄다. 그리고 승무원의 시선을 피해 창밖을 본다. "우리가 싫은가 봐요."

"우리에 대해 뭘 안다고 그러겠어요." 남자가 말한다. "나는 줄리언이라고 해요."

남자가 악수를 청한다.

“나탈리예요.”

가슴 밑바닥에서부터 간질거리는 설렘이 피어오르지만, 애써 외면한다. 진정해, 나탈리.

구름과 바다는 그야말로 장관이다. 이윽고 비행기가 하얀 안개를 뚫고 하강한다. 푸르고 잔잔한 바다가 아래에 펼쳐진다. 갑자기 지리 시험을 보는 기분이다. X 지점은 북해. Y 지점은 어선, Z 지점은 석유 굴착 장치.

“줄리언, 저기 봐요. 풍차예요.” 내가 아래를 가리킨다. “드디어 네덜란드에 왔네요.”

풍차 바퀴가 핑그르르 돌고 있다.

“저건 풍력 터빈이에요.”

“풍차인데요?”

“풍차가 뭔지는 알죠. 그런데 저건 터빈이에요.”

목이 달아오른다. “아, 참. 풍력 터빈 알죠. 뭔가를 너무 기대해서 헛것을 볼 때가 있잖아요. 뭔지 알죠?”

“글쎄요.”

“보고 싶은 게 있으면 비슷한 것만 봐도 죄다 그걸로 보여요.”

“그게 인생이죠.” 그가 대답한다.

가지런히 구획된 들판을 따라 풍력 터빈이 더 많이 눈에 들어온다. 바다에는 선박들이 나가 있다. 좀 더 하강하자 부둣가의 작은 배들과 사람들이 점점이 모습을 드러낸다. 일광욕 중인 건가? 날씨를 가늠해 본다. 20도 중반은 될 테지만 구름도 날씨도 우중충한 것이

제대로 짐을 싸 온 게 맞나 불안하다. 암스테르담에는 사흘간 묵을 예정이라 기내 반입용 가방에 여름옷들만 몇 개 챙겨왔는데. 비옷이라도 가져왔어야 했나?

"출장이에요, 아니면 관광?" 줄리언에게 묻는다. 내뱉고 나니 암스테르담행 비행기에서 만난 매력적인 남성에게 할 질문은 아닌 것 같아 후회된다. 줄리언이 씩 웃는다. 부자만 가질 수 있는 저 치아.

"예?"

"여행 가는 거예요? 대답하기 곤란하시나?"

"아하." 줄리언이 소리 내어 웃는다. "출장이에요. 관광이기도 하고. 둘 다이거나 아닐 수도 있겠네요. 금요일 콘퍼런스에 기조연설자로 참석하거든요. 그전까지는 관광할 생각이에요. 아름다운 도시라 들었어요. 그쪽은요? 출장이에요, 관광이에요?"

"저가 항공권을 구해 휴가차 왔어요."

비행기가 고도를 낮추는 동안 우리는 잠시 말이 없다. 나는 손에 핏기가 가실 정도로 손잡이를 꽉 붙든다. 비행기를 타는 건 상관없지만 착륙은 정말 싫다. 바퀴가 땅에 닿을 때의 그 충격이란. 하늘에서 땅으로 내려갈 때의 그 급격한 변화란 도무지.

갑작스러운 입맞춤처럼 비행기가 요란하게 활주로를 미끄러진다. 속도가 잦아든 후에야 나는 참고 있던 숨을 깊이 내쉰다.

제시간에 안전히 목적지에 도착했다는 기내 방송이 시작된다. 다음번에도 이 항공사를 이용해달라는 부탁의 말도 빠지지 않는다. 마지막으로 조종사가 부드러운 유럽 억양으로 감사 인사를 전한다.

승객들이 하나둘 휴대폰을 켜자 여기저기서 알림음이 울린다. 줄리언도 휴대폰을 켠다. 잠금 화면은 웬 단체 사진이다. 줄리언은 아주 집중하여 화면을 넘기고 타이핑을 한다. 콧대에 걸친 안경을 한 번 쓱 올리는 그는 옆모습이 영락없이 제이미 폭스다. 부드러운 콧대와 깔끔한 구릿빛 피부, 총기 있는 눈. 그만 좀 훔쳐봐. 나는 고개를 젓는다. 그만 감탄하라고. 들키면 어쩌려고.

그러기가 무섭기 그에게 들키고 만다.

나는 웃어 보인다. "아래 있는 짐을 꺼내도 될까요?"

"물론이죠." 줄리언이 자기 밑에 놓인 내 짐을 조심히 꺼내 준다. "거기 있는 내 가방도 꺼내 줄래요?"

나는 그제야 내 발치에 얇고 납작한 가죽 가방이 있다는 걸 깨닫는다. "하마터면 밟을 뻔했네요. 있는지도 몰랐어요. 미안해요."

"약이랑 책이 들었어요."

"책까지 들었는데 엄청 작네요." 나는 그에게 가방을 건넨다.

그가 가방을 열어 책 두 권을 꺼낸다. 하나는 경제학책이고 나머지는 젠 철학에 관한 책이다. 가방 안을 힐끔 보니 하드커버 공책 한 권, 약과 크림 따위가 든 투명 비닐 가방이 들었다.

"세상에, 그 안에 그게 다 들어가요?" 나는 깜짝 놀라 말한다.

"그게 인생이죠."

통로 자리에서 내내 잠만 자던 여자가 어느새 일어나 등받이에 기댄 채 나를 빤히 보고 있다. 줄리언은 다시 휴대폰에 빠져 있다.

"저는 사람들의 기운을 연구해요." 여자가 말한다.

"아, 네." 내가 대답한다.

"처음 탑승했을 때 당신에게는 초록빛이 흘렀어요. 이 남자는 보랏빛이었고. 그런데 지금은 둘 다 바뀌었어요. 합쳐졌다고 해야 하나. 둘 다 오렌지색이 됐어요. 그리고 그, 뭐랄까?" 여자가 고개를 왼쪽으로 돌려 골똘히 생각한다. "동요하고 있네요."

나는 줄리언이 여자의 말을 못 들었기를 바라며 얼굴을 붉힌다. 하지만 줄리언도 그 말을 들었는지 나를 은근히 곁눈질한다.

"타자마자 바륨을 두 알 먹었는데." 여자가 계속 떠든다. "통 듣지를 않네."

"아까 잠시 비켜 달라고 했을 때는 세상모르고 주무시던데요?" 내가 대꾸한다. "아니었어요?" 왠지 속은 기분이다. 그리고 나도 모르게 줄리언의 왼손을 확인한다. 길고 늘씬한 손가락. 반지는 없다.

여자가 내게 윙크한다.

승객들이 일어나 이리저리 움직이고 멈췄다 섰다 하며 기내를 빠져나간다.

우리가 나갈 차례가 되고, 줄리언은 내 짐을 내려주겠다고 한다.

"혼자 할 수 있어요. 짐도 얼마 없고요. 그래도 고마워요."

줄리언은 내가 통로로 나갈 수 있게 뒤로 비켜선다. 나는 머리 위 짐칸에서 배낭을 꺼내다 크롬 재질의 짐가방에 붙은 이름표에서 '줄리언 그레이엄'이라는 이름과 이메일 주소를 확인한다.

비행기를 빠져나가는 대기 행렬에 서서 두런두런 여행 계획을 이야기하는 사람들의 수다를 엿듣는다. 이중 암스테르담의 문화를 보러 온 사람은 누구일지, 또 그 이면을 보러 온 사람은 누구일지 생각하며 시간을 흘려보낸다. 뒤를 돌아보니 줄리언이 나를 보며 씩 웃는다. 또, 저 부자연스러운 치아가 눈에 들어온다.

갑자기 시선이 신경 쓰이기 시작한다. 헤드폰을 휴대폰과 연결해 댄스 음악 플레이 리스트를 재생한다. 번호라도 교환할 걸 그랬나? 사람들은 어떻게 그런 걸 하지? 싱글이면서 품위를 유지하는 거, 그거 어떻게 하는 건데? 줄리언을 보러 뒤를 흘끔거리는 순간 그와 바로 마주친다. 얼굴과 목덜미가 붉어져 황급히 고개를 돌린다.

터미널로 나와 유럽 여권 소지자 줄에 선다. 일정한 속도로 대기 줄이 줄어든다. 반면 논 EU 여권의 대기 줄은 굼벵이 기듯 느리게 줄어든다. 내가 가진 여권의 의미에 대해 생각해본다. 아일랜드인. 기독교인. 부자. 사실 나는 종교도 돈도 없지만.

뒤를 돌아 줄리언을 찾는다.

만삭의 무슬림 여성이 불안해하고 있다. 실내는 가뜩이나 더운데 그 여자가 있는 대기 줄은 줄어들 기색이 없다. 여성은 시계를 한 번 확인한 뒤 보안 요원을 노려보며 부푼 배를 쓰다듬는다. 자기 몸속에 또 다른 생명을 품는다는 건 어떤 기분일까. 내 것이 아닌 다른 것의 무게가 온몸을 짓누르는 느낌이란 대체 뭘까.

만삭의 여성이 보안 요원에게 어째서 40분째 대기 줄이 그대로냐고 영어로 항의한다.

"철저히 검사해야 해서요." 남자의 영어 발음은 아주 유창하고 정확하다. 아마도 네덜란드인일 것이다.

"소변이 급해요. 그렇다고 줄을 이탈할 수도 없고. 왜 다른 줄은 저렇게 빨리 통과해요?"

"글쎄요." 보안 요원이 어깨를 으쓱한다. "이런 보안 검사는 이제 익숙하지 않으신가요. 하루 이틀 일도 아니고."

“뭐라고요?”

“철저히 검사해야죠. 요즘 같은 때는.” 요원이 말한다. “화장실에 가고 싶으시면 제가 자리를 맡아드리죠.”

여성이 한숨과 함께 고맙다고 말하자 요원이 보안 줄을 끌러 길을 터준다. 여성이 허리를 부여잡고 뒤뚱거리며 화장실로 간다.

내가 서 있는 대기 줄은 순조롭게 빠지고 있다. 뒤쪽에서 항의하는 소리가 계속 들리지만 나는 더 이상 뒤돌아보지 않는다. 수하물 찾는 곳을 살핀다. 컨베이어 벨트 앞에 줄리언이 있다. 언제나 남들에게 친절한 저 태도. 나는 그의 미소와 우아함에 대해 생각하다 황급히 정신을 다잡는다.

다가가서 인사말이라도 건네려다 포기한다. 공항 라운지로 나가 작은 가게들과 꽃집들, 보석 가게와 해산물 식당을 지난다. 경찰관 둘이 자전거를 타고 지나간다. 네덜란드 사람들이 그렇게 자전거를 많이 탄다던데 직접 본 건 처음이다. 출구로 나간다는 것이 실수로 기차역에 다다른다.

신이 난 젊은 남성 관광객들이 자판기 앞에서 담배를 사려고 끙끙대고 있다. 나는 그들을 피해 관광객 안내 데스크로 가 방향을 묻는다.

젊고 늙은 남자들 무리를 지나 버스 정류소를 찾아 헤맨다. 비행 여독으로 몸이 축 처진다. 낮잠을 자고 샤워한 뒤 맛있는 걸 먹고 쉬어야지. 밖으로 나가 버스 타는 방법을 묻자 형광 주황색 조끼를 입은 남자가 무척 친절하게 모든 걸 설명해준다. 표를 사서 기다린다. 어딘가 듣기 좋으면서 익숙한 소리가 들려와 고개를 돌린다. 줄리언이 택시 트렁크에 짐을 실으면서 운전사와 웃으며 농담을 나누고 있다. 어느새 가방에 끈을 연결해 한쪽 어깨에 걸쳐 메고 있다. 부자연스러운 구석이 하나 없는 사람이야. 손을 흔들어 택시에 올라타는 그를 붙잡고 싶다. 하지만 줄리언은 나와 다른 세상 사람이야. 아예 다른 사람. 여유와 재력을 가진 사람. 지금 내 기운의 색깔은 무슨 색일까. 아마도 회색일 거야. 네덜란드 하늘처럼 잿빛. 도착한 버스에 몸을 싣는다.

시내버스가 영어로 안내 방송을 내보내는데도 나는 내릴 역을 놓칠까 봐 불안하다.

버스 기사에게 다가가 묻는다. "저기, 반 고흐 뮤지엄 아직인가요?"

기사는 어리둥절한 눈치다.

"반 고 뮤지엄? 반 고프 뮤지엄? 발음을 어떻게 하더라?"

"아까 지난 곳이 뮤세움플레인•이에요." 기사가 엄지로 뒤를 가리킨다.

"그렇군요." 나는 우물거리며 다음 역에서 내리기 위해 하차 버튼을 누른다.

여행 온 것을 후회하며 가방을 질질 끈다. 길을 잃었을 때 찾아드는 고독과 짜증, 배고픔, 그리고 낯선 곳에서의 새로움과 피로함이 익숙하다.

• 암스테르담에 있는 광장으로 반 고흐 뮤지엄 등 유명 관광지와 이어져 있음.

거리에서 잡히는 무료 와이파이를 이용해 지도를 확인해보니 호스텔로 가려면 왔던 길을 되돌아가란다.

훤칠한 네덜란드 남자가 접수 데스크를 지키고 있다. 깔끔하게 자른 머리와 구레나룻은 디자이너 작품이 분명하다. 혹시 내 마스카라가 번지지 않았는지 신경이 쓰인다. 체크인을 하면서 근처에 괜찮은 카페나 식당이 있는지 묻는다.

그가 내게 열쇠를 건네며 엘리베이터 위치를 안내한 뒤 이 근처 식당들은 비싼 편이지만 그런 걸 신경 쓰지 않는다면 괜찮은 곳이 여럿 있다고 말한다. 말투가 살짝 건방진 것 같지만, 너무 피곤해 예민해진 탓이겠지.

엘리베이터는 대리석 마감재를 썼고 사방에 조명이 달렸다. 돈이 아깝지 않은 수준의 호스텔이다. 호텔이라 해도 이상하지 않다. 한때 호텔 객실이었을 곳에 2층 침대가 들어가 있다. 방에는 아무도 없고 침대 두 개에 가방과 책들, 잠옷과 그 밖에 타인의 자취들이 올려져 있다. 검은 에나멜 짐가방이 구석 자리를 차지하고 있다. 남자일까, 여자일까?

나는 침대와 금고를 하나씩 차지한다. 금고 앞으로 다가가 사용설명서를 읽는다. 안을 열어보니 하이네켄 맥주병과 쿼터 보틀 크기의 진 병이 들어 있다. 이 방을 쓰던 어느 배낭 여행객의 선물인가. 비행기에 내린 후로 처음 미소가 지어진다. 나는 하이네켄 병 꼭지를 비틀어 딴다.

블라인드를 올려 작은 발코니로 이어지는 창문을 연다. "암스테르담을 위해 건배." 술병을 올리며 혼잣말한다.

침대에 누웠다가 깜빡 잠든다. 일어나 샤워하고 옷을 갈아입고 나자 정신이 든다. 식사하러 호스텔을 나선다. 좀 전에 실컷 헤맨 덕인지 거리가 벌써 익숙하다. 레스토랑 메뉴를 살피다 만다. 가격 때문이 아니다. 혼자 먹기 싫어서다.

슈퍼마켓을 찾아 거리를 배회한다. 그렇게 한참을 거닌다. 호스텔에서 구한 종이 지도를 펼쳐 위치를 확인한다.

"돌겠네." 지도를 도로 집어넣는다. 그냥 발길이 이끄는 대로 가 보자.

운하와 비좁은 집들, 자전거 타는 사람들과 패셔너블한 사람들을 지나친 후에야 슈퍼마켓을 발견한다. 냉장고에 건강식 패스트푸드가 한가득 진열되어 있다. 과일과 야채 스낵, 치킨 페스토 파스타 샐러드를 저녁거리로 고른다.

호스텔로 돌아가는 길, 샐러드 박스를 열었는데 숟가락이 없다. 호스텔에 주방이 있었던가. 미처 확인을 못했다. 너무 허기가 져서 파스타 가닥을 손으로 집어 먹는다. 한 번 더 집는다. 몇 년 전, 지금보다 식습관이 훨씬 엉망이었던 뉴질랜드 여행 시절이 떠오른다.

키가 크고 체격이 좋은 경찰관들이 지나간다. 경찰관들은 공사장 간이 발판에 서 있는 사람들을 향해 소리를 치고 있다. 모두가 웃고 있다.

거대하고 뜨거운 잿빛 구름이 깔려 파란 하늘은 군데군데 구멍처럼 모습을 드러낸다. 광장의 노인들이 말이 인간 크기만 한 대형 체스판에서 체스를 두고 있다. 나는 홀로 미개인처럼 손으로 음식을 집어 먹으며, 암스테르담과 안 맞는 거 아닌가, 생각한다.

방에 돌아오니 에나멜 짐가방이 활짝 열려 있고, 젊은 남자 하나가 선반에 짐을 정리 중이다. 인상이 활기차고 지중해 사람인 듯 머리와 눈동자가 짙다.

"레온이에요."

네덜란드 사람인가.

"독일인이에요." 레온이 묻기도 전에 대답한다. "아빠가 스페인 사람이고요."

맘에 들어.

그는 암스테르담 대학교에서 사회학 석사 과정을 막 시작했고 아직 이 도시에 적응하는 중이란다.

"사흘간 호스텔에서 머물면서 자취 집을 찾으려고요."

"나도 여기서 사흘간 묵어요." 나는 이렇게 말하며 쇼핑 봉투에서 딸기 한 통을 꺼내 레온에게 권한다. "슈퍼마켓을 찾는 데만 한참이 걸렸지 뭐예요."

레온은 사양한다. "그래요? 이 건물 바로 뒤에 하나 있던데." 레온이 창문 밖을 가리킨다. "200미터만 가면 돼요."

나는 한숨을 쉰다. "이렇게 헤매면서 익숙해지는 거죠."

"맞아요. 한 대 피우러 나갈 건데. 같이 갈래요?"

"담배 말하는 거죠?"

"그렇죠. 아무래도." 레온이 씩 웃는다.

"비흡연자라서요. 괜찮아요."

방문이 열리더니 아시아인 남자가 배낭을 바닥에 내팽개친다.

"무거워 죽겠네." 남자가 혼잣말한다.

그 심정을 알 것 같다.

"티머시예요. 어디서 왔어요?"

"아일랜드요." 내가 대답한다.

"대박. 오늘 아일랜드에서 여기로 온 건데. 지난주 내내 더블린에 있었어요. 부어라 마셔라 놀았죠. 하마터면 비행기를 놓칠 뻔했어요."

내가 웃는다.

"초면에 예의가 아니지만 샤워가 너무 급해서요. 이따 다시 봐요." 남자는 이렇게 말한 뒤 침대에 놓인 수건을 집는다.

남자가 나가자마자 회전문인 양 이번에는 미국인 남자가 들어온다. 검은 테 안경을 쓰고 머리는 밝은 금발이다. "안녕하세요." 그는 내 침대와 가장 가까운 침대를 고른다. "뭐 읽고 있어요?"

"사는 동안 더 열심히 살라고 말하는 자기계발서요."

"살아 있지 않은 경우도 있나요?"

"내면은 죽어 있을 수도 있잖아요?"

"그렇네요. 그나저나 바로 나가봐야 해서." 그가 애프터셰이브 로션을 찍 뿌린다. "친척과 오랜만에 만나는데 술 냄새를 풍기고 갈 수는 없죠. 아무튼 만나서 반가워요. 시간 되면 책 이야기는 내일 나눌까요? 좋은 밤 보내요."

사람들을 사귀어 활기를 되찾은 나는 밖으로 나가 안네 프랑크 하우스에 다녀오기로 한다. 하우스 입장권은 비행기 표를 예약하던 날 일찌감치 사두었다.

빨갛고 하얀 글씨로 'I AMSTERDAM'이라고 적힌 대형 알파벳 조각상이 보인다. 꼬맹이 몇몇이 M 조각상 앞에서 뛰놀고 있다. 바람이 살랑이지만 춥지는 않은 저녁이다. 카메라를 셀카 모드로 바꿔 조각상이 걸리게 셀카를 찍는다. 너무 어두워 가로등 근처로 이동한다. 조각상 위치를 확인하러 두리번거리는데, 커다란 빨간색의 I 조각상 앞에 낯익은 형체가 서 있다. 그 사람이다. 비행기에서 만났던 남자. 오늘 밤은 갈수록 흥미진진해지는데. 나는 뭐라 말할지 생각할 새도 없이 서둘러 그가 있는 쪽으로 걸어간다.

"줄리언." 애써 태연한 척 이름을 부른다. 하지만 숨이 잘 쉬어지지 않는다.

줄리언이 이마에 주름이 갈 정도로 눈을 크게 뜬다. "나탈리? 와, 안녕하세요."

나는 밝게 웃는다. "여기서 만나다니 신기하네요."

"그러게요."

"이 조각상이랑 셀카를 찍고 싶은데 잘 안 돼요."

"내가 찍어 줄까요?" 그가 제안한다.

"그래요." 그와 자리를 바꾼다. 휴대폰 카메라를 설정해 그에게 누를 버튼을 알려준다. 그가 사진을 찍는 동안 나는 미소를 유지한다. 잘 나왔느냐고 그에게 묻는다.

"그럼요. 그런데 더 좋은 생각이 났어요. S 앞에 서서 I AM 다음에 당신이 나오게 하는 건 어때요? 멋지지 않아요?"

그렇게 줄리언은 몇 분이나 촬영에 열을 올린다.

"네덜란드인처럼 해봐요. 손가락으로 스스로를 가리켜봐요. 그다음에는 하늘을. 파리에 도착한 줄 알았는데 암스테르담에 와 있는 사람인척 해봐요."

웃음이 난다.

"이리로 와요." 나는 조각상에 함께 앉자며 그에게 손짓한다. "여기 와서 같이 찍어요. 비행기에서 만난 사진작가 선생님."

"저는 사진 찍는 게 민망해요." 그가 휴대폰을 건네며 말한다.

"정말요? 왜요? 자신감을 가질 외모인데."

가로등 빛이 그의 우아한 얼굴선을 비춘다. 그는 목에 줄무늬 스카프를 둘렀다. 입술은 도톰하고, 덥수룩하게 자란 수염은 연한 빛깔을 띠고 있다.

"칭찬은 고맙지만 어색한 건 어쩔 수 없어요. 사진을 찍으면 늘 이상하게 나오더라고요."

내가 팔을 쭉 뻗고 몸을 줄리언 쪽으로 기대 그와 셀카를 찍는다. 그리고 사진을 확인한다. 사진 속 그의 모습은 멋지지만 수줍어 보인다.

"사진발 잘 받네요, 줄리언." 내가 고개를 끄덕거린다.

우리 둘은 조각상에 걸터앉은 채로 한참을 이야기한다. 그의 어깨와 팔이 내 몸에 닿는다. 골반 쪽에서 일어나는 짜릿한 감각을 나는 애써 외면한다.

"근사한 곳에 묵으시겠죠?" 나는 뮈세윔플레인을 보며 묻는다.

"네, 괜찮더군요. 콘퍼런스 측에서 예약을 잡아줬어요. 트윈베드에 4성급으로. 당신은요?"

"호스텔치고 괜찮은 곳에 묵어요. 문제는 남정네 셋이랑 한방을 써야 한다는 거죠."

"나는 호스텔은 힘들어요." 그가 말한다.

"왜요?"

"나이가 너무 들었나 봐요. 혼자만의 공간이 필요해요."

"그런가요. 나는 예민한 편이지만 잠자는 공간에는 둔한가 봐요. 호텔도 좋긴 한데 호스텔에서만큼 사람들을 많이 만나기는 어렵잖아요. 나이가 어떻게 돼요?"

"다음 달에 서른여섯이에요. 당신은?"

"서른하나요."

"그런 면에서는 호스텔이 좋죠. 나는 여행할 때 사람들을 많이 사귀지 않아요. 동료나 콘퍼런스 참가자들 정도. 이상하게 노부부들이 말을 자주 걸기는 하더군요. 대부분은 혼자 관광하고 돌아다녀요."

"나도 그럴 때가 있어요. 혼자 다니다가 친구가 생기면 보너스구나, 생각하고 함께 다니죠. 그런데 저번 여행 때는 같이 갔던 친구와 거의 절교할 뻔했어요."

"그래요?"

"이해관계가 달랐거든요. 다행히 돌아오는 길에 화해했어요. 괜히 앙금을 쌓아둘 필요는 없죠." 잠시 말을 멈춘다. "어떤 친구들과의 우정은 절대 무너지지 않더라고요."

"그게 진짜 친구죠. 나도 그런 친구 녀석들이 몇 있어요. 그나저나 오늘 밤에는 뭐 하나요, 나탈리?"

"지금요?"

"네. 같이 걸을래요? 맥주도 마시고?"

나는 잠시 망설이다 그와 눈을 맞춘다. "그래요. 그런데 이런 복장으로 술집에 가도 될까요?" 나는 내 옷차림새를 살핀다. 딱 달라붙는 황록색 블라우스에 검은 스키니진. 밤에 놀러 나온 복장답지는 않다. 그나마 다행인 건 비행기에서 입었던 옷을 갈아입었다는 것이다.

"물론이죠. 아무 문제 없을 것 같은데요."

줄리언의 눈빛은 따스하고 배려 깊다. 그와 함께 길을 걸으니 든든하다. 나는 아까 혼자 구경하며 봐둔 것들을 가리킨다.

"저기 앞에 가면 근사한 다리가 있어요. 오른쪽으로 틀면 남근 모양 램프가 있고요."

"동네마다 남근 모양 램프는 하나쯤 있어야죠." 그가 맞장구친다.

"저쪽 진열창에는 엉덩이 모양 촛대도 있던데요. 양초가 쏙 들어가게 생겼어요."

"다음에는 뭘 만들어 낼까요?"

"질 모양 센서 등?"

그가 내 손을 잡으려는 것 같다는 생각이 드는 순간, 앞으로 손을 뻗은 그가 벽보를 가리킨다.

DJ 아질의 올나잇 트랜스파티

4월 12일 저녁 8시, 클럽 엘레멘텐스트라아트

"내일이네요. 재밌겠다."

"파티 좋아해요?" 줄리언이 묻는다.

내가 침묵하자 그의 눈이 커진다.

"나는 다음날에 감당할 자신이 없어요." 줄리언이 말한다. "정말로요."

"무슨 말인지 이해하지만, 놀 때는 희한하게 그 생각이 안 나더라고요. 줄리언은 비즈니스맨 맞죠? 캐주얼한 복장에 비해 가방 안은 무척 지적으로 보이던걸요?"

"관찰력이 좋군요. 뭐, 비즈니스맨이라고 할 수 있죠. 아니면 사업가라거나. 사실 둘 다 정확한 표현은 아니에요. 요즘 말로는 스타트업에서 일한다고 해야겠네요."

"어떤 분야에서요?"

그가 말을 고른다. "헬스, 피트니스, 영양제. 주로 영양제에 관한 거예요. 말하자면 그런 거."

"나는 스핀 클래스 강사였어요."

"정말요?"

"그런데 잘렸어요."

"왜요?"

"아, 줄리언. 사연이 길답니다. 나중에 말할게요."

"지금은 무슨 일을 해요?"

"운동 강사 지망생이죠. 곧 자격증이 나와요."

"좋은 소식이군요."

"지난주에 최종 시험과 실습을 치렀고 성적도 괜찮게 나왔어요. 이쪽 길로 오기까지 방황을 좀 한 터라 이제 시작이에요. 당장은 돈도 못 벌고. 남정네 셋과 한 숙소를 써야 하는 처지죠. 어머, 근데 여기 홍등가 아니에요?"

앞에 펼쳐진 거리는 인파로 북적거린다. 성 노동자들이 란제리를 입고서 유리 통창 너머에 서 있다. 박스 안에 포장된 성인용 바비 인형의 실사판 같다. 그녀들은 셀카를 찍고 도발적으로 춤을 추며 행인들을 유혹한다.

저 멀리 운하에 빨간 불빛이 반사된다.

"만나볼래요? 와, 다들 정말 예뻐요."

"아뇨." 줄리언이 잘라 말한다. "난 됐어요."

"시도해본 적은요?"

"나탈리, 대답을 듣고 싶지 않은 질문은 애초에 하지 말라고 아무도 말 안 해줬어요?" 줄리언이 걸음을 멈춘다.

"경험은 있지만 이야기하고 싶지 않아요, 라는 뜻으로 받아들일게요."

"잘 아네요. 내일은 뭐 해요?"

"오전 9시 반에 안네 프랑크 하우스 방문을 예약했어요. 오후에는 그냥 돌아다닐 생각이고요." 내가 대답한다.

"혼자?"

"아마도요."

우리는 잠시 편안한 침묵 속에 길을 거닌다.

호스텔 앞에 도착하자 그가 입을 연다. "내일 4시에 운하 유람선을 예약했는데 같이 갈래요? 거절해도 괜찮아요. 어차피 나는 갈 거라서. 누군가와 함께라면 더 좋겠지만 부담스럽게 생각하진 마요. 다른 계획을 세워놨다면 그걸 하세요."

"줄리언." 빙빙 돌려 말하는 그를 보는 것이 즐겁다. "운하 유람선이라면 나도 좋죠. 혼자 말고 둘이 다니면 훨씬 더 재밌겠네요."

"그러면 여기로 데리러 오면 될까요?" 그가 호스텔을 가리킨다. "3시쯤 만나는 거 어때요? 날씨가 좋으면 걸어서 선착장까지 걸어가요."

"그래요. 좋아요."

"알았어요. 고마워요. 다시 만나 좋네요."

"나도요, 줄리언. 나도 정말 좋아요."

나는 구름 위에 떠 있는 듯한 기분으로 방에 들어선다.

"무슨 일 있어요?" 수건으로 머리를 말리던 레온이 날 보고는 웃는다.

"비행기에서 만난 남자가 있는데요. 자꾸 생각이 나요. 잘생겼고 유머 감각도 있어요."

"키 크고 까무잡잡하면서 잘생긴 타입인가요?"

"완전요. 그런데 그 남자를 우연히 거리에서 만났지 뭐예요. 두어 시간 걸으며 이야기 나누다 왔어요. 되게 재밌었어요. 로맨틱하기도 하고."

"우우." 레온이 놀리는 소리를 낸다. "사랑에 빠진 건가. 같이 나갈래요? 마리화나 말아 왔는데."

"오늘은 충분히 취했어요."

아침 일찍 일어나 안네 프랑크 하우스를 방문한다. 들어가자마자 눈물이 쏟아진다. 안네의 생애와 나치 치하에서 유대인들이 받았던 핍박을 생각한다. 평범한 10대 소녀였을 안나를 생각하니 마음이

미어진다.

위층에 올라가니 안네가 쓰던 방이 나온다. 비좁은 방을 둘러보는데 웬 커플이 데이트를 즐기고 있다. 이런 데서 데이트할 생각을 하다니 신기하기도 하지. 인간이 타인에게 고통을 가하는 공포를 보면서 서로 더 가까워지는 건가? 서로에게 보호 본능이라도 느끼는 거야?

흐릿한 흑백 영상을 보며 나는 또다시 눈물을 훔친다. 유대인들이 수용소행 열차에 올라타고 있다. 두꺼운 외투에 다윗의 별이 달려 있다. 영상 마지막에 어린 소녀가 등장한다. 좁은 열차 칸에 사람들이 짐짝처럼 실리고 있는데도 꼬마는 덤덤하다. 그저 카메라를 보며 열심히 손을 흔든다. 조만간 자신이 가족과 생이별해 굶주리게 될 것이며 사람들이 죽어가리라는 것을, 또 자신도 그렇게 되리라는 것을 까마득히 모른 채. 꼬마는 손을 흔든다. 그 순수함이 슬프다.

인체의 신비 박물관 직원이 2유로를 할인해주겠다며 나를 꾄다. 너무 더워 피신할 곳이 필요했던 나는 냉큼 박물관에 입장한다. 전시의 주제는 당연히 인간의 몸이다. 흡연이 몸에 미치는 영향은 역겹기 그지없다. 입부터 항문까지 소화기 계통을 평면에 펼쳐 놓고 음식을 소화해 영양분을 얻으려면 얼마만큼의 에너지가 필요한지를 보여주는 전시는 그보다도 경악스럽다. 설탕과 불량 식품, 육류와 기름을 소화하는 데는 대단한 에너지가 든다. 나는 쓰레기 같은 음식을 보란 듯 몸속에 집어넣었던 과거의 나를 떠올리며 충격에 빠진다. 내 몸이 얼마나 관대하고 강인한 나의 편인지를 생각하며 새삼 놀란다.

나이가 지긋한 영국인 둘이 심장 전시를 보며 감탄한다. 그러면서 각자의 심장마비 경험담을 늘어놓는다. 살이 푸짐한 쪽은 정맥과 동맥에 관한 지식이 전문가 수준이다. 이윽고 대화 주제는 스텐트로 넘어간다. 그러다 한쪽이 점심 메뉴를 묻자 다른 한쪽이 옆 건물에 있는 피자 전문점에 가자고 제안한다.

줄리언을 만나러 가기 전에 부지런히 움직이면 박물관을 한 곳 더 볼 수 있을 듯하다.

다음으로 섹스 박물관에 돈을 내고 입장한다. 15년, 20년 전이었으면 꽤 도발적인 전시라 했겠지만, 인터넷 포르노가 차고 넘치는 요즘 같은 때에는 이런 걸 봐도 아무 감흥이 없다. 상품처럼 진열되어 있던 홍등가 여성들도 처음에만 낯설었을 뿐, 웬만한 힙합 뮤직비디오보다 덜 기이하게 느껴지던데.

나는 전날 밤 환각 버섯을 체험했다는 미국인 학생들의 수다를 우연히 엿듣는다.

"신을 만나고 왔다니까." 한 학생이 말한다. 아직도 취한 목소리다.

"어디서 샀어?"

"이 거리 맞은편에 있는 가게. 홍등가 쪽. 드레드 머리에 사시 눈을 한 백인 남자를 찾아갔지. 프랑스 출신 같던데, 알 게 뭐야. 아무튼 유럽 출신이지만 네덜란드 사람은 아니었어. 그 사람이 잘 알더라. 어떤 종류의 환각을 원하는지 말하면 그 사람이 알아서 줄 거야."

"죽인다."

나는 박물관을 나가 조금 전 학생이 말한 가게를 찾아간다. 약초를 친환경적으로 기르고 있다는 설명이 적힌 표지판과 각종 흡연용품, 대마 제품, 버섯과 마약 제품이 가게를 채우고 있다.

알록달록한 후드티를 입은 직원이 인사를 건넨다. "안녕하세요." 그러면서 있지도 않은 모자를 벗어 보이는 시늉을 한다.

"입문용으로 괜찮은 버섯은 뭐죠? 너무 센 거는 말고요. 처음 해보는 거예요."

"트러플이 좋겠네요." 그가 추천한 몇 가지 제품 중에서 나는 머쉬락스를 고른다.

"안전하게 섭취할 곳은 있나요? 되도록 공원이나 야외를 추천해요. 다른 걸 섞어 먹거나 마시지 말고 물과 버섯만 섭취하셔야 해요. 지구는 화학 제품과 섞이는 걸 좋아하지 않는답니다. 여기 받으세요." 그는 땅콩 봉지를 함께 건넨다. "맛을 덮으려면 이게 필요할 거예요. 같이 할 친구는 있어요?"

"아마도요."

"24유로입니다." 그가 말한다. "나마스테."

줄리언이 나를 데리러 왔을 때 날씨는 여전히 따뜻하고 화창하다. 재밌게 시간을 보냈느냐는 말에 나도 모르게 주머니에 챙겨 온 버섯 상자에 손이 간다.

"샌드위치와 차를 사서 탈까요? 표는 챙겼어요."

"먹은 건 내가 살게요, 줄리언." 내가 말한다.

"됐어요. 정말 괜찮아요. 내가 쓰는 돈은 다 출장비로 정산할 거거든요. 오후에 함께 다닐 친구가 생겨서 참 좋아요. 정말로요."

"알았어요. 그러면 마실 거라도 살게요. 맥주 마실래요? 과자도 살까요?"

"그럼 맥주와 물을 마실게요. 이 나라는 샤워기, 변기, 싱크대 물이 다 같은 수돗물이라는 거 아나요? 세계에서 상수도 시설이 가장 잘 되어 있는 곳이래요."

"정말요? 어제 마실 물을 구하려고 마트를 찾느라 고생했는데. 수돗물을 바로 마셔도 되는지 몰랐어요."

"변기 물을 마셔도 돼요. 하지만 정말 그러지는 말아요."

우리는 운하 유람선에 탑승한다. 나는 조금 전 들렀던 버섯 가게와 그곳 직원 이야기를 들려준다. 그리고 그 버섯이 일으킨다는 환각에 대해서도.

"같이 해볼래요?"

"아뇨." 줄리언이 씁쓸하게 고개를 젓는다. "대학 때 시도했다가 두 번이나 경련을 일으켰어요. 알레르기래요."

"정말요?"

"네. 원한다면 내가 말짱한 정신으로 옆에 있어줄 수는 있어요."

유람선을 타고 암스테르담의 유명 관광지를 반쯤 구경했을 때 즈음, 갑자기 충동이 일어 버섯을 꺼내 몇 개 삼킨다. 미뢰에 금속이 닿는 것처럼 톡 쏘는 맛이다.

"윽." 급히 땅콩을 한 움큼 털어 넣은 뒤 반죽이 될 때까지 오물거린다.

눈앞 건물들이 유람선 쪽으로 기울기 시작한다. 배에서 내리기가 무섭다. 줄리언에게 양해를 구한다. "4분의 1밖에 안 먹었는데 이래요. 더 먹었으면 큰일 날 뻔했어요."

"괜찮을 거예요." 줄리언이 나를 진정시킨다. "호흡하면서 진정해요."

"그 광란의 파티에 가고 싶어요."

"잔소리하고 싶진 않지만," 줄리언이 손바닥을 내보인다. "지금 상태로 파티에 가는 건 위험해요. 조용한 곳에 가서 안정을 취해요. 택시를 잡아 호스텔까지 바래다줄게요. 알았죠?"

"알았어요. 고마워요."

"금방 괜찮아질 거예요."

택시가 호스텔 앞에 멈추자 줄리언이 나를 문까지 부축해 준다.

"함께 다녀줘서 고마워요."

"마지막을 망쳐서 이거 어쩌죠."

"망치기는요. 자판기에서 단 음식을 사 먹어봐요. 나는 단 음식이라면 결사반대하는 사람이지만, 환각에서 깨어나는 데 단맛이 도움이 될 수 있거든요."

"고마워요, 줄리언."

"나중에 다시 연락할까요?"

나는 고개를 끄덕인 뒤 안으로 들어간다. 룸메이트들이 각자 외출 준비를 하며 시끄럽게 떠들고 있다. 나는 침대에 누워 안정을 취해 본다. 몽롱하다. 모든 사물에서 색깔들이 뿜어져 나온다. 이 정신 나간 생각들이 방 안 남자애들 귀에 들리면 어떡하지. 누군가가 메탈 음악을 튼다. 묵직한 기타와 드럼 사운드가 울려 퍼진다. 끽끽대는 소리가 공포스럽다. 누군가 흉기를 휘두르며 나를 겁주는 것만 같아. 음계마다 폭력으로 꽉 차 있어.

나는 문자 메시지를 작성한다.

줄리언, 출발했어요? 부탁 하나 해도 돼요? 룸메이트들이 너무 시끄러워요. 미칠 것 같아요. 당신이랑 있으면 안 될까요? 당신 옆에 있으면 차분한 에너지가 느껴져요. 무리한 부탁이다 싶으면 거절해도 좋아요. 지금 약간 멘붕 상태예요. 왜 미리 생각을 못 했을까요.

내가 묵는 호텔 어딘지 알아요, 나탈리?

여기서 모퉁이 돌면 나오죠?

위치를 보낼게요. 아니면, 로비나 현관 밖에 나와 있어요. 내가 데리러 갈게요.

정말요?

그럼요. 문제없어요. 곧 괜찮아질 테니 걱정 마요.

알아요. 그런데 기분이 그냥 좀 그으으으으으래요.

괜찮아아아아아아질 거예요.

그게 뭐예요.

7분 후면 도착이에요, 나탈리. 가만히 기다려요.

고마워요, 줄스.

주고받은 문자 메시지를 다시 읽어 본다. 두근대는 심장처럼 화면 속 메시지들이 날뛰고 있다.

7분 후, 정말로 줄리언이 나를 데리러 호스텔 로비에 도착한다. 나는 감동하여 그의 팔짱을 낀다.

"나 상태 심각해 보여요?" 내가 묻는다.

"아니라고 하면 솔직히 거짓말이죠. 환각 증상이 뭔지는 나도 잘 알거든요. 동공이 확장되고 그런 거."

"나 너무 취했어요, 줄리언. 사방에서 색깔이 물결을 쳐요. 이런 건 너무 클리셰인데. 돌겠네. 언제쯤 사라질까요? 우주의 미스터리가 요동치면서 뒤로 갔다가 앞으로 갔다가 하는 것 같은데, 그게 눈 언저리에서 어렴풋이 보이는 느낌이랄까."

"무슨 소린지 나는 모르겠네요, 나탈리." 줄리언이 말한다.

우리는 잔디밭과 화려한 거리를 지나 줄리언이 묵는 호텔로 들어간다. 고급 양복을 입은 수위가 문을 열어준다. 나 홀로 배낭 여행객인 것 같아 머쓱해지려다 줄리언도 편한 복장인 것에 안심한다.

"여기 진짜 고급스럽네요." 홀에 달린 샹들리에가 보라색, 파란색이었다가 초록색, 분홍색, 다시 노란색으로 변해 어지럽다. "색깔이 자꾸 울렁대서 머리가 터질 것 같아요. 왜 사람들이 꼭두각시처럼 걷죠? 정말 꼭두각시인가? 자본주의의 꼭두각시?"

"방에 올라갈 때까지는 조용히 있어요, 나탈리. 괜히 손님들한테 시비 걸지 말고."

"미안해요."

엘리베이터를 타고 줄리언이 묵는 18층 객실로 올라간다. 그가 남는 침대에 놓인 짐들을 치운 뒤 누우라고 청한다.

"이상한 짓 안 할 거죠?"

"물론이죠, 나탈리. 그럴 일 없어요. 명상 음악을 틀어줄게요. 나는 할 일이 있어요. 당신은 푹 쉬어요. 알았죠? 곧 괜찮아질 거예요."

줄리언은 데스크 쪽 조명만 켜도 충분하니 원한다면 램프를 꺼도 좋다고 말한다.

"줄리언, 나를 믿어요? 나 지금 진짜 취했는데."

"네, 정신 나간 소리 같겠지만 믿어요. 당신은 다정하고 개방적인 사람이에요. 솔직하고."

"솔직하죠. 지금 이런 꼴도 숨기지 않잖아요."

줄리언은 구석에서 무언가를 열심히 들여다보고 타자를 치며 일에 몰두한다. 나는 음악에 맞춰 호흡하며 그를 관찰한다. 환각 증세가 서서히 잦아든다. 하지만 아직도 형체는 불안정하고 물체들이 저마다 형형색색의 에너지를 발산하고 있다. 책상에 앉은 줄리언의 모습을 어둠 속에서 찬찬히 뜯어본다. 예전에는 저렇게 보이지 않았는데. 비행기에서나 아까 낮에 배에서는 저러지 않았어. 형체가 어딘가 오묘해. 정확히 뭐가 달라졌는지는 모르겠다. 환각이 아직 가시지 않은 건가.

"화장실 좀 쓸게요." 내가 말한다.

충전 중인 전동칫솔과 치약, 면도 젤, 면도기가 세면대에 올려져 있다. 세면 가방에는 페이스 오일, 보디 오일, 에센셜 오일, 로션이 들었다. 오가닉 제품에 이렇게나 진심이라니 인상적이군.

소변을 누려 해도 나오지는 않고 불편하기만 하다. 이제 사물이 형형색색으로 변하거나 환각이 보이지는 않지만, 나의 시력과 인식이 일치하지 않고 내 감각은 그 둘 사이 어딘가에 있다. 모자이크 타일의 무늬가 점점 커지고, 벽이 푹 꺼진다. 크림과 약병이 엄청 많아. 바셀린, 소염제, 물집 연고. 없는 게 없네. 혹시 잉글랜드판 아메리칸 사이코 아니야? 브리티시 사이코.

"괜찮아요?" 줄리언이 밖에서 문을 두드린다.

화들짝 놀라 들고 있던 약을 떨어트린다. 이 약은 또 뭐야.

"네."

"정말요? 걱정돼요."

"소변이 안 나와요. 그냥 모든 게 다 이상해요. 얼른 나갈게요."

"룸서비스를 시킬 건데 먹고 싶은 거 있어요? 마지막으로 먹은 게 언제예요?"

"음, 네 시간 전에 버섯을 먹었죠."

줄리언이 쿡 웃는다. "튀김 요리 어때요? 시키면 먹을래요?"

"네. 고마워요, 줄리언."

배를 채우고 나니 약 기운이 가신다. 얼굴도 다시 정상으로 돌아온 것 같다.

줄리언이 텔레비전을 켠다. 우리는 네덜란드 현지 뉴스를 보다 CNN을 잠시 시청한다.

"음악 틀까요?" 내가 묻는다.

줄리언이 리모컨 버튼을 눌러 가요 채널을 튼다. 우리는 말없이 뮤직비디오를 감상한다.

"도와줘서 고마워요." 내가 입을 연다. "정말 점잖은 분이시네요."

"당신은 참 와일드하고."

"그만 가볼게요. 정말 고마웠어요."

"좀 더 있지 그래요? 여기 남는 침대도 있고, 그게, 약 기운이 완전히 가시지 않으면 언제 다시 환각이 도질지 몰라요."

"그래요?"

"뭐, 아닐 수도 있죠. 그래도 당신만 괜찮다면 여기 머물라는 내 제안은 유효해요. 뭘 하자는 건 아니고."

"파자마 파티 이런 거요?"

줄리언이 박장대소한다. "그래요, 나탈리. 파자마 파티는 무리죠."

"알았어요." 나는 이렇게 말한 뒤 다시 그를 관찰한다. 그가 먼저 화장실로 들어간다. 안에서 움직이는 소리가 들린다. 나오더니 입고 있던 옷을 갈아입지 않고 그대로 옆 침대에 눕는다. 뭐라 할 생각은 없다. 나도 입고 있던 옷 그대로니까.

다음 날 우리는 어젯밤 이야기를 신나게 떠든다. 드디어 환각이 가셔 나는 잔뜩 신이 난다.

"다시는, 진짜 다시는 그거 안 해요." 내가 말한다. "돌봐줘서 고마워요."

"고맙다는 말 그만 해요. 나도 도움이 필요할 때 선뜻 도와준 사람들 덕을 보며 살았어요. 뭐 먹고 싶지 않아요? 룸서비스로 시키거나 아래로 내려가서 식사할까요?"

"근처에 카페가 하나 있어요. 괜찮다면 내가 보답으로 커피를 사도 될까요?"

"하지만 내가 내는 건 어차피 회삿돈이라……."

"제발 보답할 기회를 줘요. 어제 너무 정신이 없었죠. 미안해요. 왜 이렇게 충동적으로 사나 모르겠어요."

"그렇게 자책할 필요 없어요."

"네?"

"스스로에게 너무 가혹하게 굴지 마요. 그냥 있는 그대로 받아들여요. 다 끝난 일이니까. 재밌는 경험을 했다고 쳐요. 그럼 된 거예요."

길을 걷는데 현기증이 난다. 작은 카페에 들어가니 마리화나 냄새가 진동한다.

"이런 냄새 진짜 싫다."

"나도 동감해요." 줄리언이 말한다. "하지만 오일 향은 좋아해요."

"오일을 정말 좋아하나 봐요? 화장실에 여러 병 있는 걸 봤어요."

줄리언이 입을 다문 채 미소를 지으며 이유가 어디 있겠냐는 듯 어깨를 으쓱한다. "저기, 나는 마리화나를 간접 흡연할 생각이 없어요. 대충 배를 채우고 싶지도 않고. 나는 아무거나 먹을 수 없어요."

"나도 마리화나 냄새는 맡기도 싫어요." 내가 맞장구친다.

"그럼 다른 곳을 찾아볼까요?"

"그래요."

힙한 커피 밴에서 커피를 사서 벤치에 앉아 마신다. 쾌청한 아침이다. 자꾸만 웃음이 새어 나온다.

호스텔 문 앞까지 나를 바래다준 줄리언이 내 볼에 입을 맞춘다. 볼이 찌릿하다. 열세 살 여자애로 돌아간 것 같다.

얼마 후 줄리언에게서 괜찮냐는 문자를 받는다.

네. 훨씬 나아졌어요.

줄리언이 또 문자를 보내온다.

같이 저녁 먹을까요?

답장을 보낸다.

데이트인가요?

혀를 내미는 이모지와 함께.

그러자 얼굴을 붉히는 이모지가 도착한다.

그래도 될까요?

나는 그가 보낸 메시지들을 읽으며 배시시 웃는다. 내 안의 욕망이 꿈틀댄다.

제일 좋은 옷을 골라 입고 줄리언을 만나러 간다. 롱 블랙 스커트에 레이스가 달린 블랙 민소매 블라우스. 레스토랑은 그의 호텔 바로 옆에 있다. 우리는 밖에 앉아 붉게 저무는 노을을 즐긴다.

"어젯밤 일을 다시 사과해도 될까요?" 내가 입을 연다. "내가 이렇게 생각이 짧아요. 버섯 몇 개로 그렇게 될 줄은 정말 몰랐죠. 나 때문에 당신까지 유람선 관광을 망쳤네요."

"아니에요. 재밌었어요. 모험에 동참하지 못해 오히려 내가 미안하죠. 물론, 그 모험을 하지 않아 다행이다 싶지만요."

"줄리언, 당신은 참 좋은 사람이에요. 정말로요."

줄리언이 의자를 들썩인다. "키스하고 싶은데, 그래도 돼요?"

내가 고개를 끄덕이자 그가 다가와 키스한다. 따스한 오후. 뒤편에서 암스테르담의 소란함이 들려온다. 여러 언어로 떠드는 사람들. 자전거를 타고 카페로, 클럽으로, 회사로, 집으로 가는 키 큰 금발의 네덜란드 사람들과 관광객들. 키스하는데 석탄산 비누 냄새가 코를 찌른다. 화학 살균제. 병의 냄새. 아차 싶다. 나는 키스를 멈춘다.

"줄리언, 혹시 유부남이에요?"

그가 뒤로 몸을 젖힌다. "아뇨. 왜 물어요?"

뭔가, 뭔가 이상한데. 하지만 차마 그렇다고 말할 수는 없다. "그냥요."

"싱글로 지낸 지 오래예요. 제대로 연애한 경험이 있다고도 말하기 힘들죠. 기념일에 장미와 초콜릿을 선물하고 가족에게도 인사시키는 그런 여자 친구는 없었으니까. 혹시 파트너나 그런 사람 있는 거예요? 그래서 묻는 건가요?"

"아뇨, 당연히 아니죠. 마지막 연애도 몇 년 전인데요. 서로를 구원하고 파괴하고 속고 속이던, 그런 위험한 연애였어요. 벌써 옛날 일이네요. 이후로 혼자 서기까지 오래 걸렸어요. 이제 더는 유해한 관계를 맺지 않는다고 장담할 수 있어요. 그러니 방호복 껴입고 접근할 필요 없다는 거예요."

이번에는 내가 먼저 입을 맞춰 그의 입술을 세게 문다. 몸 안에서 호르몬이 솟구친다.

그렇게 우리는 저녁 내내 키스를 한다. 몸이 달아올라 어떻게든 서로의 옷을 벗기려 달려드는 키스가 아니라 더 좋다. 영화 속 한 장면처럼 특별한 키스. 질펀하지도 너무 깊지도 않은 키스. 우아하면서 마법 같은 키스. 우리는 시도 때도 없이 키스를 한다. 유람선에서. 다리에서. 메인 광장에서. 호텔, 교회, 비좁은 집들 앞에서. 자전거도로 옆에서. 심지어 홍등가에서도.

우리는 그렇게 키스를 하다 맥주를 마시러 간다. 인생에서 최고로 로맨틱한 날이 아닌가 싶다. 아니, 정말로 그런 날이다.

하지만 언제까지 키스만 하고 있을 수는 없다. 뮈세윔플레인로 돌아가는 길, 너무 추워 얼른 들어가고 싶다. 키스도 했으니 다음 단계로 넘어갈 법도 한데, 줄리언은 신호를 주지 않는다. 정확히 말해 그는 살결이 부대끼는 진한 스킨십을 시도하지조차 않는다. 아주 잠깐 내 엉덩이를 쓰다듬은 정도. 더 이상은 진도를 나가려 하지 않아 살짝 혼란스럽다.

결국 내가 앞장서서 그가 머무는 호텔로 향한다.

"올라가도 돼요? 내 숙소에 초대하고 싶지만, 2층 침대 아래 칸을 나눠 쓰는 걸 좋아하지 않을 것 같아서."

"나탈리." 줄리언이 망설인다. 나랑 잘 생각이 없구나.

"엄밀히 따지면 어젯밤에 이미 같이 잔 사이잖아요." 농담을 던져도 그는 반응이 없다. 그저 우두커니 서 있다.

침묵이 흐른다.

"젠장. 혹시 내가 실수한 거예요? 너무 성급했죠? 이런 상황에 익숙하질 않아서. 미안해요." 당황해 관자놀이가 지끈거린다.

"아뇨, 아니에요." 그가 고개를 젓는다.

"유부남 맞군요? 어쩐지 너무 친절하다 했어요."

"결혼하지 않았다니까요. 결혼은 무슨."

"그럼 대체 뭘 숨기는 거예요?"

팔짱을 낀 채 시선을 피하던 그가 나직이 말한다. "그럼 같이 올라가요."

로비에서 피아노 연주자가 '렛 잇 비'를 재즈 버전으로 연주하고 있다. 부자처럼 보이는 사람들이 대리석 바닥이 반짝이는 로비를 한가로이 지나다닌다. 줄리언의 태도는 내내 차갑다. 엘리베이터를 타서도 아무 말이 없다. 내가 그와 눈을 맞추려 해도 그는 혼자 골똘히 생각에 잠겨 있다. 엘리베이터는 달팽이처럼 느릿느릿 올라간다. 다행히도 다른 층에서 타는 사람은 없다. 나는 거울 속 내 모습을 외면한다.

방으로 가는데 눈치가 보여 죽겠다.

그가 카드 키를 꽂아 문을 연다. 그리고 조명을 켠다. 그를 뒤따라 방에 들어서는데 분위기가 팽팽하다. 다시 보니 방은 내가 기억하던 것보다 널찍하다. 나는 그와 최대한 멀찍이 떨어져 앉는다. 그가 혼자 자기 침대로 간다. 나는 윗니로 아랫입술을 지그시 깨문다.

마침내 그가 입을 연다. "눈치 빠른 사람인 거 알아요, 나탈리."

"줄리언, 나가라면 나갈게요. 내가 다 망쳤어요. 분위기를 깨트렸어요. 기분 나쁘게 할 생각은 없었어요. 하지만 당신이랑 있는 게 너무 좋고, 우리가 완벽하게 통했다고 생각했는데."

"뭐 마실래요?" 그가 묻는다. "나탈리, 당신은 좋은 사람이에요. 당신 같은 사람은 만나기 힘들죠."

"물만 마시고 갈게요. 룸메이트들이 클럽에 간다고 했으니 거기 따라가면 돼요."

줄리언이 유리잔에 물을 채운다. 그리고 내 옆에 와 앉는다.

"최대한 예의를 지키고 싶어요." 그가 말한다.

"성매매 경험도 있으면서." 농담을 던지는 즉시 후회한다. 입 밖으로 꺼내고 보니 하나도 재밌지 않다.

그가 몸을 내 반대편으로 돌린다. "잘 모르면서 내 과거를 함부로 이야기하지 마요."

"이런, 정말 미안해요. 농담이었어요. 내가 왜 이러는 걸까요. 불안해서 이러나 봐요. 돌겠네. 당신 말이 맞아요. 중요한 건 현재죠. 바로 지금요. 재수 없게 굴려던 게 아니었어요."

우리는 무척 뻘쭘하게 트윈베드에 나란히 앉아 있다.

내게 다시 키스해줬으면. 몸을 돌리지만 그는 무표정하다. 다시 그 냄새가 풍긴다. 약간의 땀과 바닐라, 고기, 시나몬, 그리고 석탄산이 섞인 냄새. 나는 그의 헤어라인을 따라 목덜미 살갗을 어루만진다. 그 손길에 그가 반응해 내게 다시 키스한다. 이번에 나는 좀 더 과감하게 움직인다. 서로의 몸이 가까워졌을 때 내가 다리로 그를 감싸고, 그렇게 우리는 서로를 부둥켜안는다. 그런데 바로 그 순간 그가 다시 냉정하게 변한다. 그는 자리에서 일어나 멀찍이 떨어진다.

"대체 뭐 하자는 거죠? 이해가 안 돼요. 제발 솔직하게 말해줄래요?"

"뭐를요?"

"예전에 남자 친구한테 뒤통수 맞은 적이 있어요. 비밀을 숨기려는 남자가 어떤 식으로 구는지 잘 안다고요. 예전에는 그걸 알고도 넘어갔어요. 직감이 경고등을 울리는데도요. 그걸 무시했다가 크게 상처받았죠. 이후로 오랫동안 나조차 나를 못 믿었어요. 다시는 그런 실수 안 해요. 그런데, 지금 그 경고등이 울리고 있어요. 당신이 숨기는 게 있는 거죠."

줄리언은 놀란 눈치다.

내가 자리에서 일어난다. "이만 가볼게요. 이렇게 분위기를 심각하게 만들 생각은 없었어요. 그냥 재밌게 놀고 싶었다고요. 비행기에서 본 순간부터 당신이 마음에 들었어요. 당신은 똑똑하고, 재밌고, 또 친절한 사람이니까. 요 며칠 동안 덕분에 행복했어요. 아무튼, 미안하고 고마워요. 그럼 안녕히."

내가 짐을 챙긴다.

“나탈리, 기다려요. 나도 당신이 좋아요.” 그가 나와 자기 사이의 허공을 바라본다. “당신을 겁주고 싶지 않아요.” 그가 숨을 삼킨다.

“네?”

“알게 되면 감당 못 할걸요.”

머릿속에 불길한 생각들이 폭포수처럼 쏟아지지만 그중 정확히 집히는 건 없다.

“말해봐요.” 내가 말한다.

“과거에,” 그가 고개를 숙인 채 고백을 시작한다.

나는 마음을 굳게 먹는다.

“병적으로 뚱뚱했어요.”

“뭐라고요?” 나는 눈을 느리게 깜빡인다.

“병적으로 뚱뚱했다고요. 비만, 알죠?”

나는 고개를 끄덕인다.

“엄청나게 뚱뚱했고, 그래서 심하게 아팠어요.”

“정말요?” 나는 뚱뚱한 줄리언의 모습을 그려본다.

“네.”

“당신이요? 뚱뚱했다고?”

“죽을 뻔했어요.”

나는 비만의 흔적을 찾아 그의 몸을 위아래로 훑는다. 하지만 상상이 가지 않아.

“지금은 살을 뺐어요.” 그가 내 시선을 느꼈는지 먼저 대답한다. “5년이 걸렸어요. 독하게 마음먹고 생활 습관을 전부 뜯어고쳐야 했지만 결국 성공했죠."

아무도 선뜻 말을 잇지 못한다.

그가 손가락을 펼쳤다 오므린 다음 무언가를 말하려다 말고 뜸을 들인다.

"그런데," 마침내 입을 열고는 다시 망설인다. "그런데, 뜻밖에 문제가 생겼어요. 잘 드러나지는 않지만, 피부에 문제가 있어요. 지방은 감량했는데 피부는 그대로거든요."

"무슨 말이죠?" 나는 그의 몸 구석구석을 살핀다. 다시 보니 그는 생각보다 키가 훨씬 크다.

"10킬로그램의 잉여 피부가 붙어 있어요. 군살처럼요. 지방을 뒤덮고 있던 살가죽이 지방이 사라진 후에도 남은 거죠."

"아."

"정말이에요." 그가 입술을 깨문다. "NHS•가 지원해주는 수술을 예약해두기는 했는데 수술 대상자로 선정되려면 지금 몸무게를 2년간 유지해야 한대요."

"왜요?"

"그 전에 살이 도로 찔 수도 있으니까요."

"그럴 가능성이 있을까요?"

"이건 중독의 문제예요. 헤로인이나 담배에 중독되는 것처럼요. 그런 것들을 끊을 수는 있지만 평생 손도 안 댈 수 있다고 과연 장담할 수 있을까요? 살면서 헤로인 주사나 담배에 마음이 흔들릴 일이

• 영국의 국민건강보험공단에 해당하는 국가보건서비스.

정말 단 한 번도 없을까요? 솔직히 나는 자신 없어요. 늘 어렴풋이 위험이 도사리고 있죠. 언제 그 유혹에 넘어갈지 몰라요. NHS 쪽에서는 수술 대상자를 당연히 신중하게 선정하고 싶겠죠. 위험한 수술이니까요."

나는 천천히 고개를 끄덕인다.

"사립 병원에서 받으려면 수술비가 굉장히 비싸요. 수천 파운드는 거뜬히 넘어요. 그래서 내가 여기 온 거예요. 헬스 콘퍼런스에 기조연설자로 참석해 체중 감량과 폭식 문제에 관해 이야기하기로 했어요."

"좋은 일을 하시네요."

"어쩌면 사립 병원에서 수술받게 될지도 모르죠. 여기저기 행사에 다니면서 돈을 모으면 가능성이 있어요."

"사진 있어요?"

"네?"

"다이어트 전 사진 없어요?" 나는 으레 바지통 한쪽에 두 다리를 쏙 넣고 찍은 다이어트 전후 사진을 떠올리며 묻는다.

"있죠."

"볼 수 있어요?"

"진심이에요?"

"네."

줄리언이 태블릿을 켠다. 나는 미니 바에서 작은 보드카 한 병과 세븐업 캔을 고른다. "이거 섞어 마실까요?"

"내 잔은 섞지 말아 줘요." 그가 말한다.

그가 내게 카메라 앨범을 보여준다.

"대박." 감탄이 절로 나온다.

"굉장하죠. 이 시절에 가장 힘들었던 건 투명 인간 취급을 받는 거였어요. 다들 나를 못 본 척하는 것 같더라고요. 아니면 보기 싫었던 거거나. 보기만 해도 역겨웠을 테니까. 내가 내 생각을 투영하는 걸 수도 있지만."

나는 어색함에 우물쭈물하다 속내를 터놓는다. "나도 가끔 모른 척할 때가 있어요. 역겨워서는 아니에요. 무서워서죠. 그 사람이 아니라 내 반응, 내 호기심이 혹시 무례하게 보이지 않을까 싶어서. 불쾌감을 줄까 봐요."

"그건 공감이죠. 못된 게 아니라. 이제 진실을 알았으니 떠날 건가요?"

"아뇨." 나는 고개를 젓는다. "이미 술도 따랐겠다, 수다나 떨어요. 부담 가질 것 없이. 내가 갔으면 좋겠어요?"

"안 갔으면 좋겠어요. 그런데 당신처럼 규범적인 몸을 가진 사람이 보기에 이런 내가 이상해 보이지 않아요?"

나는 그에게 스트레이트 보드카를 건넨 뒤 내 잔을 들이켠다. "저기, 줄리언. 나도 몸 때문에 힘들어하던 시절이 있었답니다. 어떤 사람들은 몸속에 응어리를 안고 살기도 해요."

그가 웃으며 내 눈을 그윽하게 바라본다.

"이 비싼 호텔에 오디오도 없나요? 아니면 어젯밤처럼 가요 채널을 틀까요?"

텔레비전을 켠 줄리언이 화면을 가요 명곡 채널에 고정한다. 70

년대와 80년대에 유행했던 디스코 음악이 흘러나온다. 잠시 음악에 관해 이야기를 나누다 내가 먼저 춤을 추자며 그를 침대에서 일으켜 세운다. 그렇게 우리는 방을 뛰어다니며 미친 듯이 춤을 춘다. 점점 가까워지고, 서로를 가만히 바라본다. 다시 키스한다. 이번에는 좀 더 격정적이다. 내가 그의 셔츠를 푸르기 시작한다. 셔츠 안쪽 그의 몸은 압박 내의로 꽁꽁 감춰져 있다. 벗기려 해도 너무 타이트하다. 그의 숨결이 불안해진다. 줄리언은 금방이라도 울 것 같은 표정을 짓는다.

"정말이에요, 나탈리?"

"그럼요."

은은한 조명에 디스코 음악이 흐르는 방 안, 줄리언이 천천히, 침울하게 옷을 벗는다. 그가 바지를 벗는 모습을, 바지 안에 검은 압박 내의가 드러나는 모습을 나는 가만히 앉아 지켜본다. 줄리언이 상의 끝자락을 들어 올려 벗는다. 복부가 붕대로 칭칭 싸여 있다. 훤히 드러난 팔뚝 피부가 아래로 축 늘어진다. 그가 나를 본다. 나는 잠자코 기다린다. 이번에는 그가 하의를 마저 벗는다. 빈 주머니 같은 살가죽이 허벅지를 가린다. 발기되었던 성기는 어느새 축 처져서 다리 사이에 외로이 박혀 있다. 엉덩이에도 주머니처럼 살가죽이 늘어져 있다. 줄리언이 눈을 반짝인다. 이제 남은 건 코르셋처럼 복부를 감싼 붕대뿐이다. 내가 일어난다. 붕대를 끌러 빙빙 풀어낸다. 천천히, 그의 몸이 자유로워진다.

마흔한 명

동네 헬스장들은 나를 고용하려 들지 않는다. 그도 그럴 것이 나는 그들이 기대하던 강사의 모습이 아니다. 몇 곳은 대놓고 그렇게 말했다. 물론 면접 단계까지 못 간 곳도 많지만. 그러니 스핀 클래스 계획을 섣불리 말하기가 더 꺼려진다. 혹시 그마저도 함부로 평가받고 무시당할까 봐 겁이 나서다. 나를 거절하는 건 괜찮지만 내 아이디어가 무시당하는 꼴은 볼 수 없지.

시내 인근의 체인 헬스장 매니저는 나를 사무실로 데려가 앉으라고 권하지만 정작 자신은 앉지 않는다. 남색 슈트를 입은 그녀는 말랐지만 근육질이고 흑발이 풍성하다. 움직일 때마다 헤어스프레이 냄새가 퍼진다.

그녀 뒤쪽으로 서류철로 정리된 규정 문서들이 빼곡히 꽂혀 있다. 바닥에는 초록색 카펫이 깔렸다. 바깥에서 빠른 음악이 쿵쿵 울리고 있다.

매니저는 감정을 읽기 힘든 표정으로 말한다. "나탈리, 저희 쪽에 '영감을 주는' 강사는 사실 충분해요. 저희는 나이 많은 여성도 고용하거든요. 진짜 나이 많은 분들요. 50대 후반쯤 되는 분들. 또 다리가 불편한 남자 강사도 있어요." 그녀는 손을 부산하게 써 가며 설명한다. "아시아에서 온 강사도 있답니다. 가끔 히잡을 쓰고 수업해요. 저희는 그만큼 다양성을 존중해요. 그런데 말이죠, 그렇다고 다양성에 너무 힘을 줄 수는 없어요. 결과를 장담할 수 없는 영역으로까지 선을 넘고 싶진 않아서요." 그녀가 혀를 한번 찬다. "또, 코어 회원들에게 부담을 주기도 싫고."

나는 시간을 내주어 고맙다는 인사와 함께 자리에서 일어난다. 가끔은 빠르게 포기하는 게 답이란 걸 이제는 안다. 사무실을 나와 가죽 부츠를 또각거리며 활기찬 실내를 지난다. 트레드밀을 달리는 사람들, 크로스 트레이닝을 하는 사람들, 계단을 오르고, 줄넘기를 넘고, 덤벨을 들고, 윗몸 일으키기, 턱걸이, 로우 동작을 하는 사람들. 모두가 무작정 최선을 다하고만 있어.

밖으로 나오니 하늘에 칙칙한 잿빛 구름이 군데군데 떠 있다. 크게 한숨을 쉬며 휴대폰 지도 앱을 열어 근처 피트니스 센터의 위치를 확인한다. 바람이 휭 소리를 내며 지나간다. 더블린 특유의 서늘한 여름날이다. 나는 지도를 따라 길모퉁이에 있는 목적지로 향한다. 회원비는 비싸지만 운동법과 식단 교육을 책임진다고 홍보하는 헬스장. 백색 타일이 깔린 로비는 에어컨 냉기로 차갑다.

이력서를 건네려는데 접수 데스크 직원이 일단 대기하라고 지시

한다. "담당자가 곧 나올 거예요."

그녀는 헤드셋을 쓰고는 열나게 키보드를 두드린다.

등받이가 딱딱한 흰색 소파에 앉아 기다린다. 테이블에 잡지들이 아무렇게나 놓여 있는데, 표지가 죄다 근육질을 자랑하는 남녀다. 새하얀 벽에는 과일과 채소 그림이 걸려 있다. 구석에 설치된 텔레비전에 국제 뉴스 헤드라인이 나오고 있다. 북적이는 시장에서 자살 폭탄 테러가 발생해 사람들이 죽었다. 미국 고등학교에서 어느 학생이 친구들과 교사들에게 총을 난사했고 경찰이 그 학생에게 총을 발포했다. 킴 카다시안이 바닷가로 가족 여행을 갔다가 자신도 모르는 새에 파란 비키니 차림으로 사진을 찍혔다. 방송국 사람들은 그녀 몸에서 어떻게든 셀룰라이트를 발견하고 싶은지 집요하게 그녀의 허벅지를 클로즈업한다.

남자 하나가 통통거리며 걸어와 씩씩하게 악수를 청한다. 나무뿌리 같은 힘줄이 팔뚝에 솟아 있다.

"조엘이에요." 그가 내 몸을 위아래로 훑는다. "무슨 일이시죠?"

"이력서를 제출하러 왔는데 저기 직원이 기다리라고 해서요."

"저희 회원제는 다양하게 운영되고 있답니다. 회원분들 후기도 많아요. 성공은 무조건 보장해드려요."

나는 내 경력과 강점, 포부 등을 적은 A4 서류를 어떻게든 들이밀고 싶지만, 그는 한사코 그걸 거부한다. 이 남자, 지나치게 들떠 있어.

"살을 빼러 오신 거죠?"

"아뇨, 조엘. 등록하러 온 게 아니라 일자리를 구하러 왔어요."

"몸매 때문에 역시 걱정이시군요. 괜찮아요. 저도 고객님 몸매가 신경이 쓰이거든요. 여기서는 숨길 거 하나 없어요. 저도 과거에 그런 고민을 했었는데, 지금 제 모습을 보세요. 우리는 모두 동지예요." 그가 씩 웃는다. "59유로만 내면 사흘 동안 맛보기로 시설을 이용할 수 있어요. 뭐든지 말이에요. 생체 정보를 측정해 맞춤형 운동과 식단 계획도 짜 드려요. 6주 안에 해변에 갈 수 있는 몸을 만들고 싶지 않아요?"

대꾸를 말자.

"안 그런 사람이 있나?" 그가 실성한 것처럼 웃어 젖힌다.

"저는 지금도 해변에 갈 수 있는데요." 나는 그를 빤히 보는데 그는 내 눈도 마주치지 않는다.

"아니면 소각로 프로그램을 추천해요. 얼마 전에 새로 만들었어요. 빡세지만 그만큼 효과가 좋아요." 그가 주먹 쥔 손으로 반대편 손바닥을 쾅 친다. 마찰음이 울린다.

그가 우스꽝스럽게 얼굴을 구긴다.

"저는 자격증을 막 딴 PT 강사예요." 내가 말한다. "일자리를 구하고 있어요."

그가 낄낄 웃다 순식간에 정색한다. "트랜스 포메이션 프로그램은 어때요? 8주짜리인데 살을 쫙 빼줘요. 물론 아주 빡세죠." 그리고는 아까처럼 주먹 쥔 손으로 손바닥을 쾅 친다. "성공은 무조건 보장해드려요. 실패할 수가 없죠."

접수 데스크 직원은 계속 키보드를 두드린다.

"실패는 벽이 아니라 문이라는 표현을 어디서 읽은 적이 있어요. 나는 그 관점에 동의하는 편이에요." 내가 받아친다.

하지만 조엘은 넘어오지 않는다. "성공이 중요하지 않다면 어째서 사람들이 패배자는 기억하지 않을까요?"

그는 내 대답을 기다린다.

"왜 패배자를 기억해주지 않느냐니까요?" 그가 한 글자 한 글자 힘을 주며 다시 묻는다.

"아무도 기억하지 않는지 어떻게 알아요?" 나는 코를 찡긋한다.

"내가 먼저 질문했어요. 대답하세요."

"조엘, 당신이 하는 말의 근거는 뭔데요? 그런 건 측정하기 어려운 것 같은데요. 아마도 패배자는 자신의 실패를 기억하겠죠. 다른 사람들, 이를테면 승리자나 구경꾼도 패배자를 기억하지 않겠어요?"

그가 그제야 처음으로 나와 눈을 맞춘다. 동공이 확대되어 있다. "패배자를 기억하는 사람은 없어요."

"설마 취했어요?" 마음속 생각이 입 밖으로 나와버린다.

그는 대답 대신 또다시 주먹으로 손바닥을 친다.

나는 그를 피해 유리 회전문으로 빠져나간다.

바깥 공기는 상쾌하다. 빠르게 걷기 시작해 마구 달리다 횡단보도 앞에 멈춘다. 초록 불이 켜지기를 기다리는데 갑자기 장대비가 후드득 쏟아진다.

손에 쥔 이력서가 빗물에 젖어 고꾸라진다. 나는 한숨을 푹 내쉬며 이력서를 돌돌 만다. 악몽이 따로 없네. 서둘러 횡단보도를 건너 건물 처마 밑으로 피해 비가 그치기를 기다린다. 빗물이 보도를 따라 콸콸 흐른다. 거리 끄트머리에 있는 카페 웨이터가 부랴부랴 야외 금속 의자를 치우고 테이블 위에 파라솔을 펼친다. 나는 뒤편 창문으로 번진 화장을 살핀다.

카페까지 내달려 웨이터에게 인사한 뒤 안으로 들어간다. 얼굴을 닦고 코를 푼다. 카페에서 파는 메뉴를 확인한 뒤 콜리플라워 수프를 시키고 창가 자리에 앉는다. 코트를 벗어 라디에이터 옆에 둔다. 헝클어진 머리를 매만진다.

이제 빗줄기는 가늘게 계속 내리고 있다. 창밖 사람들은 수트 재킷이나 스카프를 머리에 둘러쓰고 쏜살같이 내달린다. 나는 휴대폰으로 구글 지도 앱을 켜서 가장 가까운 버스 정류장을 검색한다. 그런데 지도에 길만 건너면 나오는 헬스장이 한 곳 더 눈에 띈다. 고개를 들어 창밖 건너편을 본다.

건물에 '피트니스 수업 가능'이라고 쓰인 간판이 작게 달려 있다. 그게 끝이다. 그것 말고는 눈에 띄는 게 하나 없는 건물이다.

오늘 더 거절당할 자신은 없다. 식사를 마친 나는 계산을 치른 뒤 정류장으로 향한다.

정차 시간표에 뜬 다음 버스 도착 시간은 18분 후이다.

젠장. 그럼 헬스장에 들를 시간은 충분하겠네. 결국 나는 아까 본 건물로 이동한다.

비가 서서히 그치면서 하늘이 개고 있다. 나는 물기를 털어낸 뒤 무거운 방화문을 열고 건물로 들어간다. 헬스장은 건물 안쪽에 있다. 건물 복도에 헬스장 위치를 알리는 표지판이 달렸다. 그 방향을 따라가 보니 커다란 공간이 나온다.

한쪽 구석에 벤치 프레스가 두 대가 놓였고 서스펜션 로프와 3종

덤벨 기구가 있다. 바닥에는 웨이트 기구와 케틀벨이 줄지어 있다. 웬 남자가 주황색 인체 모형의 샌드백에다 열심히 하이킥을 날리고 있다. 나는 카운터에 서서 기다린다. 남자는 내가 들어온 줄도 모르는 눈치다.

그냥 나가야 하나.

남자는 킥복싱에 여념이 없다. 그에게로 다가가는데 점점 숨이 막힌다.

"저기," 내가 입을 연다.

그가 나를 보고는 하던 걸 멈춘다. 고무 샌드백이 휘청거리다 제자리로 돌아온다.

그가 씩 웃는다. "미안해요. 들어오는 소리를 못 들었어요."

"괜찮아요." 내가 대답한다.

그가 다가와 악수한 뒤 카운터로 나를 안내한다. 카운터 뒤편으로 가더니 광고 전단지와 검은 책자를 꺼낸다. 그는 계속 숨을 거칠게 몰아쉰다.

"정신이 없죠? 잠시만요." 그는 이렇게 말하며 카드 홀더 밑에 깔려 있던 펜을 꺼낸다. "데스크 업무를 보는 직원이 없어서요. 급한 대로 제가 하긴 하는데, 이런 일에 소질이 없어요. 자, 그럼," 그가 날 보며 미소를 짓는다. "무슨 일로 오셨어요? 등록하시려고요?" 그가 푸른색 휴지를 꺼내 이마에 맺힌 땀을 닦는다.

마음이 두근거린다. "무슨 말이에요? 데스크 직원이 없어요?"

"직원을 구하고 있어요."

"타이밍 기가 막히네요. 실은 일자리를 구하러 들어온 거거든요.

저는 레저 센터에서 데스크 업무를 본 경험이 있어요. 사무 업무는 잘 알아요. 몇 년 동안 했거든요."

그가 반색한다. "일할 의향이 있다는 거죠?"

"네." 내가 대답한다.

"정말요?"

"그럼요."

"그런데 저희는 근무 시간이 쪼개져 있어요. 문은 새벽 6시에 열지만, 데스크 업무는 7시 반부터 10시까지, 잠시 쉬었다가 12시 반부터 오후 2시, 또 5시 반부터 문 닫을 때까지만 보면 돼요. 이게 좀 애매하죠. 하지만 이렇게 나눠야 회원들 관리를 제대로 할 수 있거든요. 일부 회원이 너무 오래 머무는 것도 막아 주고요."

"상관없어요. 여기서 근무하고 싶어요."

"그럼 대표님에게 연락해볼게요. 바로 시작 가능한가요? 오늘부터라도? 저 혼자 감당하기는 벅차거든요. 카운터에 있다가 저기 가서 기구를 설치하고 수업을 진행하고 또 여기 와서 회원들을 응대하는 게 솔직히 어이없잖아요. 저는 운동에만 집중하고 싶거든요. 대표님더러 당장 당신을 만나보라고 할게요."

"그쪽이 대표가 아니었군요?"

그의 표정이 밝아진다. "그랬으면 좋겠지만, 아니에요. 나는 트레이너예요. 비토미르라고 해요. 만나서 반가워요." 그가 나를 보고 웃으며 휴대폰으로 전화를 건다.

나도 자격증을 딴 트레이너라고 말해야 한다는 걸 알지만, 지금 이런 전개도 썩 나쁘지 않은 듯하다. 찾아온 기회를 괜히 망칠 이유는 없지.

제임스는 20분 후에 도착한다. 그는 이 일자리에 따라붙는 여러 혜택을 설명해주는데, 예약만 하면 뭐든 원하는 수업을 공짜로 들을 수 있다는 게 그중 하나다. 이 헬스장은 건강해지고 싶은 사람이라면 누구나 찾아올 수 있는 곳을 표방한다고 제임스는 강조한다.

"고객이 이 문을 열고 들어와 처음 보는 얼굴이 바로 나탈리 당신이 될 거예요. 그러니 반드시 친절하게 대하세요. 몇몇은 고민하다 큰맘을 먹고 여기 운동하러 오는 거거든요. 누구도 부담을 느끼지 않았으면 해요."

"이해했어요." 내가 대답한다.

그는 내 등을 두드리는 것으로 환영 인사를 대신한다.

데스크 업무는 월요일부터 금요일까지만 한다. 나는 회원들에게 먼저 인사를 건네고, 수업 예약 장부에 수기로 등록한 회원들 이름을 전산 시스템에 올리고, 앱으로 등록한 회원들이 실제로 출석하는지를 확인하고, 전화가 오면 받고, 회원들의 질문에 답하고, 소셜 미디어에 글을 올리고, 장부를 관리하고, 단체 문자를 보내고, 트레이너들이 제때 수업을 시작하고 끝내도록 돕는다.

일하다 보니 몸매도 몸집도 걸음걸이도 다 달라 흥미로운 사람들을 많이 만나게 된다.

내가 제일 즐겨 듣는 건 비토미르의 수업이다. 서킷 트레이닝부터 근육 강화, 컨디셔닝, 스핀 수업까지 빼먹지 않고 듣는다. 뭐 하나

별로인 게 없다. 그는 무술가이자 유능한 강사다. 내가 질문을 많이 던질수록 그는 좋아한다.

배우며 실력을 쌓을수록 내가 얼마나 무지하고 기술도 형편없는지를 깨닫는다. 스스로 부끄러울 지경이다. 이래 놓고 강사가 되려 하다니 내가 생각해도 어이가 없다.

처음에는 오전 대기 시간이나 점심시간만 공부에 투자하다 업무에 익숙해지고 배우는 양이 많아진 후부터는 온종일 헬스장에 눌러앉아 공부에 매진한다.

하루는 비토미르가 그런 나를 발견하고는 묻는다. "다음 근무를 기다리나요?"

"네. 지금 집에 가봤자 저녁 근무 때문에 곧바로 다시 돌아와야 해요. 세 시간을 버스에서 흘려보내느니 여기 있는 게 낫죠."

"마틴과 한 판 할래요?"

"마틴요?"

"네." 그가 주황색 인체 모형 샌드백을 가리킨다.

"괜찮아요. 나는 마틴에게 쌓인 게 없어서. 책이나 읽을래요."

"뭘 읽는데요?"

"운동 동작, 신체, 마음에 관한 책이에요. 지금까지는 스스로 단련하는 법을 몰랐어요. 늘 내가 아닌 다른 것과 다른 사람에게 휘둘리기만 했던 것 같아요."

"이제라도 알면 됐죠. 같이 점심 먹으러 갈래요?"

맞은편 거리 카페에서 비토미르가 크로아티아에 살았던 어린 시절 이야기를 들려준다. 그는 고층 아파트에 살았고, 전쟁은 희미하게만 기억난다고 한다. 비디오 게임에 중독되어 어두컴컴한 방에서 게임만 하며 살았단다.

"낮에는 해가 쨍쨍했어요. 하늘은 구름 한 점 없이 맑았고. 나라 상황이 점점 나아지고 있었죠. 하지만 나는 숫기 없는 꼬맹이였어요. 엄마가 나를 집 밖으로 끌고 나가려고 무진장 애쓰셨어요. 조금만 걸어 나가면 해변이었거든요. 아드리아해가 코앞인데, 집 안에만 틀어박혀 살았어요. 결국 엄마가 나를 복싱 수업에 데리고 갔어요. '레디 투 럼블•'을 즐겨 했던 터라 왠지 복싱에는 자신감이 있어 순순히 따라갔죠."

"게임이에요?"

그가 당황한 듯 웃는다. "네. 물론 콘솔로 싸우는 것과 실제 링에서는 것은 천지 차이죠. 그래도 한번 해보고 싶었어요. 그 게임에는 보리스 노키모프라고 크로아티아인 캐릭터가 나오는데 내가 되고 싶었던 건 아프로 선더였어요." 그가 발음을 미국식으로 굴려 말한다. "깃털처럼 가볍고 기관차처럼 빠른 아프로 선더."

웃음이 난다.

"그렇게 내가 잘하는 걸 발견했고 여기까지 왔네요."

식사를 마치고 내가 묻는다. "비토미르, 스핀 클래스 계획을 내게 알려주면 내가 어울리는 음악을 골라줄게요. 어때요? 한 번만 그렇게 해봐요. 맘에 안 들면 더는 맡기지 않아도 좋아요. 오후 시간에 할 일이 필요해서 그래요."

• 미국 게임 회사 미드웨이가 만든 복싱 게임.

"안 될 것 없죠. 그런데 BPM을—"

"RPM에 맞춰야죠. 알아요." 내가 덧붙인다.

함께 헬스장으로 돌아온 비토미르가 스핀 클래스 스튜디오로 뛰어가 종이를 한 장 가지고 나온다. "이따 저녁에 할 수업 계획서예요."

비토미르는 마저 쉬러 집으로 돌아간다. 나는 혼자 남아 계획서에 어울리는 음악을 온라인으로 열심히 고른다.

시간이 후딱 지나 어느새 비토미르가 돌아온다.

내가 그에게 선곡 리스트를 준다.

"수업에 들어올 거죠?"

"아뇨. 밖에 있을게요."

수업 후 땀에 젖은 회원들이 데스크 쪽으로 우르르 나온다. 다들 평소보다 더 행복해하거나 음악에 감동받은 거면 좋겠는데, 살펴보아도 달라진 건 없는 듯하다.

정작 감동받은 건 비토미르다. "재밌던데요. 다음에도 부탁해요. 선곡은 내 주특기가 아니거든요."

"나야 좋죠."

나는 다음번에도 그의 수업에 어울리는 음악을 고른다. 어느새 수강생이 늘어 자전거를 스물다섯 대나 놓아야 한다. 저녁에 하는 스핀 수업은 많아봤자 열여섯 명이 들어오는 정도였는데 나의 선곡으로 3주를 진행하고 나니 입소문이 퍼져 만원을 이룬다. 가끔은 대기자가 생기기까지 한다.

갑자기 수강 인원이 늘자 제임스가 이상한 낌새를 눈치챈다.

"요즘 뭘 하길래 이래요? 내내 잠잠하다가 갑자기 이런다고?"

비토미르가 호박색 눈을 반짝인다. "나탈리가 음악을 골라주거든요."

제임스 얼굴에 웃음이 번진다. "그럼 내 수업 음악도 골라주면 안 돼요? 나는 음악 고르는 일이 너무 싫던데. 대신에 무료로 개인 트레이닝을 받게 해줄게요."

내가 얼른 대답한다. "좋죠."

한 달 후, 여느 때처럼 비토미르에게 선곡 리스트를 주며 각 운동에 음악이 어떻게 어울리는지를 간략히 설명해 준다.

리스트를 받아 가던 비토미르가 멈추더니 되돌아온다. "나탈리, 그런데 이쪽 일을 참 잘 아네요. 수업 계획에 관심도 많고. 근육과 스트레칭, 자세 교정에 대해 질문도 자주 하잖아요. 왜 그러는 거예요?"

"관심이 있어서요."

"이건 관심 이상인데."

할 말이 떠오르지 않는다.

그는 내 대답을 기다리며 내 눈을 빤히 본다.

나는 머리를 귀 뒤로 꽂아 넘긴다. "실은 나도 강사 훈련을 받았어요. 예전에 스핀 클래스를 진행한 적도 있고요. 고향에서요. 흔히들 아는 고강도 수업과는 다르게 상상 여행을 떠나는 콘셉트를 잡았었죠. 비장함을 덜어내고 싶었거든요. 수강생들이 주눅 들지 않도록요. 무엇보다 내가 주눅 들기 싫었어요."

그가 가까이 다가온다. "정확히 어떤 수업이었어요?"

"수강생들과 함께 매번 다른 곳으로 여행을 떠났어요. 미리 정보를 검색하고 어울리는 음악도 준비했죠. 진짜 여행 분위기를 내는 거예요. 교육적이기도 하고. 어이없게 들릴지 모르지만, 나는 좋았어요."

"왜 진즉 말하지 않았어요?"

"뭐를요?"

"이 이야기?"

"여기서 배우면 배울수록 내가 얼마나 부족한지를 깨달았거든요. 내 몸은 준비가 하나도 되지 않았어요."

"말도 안 되는 소리."

마음이 뜨끔하다. "정말인데요."

"두려운 거군요."

"아니에요. 나는 정말 멀었어요. 아무 경력도 없는데 누가 나를 믿어 주겠어요?"

"두려움을 느낄 때는 어떻게 극복하나요?"

"비토미르, 정말 괜찮다니까요." 자꾸 말문이 막힌다. "여기서 일하는 것만으로 좋아요. 지금 일에 만족해요. 배우는 것도 많고요."

"나탈리, 구석에서 섀도복싱만 해서는 성공 근처에도 못 가요. 링 위에 올라가야죠. 펀치를 몇 방 날리고, 또 맞아도 보고."

"그럴게요. 나중에. 충분히 배우고 연습해서 계획한 대로 할 수 있을 실력이 되면, 그때 할게요."

"완벽히 준비된 사람은 없어요, 나탈리. 일단 시작하고 보는 거죠. 내일 아침 스핀 클래스는 당신이 대신 진행하세요. 나도 참석할 게요. 회원들은 알아서 출석하라고 하고."

"아뇨, 비토미르. 제안은 고마운데 정말 괜찮아요."

"안 괜찮아요. 그럼 내일 아침에 봐요."

마지막으로 동작 순서와 선곡 리스트를 확인한다. 회원들이 하나 둘 들어와 자전거를 조정하는 동안 나는 최대한 침착하게 호흡한다.

"안녕하세요. 오늘 수업을 맡은 나탈리라고 해요. 혹시 부상이나 질병 때문에 불편한 곳이 있으신 분 있나요? 없나요? 좋아요. 하루를 상쾌하게 시작해보자고요. 자전거를 타면서 근육을 워밍업 해보죠. 후렴 부분에서 기어를 높일 거예요……."

수업이 끝나고 몇몇이 고맙다는 인사를 건넨 뒤 총총 사라진다.

"운동 같지 않아서 맘에 들어요." 여자 회원이 말한다. "다른 날 아침에도 수업하시나요?"

비토미르가 어깨를 가볍게 두드린다. "잘했어요."

내가 미소를 짓는다.

여자 수강생이 비토미르에게 다가가 복근 집중 수업에 대해 문의한다.

"접수 데스크 직원 맞죠?" 웬 남자가 다가와 묻는다.

"맞아요." 내가 대답한다.

그가 입 모양을 이상하게 찌그러트리며 고개를 한쪽으로 튼다. 그리고는 나를 위아래로 훑는다. "이런 데도, 실력이 좋으시네요."

"이런 거라뇨?"

"이거?" 그가 손으로 내 몸을 가리킨다.

참고 넘어갈 수도 있지만 그래도 할 말은 해야겠다. "제 몸을 평가하시는 걸 보니 회원님이 자기 몸을 어떻게 바라보는지 알 만하네요."

"예?"

"남을 평가질한다는 건 자신이 그 정도밖에 되지 않는 사람이란 걸 말해줄 뿐이에요. 상대에게는 아무 도움도 되지 않는답니다."

"아, 미안해요. 저기, 나는 별 생각 없이 한 말이에요. 칭찬이었는데. 흔한 강사 타입이 아니어서 그랬어요. 그래도 재밌는 수업이었어요. 다음번에 또 참석하고 싶어요. 강사가 다양하면 좋죠."

내가 아침 수업을 맡아 진행했다고 오전 대기 시간에 비토미르에게 보고받은 제임스가 접수 데스크로 성큼성큼 다가온다.

"이번이 마지막일 겁니다, 나탈리." 그가 말한다.

젠장.

"알아요." 또 잘리겠구나. 짐부터 싸자. "강사 자격증은 있어서 보험 처리에는 문제없을 거예요. 아무쪼록 미안해요, 제임스."

"그걸 왜 미리 말하지 않았어요?"

"아직 배우는 중이라서요."

"뭘 더 배워야 하는데요?"

"체력과 자신감을 더 키워야 하고, 수업 계획도 지금보다—"

"생각이 너무 많군요."

"그게 아니라, 준비를 철저히 하고 싶어서요."

그가 혀를 찬다. "나탈리 또래는 아는 게 많아 탈이에요. 난 그게 인터넷 때문이라고 봐요. 대학 교육도 문제고."

"어째서요?"

"과잉 교육의 폐해죠. 무언가를 하려면 일단 지식을 쌓아야 한다고들 생각하잖습니까. 생각하고, 생각하고, 생각하고. 배우고, 배우고, 배우고. 하지만 개인 트레이너와 이야기하는 것과 실제 트레이닝을 받는 것은 달라요. 수업 계획을 짜는 것과 실제 수업을 가르치는 것도 다르고."

"그치만 알고 싶은 게 많단 말이에요. 실력을 쌓고 싶어요."

"세상에, 나탈리. 언젠가는 실전에 뛰어들어야죠. 열심히 배워 지식을 쌓아 놓고 그걸 하나도 써먹지 못하면 다 무슨 소용이에요?"

얼굴이 화끈해진다.

"여기서는 마음껏 하고 싶은 걸 해도 좋아요. 스핀 클래스 수를 늘리면 주변 테크 회사 직장인들이 더 많이 등록하고 좋죠. 수업을 더 맡아볼래요?"

"좋죠." 내가 씩씩하게 대답한다. 나의 수업 아이디어도 말하고 싶지만, 일단은 웃고 본다.

"짧은 수업이 낫겠죠? 처음부터 부담을 줄 수는 없으니까."

이제 정말 말해야 해.

나는 고개를 끄덕인다.

지금이 기회야. 말하라고, 나탈리.

"좋아요." 제임스가 노트에 무언가를 적는다.

결국 나는 입도 뻥긋 못 한다.

하루 내내 머리를 쥐어뜯으며 후회한다. 저녁 근무를 기다리는데 자꾸만 밖으로 뛰쳐나가 단 음식, 과자, 샌드위치, 칩, 면 요리, 피자, 탄산음료, 부리토, 초콜릿을 사 먹고 싶은 충동이 들이닥친다.

하지만, 나를 유혹하는 내면의 목소리는 차츰 잦아든다. 나는 호흡을 가다듬는다.

그러다 갑자기, 뒤에 오는 구급차에 자리를 양보하는 자동차처럼 정신이 바짝 들어 제임스에게 문자 메시지를 술술 써 내려간다. 수업에 관해 짧게 드릴 말씀이 있다고.

지금 나는 어느 때보다 차분하다.

일단 제임스 책상 앞에 섰지만 그의 눈을 마주할 자신이 없다.

"제임스, 그, 예전에 제가 진행했던 스핀 클래스가 조금 독특했어요. 운동이긴 한데 다른 요소를 섞었어요. 교육, 엔터테인먼트 같은 거요. 더블린에서도 그걸 시도해보고 싶어요. 그래도 될까요?"

제임스가 심한 방귀 냄새를 맡은 양 썩은 표정으로 나를 본다.

"글쎄요, 나탈리. 너무 실험적으로 들리는데."

"실험적이긴 해요, 제임스."

"이런. 두 달간 강사 자격증이 있다는 걸 숨기더니 이제는 우리 수업 형식을 뜯어고치겠다는 겁니까?"

나는 양 손바닥으로 허벅지를 꽉 누른다.

"어디서 뭘 어떻게 한다는 거죠? 이해가 안 되는데. 요즘 미국에서 유행한다는 가상 현실 수업, 뭐 그런 건가요?"

"그것보다 훨씬 경제적이에요. 상상 여행을 하면서 운동하는 거니까요. 스핀 클래스 스튜디오에 들어가면 강사 자리 뒤편에 스크린이 있잖아요? 거기에 경주 화면 대신 경치를 띄우고 싶어요."

"그래서 경쟁심이 들겠어요? 어떻게 동기 부여를 시킬 건데요?"

"몰라요." 내가 대답한다. "중요한 건 그게 아닐지도 몰라요. 즐기고 새로운 걸 경험하는 데 중점을 둘 거거든요."

"너무 멋만 부리는 게 아닌가 싶은데. 그럼 이렇게 합시다. 오늘 아침 당신이 처음 진행한 수업의 반응이 좋았던 건 사실이에요. 당신의 참신한 제안도 궁금하긴 하고요. 원하는 대로 모의 수업을 진행하세요. 내가 참관할게요. 불만 없죠? 당신이 뭘 하려는 건지 직접 봐야 허락할 수 있겠어요."

"네, 불만 없어요."

"별로다 싶으면 중단할 겁니다."

"이해했어요."

"여행지는 어디인가요?"

내가 창밖을 보며 대답한다. "아마도, 달이요."

수업에 와달라고 내게 부탁을 받은 킴이 몇몇 친구를 더 불러 모은다. 시인 친구 피온도 그중 하나다.

제임스가 참관한다니 겁이 나긴 하지만 준비는 충분히 했다.

배경 음악으로 '플라이 미 투 더 문'을 틀어 놓고 스튜디오를 어슬렁거리며 수강생들을 맞이한다. 부상이나 질병 문제가 있는 수강생은 없는지 확인하고, 자전거를 조정해준다.

"나탈리 덕분에 헬스장을 다 와보네." 피온이 말한다. 반바지 아래로 드러난 그의 다리는 유령처럼 허옇다. "할머니 소식은 유감이야, 나탈리. 참 좋은 분이셨는데."

나는 그가 편히 잡을 수 있게 자전거 손잡이를 조정하며 대꾸한다. "고마워, 피온. 좋은 분이셨지. 너를 참 예뻐하셨고."

갑자기 노트북과 프로젝트 연결이 끊긴다. "젠장."

블루투스를 재설정해 스크린에 달 사진을 띄운다. 그리고 조명을 끈다.

"5분간 워밍업 후에 기어를 높일게요. 다들 문제없죠?"

보이스 노이즈가 리믹스한 버전의 '마이 문 마이 맨'을 튼다.

"오늘은 달로 여행을 떠날 거예요. 준비됐어요?"

여기저기서 '네' 하는 대답이 중창처럼 들린다. 갑자기 모두를 향한 애정이 샘솟는다.

"좋아요. 시작하기 전에 드릴 말씀이 있어요. 이 수업은 조금 특별해요. 물론 운동량이 부족할 일은 없어요. 이제 우리는 함께 상상 여행을 떠날 거예요. 열린 마음으로 받아들이면 충분히 즐길 수 있어요. 자, 그럼 떠나기 전에 헬멧을 먼저 써야겠죠." 나는 가상의 헬멧을 머리에 쓰는 시늉을 한다.

킴과 킴의 친구들이 나를 따라 한다. 제임스는 멀뚱히 있다. 미쳤냐는 듯한 표정으로.

"다음으로 속을 비워내야 해요. 숨을 들이마셔요. 하나, 둘, 셋, 넷. 잠시 쉬었다가, 내쉬세요. 다시 해볼게요. 한 번 더. 이번에는 내쉴 때 오늘 쌓인 걱정을 전부 내보내요. 좋아요. 이제 정말 준비됐어요."

"자전거를 타고 저기까지 갈 겁니다. 프로펠러가 달린 이 자전거를 타고 성층권까지 도달해야 해요. 그곳까지 열심히 질주한 뒤 가파른 경사를 하나 넘을 거고요. 달까지 무사히 도착하려면 아무리 무중력 상태여도 굉장한 힘을 들여 바퀴를 굴려야 한답니다. 달에 도착하고 나서는 인터벌 트레이닝을 하면서 달 표면을 탐구할 거예요."

우리는 '문 록스' 노래에 맞춰 지구 오존층을 감싸고 있는 달콤한 금속 물질을 뚫고 올라간다. 성층권을 벗어날 때는 자전거에서 일어나 할 수 있는 최대치로 달려야 한다. 우주에서 달로 향하는 동안은 〈2001 스페이스 오디세이〉의 주제곡 '자라투스트라는 이렇게 말했다'가 흘러나온다.

"드디어 달의 궤도에 진입했어요. 기어를 5단계로 낮춰 착륙을 준비합시다." 착륙 타이밍에 맞춰 배경 음악은 '달 시대의 백일몽'• 으로 바뀐다. 킴은 수업 내내 딸을 대견해하는 엄마의 미소를 짓고 있다.

수업을 슬슬 마무리하기 위해 브라이언 이노의 '언 엔딩'을 튼다. 나는 유황 성분의 달 먼지에서 탄 화약 냄새가 난다는 것, 달에는 공기가 없어서 어느 표면에서 보더라도 하늘이 검다는 것을 넌지시 언급한다. 달에서 제일 높고 에베레스트산보다도 높다는 몬스 호이겐스산의 사진을 화면에 띄운다.

아직 달 위를 걸은 여자가 없어 우리는 상상할 수밖에 없노라는

• 영국 가수 데이비드 보위의 노래. 원제목은 Moonage Daydream.

말과 함께, 여성의 생리 주기가 달의 주기와 신기하게 일치한다는 말을 덧붙인다.

제임스는 여전히 영문을 모르겠다는 표정이다.

"이제 지구에서는 보이지 않는 달의 어두운 측면을 보러 갈 건데, 그 전에 잠시 여기서 아름다운 지구를 한번 감상해봐요. 지구의 70퍼센트를 이루는 저 바다를 보세요. 너무나도 푸르고 맑죠. 토양은 또 어떻고요. 여기서 보니 온통 푸른 나무와 산의 토석, 누런 황무지뿐이네요. 참 특별한 행성이에요. 이제 인터벌 운동 후에 달의 표면을 탐구하러 가요. 기어를 높였다가 낮춰요. 계속 펌프, 펌프, 펌프."

모두가 땀을 뻘뻘 흘린다.

내가 말한다. "잘했어요. 드디어 도착했네요. 이제 천천히 돌아다니면서 땀을 식히시고, 기어를 낮춘 다음 호흡을 가다듬으세요."

첼리스트 아서 러셀이 연주한 '우리는 이렇게 달 위를 걸었네'•의 선율이 스튜디오를 채운다. 오른쪽에 있는 남자 회원이 수건으로 연신 얼굴을 닦는다.

자전거에서 내려 그의 상태를 살핀다. "괜찮으세요?"

"어릴 때 꿈이 우주 비행사였어요. 수학 성적이 안 돼서 포기했죠. 그런데 오늘 꿈을 이룬 것 같아요."

"그럼 만족하신 거죠?"

나는 다시 스튜디오 앞으로 걸어 나간다. "좋아요, 여러분. 참고 열심히 따라와 주셔서 고마워요. 정말 재밌었어요. 여러분도 그랬기

• 원제목은 This Is How We Walk on the Moon.

를 바라요. 다음에 또 볼 수 있었으면 해요."

쿨 앤 더 갱의 '평온의 바다'를 들으며 땀을 식힌다.

제임스는 계속 뚱해 보인다.

나가는 길에 수강생들이 고맙다고 인사를 전한다.

제임스가 말한다. "진짜 정신 나간 수업이군요."

"나탈리, 진짜 잘했어." 킴이 제임스를 노려보며 내게 말을 건넨다.

"맘에 안 드셨어요?" 내가 제임스에게 묻는다.

"아뇨, 그냥 좀 이상해서요. 우리 아내는 헬스장에 오는 걸 싫어해요. 너무 지루하다나. 혹시 월요일 저녁에 수업을 또 맡아볼래요? 아내더러 가보라고 하게요. 아직은 잘 모르겠어요. 반응이 어떤지 좀 더 보죠. 시험 삼아."

"그럼요."

아직 기회는 남아 있다.

나는 전산 시스템에 수업에 관해 짤막하게 공지를 올린 뒤 다시 일을 시작한다.

근무가 없는 토요일, 혹시 누가 예약하지는 않았을까 싶어 앱에 들어가 예약 현황을 확인하고, 또 확인한다. 10분 후에 또 확인하러 들어간 후에야 이게 무슨 짓인가 싶어 관둔다. 계속 이러다가는 패닉 상태가 돼서 모든 걸 다 망쳐버릴지 몰라.

꾹 참고 저녁에 다시 확인하자.

날이 저물자마자 앱을 켜 확인한다. 수업 정원은 스물다섯 명인데 예약한 사람은 한 명도 없다. 다섯 명이 차지 않으면 수업은 자동으로 취소된다.

실망스러워. 소파에 앉아 이 실망감이 어서 잦아들기를 기다린다. 그러자 정말 실망감이 잦아든다. 자리에서 일어나는데 괜히 웃음이 난다. 어쩌면 이런 게 진짜 사랑이 아닐까. 인생을 있는 모습 그대로 받아들이는 것.

일요일 아침에 다시 앱을 확인한다. 예약한 회원은 단 네 명. 정 안 되면 이번에도 킴에게 부탁해야지. 아마도 그렇게 될 것이다. 오후에는 지난주 수업 내용을 다듬으며 시간을 보낸다. 좀 더 타이트한 음악을 고르고 달에 대한 정보를 더 첨가한다.

월요일에 출근해 외투를 벗으며 제임스에게 별 반응은 없는 것 같다고 슬며시 운을 뗀다.

"아뇨. 반응 좋던데요. 금요일과 토요일에 나와 비토미르 수업을 듣는 학생들이 죄다 그 얘기를 했어요. 자기 친구들을 데려와도 되냐면서요. 내 아내도 친구들과 함께 간대요. 다들 궁금해하고 있어요."

"예약한 회원이 네 명밖에 없던데요."

"앱으로 예약한 사람만 그 정도인 거죠. 잠시, 예약 장부를 보여줄게요. 자, 여기요. 수기로 예약한 사람은 스물여섯 명이에요. 이제 이 사람들을 전산 시스템에 등록해줘요. 페이스북으로 내게 따로 메시지를 보낸 사람도 열 명이나 돼요. 어쩔 수 없이 수업을 두 개로 나눠야겠어요. 괜찮죠?"

"네?"

"자전거가 스물다섯 대뿐이거든요. 나눠도 되죠? 수업을 연달아

진행하는 건 문제없겠어요? 예약자 전원에게 연락을 돌리려고 해요."

"네, 가능하죠."

"그럼 예약자는 총 마흔 명. 거기에 나까지 더하면, 마흔한 명."

"마흔한 명이라고요?"

"다음 수업 때는 어디로 여행을 간다고 할까요?"

나는 호흡을 고르며 미소를 짓는다. 얼른 머릿속에 아이디어가 반짝이기를 기다리며.

감사의 말

무한한 응원을 보내준 조, 헬렌, 마크, 제니 리피, 그리고 다라와 세라 K. 맥게일에게 감사하다. 무한한 즐거움을 준 마요 친구들, 특히 여성 친구들에게 고맙다.

노엘 리피, 하나 돌레젤로바, 로잘린 맥도나, 더블린 유네스코 시티 오브 리터레쳐 직원들, 아일랜드 작가 센터, 더블린 시립 도서관과 산하 작가 집단, 클레어모리스 도서관 (전현직) 직원들, 로라 맥도널드, 에니스티몬에 있는 샐먼 책방 문학 센터 직원들, 둘린 라이터스 위켄드, 조지프 오코너, 마이크 매코맥, 루니 가문과 루니 상 위원회 모두에게도, 그들의 친절함에 감사를 전한다.

MMC 크리에이티브 에이전시와 나의 에이전트 샐리앤 스위니, 편집자 닐 벨턴, 헬렌 프란시스와 헤드 오브 제우스 출판사 팀에게도 감사하다.

지난 몇 년간 참을성 있게 나와 함께해 준 트레이너들과 운동 강사분들에게, 특히 래드 록에게 존경의 마음을 담아 감사를 전한다. '디 에이지 오브 애즈The Age of Adz'라는 노래를 작곡해 체육대학 시절 내내 나에게 영감을 준 수프얀 스티븐스에게도 고맙다.

마지막으로, 캐슬린 리피에게 그리운 마음을 보낸다. 내게 용기와 사랑을 줘 감사하다.

스킨

초판 1쇄 발행 2022년 3월 10일

지은이 E. M. 리피(E. M. Reapy)
옮긴이 송예슬
펴낸이 서재필
책임편집 양수빈
책임마케터 박소민

펴낸곳 마인드빌딩
출판등록 2018년 1월 11일 제395-2018-000009호
전화 02)3153-1330
이메일 mindbuilders@naver.com

달로와는 마인드빌딩의 문학 브랜드입니다.

ISBN 979-11-90015-76-9 (03840)

- 책값은 뒤표지에 있습니다.
- 잘못된 책은 구입하신 곳에서 바꿔드립니다.